이상李箱 전집 1

시: 오감도 외

이상전집 1 시

초판 1쇄 인쇄 2013년 11월 8일
초판 1쇄 발행 2013년 11월 19일

지은이 이 상
엮은이 권영민
펴낸이 지현구
펴낸곳 태학사
등 록 제406-2006-00008호
주 소 경기도 파주시 광인사길 223
전 화 (031) 955-7580~2(마케팅부) · 955-7585~90(편집부)
전 송 (031) 955-0910

전자우편 thaehak4@chol.com
홈페이지 www.thaehaksa.com

값은 뒤표지에 있습니다.

ISBN 978-89-5966-614-0 04810
978-89-5966-613-3 (세트)

시: 오감도 외

권영민 엮음

이상李箱 전집

태학사

일러두기

1. 이 전집은 이상이 생전에 발표한 글, 이상의 유고로 소개된 글, 그리고 이상의 습작 노트를 통해 발굴 소개된 자료를 모두 다시 조사 정리하여 이상 문학의 정본을 확립한다는 데에 목표를 두었다.
2. 이 전집은 『이상전집 1 시』, 『이상전집 2 단편소설』, 『이상전집 3 장편소설』, 『이상전집 4 수필』 등의 4권으로 구성되어 있다.
3. 이 전집은 문학 연구자와 일반 독자가 함께 이상 문학을 쉽게 접할 수 있도록 다음과 같은 원칙을 따랐다.

   이상전집 1 시

   • 이 책은 이상의 시를 제1부 국문 시와 제2부 일본어 시로 크게 구분하여 각 작품의 발표 연대 순서에 따라 수록하였다.

   • 이 책에서 이상의 국문 시는 발표 당시의 원문 텍스트(서지 사항 포함)를 그대로 옮기고 상세한 주석을 달았으며, 이를 현대어 표기로 바꾼 새로운 텍스트를 함께 수록하였다.

   • 이 책에서 이상의 일본어 시는 『조선과 건축(朝鮮と建築)』의 일본어 원문을 서지 사항을 밝혀 그대로 옮겨 『이상전집』(1956)의 번역문과 함께 수록하고 상세한 주석을 붙였다. 『이상전집』(1956)에 유작시로 소개된 일본어 시도 원문과 함께 번역문에 상세한 주석을 붙여 수록하였으며, 이를 현대어 표기로 바꾼 새로운 텍스트를 덧붙였다.

   • 이 책에서는 1966년 이후 『현대문학(現代文學)』과 『문학사상(文學思想)』에서 자료 발굴의 형식으로 소개한 작품들을 모두 제외하였다. 모든 자료가 습작 노트에 불과하며 작품으로서의 완결성을 제대로 갖추고 있지 않기 때문이다.

   • 각 작품 텍스트의 말미에는 '작품 해설 노트'를 붙여 작품의 이해를 도울 수 있도록 하였다.

4. 이 전집에서는 각 권의 말미에 상세한 작가 연보를 자료 사진과 함께 정리 수록하였다.
5. 이 전집을 엮으면서 임종국 편, 『李箱全集 1~3』(高大文學會, 1956); 이어령 편, 『李箱小說全作集 1, 2』(甲寅出版社, 1977), 『李箱詩全作集』(甲寅出版社, 1978), 『李箱隨筆全作集』(甲寅出版社, 1977); 이승훈 편, 『李箱문학전집 1 시』(문학사상사, 1989); 김윤식 편, 『李箱문학전집 2 소설』(문학사상사, 1991), 『李箱문학전집 3 수필』(문학사상사, 1993); 김주현 편, 『정본 이상문학전집 1~3』(소명출판, 2005) 등을 두루 참고하였다.

머리말

이상을 다시 묻다

1

이상 문학이란 무엇인가?

이 질문은 우리 모두에게 새삼스럽다. 이상을 다시 묻는 이유는 아주 간단하다. 이상의 글쓰기는 여전히 한국문학이라는 이름 앞에 문제적인 상태로 놓여 있다. 여기서 굳이 '글쓰기'라는 말을 사용하는 것은 이상의 글들이 어떤 양식의 영역에 고정되어 있지 않기 때문이다. 그의 글들은 서로 밀접하게 연관되면서 양식의 경계를 넘나들고 있으며 텍스트의 상호연관성에 의해 새로운 의미를 생산한다. 그리고 모든 글들이 서로 이어져 '동시적 질서'라는 새로운 개념을 형성하고 있다. 그의 문학은 어떤 출발이라든지 어떤 결말을 보여 주는 과정 자체를 거부한다. 그것은 '밀실'처럼 닫혀 있는 것으로 보이면서도 언제나 그 자체의 지향을 분명히 보여 주는 '지도'처럼 존재할 뿐이다.

이상 문학이란 무엇인가? 내 머릿속에는 이 터무니없는 질문이 참으로 오랜 숙제로 남아 있다. 이상 문학의 어떤 윤곽이 독자 앞에 드러나게 된 것은 『이상선집』(백양당, 1949)의 출간과 때를 같이한다. 시인 김기림에 의해 엮인 이 한 권의 책은 비슷한 시기에 나온 『육사시집』, 『하늘과 바람과 별과 시』 등과 함께 불행한 시대를 마감하는 한국문학의 하나의 표석이 된다. 그러나 이 책은 한국전쟁을 겪으면서 독자들의 기억에서 멀어지고 이상의 문학에 대한 논의는 새로운 세대의 몫이 된다.

나는 한국문학을 공부하기 시작하면서 임종국(林鍾國) 편『이상전집(李箱全集) 1~3』(고대문학회, 1956)을 통해 새로운 이상과 만났다. 나는 이상의 소설이 보여 주는 그 언어와 기법의 신기성(新奇性)에 아연했고, 나와 비슷한 나이에 이상이 고심했던 문제들의 깊이에 그만 주눅이 들어 버렸다. 동숭동 문리대 교정을 싸돌며 학림다방에 처박혀 되지도 않은 인생을 고심하는 척했던 시절에 이상은 늘 내 곁에 있었다. 신신백화점 뒤쪽에 남아 있던 붉은 벽돌집, 이상의 다방 '제비'가 들어섰던 그 자리를 수도 없이 서성대면서 이상을 생각했다. 그러나 우둔한 시골뜨기에 불과했던 내게 이상은 언제나 낯선 도시 청년이었다. 이상이 그려 냈던 MJB의 향기라는 것도 나는 대학에 들어와서야 비로소 '커피'를 마셔 본 후에 알았고, 이상이 1930년대 도회의 백화점을 그렸던 「건축무한육면각체」의 작품 공간을 나는 이상이 죽은 후 30년이 지난 뒤 화신백화점과 신세계백화점을 통해 짐작할 수 있었다. 그 숱한 화가와 문인 들의 이름을 나는 이루 헤아리기조차 힘든 풋내기 대학생이었던 것이다.

임종국 편『이상전집』은 작품 텍스트에 대한 정리 작업을 통해 이상 문학의 범주를 어느 정도 확정하게 된다. 시와 소설과 수필 등으로 넓혀져 있는 이상의 글쓰기 영역을 세 권의 책으로 묶어 낸 이 전집은 이상의 사후 20년에 이루어진 중요한 문학사적 정리 작업으로 평가된다. 이 전집은 전후문학의 비평적 과제로 새롭게 등장한 '모더니즘'에 관한 모든 논의를 하나로 수렴할 수 있는 거점이 되었고, 한국의 비평문학이 인상비평의 한계에서 벗어날 수 있는 문학적 근거로서 당당하게 자리 잡는다. 이 전집이 나오기까지 이어령(李御寧) 교수의 분석비평이 이상 문학을 대상으로 치밀한 논리를 확보한 점이라든지, 이상이 꿈꾸던 근대의 초극을 비평을 통해 논리화하고자 했던 고석규(高錫珪) 선생의 비평이 문제적인 상태로 등장한 것도 놓칠 수 없는 대목이다. 이 전집은 이러한 여러 논의의 출발점을 제공함으로써 정지용(鄭芝溶), 김기림(金起林), 오장환(吳章煥) 등을 이념적 금기 지역으로 몰아낸 황폐의 시단에 1930년대로 이어지는 하나의 징검다리를 놓게 된다. 이로써 이상 문학은 그 기본적인 자료 정리의 시대를 넘어선다.

이상 문학이 새로운 발견과 해석의 시대로 나아가는 데에 결정적인 역할을 담당한 것은 비평가 이어령 교수이다. 이어령 교수의 문학 비평은 이상 문학을 그 핵심적인 자리에 놓고 있다. 이어령 교수는 잡지 『문학사상』을 통해 이상 문학 자료의 발굴, 텍스트에 대한 치밀한 대조와 정리, 주석과 해설을 통해 이상 문학의 내적 구조를 해석할 수 있는 논리적 근거를 제시한다. 특히 기호학의 방법을 통한 이상 문학 텍스트의 해석은 이상 문학 연구자들이 반드시 참조하지 않으면 아니 되는 텍스트 비평의 진범으로 자리한다. 이상 문학에 대한 이어령 교수의 정리 작업은 이상 문학을 하나의 가치 규범으로 고정시킨 것이 아니라, 오히려 이상의 문학 텍스트 자체가 스스로 그 가능성을 확장할 수 있는 길을 열어 보인다. 그 결과 1970년대 이후 한국 현대 문학 연구에서 이상의 텍스트는 언제나 새로운 방법론과 부딪치면서 그 빛을 발하게 된다. 나는 이상이 세상을 떠난 뒤 40년 만에 새롭게 정리된 이어령 편 『이상시전작집』, 『이상소설전작집 1, 2』, 『이상수필전작집』 전 4권이 나오는 것을 보면서 그때 내 수첩에 '이상 살아나다.'라고 적었다. 지하에서 묻힌 채 살아 있는 자들과의 대화를 거부해 온 이상이 아니던가? 그가 어둠 속에서 '암실'에 숨겨 놓았던 그 문학의 '지도'를 이어령 교수에게 들킨 것. 천재가 또 하나의 천재를 만나다! 나는 이런 식으로 이상 전집을 덮어 버렸다. 내가 범접할 자리가 어디에도 남아 있지 않다는 것을 알아차렸기 때문이다.

이어령 교수의 이상 문학 정리 작업은 한글 가로쓰기 방법이 일반화되기 시작한 1980년대 중반을 거치면서 새로운 틀을 요구받게 된다. 이 인쇄 환경의 변화를 적극 수용하여 가로쓰기 방식으로 바뀐 이상 문학 텍스트에 보다 깊이 있는 해설을 붙이게 된 것이 문학사상사의 『이상문학전집』이다. 이 전집은 이승훈 교수의 이상 시에 대한 새로운 해석과 김윤식 교수의 이상 소설에 대한 비평 작업을 수용하면서 이 두 분의 작업에 의해 1990년대 초에 완결된다. 이승훈 교수는 이 작업과 함께 「이상시연구」를 내놓았고, 김윤식 교수는 「이상연구」, 「이상소설연구」, 「이상문학텍스트연구」 등을 통해 이상 문학 텍스트에 대한 해석의 지평을 한 차원 높였다고 할 수 있다. 최근에는 소장학자 김주현 교수가 『이상문학전집 1~3』(소명출판, 2005)을 통해 기존 텍스트의 오류를 상당 부분 바로잡아 놓음으로써 그 텍스트의 정본에 대한 관심을 새롭게 환기한 바 있다.

2

이상 문학을 어찌할 것인가?

이상 문학은 대학에서 문학을 가르치는 나에게 가장 조심스럽게 다루어야 할 대상이었다. 내가 『한국현대문학사 1, 2』의 원고를 정리하는 동안에도 이상에 대한 문학사적 해석이 커다란 문제였다. 그런데 참으로 좋은 기회가 왔다. 1997년은 이상 사후 60년이 되는 해였다. 나는 월간 문예지 『문학사상』의 편집을 맡아 보면서 '이상 문학 60년'이라는 대대적인 학술대회를 기획하게 되었다. 그때 나는 이상 문학 텍스트에 대해 한국문학 연구자들의 시각으로부터 벗어나 새롭게 조망할 수 있는 방식을 생각하였다. 수학자가 본 이상(김명환 교수), 시각디자인 연구자가 본 이상(김민수 교수), 정신분석학자가 본 이상(조두영 교수), 철학자가 본 이상(김상환 교수) 등과 같이 모든 발표자를 문학 이외 분야의 전문가로 하였고, 한국문학 연구자들을 토론에 참여하도록 하였다. 나는 이 학술대회의 발제 강연을 통해 다음과 같은 문제를 제기하였다.

이상 문학 연구는 아직도 해결해야 할 문제가 적지 않다.

첫째, 원전의 불확정성이다. 문학 연구의 대상이 되는 텍스트의 확정은 작품의 해석과 평가에서 가장 기본이 되는 요소이다. 텍스트의 확정 없이는 어떤 연구도 그 객관적 기반을 확보하기 어렵다. 이상 문학 작품에 대한 일차적인 정리 작업은 임종국 선생과 이어령 교수의 노력에 의해 어느 정도 완결된 수준에 이르게 되었다. 그러나 아직도 이상의 시와 소설 가운데에는 그 의미를 제대로 밝히지 못한 이른바 난해 구절들이 적지 않다. 특히 그가 발표한 일본어 작품들은 비슷한 내용의 한국어 작품과 정밀한 대조가 필요하다. 이러한 일차적인 작품 정리와 해석의 미비로 인하여 이상 문학의 원전은 아직도 확정되지 못한 것들이 많다.

둘째, 작품 해석의 자의성이다. 이상 문학 연구에서는 작품에 대한 해석의 자의성과 비약이 오히려 작품 자체의 난해성을 더욱 부추긴다. 문학 작품의 해석은 텍스트의 올바른 해독이 이루어져야만 가능하다. 이상의 시와 소설은 텍스트 자체의 질서와 논리를 지니고 있기 때문에 그 질서와 논리에서 벗어나는 경우 텍스트를 잘못 읽거나 잘못 해석할 가능성이 매우 높다. 텍스트에 대한 왜곡 또는 의미의 과장이 없는 치밀한 텍스트 분석과 객관적인 해석이 필요하다.

셋째, 이상 개인의 삶의 신비화 현상이다. 이상의 짧은 생애는 삶의 모든 가능성을 보여 주는 극적인 요소가 강하다. 그의 개인적인 행적과 문단 활동 자체도 객관적인 규명 대신에 오히려 신화화되고 있다.

그의 문단 진출 과정, 특이한 행적과 여성 편력, 동경에서의 죽음 등은 모두 일종의 풍문으로 일화처럼 이야기되고 있다. 그의 문학에 대한 객관적인 평가를 위해서도 역사적 사실로서의 개인사의 복원이 시급한 실정이다.

'이상 문학 60년'이라는 이름을 내걸고 세종문화회관에서 개최한 이 학술대회는 예상을 훨씬 뛰어넘는 성과를 거두었다. 모든 발표자들은 새로운 시각으로 이상 문학 텍스트를 향한 다양한 통로를 열어 보였고 그 독자적인 해석의 가능성을 의욕적으로 제시하였다. 이 결과를 한데 모아 『이상문학연구 60년』(1998)을 펴내면서 나는 이상 문학 텍스트의 정리 작업을 본격적으로 다시 시작하였다. 이상 문학 작품에 대한 조사 정리 작업은 이상이 생전에 발표한 시, 소설, 수필 등의 모든 작품의 원전 수집과 정리로부터 다시 출발하였다. 그리고 텍스트의 원문을 컴퓨터에 입력하고 그것을 다시 현대 국어의 표기법으로 정리하는 작업을 마무리하면서 주석에 손대기 시작하였다. 기존의 전집에서 이루어진 난해 어구의 풀이가 사전적(辭典的) 의미 제시 수준에서 끝나고 있는 것에 대한 불만을 극복하기 위해, 나는 이른바 '해석적(解釋的) 접근'이라고 할 수 있는 내용 주해 작업을 새롭게 시도하였다. 이러한 작업은 엄청난 시간과 공력을 필요로 하였지만, 그것을 바탕으로 모든 작품에 대한 새로운 해석의 실마리를 찾아내기 위해 노력했다. 이상에 대한 숱한 질문들은 늘 내 머릿속에 맴돌았다. 나는 어느 것 하나도 제대로 끝내지 못하면서도 내 손으로 이상 문학 작품 모두를 정리할 욕심을 내었다. 해야 할 일은 더 많아지고 시간만 흘렀다.

지난 2007년 1년 동안 나는 일본 동경대학의 초청을 받아 대학원에서 한국근대문학 강의를 담당했다. 나의 동경 체류는 이상 문학에 대한 나 자신의 오랜 숙제를 정리하고 그것을 마무리할 수 있는 좋은 기회가 되었다. 나는 이상 문학 작품 자료를 모두 챙겨 들고 동경으로 건너갔다. 그리고 거기서 다시 이상의 행적을 찾았다. 이상이 여섯 달 동안 머물렀던 간다(神田) 진보쪼(神保町)의 하숙집은 이미 사라졌다. 동경대학 부속병원의 기록물 보관소에서도 이상의 사망 사실을 확인할 수 있는 자료를 찾아내는 것은 불가능했다. 니시간다(西神田) 경찰서에 들러 이상이 유치(留置)되었던 정황의 흔적을 찾으려고 했지만 실패했다. 이상이 절망했던 마루노우찌 빌딩, 긴자(銀座)의 화려한 거리, 신주쿠(新宿)의 소란스러움 속에서 나는 이상 대신에 다시 한없는 무기력에 빠져들었다. 그러나 나는 2007년 4월부터 시작된 내 강의의 절반 정도를 이상을 위해 바쳤다. 학생들과 이상이 쓴 일본어 시들을 모두 다시 원전대로 읽어 가면서 내가 고심했던 새로운 해석 방법을 소개하고자 힘을 썼다.

나는 동경에서 긴자의 거리와 신주쿠의 골목을 기웃대었던 이상의 환영(幻影)과 수없이 마주쳐야 했다. 이상은 1936년 가을 새로운 문학을 위해 일본 동경을 찾았다. 하지만 동경이라는 도시가 자신이 꿈꾸던 현대적 정신의 중심지가 아님을 금방 알아차렸다. 그는 서구 세계를 치사하게도 흉내 내고 있던 동경의 '모조(模造)된 현대(現代)'를 발견하고는 봄이 되면 다시 서울로 돌아갈 계획을 세우고 있었다. 그러나 '거동 수상자'라는 이유로 그는 일본 경찰에 검거되어 차디찬 동경의 늦겨울을 경찰서 유치장에서 견뎌야 했다. 이 불행한 정신은 그 육신과 함께 거기서 무참하게 허물어졌다. 무참하게도!

이상 전집 작업이 어느 정도 마무리될 무렵 나는 동경대학 한국조선문화연구실이 주관하는 '코리아 콜로키엄'에서 '이상의 일본어 시의 해석 문제'라는 제목으로 공개 연구 발표를 했다. 이상의 처참한 죽음은 한국문학의 비극이다. 그가 남긴 문학은 한국문단에 하나의 충격이다. 그 충격은 이미 널리 퍼져 있는 기성적 권위와 제도, 양식과 기법에 대한 반동에서 비롯된다. 이상은 사물의 외관이 지니는

무의미성을 강조하면서도 상상력의 하부 구조를 열어 가기 위해 노력한다. 그는 경험의 실체보다 존재의 절대성을 믿고 있었던가? 그의 문학에서 어디 전체의 의미가 그리 강조된 적이 있는가? 부분이 전체를 대신하고, 닫혀 있는 전체보다는 열려 있는 부분을 늘 강조해 온 그가 아니었던가? 구속이 없는 자유, 감각과 충동의 우위, 상상력의 해방…… 이런 것들이 오늘날까지도 이상 문학을 빛나게 하는 것이 아닌가? 이상 문학에는 어떤 궁극적인 의미의 해답이 없다. 그는 누구보다 먼저 현대 문명과 인간 존재에 대해 심각하게 질문하곤 했으니까. 이런 생각을 하면서 나는 공개 발표를 마쳤다. 그리고 '이상을 다시 묻다.'라고 내 노트에 적으면서 지난 10년간을 끌어온 내 작업을 마감했다. 나는 1997년 '이상 문학 60년' 학술대회에서 내가 지적했던 문제들에 대하여 고심하면서 내 스스로 만족할 만한 해결책을 찾아왔던 것이다. 이제 그 결과를 가지고 독자들과 함께 이상을 다시 묻게 된 것이 아닌가?

3

이상의 문학 세계는 크게 두 가지 영역으로 구분된다. 첫째는 이상의 생전에 이루어진 문필 활동을 모두 포함한다. 이상의 글쓰기는 1930년 잡지 『조선(朝鮮)』에 장편소설 『12월 12일』을 국문으로 연재하고, 1931년 『조선과 건축(朝鮮と建築)』에 일본어 시 「이상한가역반응(異常ナ可逆反應)」 등을 발표하면서 적극적으로 전개되기 시작한다. 이 초기 단계의 글쓰기는 한국어와 일본어를 양식에 따라 선택적으로 활용함으로써 이른바 이중어적(二重語的) 글쓰기 양상을 드러낸다. 그런데 이상은 1933년경부터 박태원, 정지용, 김기림, 이태준 등과 접촉하게 된다. 그는 당대 문단권에 진입하여 『가톨닉청년

(青年)』지에 「꽃나무」 등의 시를 발표하면서 일본어 글쓰기를 중단한다. 그렇기 때문에 이상의 문학 세계를 대표하는 작품들은 국문 글쓰기를 통해 독자들과 만날 수 있게 된다. 1937년 일본 동경에서 세상을 떠날 때까지 그는 시와 소설, 비평과 에세이 등에 이르기까지 다양한 형태의 국문 글쓰기에 주력한다. 둘째는 1937년 이상이 세상을 떠난 후에 여러 신문과 잡지 들이 유작(遺作)으로 공개한 그의 작품들을 들 수 있다. 이상의 소설 가운데 「환시기(幻視記)」, 「실화(失花)」, 「봉별기(逢別記)」, 「단발(斷髮)」 등은 모두 유작의 형태로 공개된 것이며, 「실낙원(失樂園)」, 「동경(東京)」 등의 산문도 모두 유고라는 이름으로 발표되기에 이른다. 해방 이후 임종국이 펴낸 『이상전집』(1956)에도 이상의 일본어 유고시 「거리(距離)」, 「육친의 장(肉親の章)」 등이 원문과 함께 번역 소개된 바 있다. 그리고 조연현 교수가 발굴한 이상의 창작 노트의 일본어 자료들이 여기에 추가될 수 있다. 1966년부터 『현대문학(現代文學)』지에 번역 소개된 자료뿐만 아니라 그 후 『문학사상(文學思想)』지에 소개된 자료들을 모두 합하면 그 규모가 작지 않다. 그런데 이상의 유작으로 공개된 작품들 대부분이 그 텍스트의 보전 상태라든지 입수 경위 등이 제대로 밝혀져 있지 않기 때문에 그 창작 시기라든지 작품의 성격을 제대로 판단하기 어렵다. 특히 발굴 자료로 소개된 창작 노트의 글들은 대부분 습작 단계의 단상들을 기록해 둔 것으로 볼 수 있다. 이 자료들은 작품으로서의 완결성이 결여되어 있으므로 이것들을 이상이 생전에 발표한 작품과 동일한 층위에서 다루는 것은 적절하지 않다.

이상의 문학 세계에서 가장 주목되는 것은 글쓰기와 언어의 문제이다. 이상이 보여 준 일본어와 한국어의 선택적 활용에 의한 이중어적 글쓰기는 『조선과 건축』에 발표한 일본어 시에 국한된다. 이상의 사후에 공개된 일본어로 쓴 유작시라든지 일본어로 쓴 여러 가지 형태의 글들은 정확하게 그 작성 연대를 추정할 수 없고, 그 텍스트의 성격 자체도 불분명하다. 이상은 『조선과 건축』에 발표한 일본어 시를 제외하고는 일본어로 창작한 작품을 잡지나 신문에 발표한 적이 없다. 그러므로 이상 문학 전체를 놓고 이중어적 글쓰기에 대해 고심할 필요가 없어 보인다. 『조선과 건축』이 일본어로 발간된 건축 전문잡지라는 특수성을 지니고 있는 점, 이상의 글쓰기가 정규 교육 과정에서 이루어진 일본어 학습에 기반하고 있었다는 점 등을 고려할 경우, 다른 여러 문인들의 초기 습작 과정에서 확인되는 일본어 글쓰기와 크게 다를 바가 없다고 할 것이다. 그런데 이상의 일본어 시와 일본어로 된 글들이 번역이라는 과정을 거쳐서 일반 독자와 대면하게 된 점은 주목을 요한다. 일본어 시의 한국어 번역 방식은 번역자에 따라 얼마든지 바뀔 수 있는 일이다. 그동안 국내에서 출간된 전집류와 작품 선집들은 대부분 임종국 편 『이상전집』(1956)의 번역 텍스트를 거의 그대로 사용해 오면서 이 전집의 번역 텍스트에 절대적인 권위를 인정해 왔다. 그러나 최근의 몇몇 연구에서 이 번역 텍스트의 오류가 자주 거론되고 있다. 이것은 이상의 일본어 텍스트에 대한 전반적인 검토가 필요하다는 사실을 말해 준다.

이상의 문학 세계에서 특기할 만한 또 다른 문제는 문학 양식의 경계를 넘나드는 그의 다양한 글쓰기 방법이다. 이상은 시와 소설의 영역을 동시에 넘나들면서 다양한 기법을 활용한 글쓰기를 보여준다. 그의 문학 세계가 특정 영역에 국한되는 것이 아님을 말해 주는 특징이라고 할 수 있다. 그런데 여기서 문제가 되는 것은 그의 사후에 공개된 작품들 가운데 일부가 작품 전집의 편자들에 의해 자의적으로 구분되고 서로 다르게 분류된 경우가 많다는 점이다. 특히 1966년 이후 소개된 창작 노트의 발굴 자료들은 작품으로서의 완결성을 제대로 갖추지 못하고 있는 습작 단계의 자료에 불과한 것들인데도 불구하고 하나의 완결된 작품으로 인정되고 있는 경우도 있다.

예컨대 임종국 편 『이상전집 1~3』(1956)에서 수필의 영역으로 분류되어 있었던 「최저낙원(最低樂園)」, 「실낙원(失樂園)」, 「공포(恐怖)의 기록(記錄)」 등과 뒤에 유고로 발굴된 「불행(不幸)한 계승(繼承)」 등은 그 후에 출간된 전집의 편자들에 의해 혹은 소설로 혹은 시로 혹은 수필로 구분되는 혼란을 겪게 된다. 더구나 조연현에 의해 발굴된 습작 노트의 자료들 가운데에서도 자의적 판단에 의해 글의 성격을 규정해 놓는 일도 점차 더 늘어 가고 있다. 이러한 현상은 이상 문학 텍스트의 본질이 연구자들에 의해 자의적으로 왜곡될 우려가 있음을 말해 주는 것이다.

이상 문학에는 그가 남겨 놓은 작품의 양보다 훨씬 많은 주석이 붙어 있고 비평적 논의가 끊이지 않고 이어진다. 그의 생애에 대해서도 그가 살았던 짧은 생애보다 훨씬 이채로운 해설이 따라붙는다. 그는 희대의 천재가 되기도 하고, 전위적인 실험주의자가 되기도 한다. 이상의 문학이 문학사적 관심의 대상이 되는 것은 그가 관심을 기울였던 글쓰기의 모든 영역이 서로 밀접하게 연관되어 있으며, 대부분 동시적 질서를 형성하고 있기 때문이다. 그의 문학은 어떤 출발이라든지 어떤 결말을 보여 주는 과정 자체를 거부한다. 그의 첫 작품과 그가 마지막으로 남긴 작품을 보면 시간적인 격차가 거의 느껴지지 않는다. 그의 작품들은 창작의 과정을 거치면서 텍스트의 중요한 자질을 서로 공유하고 있는 경우가 많다. 그러므로 텍스트 상호 간의 내적 연관성을 제대로 해명하고 그 맥락을 전체적으로 파악하는 일이 무엇보다도 중요하다. 이것은 '해석의 과잉'으로 빠져들고 있는 최근의 이상 연구의 방향을 바로잡기 위해서도 반드시 필요한 일이라고 생각된다.

4

이번에 새롭게 펴내는 『이상전집 1~4』는 다음과 같은 몇 가지 특징을 지닌다.

첫째, 이 전집은 이상 문학 텍스트의 원전을 완벽하게 복원하고 각각의 성격에 맞는 텍스트적 위상을 회복할 수 있도록 편집하였다. 이를 위해 모든 작품은 발표 연대 순서로 배열하였다. 그리고 발표 당시 원문을 조사 정리하고 여러 판본을 치밀하게 대조하여 원전의 확정 작업에 힘을 썼다. 특히 어구 풀이 정도로 만족해야 했던 기왕의 주석 방법을 벗어나 텍스트의 의미 구조를 파악할 수 있는 이른바 '해석적 주석'이라는 새로운 주해 방법을 채택하였다. 이 과정을 통해 그동안 난해 어구로 방치되어 온 대부분의 구절들의 의미를 해명할 수 있게 되었다.

둘째, 이 전집은 이상 문학 텍스트의 양식적 성격을 전체적으로 검토하여 재분류를 시도하고 있다. 예컨대 그동안 시와 소설과 수필의 영역을 넘나들었던 「최저낙원(最低樂園)」, 「실낙원(失樂園)」, 「공포(恐怖)의 기록(記錄)」, 「불행(不幸)한 계승(繼承)」 등은 모두 수필의 영역에 포함시켰다. 이들 작품이 보여 주는 자기 체험의 고백적 기록으로서의 성격을 중시했기 때문이다. 조연현 교수가 발굴한 창작 노트의 작품들은 모두 '발굴 자료'로 별도 구분하여 제4권에 실었다. 이 자료들은 기존의 전집에서 시 또는 수필로 분류하여 놓았지만, 여기서는 이러한 구분을 따르지 않았다. 대부분의 자료들은 하나의 작품으로서의 완결성을 제대로 갖추지 못하고 있으며, 작품 구상을 위해 여러 가지 단상들을 정리해 둔 노트에 불과하다고 판단하였기 때문이다.

셋째, 이 전집은 이상 문학 텍스트를 전문 연구자와 일반 독자가 함께 이용할 수 있도록 한다는 데에 목표를 두고 있다. 이를 위해 모든 작품의 원전 텍스트와 함께 현대 국어의 표기법에 따라 고쳐 쓴 텍스트를 덧붙였다. 그리고 이 현대어 표기로 된 새로운 텍스트에서는 한자를 음과 병기함으로써 일반 독자들이 쉽게 접근할 수 있도록 하였다. 특히 일본어 작품들의 경우는 원래의 번역문 이외에 현대 표기에 맞춰 일부 번역을 다시 손질하여 번역 텍스트로서의 성격을 살려 보려고 하였다.

넷째, 이 전집에 수록된 시와 소설의 경우에는 모든 작품의 말미에 '작품 해설 노트'를 붙임으로써 이상 문학 텍스트의 기초적인 이해를 돕고자 하였다. '작품 해설 노트'에서는 각각의 작품의 서지 사항과 함께 그 의미 구조의 전반적인 성격을 간략하게 제시하였다. 때로는 원전 주석 작업의 미비점을 보완하기도 하고, 기존 연구자들의 작품 해석 방법의 문제점을 지적하여 바로잡는 데에도 '작품 해설 노트'를 활용하였음을 밝혀 둔다.

이 책을 마무리하는 과정에서 일본어 시의 번역문을 꼼꼼하게 다시 검토해 준 일본 니카타대학 후지이시 다카요(藤石貴代) 교수, 동경외국어대학 남윤진 교수께 감사드린다. 일본어 시의 원문 정리 작업을 도와준 동경대학 한국조선문화연구실 전혜자 씨와 쯔도 아유미 양에게도 고마움을 표한다. 나의 오랜 작업을 지켜보면서 자료 조사를 도와준 서울대학교 현대문학교실의 나민애, 안서현, 황종민에게도 다시 한 번 고마움을 전한다. 『이상전집』(전 4권, 2009)이라는 이름으로 출간했던 이 책을 다시 정리하여 새롭게 엮어 준 태학사에 감사드린다.

이 책이 이상 문학 작품의 정본을 확립하는 데에 기여하고 이상 문학에 대한 새로운 해석과 평가의 길잡이가 될 수 있길 기대한다.

2013년 10월

권영민 쓰다

차례

머리말 5

1부

꽃나무 25
이런시 27
1933, 6, 1 30
거울 32
보통기념 36
오감도(烏瞰圖) 40
시제1호 40
시제2호 45
시제3호 48
시제4호 50
시제5호 53
시제6호 56
시제7호 60
시제8호 해부 63
시제9호 총구 68
시제10호 나비 70
시제11호 73
시제12호 75
시제13호 77
시제14호 79
시제15호 82
·소·영·위·제·(·素·榮·爲·題·) 87
정식(正式) 91
지비(紙碑) 98
지비(紙碑)—어디갔는지모르는안해 100
역단(易斷) 105
화로 105

아침 108
가정 110
역단 112
행로 115
가외가전 119
명경 127
위독(危篤) 131
금제 131
추구 133
침몰 135
절벽 137
백화 139
문벌 141
위치 143
매춘 145
생애 148
내부 150
육친 152
자상 155
I WED A TOY BRIDE 158
파첩 162
무제 172
무제 175
목장 178

2부 이상한가역반응 183
파편의경치 190
▽의유희 196
수염 202
BOITEUX·BOITEUSE 211
공복 218
조감도(鳥瞰圖) 224
2인····1···· 224
2인····2···· 227
신경질적으로비만한삼각형 230
LE URINE 233
얼굴 240

운동 245
광녀의고백 248
홍행물천사 259
삼차각설계도(三次角設計圖) 270
선에관한각서 1 270
선에관한각서 2 278
선에관한각서 3 286
선에관한각서 4 290
선에관한각서 5 293
선에관한각서 6 301
선에관한각서 7 309
건축무한육면각체(建築無限六面角體) 317
AU MAGASIN DE NOUVEAUTÉS 317
열하약도 No.2 325
진단 0 : 1 328
이십이 년 332
출판법 336
차8씨의출발 344
대낮 350
청령 356
한개의밤 359
척각 364
거리 367
수인이만든소정원 369
육친의장 372
내과 375
골편에관한무제 379
가구의추위 382
아침 385
최후 388

이상의 삶과 문학 391

이상전집 1
시

1부

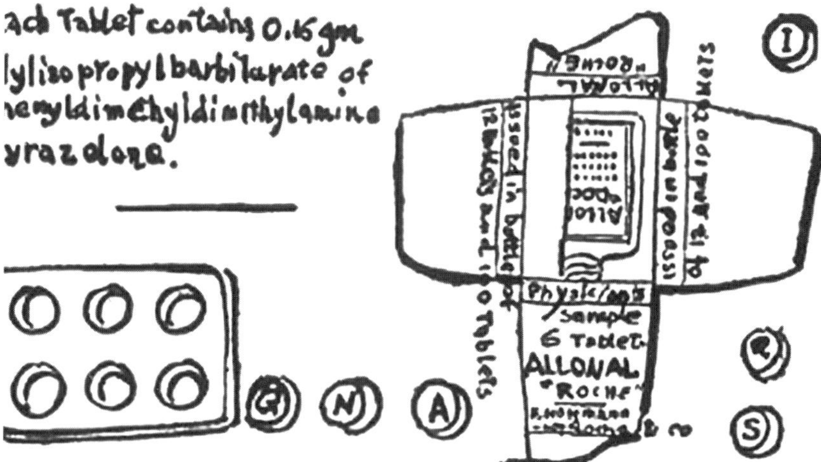

▲이상이 그린 「날개」의 삽화

꽃나무

벌판한복판에 꽃나무하나가있소 근처에는 꽃나무가하나도없소 꽃나무는제가생각하는꽃나무를 열심으로생각하는것처럼 열심으로꽃을피워가지고섰소. 꽃나무는제가생각하는꽃나무에게갈수없소 나는막달아났소 한꽃나무를위하여 그러는것처럼 나는참그런이상스러운흉내를내었소.

꼿나무

벌판한복판에 꼿나무하나가잇소[1] 近處에는 꼿나무가하나도업소[2] 꼿나무는 제가생각하는꼿나무를 熱心으로생각하는것처럼 熱心으로꼿을피워가지고섯소.[3] 꼿나무는제가생각하는꼿나무에게갈수업소[4] 나는막달아낫소[5] 한꼿나무를爲하야 그러는것처럼 나는참그런이상스러운숭내를내엿소.[6]

『가톨닉靑年』, 1933. 7, 52쪽.

이 작품은 이상의 국문 시 가운데 가장 먼저 잡지 『가톨닉靑年』(1933. 7.)에 이상(李箱)이라는 필명으로 발표된다. 당시 이 잡지의 편집에 관여하고 있던 시인 정지용(鄭芝溶)의 주선에 의한 것으로 알려져 있다. 이 작품의 텍스트에는 두 가지의 시적 진술이 담겨 있다. 하나는 시적 대상인 '꽃나무'에 관한 것이고 다른 하나는 시적 화자인 '나'에 관한 것이다. '꽃나무'를 통해 사물의 존재 방식을 설명하고 거기에 '나'의 경우를 견주어 보고 있다. 말하자면 현실적인 것과 이상적인 것의 거리 문제를 놓고 사물의 존재 방식과 인간의 존재 방식을 대비하여 제시하고 있는 셈이다.

---

1) 자연물로서의 '꽃나무'의 존재를 제시함.

2) 주변에 꽃나무가 없다는 것은 고립적인 존재임을 암시함.

3) 주변에 아무것도 없지만 스스로 자기가 생각하는(이상적으로 꿈꾸고 있는) 자신의 본성 그대로를 드러내면서 꽃을 피우고 있음.

4) 꽃나무는 자기가 생각하고 있는 꽃나무에게 갈 수는 없음. 이상적인 것과 현실적인 것과의 거리를 드러냄.

5) 이 대목부터 시적 화자인 '나'에 관한 진술로 바뀜. '달아나다'를 '도망치다'로 보기보다는 '달려 나가다'로 이해할 수 있다. 현실적인 존재에서 벗어나 이상적으로 생각하고 있는 존재를 향해 달려 나간다는 의미로 읽어야 한다.

6) '나' 자신도 내가 생각하고 있는 '나'를 향하여 달려 나가고 있음을 말함. 그러나 '나'의 행동은 '꽃'의 경우와 마찬가지로 내가 생각하고 있는 '나'에게 도달할 수 없는 것임을 암시함.

이런시

역사를하노라고 땅을파다가 커다란돌을하나 끄집어내어놓고보니 도무지어디서인가 본듯한생각이들게 모양이생겼는데 목도들이 그것을메고나가더니 어디다갖다버리고온모양이길래 쫓아나가보니 위험하기짝이없는큰길가더라.

그날밤에 한소나기하였으니 필시그돌이깨끗이씻겼을터인데 그이튿날가보니까 변괴로다 간데온데없더라. 어떤돌이와서 그돌을업어갔을까 나는참이런처량한생각에서 아래와같은작문을지었도다.

'내가 그다지 사랑하던 그대여 내한평생에 차마 그대를 잊을수없소이다. 내차례에 못올사랑인줄은 알면서도 나혼자는 꾸준히생각하리다. 자그러면 내내어여쁘소서.'

어떤돌이 내얼굴을 물끄러미 치어다보는것만같아서 이런시는 그만찢어버리고싶더라.

이런詩

역사[1]를하노라고 쌍을파다가 커다란돌을하나 끄집어내여놋코보니 도모지 어데서인가 본듯한생각이들게 모양이생겻는데 목도[2]들이 그것을메고나가드니 어데다갓다버리고온모양이길내 쪼차나가보니 危險하기짝이업는큰길가드라.

그날밤에 한소낙이하얏스니[3] 必是그돌이깨긋이씻겻슬터인데 그잇흔날가보니까 變怪로다 간데온데업드라. 엇던돌이와서 그돌을업어갓슬가[4] 나는참이런 悽량한생각에서 아래와가튼作文을지엿도다.

「내가 그다지 사랑하든 그대여 내한平生에 참아 그대를 니즐수업소이다. 내 차레에 못올사랑인줄은 알면서도 나혼자는 꾸준히생각하리다. 자그러면 내내어엿부소서」[5]

엇던돌이 내얼골을 물끄럼이 치여다보는것만갓하서 이런詩는 그만찌저버리고 십드라.[6]

『가톨닉靑年』, 1933. 7, 53쪽.

이 시는 시적 텍스트 자체가 일종의 알레고리를 구축한다. 작품의 전반부는 일터에서 파낸 '돌'에 관한 이야기를 담고 있다. 공사장 인부들이 커다란 돌을 파내어 큰길가에 버린다. 그날 밤 소나기가 내려 돌에 묻는 흙이 모두 씻겨 버렸을 것으로 생각하고 시적 화자는 다음 날 길가로 나가 본다. 그런데 누군가 그 돌을 치워 버려 자리에 없다. 작품의 후반부는 없어져 버린 돌에 대한 아쉬움의 감정을 '사랑하면서도 자신이 그 사랑을 차지하지 못한 안타까움'에 빗대어 표현한다.

이 작품의 텍스트에서 '돌'을 일반적인 사물이라고 한다면, 그 사물의 본질이나 실체를 제대로 알아보는 일이 중요하고, 또 그것을 알아보게 되었을 때 취할 수 있는 기회를 포착하고 소유하는 용기도 필요하다는 것을 암시한다. '돌'의 의미는 옥구슬일 수도 있고, 연모의 대상일 수도 있다. 그러나 그 대상을 제대로 알아보지 못하고 적극적으로 취하지 못하면 다른 데로 가 버려서 아무 소용이 없어진다. 이 시에서 그려 내고 있는 이러한 '상실'의 모티프는 소설 「환시기」에서 사소설적 형태로 변형하여 서사화하고 있다.

이 작품의 텍스트와 직접적인 관계를 가지는 것은 아니지만 '돌'과 관련하여 연상되는 중국 고사 '화씨벽(和氏璧)'에 관한 이야기가 있다. 『한비자(韓非子)』에 나오는 이야기다. 초(楚)나라 사람 변화(卞和)가 어느 날 형산(荊山)에서 사람 머리보다도 더 큰 박옥(璞玉, 옥의 원석)을 줍게 된다. 그는 왕에게 그것을 가져다 바친다. 그러나 폭군이었던 왕에게 그것은 바윗돌로 보인다. 그는 변화를 '미치광이'라고 하면서 왕을 속인 죄로 그의 왼쪽 발꿈치를 잘라 버린다. 그 뒤 왕이 죽고 새로운 왕이 즉위하자 그는 다시 그 박옥을 바쳤지만 이번에는 오른쪽 뒤꿈치를 잘린다. 다시 세월이 흘러 문왕(文王)이 등극한다. 그는 기어서 형산까지 가서는 박옥을 껴안고 통곡한다. 왕이 사자를 보내 물은즉 다음과 같이 말한다. "제가 우는 것은 발뒤꿈치가 잘려서가 아닙니다. 옥을 돌로 알고 충신을 미치광이로 여기는 것이 슬퍼서 우는 것입니다." 왕이 박옥을 가져와 옥장(玉匠, 옥을 다듬는 장인)에게 다듬게 한 즉 과연 커다란 옥구슬이 된다.

---

1) 역사(役事). 토목이나 건축 따위의 공사.

2) 목도. 두 사람 이상이 짝이 되어, 무거운 물건이나 돌덩이를 얽어맨 밧줄에 몽둥이를 꿰어 어깨에 메고 나르는 일. 또는 그런 일을 하는 인부.

3) 크게 소나기가 내리다.

4) 누군가 돌의 가치를 알아보고 그것을 가져감.

5) 없어진 '돌'을 자신이 마음으로 사랑하고 있는 여인에 비유하여 표현함. 잃어버린 것에 대한 아쉬움과 안타까움이 암시됨.

6) 자신의 행동에 대한 수치심이 암시됨.

1933, 6, 1

천칭우에서 삼십년동안이나 살아온사람 (어떤과학자) 삼십만개나 넘는 별을 다헤어놓고만 사람 (역시) 인간칠십 아니이십사년동안이나 뻔뻔히살아온 사람 (나)

나는 그날 나의자서전에 자필의부고를 삽입하였다 이후나의육신은 그런고향에는있지않았다. 나는 자신나의시가 차압당하는꼴을 목도하기는 차마 어려웠기때문에.

一九三三, 六, 一

天秤우에서 三十年동안이나 살아온사람 (엇던科學者) 三十萬個나넘는 별을 다헤여놋코만 사람 (亦是) 人間七十 아니二十四年동안이나 뻔々히사라온사람 (나)

나는 그날 나의自敍傳에 自筆의訃告를 挿入하엿다[1] 以後나의肉身은 그런故鄕에는잇지안앗다[2] 나는 自身나의詩가 差押當하는꼴을 目睹하기는 참아 어려웟기때문에.[3]

『가톨닉青年』, 1933. 7, 53쪽.

이 작품의 텍스트는 크게 전반부와 후반부로 구분된다. 전반부에서는 역사상 위대한 업적을 남긴 과학자들의 생애와 발자취를 생각한다. 중력의 법칙을 발견한 뉴턴이라든지 수많은 별들의 크기와 움직임을 관측해 낸 갈릴레오의 연구를 떠올린다. 그리고 24세에 이르기까지 시적 화자 자신이 살아온 초라한 삶이 얼마나 부끄러운 것인가를 대비해 보는 것이다.

후반부에서는 시적 화자가 자신의 삶에 대해 갖게 된 일종의 자괴감 같은 것을 드러낸다. 시적 화자는 스스로 자신의 육신에 대해 사망을 선고("부고를삽입")하면서 더는 과학의 영역("그런고향")에 자신이 서 있지 않음을 밝힌다.

이 작품은 시인 자신의 사적 체험을 중요한 시적 모티프로 활용한다. 텍스트 상에서 지시하고 있는 '그날'이란 작품의 제목에 해당하는 '1933년 6월 1일'이다. 이것은 경험적 자아로서의 시인 이상 자신의 삶에 연관되는 날짜에 해당한다고 하겠는데, 이상이 처음으로 국문 잡지 『가톨닉青年』에 시를 발표하게 된 날짜와 관련된 것이 아닌가 생각된다. 시인으로서의 새로운 출발이 이루어진 날 시적 화자는 자기반성의 자세를 보여 주고 있는 셈이다.

1) 그동안 살아온 자신의 삶을 청산한다는 의미를 담음.

2) 과거와 같은 삶을 살지 않을 것을 다짐함.

3) "시가 차압당하는꼴"이라는 것은 시를 발표할 수 없게 되는 사태를 말함.

거울

거울속에는소리가없소
저렇게까지조용한세상은참없을것이오

◇

거울속에도 내게 귀가있소
내말을못알아듣는딱한귀가두개나있소

◇

거울속의나는왼손잡이오
내악수를받을줄모르는—악수를모르는왼손잡이오

◇

거울때문에나는거울속의나를만져보지를못하는구료마는
거울아니었던들내가어찌거울속의나를만나보기만이라도했겠소

◇

나는지금거울을안가졌소마는거울속에는늘거울속의내가있소
잘은모르지만외로된사업에골몰할게요

◇

거울속의나는참나와는반대요마는
또꽤닮았소
나는거울속의나를근심하고진찰할수없으니퍽섭섭하오

거울

거울속에는소리가업소[1]
저럿케까지조용한세상은참업슬것이오

◇

거울속에도 내게 귀가잇소
내말을못아라듯는딱한귀가두개나잇소[2]

◇

거울속의나는왼손잡이오
내握手를바들줄몰으는—握手를몰으는왼손잡이오[3]

◇

거울때문에나는거울속의나를만저보지를못하는구료만은
거울아니엿든들내가엇지거울속의나를맛나보기만이라도햇겟소[4]

◇

나는至今거울을안가젓소만은거울속에는늘거울속의내가잇소[5]
잘은모르지만외로된[6]事業에골몰할께요

◇

거울속의나는참나와는反對요마는
또꽤닮앗소[7]
나는거울속의나를근심하고診察할수업스니퍽섭々하오[8]

『가톨닉青年』, 1933. 10, 52쪽.

이 시에서 다루어지고 있는 '거울'은 이상의 작품 세계에서 가장 많이 볼 수 있는 소재이며 시적 상징이다. 이 작품의 텍스트는 모두 여섯 개의 단락으로 구분되어 있는데, 각 행에서는 어절 단위의 띄어쓰기를 하지 않고 있다. 시상의 전개 과정을 놓고 본다면 전반부의 세 단락은 "거울속의나"를 중심으로 시적 진술이 이루어지며, 후반부의 세 단락은 '현실 속의 나'와 '거울 속의 나'의 관계를 서술한다.

'거울'은 빛의 반사에 의하여 사물의 영상을 만들어 낸다. 시적 화자는 거울 속의 영상을 대상으로 현실적 존재로서의 '나'와 '거울 속의 나'를 대립적으로 인식하고 있다. 여기서 드러나는 '나'의 이중성은 자아의 분열 또는 대립의 의미로 해석된다. 이러한 주제 의식은 이상 자신이 고심했던 시간의 비가역성이라는 담론과 결부시킬 경우, 그 문제성을 더욱 분명하게 드러낸다고 할 수 있다.

---

1) 거울 속에 소리가 없다는 것은 거울 속에 비치는 빛이 소리를 전달할 수 없음을 의미함.
2) 소리가 전달되지 않기 때문에 말을 알아듣지 못함.
3) 거울의 속성 가운데 가장 중요한 '반사'의 성질을 비유적으로 설명. 거울 속의 영상은 거울 면을 중심으로 실제의 사물과 항상 대칭적인 위치에 놓이므로 거울 속의 상은 실물과는 왼쪽과 오른쪽이 서로 뒤바뀐 것처럼 보이게 되는 것.
4) 거울의 속성을 말함. 나를 볼 수 있지만 만질 수 없다는 것은 빛의 반사를 비유적으로 말한 부분. 거울을 통해 자신을 보는 것 자체는 '자기 발견'의 의미로 해석할 수 있음.
5) '거울 속의 나'를 현실적 존재로서의 '나'와 구별되는 것으로 규정함.
6) 이 말은 두 가지의 의미로 해석이 가능함. 하나는 '왼쪽으로 바뀐', 다른 하나는 '외따로 떨어진'으로 볼 수 있음.
7) '나'와 '거울 속의 나' 사이의 이질성과 유사성을 말함.
8) '나'와 '거울 속의 나' 사이의 거리감을 표시함.

보통기념

시가에 전화가일어나기전
역시나는 '뉴톤'이 가르치는 물리학에는 퍽무지하였다

나는 거리를 걸었고 점두에 평과 산을보면은매일같이 물리학에 낙제하는 뇌수에피가묻은것처럼자그만하다

계집을 신용치않는나를 계집은 절대로 신용하려들지 않는다 나의 말이 계집에게 낙체운동으로 영향되는일이없었다

계집은 늘내말을 눈으로들었다 내말한마디가 계집의눈자위에 떨어져 본적이없다

기어코 시가에는 전화가일어났다 나는 오래 계집을잊었 었다 내가 나를 버렸던까닭이었다

주제도 더러웠다 때끼인 손톱은길었다
무위한일월을 피난소에서 이런일 저런일
'우라까에시'(이반) 재봉에 골몰하였느니라

종이로 만든 푸른솔잎가지에 또한 종이로 만든흰학동체한개가 서있다 쓸쓸하다

화로가햇볕같이 밝은데는 열대의 봄처럼 부드럽다 그한구석에서 나는지구의 공전일주를 기념할줄을 다알았더라

普通紀念

市街에 戰火[1]가닐어나기前
亦是나는「뉴―톤」이 갈으치는 物理學에는 퍽無智하얏다

나는 거리를 걸엇고 店頭에 苹果 山[2]을보면은每日가치 物理學에 落第하는 腦髓에피가무든것처럼자그만하다

계집을 信用치안는나를 계집은 絶對로 信用하려들지 안는다[3] 나의말이 계집에게 落體運動[4]으로 影響되는일이업섯다

계집은 늘내말을 눈으로드럿다[5] 내말한마데가 계집의눈자위에 떨어저 본적이업다[6]

期於코 市街에는 戰火가닐어낫다 나는 오래 계집을니젓 섯다 내가 나를 버렷든까닭이엿다

주제도 덜어웟다 때끼인 손톱은길엇다
無爲한日月을 避難所에서 이런일 저런일
「우라까에시」(裏返) 裁縫[7]에 골몰하얏느니라[8]

조희로 만든 푸른솔닙가지에 또한 조희로 만든흰鶴胴體한개가 서잇다 쓸々하다[9]

火炉가해ㅅ볏갓치 밝은데는 熱帶의 봄처럼 부드럽다 그한구석에서 나는地球의 公轉一週[10]를 紀念할줄을 다알앗드라

『月刊每申』, 1934. 7.

이 작품은 텍스트 자체가 모두 8연으로 구분되어 있다. 시적 화자인 '나'를 중심으로 그 상대역에 해당하는 여성을 '계집'이라는 말로 지칭한다. 텍스트 전체를 통해 두 남녀의 불화 상태를 복잡한 역학 관계로 빗대어 설명하고 있다.

첫째 연과 둘째 연은 '나'와 '계집' 사이의 관계를 간단히 예시한다. 여기서 근거로 내세우는 것이 뉴턴의 만유인력이다. 하지만 시적 화자인 '나'는 '계집'과의 관계에서 어떠한 형태의 끌림을 느끼지 못한다. 뉴턴의 '물리학에 대한 무지'라는 것이 이를 의미한다. 길거리를 지나면서 사과가 쌓여 있는 것을 보고 이 같은 자신의 문제에 대해 고심한다.

셋째 연과 넷째 연은 '나'와 '계집' 사이의 불화를 진술한다. 둘 사이의 신뢰가 무너지면서 불신이 커지고, 상대에 대한 사랑이나 상대를 존중하는 뜻이 모두 사라진다. 그 결과 둘 사이에 생겨난 파탄의 과정은 다섯째 연에서 "전화(戰火)가일어났다"는 말로 우회적으로 서술된다. 여섯째 연에서는 다시 돌아온 '계집'의 추레한 모습과 자신의 행동을 변명하며 거짓으로 꾸며 대는 모습을 묘사한다.

이 작품의 결말은 실체를 드러내지 않는 '계집'의 모습에도 불구하고 둘 사이의 관계가 일상적인 관계로 회복되면서 일 년의 세월을 보내게 되었음을 술회한다. 그러나 시적 화자는 실체가 없는 삶에서 외로움을 느끼고 있다. 이 시에서 그려 내고 있는 불화 속의 남녀 관계는 「봉별기」를 비롯한 여러 소설을 통해 서사화되기도 한다.

---

1) 시정(市井)에서 일어나는 싸움. 여기서는 '나'와 '계집'의 개인적인 불화와 싸움을 암시함.

2) 평과(苹果). 사과. 가게에 산처럼 쌓인 사과를 말함.

3) '나'와 '계집(여기서는 나의 아내)' 사이의 불화 또는 신뢰의 상실을 말함.

4) 낙체운동(落體運動). 중력에 의해 물체가 땅에 떨어지는 운동.

5) '눈으로 듣다'라는 말은 다소곳이 말을 듣는 것이 아니라 빤히 쳐다보면서 하는 말에 응대한다는 뜻.

6) 한 번도 제대로 내 말을 듣는 체를 하지 않음. 눈도 껌벅거리지 않음.

7) "우라까에시(裏返) 재봉(裁縫)"은 일본어. 변색이 되거나 낡은 옷의 겉감을 뒤집어서 속 부분이 겉으로 드러나도록 하여 다시 옷을 깁는 일을 말함. 여기서는 저질러진 일을 감추기 위해 말을 돌려 대는 것을 비유적으로 표현함.

8) '주제도~골몰하였느니라'까지는 모두 '계집'이 '나'를 떠난 후의 피폐한 상황을 묘사한 대목.

9) 실체와는 거리가 있는 꾸며 낸 모습이나 사실을 보고 스스로 비애감을 느끼고 있음.

10) 1년의 기간이 경과되었음을 암시함.

오감도

시제1호

13인의아해가도로로질주하오.
(길은막다른골목이적당하오.)

제1의아해가무섭다고그리오.
제2의아해도무섭다고그리오.
제3의아해도무섭다고그리오.
제4의아해도무섭다고그리오.
제5의아해도무섭다고그리오.
제6의아해도무섭다고그리오.
제7의아해도무섭다고그리오.
제8의아해도무섭다고그리오.
제9의아해도무섭다고그리오.
제10의아해도무섭다고그리오.

제11의아해가무섭다고그리오.
제12의아해도무섭다고그리오.
제13의아해도무섭다고그리오.
13인의아해는무서운아해와무서워하는아해와그렇게뿐이모였소.(다른사정은없는것이차라리나았소)

그중에1인의아해가무서운아해라도좋소.
그중에2인의아해가무서운아해라도좋소.
그중에2인의아해가무서워하는아해라도좋소.
그중에1인의아해가무서워하는아해라도좋소.

(길은뚫린골목이라도적당하오.)
13인의아해가도로로질주하지아니하여도좋소.

烏瞰圖

詩第一號

十三人의兒孩가道路로疾走하오.[1)]
(길은막달은골목이適當하오.)[2)]

第一의兒孩가무섭다고그리오.
第二의兒孩도무섭다고그리오.
第三의兒孩도무섭다고그리오.
第四의兒孩도무섭다고그리오.
第五의兒孩도무섭다고그리오.
第六의兒孩도무섭다고그리오.
第七의兒孩도무섭다고그리오.
第八의兒孩도무섭다고그리오.
第九의兒孩도무섭다고그리오.
第十의兒孩도무섭다고그리오.

第十一의兒孩가무섭다고그리오.
第十二의兒孩도무섭다고그리오.
第十三의兒孩도무섭다고그리오.[3)]
十三人의兒孩는무서운兒孩와무서워하는兒孩와그러케뿐이모혓소.(다른事情은업는것이차라리나앗소)

그中에一人의兒孩가무서운兒孩라도좃소.
그中에二人의兒孩가무서운兒孩라도좃소.
그中에二人의兒孩가무서워하는兒孩라도좃소.
그中에一人의兒孩가무서워하는兒孩라도좃소.[4)]

(길은뚫닌골목이라도適當하오.)

十三人의兒孩가道路로疾走하지아니하야도좃소.

「朝鮮中央日報」, 1934. 7. 24.

이 작품은 '오감도(烏瞰圖)'라는 표제 아래 「시제1호」부터 「시제15호」까지 모두 15편으로 이루어진 연작 형식의 시이다. 각각의 작품은 그 형태와 주제 내용이 독자성을 유지하고 있지만 오감도라는 커다란 틀 안에서 서로 묶이고 있다.

'오감도(烏瞰圖)'라는 표제가 '조감도(鳥瞰圖)'의 '조(鳥)'라는 한자를 파자(破字)한 것이라는 점은 널리 알려진 사실이다. 조감도(a bird's-eye view)는 건물의 모양을 위에서 내려다본 모습대로 그려놓은 것인데, 여기서 '조(鳥, 새)'의 한 획을 지워서 '오(烏, 까마귀)' 자로 바꿈으로써 새로운 의미를 덧붙인다. 이 작품은 박태원과 이태준의 주선에 의해 「조선중앙일보(朝鮮中央日報)」(1934. 7. 24.~8. 8.)에 연재되었으며, 시인으로서의 이상의 문단적 존재를 새롭게 각인시킨 화제작이 된다. 시인 이상은 이 작품에서 기존의 시법과는 다르게 기호와 도표를 동원하고 단순하면서도 반복적인 진술 방법을 활용하여 시적 의미의 해체와 새로운 의미의 창조를 꿈꾸고 있다.

「시제1호」의 시적 구도는 매우 단순하다. 텍스트에는 '막다른골목'에서 '13인의아해'가 '질주'하고 있는 상황이 제시된다. '13인의 아해'들은 모두가 자신들이 처해 있는 상황을 '무섭다.'라고 진술한다. 그리고 각각 스스로 무서운 존재로 변하기도 하고 무서워하는 존재가 되기도 한다. 여기서 '13인'이라는 숫자가 어떤 의미를 지니는 것인가를 따지는 것은 큰 의미가 없어 보인다. 오히려 문제가 되는 것은 막다른 골목을 질주하며 느끼게 되는 공포의 실체가 무엇인가 하는 점이다. '오감도'는 이러한 문제의식으로부터 다시 읽어가야만 그 시적 의미에 도달할 수 있다.

---

1) "13인의아해(兒孩)"에 대한 논의가 분분하다. 그러나 이 숫자에 어떤 의미를 부여하고 거기에 집착하게 되면 다른 중요한 요소들을 놓치기 쉽다. 오히려 이 '13인의 아해'라는 대상을 어떤 방식으로 서술하고 있는지를 주목할 필요가 있다. 이상의 다른 작품에서 '13'이라는 숫자가 각별한 의미를 지닌 채 쓰인 경우는 발굴 작품으로 소개된 시 「1931년」에서이다. 그 대목을 인용해 보면 다음과 같다. '나의 방의 시계(時計) 별안간 십삼(十三)을 치다. 그때, 호외(號外)의 방울 소리 들리다. 나의 탈옥(脫獄)의 기사(記事). 불면증(不眠症)과 수면증(睡眠症)으로 시달림을 받고 있는 나는 항상 좌우(左右)의 기로(岐路)에 섰다. / 나의 내부(內部)로 향(向)해서 도덕(道德)의 기념비(記念碑)가 무너지면서 쓰러져 버렸다. 중상(重傷). / 세상은 착오(錯誤)를 전(傳)한다. / 12+1=13 이튿날(즉(卽) 그때)부터 나의 시계(時計)의 침은 삼(三) 개(個)였다.'

2) 이 대목은 뒤에 "길은뚫린골목이라도적당하오."라는 진술에 대응한다. 그러므로 막

다른 골목이나 뚫려 있는 골목이나 서로 마찬가지임을 알 수 있다.

3) "제1의아해가무섭다고그리오."에서부터 "제13의아해도무섭다고그리오."에 이르기까지 이루어지고 있는 시적 진술은 각 문장이 모두 13개의 음절로 구성되어 있으며 동일한 상황을 열세 번 반복한다. 이러한 반복의 수사적 특성은 단순하기는 하지만 반복되는 상황 자체의 강조를 의미한다. 말하자면 '무서움'의 정서를 공간적으로 확산시키는 데에 이 반복의 진술법이 크게 기여하고 있다.

4) 여기서는 "무서운아해"와 "무서워하는아해"를 주체로 하는 언어적 진술 자체를 전후 대칭 구조로 배열하고 있다. 이러한 진술법은 앞의 2행과 뒤의 2행 사이에 거울이 있다는 것을 가정할 경우 의미가 분명해진다.

오감도

시제2호

나의아버지가나의곁에서조을적에나는나의아버지가되고또나는나의아버지의아버지가되고그런데도나의아버지는나의아버지대로나의아버지인데어쩌자고나는자꾸나의아버지의아버지의아버지의……아버지가되니나는왜나의아버지를껑충뛰어넘어야하는지나는왜드디어나와나의아버지와나의아버지의아버지와나의아버지의아버지의아버지노릇을한꺼번에하면서살아야하는것이냐

烏瞰圖

詩第二號

나의아버지가나의겨테서조을적에나는나의아버지가되고[1]또나는나의아버지의아버지가되고그런데도나의아버지는나의아버지대로나의아버지인데어쩌자고나는작고나의아버지의아버지의아버지의……아버지가되니나는웨나의아버지를껑충뛰어넘어야하는지나는웨드듸어나와나의아버지와나의아버지의아버지와나의아버지의아버지의아버지노릇[2]을한꺼번에하면서살아야하는것이냐

「朝鮮中央日報」, 1934. 7. 25.

이 작품은 전체 텍스트가 하나의 문장으로 이어져 있다. 띄어쓰기를 거부하는 이 같은 표기 방법은 두 가지 의미로 해석이 가능하다. 하나는 언어와 문자가 본질적으로 지니고 있는 선조성(線條性), 다시 말하면 말을 하거나 글을 쓸 때 언어 요소들이 앞뒤에 계기적으로 연결되는 성질에 대한 일종의 거부 반응이다. 이상 자신은 사물에 대한 인식이 순간적(동시적)으로 이루어지는 것임에도 불구하고 그 언어 표현이 시간적 계기성에 묶이는 것에 대해 「지도의 암실」에서 다음과 같이 불만을 표시한 적이 있다. '무슨까닭에 한번닑어지나가면 되무소용인인글자의고정된기술방법을채용하는 흡족지안은버릇을쓰기를버리지안을까를그는생각한다 글자를저것처럼가지고그하나만이 이랫다저랫다하면 또생각하는것은 사람하나 생각둘말 글자 셋 넷 다섯 또다섯 또또다섯 또또또다섯그는결국에시간이라는것의무서운힘을 믿지아니할수는업다.' 또 다른 하나는 진술되고 있는 사실 자체를 연결시키기보다는 하나의 개념으로 겹쳐서 제시하고자 하는 의도이다. 다시 말하면 문장 구성에서 통합적(syntagmatic) 요소보다는 계열적(paradigmatic) 요소에 더 큰 관심을 부여하고 있는 것으로 볼 수도 있다.

이 작품은 '나'라는 시적 주체에 '아버지, 아버지의 아버지, 아버지의 아버지의 아버지……'가 서로 대응하는 관계를 보여 준다. 현재의 '나'에 대응하는 '아버지, 아버지의 아버지, 아버지의 아버지의 아버지……'는 가족 또는 가문의 차원에서는 조상(祖上), 선조(先祖)에 해당하며, 세대의 차원에서는 기성세대(旣成世代)를 말한다. 시간상으로는 과거(過去)라고 할 수 있다. 그러므로 이 작품에서 '나'는 가문의 전통이나 기성세대의 권위나 과거의 역사에 대한 자신의 역할에 대해 의문을 표시하면서 이들로부터 벗어나고자 한다.

1) '되다'라는 동사는 '어떤 상태에 이르다', '어떤 상황으로 바뀌다' 등의 의미를 지닌다. 현재의 '나'가 '아버지'가 되는 것은 시간적으로 과거로 돌아가는 것에 해당한다.

2) '노릇'은 역할과 의무를 뜻함.

오감도

시제3호

싸움하는사람은즉싸움하지아니하던사람이고또싸움하는사람은싸움하지아니하는사람이었기도하니까싸움하는사람이싸움하는구경을하고싶거든싸움하지아니하던사람이싸움하는것을구경하든지싸움하지아니하는사람이싸움하는구경을하든지싸움하지아니하던사람이나싸움하지아니하는사람이싸움하지아니하는것을구경하든지하였으면그만이다

烏瞰圖

詩第三號

싸홈하는사람은즉싸홈하지아니하든사람이고또싸홈하는사람은싸홈하지아니하는사람이엇기도하니까싸홈하는사람이싸홈하는구경을하고십거든싸홈하지아니하든사람이싸홈하는것을구경하든지싸홈하지아니하는사람이싸홈하는구경을하든지싸홈하지아니하든사람이나싸홈하지아니하는사람이싸홈하지아니하는것을구경하든지하얏으면그만이다

「朝鮮中央日報」, 1934. 7. 25.

이 작품의 시적 진술 방식은 「시제2호」와 유사하다. 시적 텍스트 전체가 하나의 문장으로 연결되어 있으며 띄어쓰기를 거부하고 있다. 이 텍스트에서 주목해야 하는 것은 '싸움하는 사람'이라는 하나의 대상에 대한 진술이다. 이 대상에 대한 진술은 현재라는 시간에 묶여 있다. 그러나 이것을 시간적 위상을 달리하여 보면 여러 가지 서로 다른 진술이 가능해진다. 과거로 돌아가 보면 현재 '싸움하는 사람'은 '싸움 아니하던 사람'에 해당한다.

이 같은 논리를 발전시키면 스스로 자신이 싸움하는 장면을 구경하는 사태로 발전한다. 이 텍스트가 노리고 있는 것은 바로 이 같은 새로운 차원의 세계 인식의 가능성이다. 이상은 이것을 아인슈타인의 상대성이론에서 찾고 있다. 이상이 일본어로 발표한 시 「선(線)에관한각서(覺書) 5」에는 다음과 같은 진술이 있다. "過去로달아나서未來를보는가, 未來로달아나는것은過去로달아나는것과同一한것도아니고未來로달아나는것이過去로달아나는것이다."

시제4호

환자의용태에관한문제.

• 0 9 8 7 6 5 4 3 2 1
0 • 9 8 7 6 5 4 3 2 1
0 9 • 8 7 6 5 4 3 2 1
0 9 8 • 7 6 5 4 3 2 1
0 9 8 7 • 6 5 4 5 2 1
0 9 8 7 6 • 5 4 3 2 1
0 9 8 7 6 5 • 4 3 2 1
0 9 8 7 6 5 4 • 3 2 1
0 9 8 7 6 5 4 3 • 2 1
0 9 8 7 6 5 4 3 2 • 1
0 9 8 7 6 5 4 3 2 1 •

진단 0 · 1

26 · 10 · 1931

이상 책임의사 이 상

鳥瞰圖

詩第四號

患者의容態[1]에關한問題.

● 0 9 8 7 6 5 4 3 2 1

0 ● 9 8 7 6 5 4 3 2 1

0 9 ● 8 7 6 5 4 3 2 1

0 9 8 ● 7 6 5 4 3 2 1

0 9 8 7 ● 6 5 4 3 2 1

0 9 8 7 6 ● 5 4 3 2 1

0 9 8 7 6 5 ● 4 3 2 1

0 9 8 7 6 5 4 ● 3 2 1

0 9 8 7 6 5 4 3 ● 2 1

0 9 8 7 6 5 4 3 2 ● 1

0 9 8 7 6 5 4 3 2 1 ●

診斷 0 · 1

26 · 10 · 1931

以上　責任醫師　李　箱

「朝鮮中央日報」, 1934. 7. 28.

이 작품은 이상의 일본어 시 「건축무한육면각체(建築無限六面角體)」에 포함되어 있는 「진단(診斷) 0 : 1」을 패러디한 것이다. 숫자판이 뒤집혀져 있으며, 숫자판 아래의 '진단 0 · 1'이 가운뎃점으로 표시되어 있다. 이 작품은 텍스트 자체가 숫자판과 함께 제시되는 간략한 몇 개의 진술로 구성되어 있다. 숫자판 자체의 구성에서 볼 수 있는 기호적인 특성을 해명하기 위해 여러 가지 접근법이 시도되기도 하였고, 다양한 의미로 해석되기도 하였다.

이 작품에서 숫자판의 성격에 대해서는 김명환 교수의 설명이 설득적이다. 수학자인 김 교수는 「이상의 시에 나타나는 수학기호와 수식의 의미」(『이상 문학 연구 60년』, 권영민 편, 170~171쪽)에서 이 숫자판의 맨 위에 '1234567890'이라는 숫자가 있는데, 이 숫자가 한 줄씩 아래로 내려오면서 1/10씩 곱해지는 등비수열의 형태를 나타내고 있다고 해석하고 있다. 그리고 이렇게 계속 내려가면 아무리 큰 수부터 시작해도 결국은 0으로 수렴하게 된다는 사실을 지적한다.

이 시에서 다루고 있는 내용을 폐결핵이라는 시인 자신의 병환과 관련지어 이해할 수도 있다. 정상적으로 작동하고 있는 한쪽의 폐는 '1'로, 결핵이 상당히 진전되어 있는 다른 한쪽의 폐는 '0'으로 표시하고 있는 것이 아닌가 한다. 특히 병의 상태가 점차 악화되고 있는 것을 '0'으로 수렴되는 수식으로 표시한 것으로 볼 수 있다.

---

1) '환자의 용태'를 기호적으로 형상화하기 위해 XY축에 1에서 0에 이르는 숫자를 배열하고 있으며, 그것을 마치 거울 속에 비친 것처럼 뒤집어 보여 주고 있다.

시제5호

기후좌우를제하는유일의 흔적에있어서

익은불서 목대부도(翼殷不逝 目大不覩)

반왜소형의신의안전에아전낙상한고사를유함.

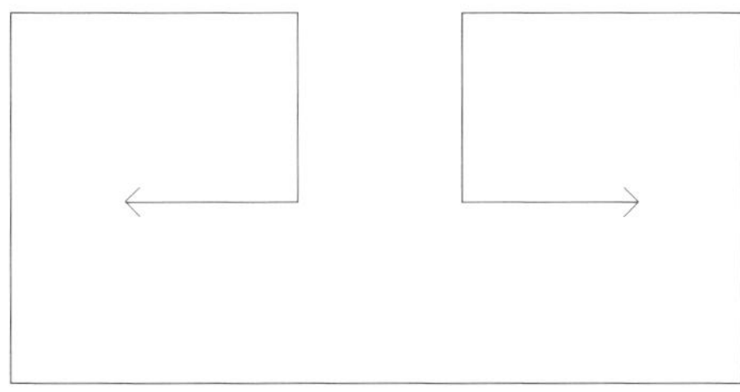

장부타는것은 침수된축사와구별될수있을는가.

烏瞰圖

詩第五號

其後左右를除하는唯一의 痕跡에잇서서[1)]

翼殷不逝 目大不覩[2)]

胖矮小形의神의眼前에我前落傷한故事를有함.[3)]

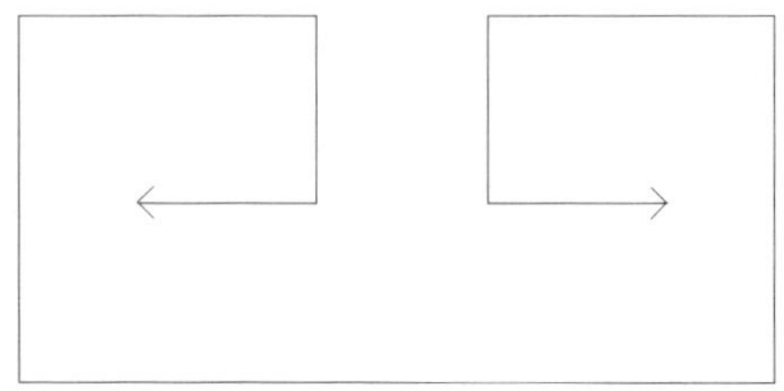

臟腑타는것은[4)] 浸水된畜舍[5)]와區別될수잇슬는가.

「朝鮮中央日報」, 1934. 7. 28.

이 작품의 텍스트는 이상의 일본어 시 「건축무한육면각체(建築無限六面角體)」에 포함되어 있는 「이십이 년(二十二年)」을 패러디한 것이다.

기왕의 연구에서는 대부분 일본어 시 「二十二年」과 「오감도-시제5호」의 텍스트가 동일한 것으로 설명하고 있지만, 두 텍스트 사이에 미묘한 변화가 있음을 주목해야 한다. 이 변화를 추적해 보면 두 작품의 차이를 확인할 수 있다. 첫째 작품의 제목을 「二十二年」에서 「시제5호」로 바꾼 것, 둘째 '전후좌우(前後左右)'가 '기후좌우(其後左右)'로 바뀐 점, 셋째 "익단불서 목대부도(翼段不逝 目大不覩, 날개가 부러져 날지 못하고 눈이 커도 보지 못한다.)"라는 구절을 "익은불서 목대부도(翼殷不逝 目大不覩, 날개가 커도 날지 못하고 눈이 커도 보지 못한다.)"로 바꾼 것, 넷째 "胖矮小形の神の眼前に我は落傷した故事を有つ"라는 구절을 "胖矮小形의神의眼前에我前落傷한故事를有함."으로 바꾼 것, 다섯째 "臟腑 其者は浸水された畜舍とは異るものであらうか(臟腑그것은浸水한畜舍와다를것인가)"라는 구절이 "臟腑타는것은 浸水된畜舍와區別될수잇슬는가."로 바뀐 것을 차이점으로 지적할 수 있다.

이 작품에서 그려 내고 있는 것은 결국 시인의 나이 22세에 폐결핵을 진단받고 그 병환이 심각한 상태에 있음을 알게 된 순간의 절망감이다. 시적 화자는 병으로 인한 신체 기능의 결여 상태를 『장자』의 한 대목을 패러디하여 그려 내고 이를 다시 X선 사진을 통해 추상화시켜 표현한다. 이 작품에서 제시되고 있는 육체의 물질성에 대한 인식은 작품의 마지막 구절에서 절망적으로 표출된다.

---

1) '기후(其後)' 는 어떤 일이 생긴 '그 뒤' 정도로 해석이 가능하다. 좌우(左右)를 제(除)한 유일의 흔적'은 '좌우(가슴 양쪽의 폐)가 모두 손상된 모양' 정도로 해석된다.

2) 중국의 대표적인 고전 『장자(莊子)』의 '산목편'에 나오는 구절을 패러디한 것임. 원문은 '익은불서(翼殷不逝) 목대부도(目大不覩)'이고, '날개가 커도 날지 못하고 눈이 커도 보지 못한다.'는 의미를 지닌다. 폐결핵을 진단받은 후 겪게 된 정신적 좌절과 육체적 고통을 빗대어 진술한 것이다. 새로운 삶에 대한 의지를 상실하게 된 것을 날지 못하는 상황에 비유하고 있으며, 병환의 상태가 전혀 겉으로 드러나지 않아서 아무것도 알아볼 수 없음을 한탄하고 있다.

3) "반왜소형의신"은 키가 작고 뚱뚱한 의사를 빗대어 말한 것이다. 폐결핵 진단을 받고 충격에 싸여 의사 앞에서 쓰러진 사실이 있음을 진술하고 있다.

4) X선 촬영 사진의 검은 부분을 보면서 '신체의 내장 기관이 타는 것'으로 표현하고 있다. 폐결핵의 심각성을 드러내는 표현이다. 그리고 흐릿한 골격이 드러나 있는 사진의 형상을 "침수된 축사"에 비유한다. "臟腑타는것"과 "侵水된畜舍"에서 각각 불과 물의 이미지가 대조적으로 결합되고 있다. 대부분의 전집에서 '臟腑타는'을 '臟腑라는'으로 아무 근거도 없이 바꾸어 놓고 있다.

5) X선 촬영 사진에 흐릿하게 드러난 골격의 모양을 비유적으로 표현한 것.

오감도

시제6호

앵무 ※ 2필

2필

※ 앵무는포유류에속하느니라.

내가2필을아아는것은내가2필을아알지못하는것이니라。 물론나는희망할것이니라.

앵무　2필

'이소저는신사이상의부인이냐' '그렇다'

나는거기서앵무가노한것을보았느니라. 나는부끄러워서 얼굴이붉어졌었겠느니라.

앵무　2필

2필

물론나는추방당하였느니라. 추방당할것까지도없이자퇴하였느니라. 나의체구는중축을상첨하고또상당히창량하여그랬던지나는미미하게체읍하였느니라.

'저기가저기지' '나' '나의—아—너와나'

'나'

sCANDAL이라는것은무엇이냐. '너' '너구나'

'너지' '너다' '아니다 너로구나' 나는함

뿍젖어서그래서수류처럼도망하였느니라. 물론그것을아아는사람혹은보는사람은없었지만그러나과연그럴는지그것조차그럴는지.

烏瞰圖

詩第六號

鸚鵡 ※ 二匹[1)]

二匹

※ 鸚鵡는哺乳類에屬하느니라.[2)]

내가二匹을아아는것은내가二匹을아알지못하는것이니라.[3)] 勿論나는希望할것이니라[4)]

鸚鵡 二匹

「이小姐는紳士李箱의夫人이냐」「그러타」[5)]

나는거기서鸚鵡가怒한것[6)]을보앗느니라. 나는붓그러워서 얼굴이붉어젓섯겟느니라.[7)]

鸚鵡 二匹

二匹

勿論나는追放당하얏느니라. 追放당할것까지도업시自退하얏느니라.[8)] 나의體軀는中軸을喪失[9)]하고또相當히蹌踉하야그랫든지나는微微하게涕泣하얏느니라.

「저기가저기지」「나」「나의—아—너와나」

「나」

sCANDAL[10)]이라는것은무엇이냐. 「너」「너구나」

「너지」「너다」「아니다 너로구나」[11)]나는함

뿍저저서그래서獸類처럼逃亡하얏느니라.[12)] 勿論그것을아아는사람或은보는사람은업섯지만그러나果然그럴는지그것조차그럴는지.[13)]

「朝鮮中央日報」, 1934. 7. 31.

이 작품은 '앵무(鸚鵡)새'를 등장시켜 시적 화자인 '나'와 '아내'의 불화와 결별 그리고 그에 따른 세간의 풍문을 암시적으로 그려 내고 있다. 앵무새는 다른 새의 울음소리나 사람의 말소리를 잘 흉내 낸다. 여기서 진정한 자신의 목소리를 내지 못하고 남의 말소리만 따라 하는 '앵무'는 거짓된 말로 변명만 하는 '아내'를 가리킨다. 이 작품에서 '앵무'로 지칭되고 있는 아내는 밖에 나가서는 '나'와의 부부 관계를 감추고자 한다. 시적 화자인 '나'는 이 같은 아내의 태도에 대해 모멸감을 느끼게 된다. 그리고 결국은 둘 사이가 벌어져서 헤어지게 된다. '나'는 세간의 풍설을 피해 도망한다.

기존의 연구자들은 대부분 '앵무(鸚鵡) 2필(二匹)'을 '나'와 '아내' 두 사람을 암시하는 것으로 풀이하고 있다. 그러나 여기서 '2필(二匹)'이라고 쓴 것은 '앵무(鸚鵡)'라는 말 자체가 '앵무새'를 의미하는 '앵(鸚)'과 '무(鵡)'라는 두 글자로 표시된 것에 대하여 일종의 '말놀이'를 하고 있는 것으로 볼 수 있다. '앵무'는 거짓된 말과 이중적인 태도를 보이고 있는 '아내'를 기호화하여 상징한다. 실제 작품 텍스트를 보면 이러한 사실을 암시하기 위해 '앵무' 다음에 '※'표를 하고 그 내용을 설명하고 있다. 전체적인 문맥상으로도 '앵무'를 아내로 국한시켜 놓을 때 의미가 분명해진다.

---

1) 2필(二匹). 두 마리. 여기서 '두 마리'라고 말한 것은 '앵무(鸚鵡)'라는 말 자체가 '앵무새'를 뜻하는 '앵(鸚)'과 '무(鵡)'라는 동일한 의미의 두 개의 한자로 표기된 것을 지적하는 일종의 '말놀이'이다. '필(匹)'은 주로 말(馬)을 세는 단위이다. 일반적으로 조류의 경우는 그 수효를 표시하는 단위로 '수(首)'를 쓴다. 그럼에도 '필'을 쓴 것은 바로 뒤에 '포유류(즉, 사람)'라고 설명하고 있는 점과 통한다.

2) '앵무'는 새인데도 포유류라고 말하고 있다. 이것은 바로 앞에서 '2필(二匹)'이라고 쓴 것에 대응하며, 사람처럼 말을 한다는 사실로부터 의미를 확대시킨 것으로 볼 수 있다.

3) 여기서 '2필'은 '앵무'를 말하며 '아내'를 비유적으로 표현한 것이다. '나'는 아내를 제대로 알지 못하고 있음을 인정한다.

4) 그러나 '나'는 아내를 이해할 수 있기를 바라고 있다.

5) 이 대목은 어떤 사람이 묻고 거기 대답한 '나'의 말을 그대로 옮긴 것이다. '나'는 자신의 곁에 있는 여자가 '부인'이냐고 묻는 말에 '그렇다'라고 대답한다. 이 대목은 소설 「지도의 암실」에 등장하는 다음과 같은 장면과 연결된다.

"CETTE DAME EST-ELLE LA FEMME DE MONSIEUR LICHAN?
앵무새당신은 이럿케짓거리면 조흘것을그때에 나는
OUI!
라고그러면 조치안켓습니까 그럿케그는생각한다."

6) 이 대목의 '앵무'는 '아내'를 말한다. 부부 관계라는 것을 시인하는 내게 아내가 화를 낸다. 아내가 밖에서는 한 사내의 아내라는 사실을 숨기고 싶어 한다는 것을 암시한다.

7) 아내가 유부녀라는 사실을 밝히기 싫어하는 것에 대한 '나'의 반응이다. 일종의 수치심과 모멸감을 암시한다.

8) 아내에게서 버림받다. 아니 스스로 물러나게 되다.

9) '喪失'의 오자로 보기도 하지만, 여기서는 원문대로 표기한다.

10) scandal. 추문. '나'와 '아내'에 관한 온갖 소문을 의미함. 타이포그래피의 속성을 이용하여 첫 글자를 소문자로, 뒤의 글자를 모두 대문자로 쓰고 있는데, 이것은 조그만 이야기가 소문으로 점차 커져 사방에 퍼지는 것을 시각화한 것이라고 생각된다.

11) 이 대목에 제시되고 있는 말들은 모두 세간에 떠도는 소문-스캔들을 그대로 옮긴 것이다.

12) 무성한 억측과 소문으로부터 벗어나고자 함.

13) '나'와 아내의 관계가 정말 그런 것인지 그렇게 된 것인지를 제대로 보고 알고 있는 사람은 없다는 뜻.

오감도

시제7호

구원적거의지의일지 · 일지에피는현화 · 특이한사월의화초 · 삼십륜 · 삼십륜에전후되는양측의 명경 · 맹아와같이희희하는지평을향하여금시금시낙백하는 만월 · 청간의기가운데 만신창이의만월이의형당하여혼륜하는 · 적거의지를관류하는일봉가신 · 나는근근히차대하였더라 · 몽몽한월아 · 정밀을개엄하는대기권의요원 · 거대한곤비가운데의일년사월의공동 · 반산전도하는성좌와 성좌의천렬된사호동을포도하는거대한풍설 · 강매 · 혈홍으로염색된암염의분쇄 · 나의뇌를피뢰침삼아 침하반과되는광채임리한망해 · 나는탑배하는독사와같이 지평에식수되어다시는기동할수없었더라 · 천량이올때까지

烏瞰圖

詩第七號

久遠謫居의地[1]의一枝 · 一枝에피는顯花[2] · 特異한四月의花草 · 三十輪[3] · 三十輪에前後되는兩側의 明鏡[4] · 萌芽[5]와갓치戲戲하는[6]地平을向하야금시금시落魄하는[7] 滿月 · 清澗[8]의氣가운데 滿身瘡痍[9]의滿月이劓刑[10]當하야渾淪하는[11] · 謫居의地[12]를貫流하는一封家信[13] · 나는僅僅히[14]遮戴[15]하얏드라 · 濛濛[16]한月芽[17] · 靜謐을蓋掩하는[18]大氣圈의遙遠[19] · 巨大한困憊[20]가운데의一年四月의空洞 · 槃散[21]顚倒[22]하는星座와 星座의千裂[23]된死胡同[24]을 跑逃하는[25]巨大한風雪 · 降霾[26] · 血紅으로染色된岩鹽의粉碎[27] · 나의腦를避雷針삼아 沈下搬過되는[28]光彩淋漓한亡骸[29] · 나는塔配하는[30]毒蛇와가치 地平에植樹되어다시는起動할수업섯드라[31] · 天亮[32]이올때까지

「朝鮮中央日報」, 1934. 8. 1.

이 작품은 텍스트 전체가 한문 투로 구성되어 있다. 이 작품에는 '나'라는 시적 화자가 등장한다. 전반부("나는僅僅히遮戴하였더라"까시를 말함)에서는 먼 유적(流謫)의 땅에서 한 여인('花草'라는 말이 암시하고 있는 대상)을 만나 그녀에게 빠져 지내는 장면을 그린다. 가족들이 보낸 편지(一封家信)를 받고도 거기에 맞서 버틴다. 후반부는 병으로 인한 고통과 병마와 싸우는 과정, 그리고 정신과 육체가 함께 탕진되는 모습을 보여 준다.

이 작품에서 암시되고 있는 시적 모티프들은 시인 이상 자신의 사적인 체험과 연결되어 있다. 그가 폐결핵으로 직장을 쉬게 된 후 배천 온천으로 요양을 떠났다가 그곳에서 '금홍'이라는 여인을 만나게 되는 과정은 널리 알려진 일이다. 이 작품의 텍스트 안에 제시되고 있는 이러한 요소들은 모두 이야기로 꾸며져 소설 「봉별기(逢別記)」로 발표된 바 있다.

---

1) "구원적거(久遠謫居)의지(地)"는 '아주 먼 귀양살이 땅'이라는 뜻이다. 이 대목을 개인사적 요소와 연결시켜 본다면 이상 자신이 병으로 요양을 갔던 '배천 온천장'을 의미한다.

2) 한 가지에 피어 있는 꽃. 시적 화자인 '나'가 만나게 된 여인을 암시한다.

3) '삼십 바퀴' 또는 '30일' 정도로 해석이 가능하며 휴양지에서 여인을 만났던 기간을 암시한다.

4) 두 사람이 30일 정도를 서로 맞대고 있었음을 말한다. "명경(明鏡)"은 거울을 뜻하지

만 여기에서는 거울에 비친 겉모습을 암시한다.

5) 맹아(萌芽). 식물에 새로 트는 싹. 사물의 시초가 되는 것을 말하기도 한다.

6) 희희(戲戲)하다. 장난질을 하다. 장난스럽게 놀다.

7) 낙백(落魄)하다. 넋을 잃다. 이 대목 전체를 놓고 본다면, "맹아(萌芽)와같이희희(戲戲)하는지평(地平)을향(向)하여금시금시낙백(落魄)하는 만월(滿月)"은 '처음에는 장난처럼 시작된 것이(맹아와 같이 희희하는) 금시 넋을 잃고 거기에 빠져들게 됨'을 뜻하는 것으로 읽을 수 있다.

8) 청간(淸澗). 맑은 시냇물.

9) 만신창이(滿身瘡痍). 온몸이 상처투성이가 됨. 여기서는 일이 아주 엉망이 됨을 비유적으로 이르는 말.

10) 의형(劓刑). 코를 베는 형벌. 여기서는 낯을 들 수 없을 정도로 크게 체면을 상하게 됨을 비유적으로 이름.

11) 혼륜(渾淪)하다. 뒤죽박죽 혼돈되다.

12) 적거의 지(地). 귀양살이 땅. 여기서는 요양차 내려온 곳을 비유적으로 말함.

13) 일봉(一封)가신(家信). 집에서 보내 온 한 통의 편지.

14) 근근(僅僅)히. 가까스로. 간신히.

15) 차대(遮戴)하다. 막아서서 받들다.

16) 몽몽(濛濛)하다. 흐릿하다.

17) 월아(月芽). 글자 그대로 말하면 '달의 싹'이다. 여기서는 '달빛'을 의미함.

18) 개엄(蓋掩)하다. 덮어 가리다.

19) 요원(遙遠). 가마득히 멀다.

20) 곤비(困憊). 곤궁하고 지침.

21) 반산(槃散). 절름거림.

22) 전도(顚倒). 엎어져 넘어짐.

23) 천열(千裂). 수없이 갈라짐.

24) 사호동(死胡同). 막다른 골목.

25) 포도(跑逃)하다. 허비적거리며 달아나다.

26) 강매(降霾). 쏟아지는 흙비.

27) 이 대목은 고통스러운 삶을 '하얀 암염이 핏빛으로 물들어 부서지는 것'에 비유하여 표현한 것으로 봄.

28) 침하(沈下) 반과(搬過)되다. 밑으로 가라앉아 옮겨지다.

29) 광채가 흐르는 해골. '임리(淋漓)하다'는 '홍건히 흐르다'의 뜻을 지님.

30) 탑배(塔配)하다. '탑에 유배되다'는 뜻으로 만들어 낸 말. '탑 속에 갇히다' 정도로 해석이 가능하다.

31) 전혀 움직일 수 없게 된 신세를 비유적으로 말함.

32) 천량(天亮). 여기서 '양(亮)'은 두 가지 의미를 지닌다. 하나는 '밝다'라는 뜻이고 다른 하나는 '임금님의 상중(喪中)'이라는 뜻이다. 여기서는 하늘이 밝아짐, 부모님의 상중(喪中), 하늘의 보살핌 등 다의적으로 읽을 수 있다.

오감도

시제8호 해부

제1부시험	수술대	1
	수은도말평면경	1
	기압	2배의평균기압
	온도	개무

위선마취된정면으로부터입체와입체를위한입체가구비된전부를평면경에영상시킴. 평면경에수은을현재와반대측면에도말이전함. (광선침입방지에주의하여) 서서히마취를해독함. 일축철필과일장백지를지급함. (시험담임인은피시험인과포옹함을절대기피할것) 순차수술실로부터피시험인을해방함. 익일. 평면경의종축을통과하여평면경을이편에절단함. 수은도말2회.

ETC 아직그만족한결과를수습치못하였음.

제2부시험	직립한 평면경	1
	조수	수명

야외의진실을선택함. 위선마취된상지의첨단을경면에부착시킴. 평면경의수은을박락함. 평면경을후퇴시킴. (이때영상된상지는반듯이초자를무사통과하겠다는것으로가설함) 상지의종단까지. 다음수은도말. (재래면에) 이순간공전과자전으로부터그진공을강차시킴. 완전히2개의상지를접수하기까지. 익일. 초자를전진시킴. 연하여수은

주를재래면에도말함 (상지의처분) (혹은멸형) 기타. 수은도말면의 변경과전진후퇴의중복등.

ETC 이하미상

烏瞰圖

詩第八號 解剖

第一部試驗[1]	手術臺	一
	水銀塗沫平面鏡	一
	氣壓	二倍의平均氣壓
	溫度	皆無

爲先痲醉된正面으로부터立體와立體를爲한立體가具備된全部를平面鏡에映像식힘.[2] 平面鏡에水銀을現在와反對側面에塗沫移轉함.[3] (光線侵入防止에注意하야) 徐徐히痲醉를解毒함.[4] 一軸鐵筆과一張白紙를支給함.[5] (試驗擔任人은被試驗人과抱擁함을絶對忌避할것)[6] 順次手術室로부터被試驗人을解放함.[7] 翌日. 平面鏡의縱軸을通過하야平面鏡을二片에切斷함.[8] 水銀塗沫二回.

ETC[9] 아즉그滿足한結果를收拾치못하얏슴.

第二部試驗[10]	直立한 平面鏡 [11]	一
	助手	數名

野外의眞實[12]을選擇함.[13] 爲先痲醉된上肢[14]의尖端을鏡面에附着식힘.[15] 平面鏡의水銀을剝落함.[16] 平面鏡을後退식힘.[17] (이때映像된上肢는반듯이硝子를無事通過하겟다는것으로假說함)[18] 上肢의終端까지. 다음水銀塗沫.[19] (在來面에) 이瞬間公轉과自轉[20]으로부터그眞空을降車식힘. 完全히二個의上肢를接受하기까지.[21] 翌日. 硝子를前進식힘. 連하야水銀柱를在來面에塗沫함 (上肢의處分) (或은滅形) 其他. 水銀塗沫面의變更과前進後退의重複等.[22]

ETC 以下未詳

「朝鮮中央日報」, 1934. 8. 3.

이 작품에서 그려지고 있는 공간은 병원이다. 병원과 관련되는 '해부', '수술대', '마취' 등의 술어가 등장하고 있다. 그러나 여기서 묘사하고 있는 것은 병원에서의 수술 장면이 아니다. 병원에서 이루어진 X선 촬영의 모든 과정을 마치 수술대에서 마취를 하고 수술을 하는 것처럼 묘사하고 있을 뿐이다.

제1부는 X선 검사를 위한 준비 작업과 촬영 장면을 그려 낸다. '평면경'이라는 말은 X선 촬영 장치에서 볼 수 있는 필름을 넣은 판을 말한다. 빛이 들어가지 않도록 조치하면서 촬영을 하고 그다음 날에 결과를 확인한다. 그러나 만족할 만한 결과를 얻지 못한다. 제2부에는 X선 검사를 다시 하는 과정을 보여 준다. 그리고 다음 날 그 결과를 확인하기 위해 사진을 형광판 위에 붙여 놓고 정밀하게 조사한다.

이처럼 X선 촬영은 육체와 기계의 접촉에 의해 이루어진다. X선을 몸의 특정 부위에 투과하여 그 영상을 얻어 내는 이 검사법은 그 자체가 인간 육체의 물질성을 시각적으로 확인할 수 있게 한다. X선 검사가 일반화되면서부터 육체의 내부에 대한 감각과 그 인식에 획기적인 변화가 일어난다. 여기서 한 가지 주목해야 할 것은 이 작품의 텍스트에 그려져 있는 흉부 X선 촬영 사진의 기호적 형상이 육체의 내부 공간에 대한 시각적 인식의 새로운 가능성을 제시하고 있다는 사실이다. X선 검사는 살아 있는 인간 육체의 내부 장기(臟器)의 특정 부위를 눈으로 볼 수 있도록 만들어 준다. 이것은 살아 있는 인간 육체의 외부와 내부라는 구분을 사실상 넘어서서, 병으로 훼손된 폐부의 형상을 단일한 텍스트의 평면 위에 펼쳐 보인다. X선 사진의 모습을 기호적 형상으로 바꾸어 놓음으로써 언어 텍스트가 구축하는 공간과 시간의 제약을 뛰어넘고 있음을 알 수 있다. 이것은 인간의 육체에 부여된 모든 가치론적 의미를 벗어나서 육체의 물질성 자체를 그대로 드러내어 보여 준다. 그러므로 이 검사를 처음 받아 보는 사람들은 누구나 상당한 호기심과 함께 그 결과에 공포를 느낀다. 인간이 살아 있는 자기 육체의 내부 형상을 그것도 병으로 훼손된 상태까지 사진을 통해 확인할 수 있으리라는 것을 그 전에 누가 상상이나 할 수 있었겠는가?

---

1) 첫 번째 X선 촬영 장면.

2) X선 검사를 위한 준비 과정. 몸이 움직이지 않도록 고정시켜 촬영대 앞에 서는 일.

3) 사진 필름을 판에 장치하고 빛이 들어가지 않도록 조치함.

4) 사진 촬영이 끝나고 몸을 움직임.

5) 환자의 성명과 촬영 번호를 기입하게 함.

6) X선 촬영을 위해 촬영기사가 환자의 몸을 촬영기에 제대로 붙이도록 뒤에서 돕는 것을 말함.

7) 촬영이 끝나고 촬영실을 나옴.

8) X선 촬영 필름을 현상하기 위해 판에서 빼내는 과정.

9) etcetera의 약자. 기타, 등등의 의미.

10) 둘째 장면은 X선 촬영 결과를 의사로부터 설명을 듣는 장면으로 이루어짐.

11) X선 필름의 판독을 위해 장치된 발광 유리판을 말함.

12) '진공(眞空)'의 오식으로 보는 판본이 많지만 원전대로 따름.
13) 여기서 말하는 "야외의진실"이란 겉으로 드러난 상태를 말함.
14) 흉부의 윤곽이 현상된 X선 필름.
15) 판독을 위해 흉부를 촬영한 사진 필름을 유리판에 끼워 놓음.
16) 전깃불을 켜서 빛이 투사되게 함.(유리판에서 수은을 박탈한다고 표현. 빛이 통과함.)
17) 적절한 간격을 두게 함.
18) 유리판 위에 놓인 사진의 모습이 드러나게 됨.
19) 유리판의 전깃불을 끄다.(수은을 유리판에 바른다고 표현함. 빛이 통과할 수 없음.)
20) X선 필름의 앞뒤를 뒤집어 보는 일을 '자전'과 '공전'으로 표현함.
21) 자신의 원래대로의 모습을 수습하게 되는 대목.
22) 수차례 반복적으로 사진을 들여다보며 병환의 상태를 살피는 과정.

오감도

시제9호 총구

매일같이열풍이불더니드디어내허리에큼직한손이와닿는다. 황홀한지문골짜기로내땀내가스며드자마자 쏘아라. 쏘으리로다. 나는내소화기관에묵직한총신을느끼고내다물은입에매끈매끈한총구를느낀다. 그리더니나는총쏘으드키눈을감으며한방총탄대신에나는참나의입으로무엇을내어배앝았더냐.

烏瞰圖

詩第九號 銃口

每日가치列風[1]이불드니드듸여내허리에큼직한손이와닷는다.[2] 恍惚한指紋골작이[3]로내땀내가숨여드자마자 쏘아라.[4] 쏘으리로다. 나는내消化器官에묵직한銃身을늣기고[5]내담으른입에맥근맥근한銃口를늣긴다.[6] 그리드니나는銃쏘으듯키눈을감이며한방銃彈대신에나는참나의입으로무엇을내여배앗헛드냐.[7]

「朝鮮中央日報」, 1934. 8. 3.

이 작품에는 '총구'라는 제목이 붙어 있다. 텍스트 내에서도 '총', '총신', '총구', '총탄' 등의 시어가 특별히 눈에 띈다. 그러나 이러한 시어들은 모두 견디기 어려운 병환의 고통을 표현하기 위해 비유적인 수사로 동원된 것에 불과하다. 이 작품은 폐결핵의 증상 가운데 하나인 기침과 거기에 이어지는 '객혈(喀血)'의 순간에 느끼는 고통을 그려 낸 것이다.

1) 대부분의 전집에서 '열풍(列風)'을 '열풍(烈風)'의 오식으로 보고 있지만 여기서는 원전을 그대로 따른다. 이것은 이상 자신이 만들어 낸 조어로 '거듭 이어지는 기침'을 뜻하는 것으로 보인다.
2) 기침 끝에 허리 부분에서 느껴지는 어떤 감각을 뜻한다. 객혈이 시작되기 직전의 징후를 의미한다.
3) 손바닥에 땀이 나다.
4) 구역질이 나는 것을 '쏘다'라는 동사로 표현함.
5) 목구멍 쪽으로부터 피가 넘어오는 느낌.
6) 피가 입으로 넘어 올라와 입 밖으로 내뱉기 직전의 상태를 말함.
7) 눈을 감고 피를 토함. 이 대목에서 비로소 '총'이라는 말과 관련된 일련의 비유적인 언어들이 사실은 객혈 시의 견디기 어려운 고통을 그려 내기 위한 수사적 장치임을 알게 된다.

시제10호 나비

찢어진벽지에죽어가는나비를본다. 그것은유계에낙역되는비밀한통화구다. 어느날거울가운데의수염에죽어가는나비를본다. 날개축처어진나비는입김에어리는가난한이슬을먹는다. 통화구를손바닥으로꼭막으면서내가죽으면앉았다일어서드키나비도날아가리라. 이런말이결코밖으로새어나가지는않게한다.

烏瞰圖

詩第十號 나비

찌저진壁紙에죽어가는나비를본다.[1] 그것은幽界[2]에絡繹[3]되는秘密한通話口다.[4] 어느날거울가운데의鬚髯에죽어가는나비를본다.[5] 날개축처어진나비는입김에어리는가난한이슬을먹는다.[6] 通話口[7]를손바닥으로꼭막으면서내가죽으면안젓다이러서듯키나비도날러가리라.[8] 이런말이決코밧그로새여나가지는안케한다.[9]

「朝鮮中央日報」, 1934. 8. 3.

이 작품은 '나비'라는 제목을 달고 있다. 그러나 이 시어는 일종의 비유적 언어이며, 시적 상징 공간에서 하나의 기호로 작용한다. 굳이 그 의미를 따진다면, 삶의 현실과 죽음의 세계를 넘나들며 전개되는 시인 자신의 상상의 날개 정도로 이해할 수 있다. 이 작품 텍스트는 '나비'라는 시어를 중심으로 두 가지의 진술이 서로 연결된다. 하나는 "찢어진벽지"와 유계로 통하는 '통화구'이며, 다른 하나는 '수염'과 '입'이다.

이를 좀 더 세밀하게 분석해 보면 우선 '찢어진 벽지=나비'의 등치관계가 성립된다. 찢긴 벽지가 너풀대는 것을 '나비'의 형상으로 유추하고 있기 때문이다. 그리고 이러한 유추는 '찢어진 벽지→나비→유계와 낙역되는 비밀한 통화구'로 발전한다. 벽지가 찢어진 것을 보고 현실의 세계와 죽음의 세계를 연결하는 통로라고 상상하고 있는 것이다. 그런데 이러한 유추 과정은 거울 속의 자신의 모습을 보면서 새롭게 발전한다. 자기 얼굴에 돋아난 수염의 형상을 '나비'의 모습에 비유하고 있는 것이다. 그러나 그 '나비'는 생동하는 것이 아니라 "죽어가는나비"로 묘사된다. 나비 모양의 수염이 볼품없이 처져 있음을 말해 준다. "가난한이슬"이라는 것은 '나'의 초라한 삶에 대응하고 '입'은 통화구로 바뀐다. 호흡이 이루어지고 음식을 먹는 곳이 바로 입이다. 입이 막히면 사람은 살 수가 없다. 그러므로 입은 삶과 죽음의 '통화구'일 수밖에 없다.

---

1) 찢긴 벽지가 너풀대는 것을 '나비'의 형상으로 유추하고 있는 부분이다.
2) 유계(幽界). 죽음의 세계. 저승.
3) 낙역(絡繹). 연락과 소통.
4) 벽지가 찢어진 부분을 현실의 세계와 죽음의 세계를 연결하는 통로라고 상상한다.
5) 자기 얼굴의 수염의 형상을 '나비'에 비유한다.

6) 나비 모양의 자신의 수염이 볼품없이 처져 있음을 말한다.
7) 주변에 수염이 나 있는 '입'을 비유적으로 지시함. 입은 삶과 죽음의 '통화구'에 해당한다.
8) 나비가 사라지다. 삶과 죽음을 넘나들던 상상의 세계가 끝나게 됨을 말함.
9) 자기 마음속으로만 생각하고 있음.

오감도

시제11호

그사기컵은내해골과흡사하다. 내가그컵을손으로꼭쥐었을때내팔에서는난데없는팔하나가접목처럼돋히더니그팔에달린손은그사기컵을번쩍들어마룻바닥에메어부딪는다. 내팔은그사기컵을사수하고있으니산산이깨어진것은그럼그사기컵과흡사한내해골이다. 가지났던팔은배암과같이내팔로기어들기전에내팔이혹움직였던들홍수를막은백지는찢어졌으리라. 그러나내팔은여전히그사기컵을사수한다.

烏瞰圖

詩第十一號

그사기컵은내骸骨과흡사하다.[1] 내가그컵을손으로꼭쥐엿슬때내팔에서는난데업는팔하나가接木처럼도치드니그팔에달린손은그사기컵을번적들어마루바닥에메여부딋는다.[2] 내팔은그사기컵을死守하고잇스니散散히깨어진것은그럼그사기컵과흡사한내骸骨이다. 가지낫든팔은배암과갓치내팔로기어들기前에내팔이或움즉엿든들洪水를막은白紙는찌저젓으리라.[3] 그러나내팔은如前히그사기컵을死守한다.[4]

「朝鮮中央日報」, 1934. 8. 4.

이 작품은 일종의 '환상 기법'을 통해 육체의 물질성에 대한 새로운 인식을 보여 준다. 텍스트에서 그려지는 장면은 일상의 작은 체험에 속하는 것으로, 손에 쥐고 있던 사기컵을 내려뜨려 깨치는 극적인 순간을 환상적인 방식으로 그려 낸다. 신체의 일부 기관의 확장 변형 등을 자유롭게 구사하여 환상적인 현실을 만들어 내는 초현실주의적 상상력이 이 작품에 드러나고 있는 셈이다.

---

1) 이 대목은 '사기컵'의 모양과 색깔을 통해 '하얀 뼈'를 연상하게 되는 부분이다.
2) 떨어지는 컵을 잡으려고 손을 내미는 동작이 마치 또 다른 팔이 돋아 나와 사기컵을 잡으려 하는 것처럼 생각된다.
3) 실제로 손을 그렇게 움직였다면 컵이 깨어지고 물을 엎질렀을 것이다.
4) 그러나 실제로 손은 여전히 컵을 쥐고 있다.

오감도

시제12호

때묻은빨래조각이한뭉텅이공중으로날아떨어진다. 그것은흰비둘기의떼다. 이손바닥만한한조각하늘저편에전쟁이끝나고평화가왔다는선전이다. 한무더기비둘기의떼가깃에묻은때를씻는다. 이손바닥만한하늘이편에방망이로흰비둘기의떼를때려죽이는불결한전쟁이시작된다. 공기에숯검정이가지저분하게묻으면흰비둘기의떼는또한번이손바닥만한하늘저편으로날아간다.

烏瞰圖

詩第十二號

때무든빨내조각이한뭉탱이空中으로날너떠러진다. 그것은흰비닭이의떼다.[1] 이손바닥만한한조각하늘저편에戰爭이끗나고平和가왓다는宣傳이다.[2] 한무덕이비닭이의떼가깃에무든때를씻는다.[3] 이손바닥만한하늘이편에방맹이로흰비닭이의떼를따려죽이는不潔한戰爭이始作된다.[4] 空氣에숫검정이가지저분하게무드면흰비닭이의떼는또한번이손바닥만한하늘저편으로날아간다.

「朝鮮中央日報」, 1934. 8. 4.

이 작품은 빨래하는 장면을 통해 평화로운 일상적 삶의 의미를 강조하고 있다. 텍스트에서 그려 내는 '빨래' 장면은 평범한 소시민들의 일상사에 해당한다. 텍스트의 전반부는 빨래터 근처에 비둘기 떼가 날아온 장면이다. 그리고 후반부는 사람들이 방망이질을 하면서 빨래를 시작하자 비둘기가 놀라서 날아가 버리는 장면을 그려 보이고 있다. 이 같은 텍스트의 구조를 통해 표면적으로는 아무 상관이 없는 '빨래'와 '비둘기'가 시인의 상상력에 의해 하나의 의미 체계를 구성한다. 빨래를 통해 드러나는 '더러운 것'과 '깨끗한 것'의 대응 관계는 비둘기를 통해 드러나는 '전쟁'과 '평화'의 상징적 의미와 서로 병치되면서 일상의 차원을 넘어서는 새로운 의미를 만들어 낸다.

---

1) 마치 빨래 뭉텅이를 내려놓듯이 그런 모양으로 비둘기 떼가 날아와 내려앉고 있음을 알 수 있다.

2) 비둘기 떼가 날아와 앉은 것을 보고 전쟁과 대비되는 평화로움을 떠올린다.

3) 비둘기들이 빨래터에 내려와 깃털을 다듬고 있는 모양을 그려 낸다. 마치 묵은 때를 씻어 내는 모습과 흡사하다.

4) 이 대목은 실제로 빨래터에서 빨래하는 모습을 그린 부분이다. 마치 비둘기를 때려 죽이는 "불결한전쟁"이라도 일어난 듯한 모습이다. 빨래 방망이질을 하는 바람에 방망이 소리에 놀라 비둘기 떼가 날아가는 것은 마지막 문장에서 묘사한다.

오감도

시제13호

내팔이면도칼을 든채로끊어져떨어졌다. 자세히보면무엇에몹시 위협당하는것처럼새파랗다. 이렇게하여잃어버린내두개팔을나는 촉대세움으로내 방안에장식하여놓았다. 팔은죽어서도 오히려나에게겁을내이는것만같다. 나는이런얇다란예의를화초분보다도사랑스레여긴다.

烏瞰圖

詩第十三號

내팔이면도칼을 든채로끈어저떨어젓다.[1] 자세히보면무엇에몹시 威脅당하는것처럼샛팔앗타. 이럿케하야일허버린내두개팔을나는 燭臺세음으로내 방안에裝飾하야노앗다.[2] 팔은죽어서도 오히려나에게怯을내이는것만갓다.[3] 나는이런얇다란禮儀를花草盆보다도사랑스레녁인다.[4]

「朝鮮中央日報」, 1934. 8. 7.

이 작품은 시인이 캔버스를 앞에 놓고 나이프를 들고 유성 물감으로 그림을 그리던 경험을 바탕으로 한다. 그림을 그릴 때는 물감이 옷소매 자락에 묻는 것을 막기 위해 손목에서부터 팔꿈치까지 닿는 '토시'를 하는 경우가 많다. 회화용 나이프 옆에 토시를 벗어 놓은 것이 마치 자신의 팔이 칼을 든 채로 잘린 것처럼 보이게 된다. 이러한 환상적 이미지를 놓치지 않고 하나의 작품으로 그려 낸 초현실주의적 수법이 놀랍다.

그림 공부에 집착했던 이상 자신의 개인사를 놓고 본다면 그림을 그린다는 사실 자체를 상당히 소중하게 여겼으리라는 것은 쉽게 짐작할 수 있다. 이 작품의 마지막 대목에서 이를 확인할 수 있다. 학창 시절 이후 한때 화가를 꿈꾸었던 시인의 내면에 담겨 있는 미술에 대한 갈망과 애착을 환상적으로 그려 낸 작품이다.

---

1) 회화용 나이프 곁에 토시를 벗어 놓은 모양에서 얻어 낸 환상적 이미지에 해당한다.
2) 그림을 그릴 수 없게 되면서 그 토시를 방 안에 걸어 놓은 모양을 두고 촛대를 세웠다고 말함.
3) 그림에서 손을 떼면서 가지게 된 회의와 자의식이 이 대목에서 역으로 표출되고 있다.
4) 자신의 그림 작업에 대해 여전히 애착을 가지고 있음을 표시함.

오감도

시제14호

고성앞풀밭이있고풀밭위에나는내모자를벗어놓았다.

성위에서나는내기억에꽤무거운돌을매어달아서는내힘과거리껏팔매질쳤다. 포물선을역행하는역사의슬픈울음소리. 문득성밑내모자곁에한사람의걸인이장승과같이서있는것을내려다보았다. 걸인은성밑에서오히려내위에있다. 혹은종합된역사의망령인가. 공중을향하여놓인내모자의깊이는절박한하늘을부른다. 별안간걸인은율률한풍채를허리굽혀한개의돌을내모자속에치뜨려넣는다. 나는벌써기절하였다. 심장이두개골속으로옮겨가는지도가보인다. 싸늘한손이내이마에닿는다. 내이마에는싸늘한손자국이낙인되어언제까지지워지지않았다.

烏瞰圖

詩第十四號

古城압풀밧이잇고풀밧우에나는내帽子를버서노앗다.[1]

城우에서나는내記憶에꽤묵어운돌을매여달아서는내힘과距離껏팔매질첫다.[2] 抛物線을逆行하는歷史의슯흔울음소리.[3] 문득城밋내帽子겻헤한사람의乞人이 장승과가티서잇는것을나려다보앗다.[4] 乞人은城밋헤서오히려내우에잇다.[5] 或은綜合된歷史의亡靈인가.[6] 空中을向하야노힌내帽子의깁히는切迫한하늘을 불은다.[7] 별안간乞人은慄慄[8]한風彩를허리굽혀한개의돌을내帽子속에치뜨려 넛는다.[9] 나는벌서氣絶하얏다. 心臟이頭蓋骨속으로옴겨가는地圖가보인다.[10] 싸늘한손[11]이내니마에닷는다. 내니마에는싸늘한손자옥이烙印되여언제까지지 어지지안앗다.[12]

「朝鮮中央日報」, 1934. 8. 7.

이 작품은 기성의 권위와 관습과 가치와 구속으로부터 벗어나 끝없이 탈출하고자 하는 '나'의 자의식의 내면을 그려 낸다. 이 작품에서 동원하고 있는 '고성(古城)', '모자', '돌', '장승', '걸인(乞人)' 등은 모두 '나'라는 시적 주체가 벗어던져 버리고자 하는 낡은 세계와 관련되는 이미지들이다. 그러나 '나'는 결코 이러한 울타리를 벗어나지 못한다.

---

1) '고성(古城)'은 '낡은 세계'를, '모자(帽子)'는 '거추장스러운 관습'을 상징함. 이러한 것들이 지배하고 있는 세계를 벗어나고자 함.
2) '돌'은 '굳어진 관념'을 상징함. 돌을 멀리 내던지는 행위는 굳어진 관념을 내던지는 것임을 암시함.
3) 돌이 바람 소리를 내며 멀리 내던져지는 장면을 그린 대목. 자신이 떨쳐 버린 과거(돌)의 울음소리로 비유하여 서술함.
4) 과거의 환영(幻影)이 나타남.
5) '나'를 '모자'와 동일시할 경우, 장승처럼 서 있는 걸인이 내 위에 있는 것처럼 생각될 수 있음.
6) 내 모자 곁에 서 있는 걸인을 '역사의 망령'으로 인식함.
7) 모든 낡은 굴레로부터 벗어나고자 하는 간절한 소망을 표현함.

8) 벌벌 떠는 모양.
9) 내가 내던져 버린 '굳어 버린 관념(돌)'을 다시 내 모자에 넣어 놓고 그것을 강요함.
10) 머리끝으로 피가 솟구쳐 오르는 느낌을 받음.
11) 내 열정을 식어 버리게 만든 망령의 손.
12) 탈출을 꿈꾸는 '나'의 욕망이 실현되지 못함. 여기서 '싸늘한 손자국'과 '낙인'은 지나 버린 것들, 즉 과거의 굴레를 의미함.

오감도

시제15호

1

나는거울없는실내에있다. 거울속의나는역시외출중이다. 나는지금거울속의나를무서워하며떨고있다. 거울속의나는어디가서나를어떻게하려는음모를하는중일까.

2

죄를품고식은침상에서잤다. 확실한내꿈에나는결석하였고의족을담은 군용장화가내꿈의 백지를더럽혀놓았다.

3

나는거울있는실내로몰래들어간다. 나를거울에서해방하려고. 그러나거울속의나는침울한얼굴로동시에꼭들어온다. 거울속의나는내게미안한뜻을전한다. 내가그때문에영어되어있드키그도나때문에영어되어떨고있다.

4

내가결석한나의꿈. 내위조가등장하지않는내거울. 무능이라도좋은 나의고독의갈망자다. 나는드디어거울속의나에게자살을권유하기로 결심하였다. 나는그에게시야도없는들창을가리키었다. 그들창은자살만을위한들창이다. 그러나내가자살하지아니하면그가자살할수없음을그는내게가르친다. 거울속의나는불사조에가깝다.

5

내왼편가슴심장의위치를방탄금속으로엄폐하고나는거울속의내왼편 가슴을겨누어권총을발사하였다. 탄환은그의왼편가슴을관통하였으나그의심장은바른편에있다.

6

모형심장에서붉은잉크가엎질러졌다. 내가지각한내꿈에서나는극형을받았다. 내꿈을지배하는자는내가아니다. 악수할수조차없는두사람을봉쇄한거대한죄가있다.

詩第十五號

1

나는거울업는室內[1]에잇다. 거울속의나는역시外出中이다. 나는至今거울속의나를무서워하며떨고잇다. 거울속의나는어디가서나를어떠케하랴는陰謀를하는中일가.

2

罪를품고[2]식은寢床에서잣다. 確實한내꿈에나는缺席하얏고[3]義足을담은 軍用長靴가내꿈의 白紙를더럽혀노앗다.[4]

3

나는거울잇는室內로몰래들어간다. 나를거울에서解放하려고. 그러나거울속의나는沈鬱한얼골로同時에꼭들어온다. 거울속의나는내게未安한뜻을傳한다. 내가그때문에囹圄되어잇듯키그도나때문에囹圄되여떨고잇다.[5]

4

내가缺席한나의꿈.[6] 내僞造가登場하지안는내거울.[7] 無能이라도조흔나의孤獨의渴望者다.[8] 나는드듸어거울속의나에게自殺을勸誘하기로決心하얏다. 나는그에게視野도업는들窓[9]을가르치엇다. 그들窓은自殺만을爲한들窓이다. 그러나내가自殺하지아니하면그가自殺할수업슴을그는내게가르친다. 거울속의나는不死鳥에갓갑다.

5

내왼편가슴心臟의位置를防彈金屬으로掩蔽하고나는거울속의내왼편가슴을견

우어拳銃을發射하얏다.[10] 彈丸은그의왼편가슴을貫通하얏스나 그의心臟은바른편에잇다.

6

模型心臟에서붉은잉크가업즐러젓다.[11] 내가遲刻한내꿈에서나는極刑을바닷다.[12] 내꿈을支配하는者는내가아니다. 握手할수조차업는두사람을封鎖한巨大한罪가잇다.[13]

「朝鮮中央日報」, 1934. 8. 8.

이 작품은 1933년 10월『가톨닉靑年』에 발표한 바 있는 시「거울」과 유사한 성격을 지니고 있다. 시「거울」에서 볼 수 있었던 "나"와 "거울속의나" 사이의 거리감과 부조화가 이 작품에서 더욱 증폭되고 내적인 갈등 상태로 발전한다. 현실 속에 존재하는 경험적 자아로서의 '나'는 '거울 속의 나'와 대립한다. 이 같은 내적 갈등은 현실에서 겪게 되는 삶의 고통과 좌절에 의해 더욱 촉발된 것이라고 할 수 있다.

이 작품의 텍스트는 모두 6연으로 구분되는데, 두 개의 시석 공간을 제시한다. 하나는 제1연과 제2연에서 펼쳐지는 "거울없는실내"이다. 이 공간에서는 '거울 속의 나'와 만날 수 없다. '나'는 '거울 속의 나'의 존재를 확인할 수 없는 상태에서 '부재에 대한 두려움'을 느끼게 된다. 그리고 침상에서 잠을 청하지만 "의족을담은군용장화"로 표상되는 더 큰 공포에 질려 잠을 이루지 못한다. 결국 '거울 없는 실내'라는 시적 공간에는 자기 자신의 참모습을 발견할 수 없는 것에 대한 두려움의 정서가 자리 잡는다.

제3연부터 제6연까지는 "거울있는실내"로 시적 공간이 바뀐다. '나'는 거울을 들여다보면서 '거울 속의 나'를 발견한다. 그러나 거울에 비치는 영상처럼 위조된 것이 아닌 진정한 '나'의 모습을 찾길 원한다. 그렇기 때문에 '거울 속의 나'에게 자살을 권유한다. 하지만 그것은 불가능하다. '나' 자신이 자살하지 아니하면 '거울 속의 나' 또한 자살을 할 수 없기 때문이다. 거울을 보고 있는 순간 기침이 일어나고 객혈하게 되어 거울에 핏방울이 묻어 흐른다. '나'는 고통에 시달린다. '나'의 의식의 분열 상태는 보다 근본적인 문제에서 연유된 것으로 그려진다. '거울 있는 실내'라는 시적 공간은 진정한 '나'의 모습이 아니라 위조된 '나'를 거울을 통해 보여 준다. 그러므로 진정한 '나'의 모습을 찾기 위해 '위조'된 '나'를 거부하고 그 존재를 부인한다. '거울 속의 나'에게 자살을 권유하고자 한다는 것이 이를 말해 준다.

이 작품은 시적 화자가 겪는 현실적 고통으로서의 기침과 객혈의 과정을 암시하는 대목으로 그 결말이 이루어진다. 이것은 현실적 존재로서의 '나'에게 가장 큰 과제가 바로 병이라는 사실을 암시한다.

---

1) "거울없는실내(室內)"는 이 작품이 설정하고 있는 시적 공간이다. 거울이 없으므로 거울을 통해 '나'의 모습을 볼 수도 없다.
2) 제1연에서 "무서워하며떨고"라는 말로 표현된 시적 자아의 심리 상태를 암시한다. 두려움과 공포를 느끼면서 잠자리에 들고 있음을 말한다.
3) "내꿈에내가 결석하였고"라는 표현은 일종의 모순 어법으로, 잠을 이루지 못하였기 때문에 꿈을 꿀 수 없었음을 말한다.
4) "의족을담은군용장화"는 이상의 소설『12월 12일』에 등장하는 '나'라는 인물의 형상에서부터 등장한 특이한 이미지이다. 이상의 첫 소설인 이 작품에 다음과 같은 장면이 등장한다. "그래 바지 아래를 걷어올리고 아픈 다리를 내어 보았다. 바른편 다리와는 엄청나게 훌륭하게 뼈만 남은 왼편 다리는 바닥에서 솟아 올라오는 '풍토 다른' 추위 때문인지 죽은 사람의 그것과 같이 푸르렀다. 거기에 몇 줄기 새파란 정맥줄이 반투명체가 내뵈듯이 내보이고 있었다. 털은 어느 사이엔지 다 빠져 하나도 없고 모공의 자국에는 파리똥 같은 검은 점이 위축된 피부 위에 일면으로 널려 있었다."
5) 현실 속의 '나'와 '거울 속의 나'가 서로 묶여 있으므로 결코 떨어질 수 없는 존재임을 말함. 제3연부터는 시적 공간이 "거울잇는실내"로 바뀐다. 제1연에서는 "거울없는실내"를 시적 공간으로 제시한 바 있다.
6) 이 대목은 현실 그 자체를 모순 어법으로 표현한 것이다.
7) 이 대목 역시 마찬가지로 모순 어법을 활용하고 있다. 거울을 통해서 보는 영상 속의 '나'가 아니라 실제의 '나'의 진면목을 지시한다.
8) 위조가 없는 진면목의 '나'로 홀로 존재하고 싶은 욕망을 암시함.
9) "시야도업는들창"은 거울 그 자체를 말함.
10) '권총의 발사'는「시제9호 총구」에서와 마찬가지로 기침이 일어나는 것을 암시한다.
11) 거울을 보면서 기침을 하는 순간, 객혈이 일어나 거울 위로 피가 흘러내림.
12) 객혈과 함께 심한 고통을 느낌.
13) 현실의 '나'와 '거울 속의 나' 사이에 일어나는 부조화는 '나' 자신의 책임이 아니라 보다 본질적인 문제일 수 있음을 암시함.

•소•영•위•제•

1

달빛속에있는네얼굴앞에서내얼굴은한장얇은피부가되
어너를칭찬하는내말씀이발음하지아니하고미닫이를간
지르는한숨처럼동백꽃밭내음새지니고있는네머리털속
으로기어들면서모심드키내설움을하나하나심어가네나

2

진흙밭헤매일적에네구두뒤축이눌러놓은자욱에비내려
가득괴었으니이는온갖네거짓말네농담에한없이고단한
이설움을곡으로울기전에따에놓아하늘에부어놓는내억
울한술잔네발자욱이진흙밭을헤매이며헤뜨려놓음이냐

3

달빛이내등에묻은거적자욱에앉으면내그림자에는실고
추같은피가아물거리고대신혈관에는달빛에놀래인냉수
가방울방울젖기로니너는내벽돌을씹어삼킨원통하게배
고파이지러진헝겊심장을들여다보면서어항이라하느냐

•素•榮•爲•題•

1

달빗속에있는네얼골앞에서내얼골은한장얇은皮膚[1]가되
여너를칭찬하는내말슴이發音하지아니하고[2]미다지를간
즐으는한숨처럼[3]冬柏꼿밧내음새진이고잇는[4]네머리털속
으로기여들면서모심듯키내설음을하나하나심어가네나[5]

2

진흙밭헤매일적에네구두뒤축이눌러놋는자욱[6]에비나려
가득고엿스니이는온갓네거짓말네弄談에한없이고단한
이설음을哭으로울기전에따에노아하늘에부어놋는내억
울한술잔[7]네발자욱이진흙밭을헤매이며헛뜨려노음이냐[8]

3

달빛이내등에무든거적자욱에앉으면내그림자에는실고
초같은피가아믈거리고대신血管에는달빗에놀래인冷水
가방울방울젓기로니[9]너는내벽돌을씹어삼킨[10]원통하게배
곱하이지러진헌겁心臟[11]을드려다보면서魚항[12]이라하느냐

『中央』, 1934. 9, 77쪽.

이 작품은 텍스트 자체가 모두 3연으로 나누어져 있고, 각 연은 각 행 24자의 4행으로 구성된다. 시적 화자인 '나'와 그 상대를 이루는 '너'라는 대상이 함께 그려지고, 시적 진술의 내용은 '너'에게 하는 '나'의 말을 그대로 옮긴 형식을 취한다. 여기서 '너'는 '나'의 사랑의 대상임을 알 수 있지만 그 사랑이 원만하지는 않다. '나' 자신이 느꼈던 사랑만이 아니라 설움과 억울함과 원통함이 담겨 있다.

이 작품의 제목에 나오는 '소영(素榮)'을 여러 전집에서 '너'라는 상대의 이름으로 풀

이한 경우가 많다. 그러나 굳이 그럴 필요가 없다. '소영위제(素榮爲題)'라는 제목을 글자 그대로 풀어 본다면 '소영을 위한 글(시)' 정도가 되지만, 여기서 '소영'은 사람의 이름은 아니다. 이상 자신이 만들어 낸 말이다. '소(素)'는 '희다.' 또는 '아무것도 없다.'는 뜻으로 풀이된다. '영(榮)'은 '꽃', '빛' 등의 의미를 지닌다. 그러므로 '소영'이라는 말은 '하얀빛(꽃)'이나 '헛된 꿈 또는 사랑'이라는 의미로 해석할 수 있다.

이 작품의 내용은 사랑하는 사람으로부터 그 사랑의 믿음을 잃어버린 괴로운 심경을 노래한다. 작품의 텍스트 구성 자체도 매우 특이하다. 전체 3연으로 이루어진 작품의 각 연은 통사적으로 하나의 문장으로 이어진다. 특히 각 연을 이루는 문장의 길이를 모두 동일하게 '96'개의 음절로 짜 맞춰 놓고 있다! 이것은 우연하게 이루어진 것이 아니다! 아주 세심하게 그 길이를 맞추고 글자 수를 따졌음을 말한다. 그러면 '96'이라는 글자 수는 무엇을 말하기 위한 숫자인가? 이상 자신이 '69'라는 숫자로 이름을 붙인 카페를 경영한 적이 있었다는 사실은 널리 알려진 사실이다. 여기서 '96'은 '69'와 반대의 형상을 보여 준다. '69'가 '남녀의 결합'을 의미한다면, '96'은 '남녀가 서로 등을 돌린 상태'임을 의미한다고 할 수 있다. 이 같은 의미를 굳이 따지는 것은 이상의 시적 상상력이 고도의 기교를 자랑하는 말놀이와 결합되어 있는 경우가 많기 때문이다. 이 숫자의 의미와 작품의 제목 '소영(素榮)'을 놓고 보면 결국 이 시가 '헛된 사랑을 위해 바쳐진 비애의 곡'임을 알 수 있다.

제1연은 달빛 아래 서 있는 '나'와 '너'의 형상을 그려 낸다. '너'의 아름다운 모습은 '동백꽃밧내음새진이고잇는네머리털'이라는 대목에서 감각의 극치를 보여 준다. '나'는 그러나 그 아름다움을 칭찬하는 말을 한마디로 말하지 못한다. '나'에게는 그 사랑만큼 시름이 커진다.

제2연에서는 '너'의 방탕한 행동('진흙밭을 헤매는')과 거짓말과 헛소리에 지쳐 버린 '나'의 서러움을 노래한다. '너'의 발자국에 고이는 빗물을 놓고 서러움을 곡으로 울기 전에 땅에 놓고 술을 부어 놓은 '나'의 억울한 술잔으로 비유한다.

제3연은 '너'에 대한 '나'의 열정이 식었음을 고백하며 '나'의 초라한 형상을 섬세한 감각으로 묘사하고 있다. '나'는 제1연에서 달을 정면으로 대하고 서 있는 '너'와는 달리 달빛을 등지고 서 있는 모습으로 그려진다. '거적자욱(남루한 옷차림 또는 초라한 행색)', '실고초같은피(가느단 혈관)', '달빛에놀래인냉수(이슬)' 등의 표현이 인상적이다. 그림자 속으로 가느단 혈관이 옮겨지고 대신 차디찬 이슬 방울이 자신의 혈관에 방울졌다고 말하고 있는 것은 여러 가지 해석이 가능하지만, '나'의 열정도 이미 식었음을 암시하는 것으로 본다. 이러한 '나'의 심사를 전혀 이해하지 못하고 있는 '너'의 모습이 이 작품의 마지막 대목("이지러진헌겁心臟을드려다보면서魚항이라하느냐")에서 잘 그려진다.

---

1) 이 대목은 '달빛에 비치는 너의 얼굴(희고 차거움)'에 '얇은 한 장의 피부가 된 나의 얼굴(부끄러움)'이 대응한다. '너'에 대하여 '나'는 스스로 얼굴을 내밀기 어렵게 부끄럽다.(낯이 두껍지 않음)

2) '너'에 대하여 칭찬하는 말을 하지 못한다. 이것은 반대로 원망하거나 탓하는 말을 하고 있음을 뜻하는 것이기도 하다.

3) '나'의 말 속에 한숨이 서려 있다. 이 한숨은 '나'와 '너' 사이에 놓인 미닫이 건너에서 내쉬던 '나'의 한숨과 같다.

4) 머리에 동백(冬柏) 기름을 곱게 바르고 있음을 말함. 시각과 후각의 감각을 동시에 살려 낸 이미지가 돋보인다.

5) 머리칼 하나를 마음속으로 헤면서 마치 모를 심듯이 그렇게 숱한 설움을 그 머리칼만큼 심어 놓다. '나'의 설움이 쌓이고 쌓였음을 밝힌 대목이다.

6) 진흙밭을 헤매는 너의 구두 발자국. 이 대목은 '너'의 바르지 못한 행실 또는 함부로 내닫는 태도를 의미한다. 한국의 고시가 가운데 유명한 「정읍사(井邑詞)」가 있다. 작자·연대 미상이지만 한글로 기록되어 전하는 가요 중 가장 오래된 작품이며, 현존하는 유일한 백제가요이다. 행상을 나간 남편이 돌아오지 않자 밤길에 해를 입지 않을까 염려하는 아내의 마음을 나타내고 있는 것으로 알려진 이 노래는 『악학궤범(樂學軌範)』 권5 「시용향악정재조(時用鄕樂呈才條)」에 실려 전해진다. 전문을 현대 표기법으로 고쳐 보면 다음과 같다. '달하 노피곰 도다샤/어긔야 머리곰 비취오시라/어긔야 어강됴리 아으 다롱디리/져재 녀러신고요/어긔야 즌대를 드디욜셰라/어긔야 어강됴리/어느이다 노코시라/어긔야 내 가논디 졈그랄셰라/어긔야 어강됴리 아으 다롱디리'. 이 작품에서 '어긔야 즌대를 드디욜셰라.'라는 구절이 그대로 '진흙밭 헤매일적'이라는 대목과 일치한다.

7) '빗물이 고여 있는 진흙밭 위의 너의 발자욱'을 '설움의 눈물 내 억울한 술잔'과 대응시킴.

8) '나의 억울한 술잔마저 다시 너의 발자국으로 흩뜨려지다'. '나'의 설움과 억울한 심경을 전혀 헤아려 주지 않고 그것을 무시해 버리는 '너'에 대한 원망이 담김.

9) 달빛에 비치는 나의 모습을 섬세한 감각으로 묘사한 대목이다.

10) '나'의 고통스러운 심경을 참고 견디는 모습을 '벽돌을 씹어 삼키다.'라는 비유적 표현을 통해 드러냄.

11) 다 터져 이지러진 헝겊 같은 심장. 서러움과 괴로움으로 터져 버려서 열정이 사라져 버린 심경을 드러냄.

12) 차디찬 가슴을 암시함. 앞서 혈관에 찬 이슬이 방울진다는 표현에서 연상된 것으로 볼 수 있음.

정식

정식

Ⅰ

해저에가라앉는한개닻처럼소도가그구간속에멸형하여버리더라완전히닳아없어졌을때완전히사망한한개소도가위치에유기되어있더라

정식

Ⅱ

나와그아지못할험상궂은사람과나란히앉아뒤를보고있으면기상은다몰수되어없고선조가느끼던시사의증거가최후의철의성질로두사람의교제를금하고있고가졌던농담의마지막순서를내어버리는이정돈한암흑가운데의분발은참비밀이다그러나오직그알지못할험상궂은사람은나의이런노력의기색을어떻게살펴알았는지그때문에그사람이아무것도모른다하여도나는또그때문에억지로근심하여야하고지상맨끝정리인데도깨끗이마음놓기참어렵다.

정식

Ⅲ

웃을수있는시간을가진표본두개골에근육이없다

정식

Ⅳ

너는누구냐그러나문밖에와서문을두다리며문을열라고외치니나를찾는일심이아니고또내가너를도무지모른다고한들나는차마그대로내어버려둘수는없어서문을열어주려하나문은안으로만고리가걸린것이아니라밖으로도너는모르게잠겨있으니안에서만열어주면무엇을하느냐너는누구기에구태여닫힌문앞에탄생하였느냐

정식

Ⅴ

키가크고유쾌한수목이키작은자식을낳았다궤조가평편한곳에풍매식물의종자가떨어지지만냉담한배척이한결같이관목은초엽으로쇠약하고초엽은하향하고그밑에서청사는점점수척하여가고땀이흐르고머지않은곳에서수은이흔들리고숨어흐르는수맥에말뚝박는소리가들렸다

정식

Ⅵ

시계가뻐꾸기처럼뻐꾹거리길래쳐다보니목조뻐꾸기하나가와서모으로앉는다그럼저게울었을리도없고제법울까싶지도못하고그럼아까운뻐꾸기는날아갔나

正式

正式

I

海底에가라앉는한개닻처럼小刀가그軀幹[1]속에滅形[2]하야버리드라完全히달아없어졌을때完全히死亡한한개小刀가位置에遺棄[3]되여있드라[4]

正式

II

나와그아지못할險상구즌사람[5]과나란이앉아뒤를보고있으면氣象은다沒收되여없고[6]先祖가늣기든時事의證據[7]가最後의鐵의性質[8]로두사람의交際를禁하고있고가졌든弄談의마즈막順序[9]를내여버리는이停頓한暗黑[10]가운데의奮發[11]은참秘密이다그러나오즉그아지못할險상구즌사람은나의이런努力의氣色을어떠케살펴알았는지그때문에그사람이아모것도모른다하야도나는또그때문에억찌로근심하여야하고地上맨끝整理인데도깨끗이마음놓기참어렵다[12]

正式

III

웃을수있는時間[13]을가진標本頭蓋骨에筋肉이없다[14]

正式

IV

너는누구냐그러나門밖에와서門을두다리며門을열나고외치니나를찾는一心[15]이아니고또내가너를도모지모른다고한들나는참아그대로내여버려둘수는없어서門을열어주려하나門은안으로만고리가걸닌것이아니라밖으로도너는모르게잠겨있으니안에서만열어주면무엇을하느냐너는누구기에구타여다친門앞에誕生하였느냐

正式

V

키가크고愉快한樹木이키적은子息을나았다[16]軌條[17]가平偏한곳[18]에風媒植物의種子가떨어지지만冷膽한排斥이한결같아灌木은草葉으로衰弱하고草葉은下向하고[19]그밑에서靑蛇는漸々瘦瘠하야가고땀이흘으고머지않은곳에서水銀이흔들리고숨어흘으는水脈에말둑박는소리가들녔다[20]

正式

VI

時計가뻑꾹이처럼뻑꾹그리길내처다보니木造뻑꾹이하나가와서모으로앉는다[21]그럼저게울었을理도없고제법울가싶지도못하고그럼앗가운뻑꾹이는날아갔나

『가톨닉靑年』, 1935. 4, 326~327쪽.

이 작품은 '정식(正式)'이라는 제목 아래 전체 텍스트가 모두 6연으로 나뉘어 있다. 각 연마다 다시 소제목을 '정식(正式) I'부터 '정식(正式) VI'까지 붙이고 있다. 작품의 각 연이 하나의 시적 공간을 배경으로 하여 그 의미가 서로 연결되긴 하지만 각 연이 독자적인 성격도 갖추고 있다.

이 작품은 시적 모티프 자체가 이상이 일본어로 쓴 「LE URINE」(『조선과 건축』, 1931. 8.)과 연결된다. 밤중 화장실에서 변을 보며 펼쳐 낸 공상을 적은 것이기 때문이다. 이 작품에서 그려 내고 있는 시적 공간이 화장실이라는 것을 암시하는 대목은 제2연

에서 '나와그알지못할險상구즌사람과나란이앉아뒤를보고있으면'이라는 구절이다. '뒤를 보다'라는 말이 이를 직접 드러낸다. 한국 현대시에서 '오줌똥 누기'와 같은 인간의 '배설 행위'를 중요한 소재나 모티프로 활용하고 있는 작품은 찾아보기 어렵다. 인간의 배설 행위는 대개 예술 작품에서 금기시하는 것이 일반적이다. 시인 이상이 자신의 작품 속에서 이러한 소재들을 다루고 있는 것은 세기말의 서구 예술에서 한 지류로 등장했던 '악마주의(惡魔主義, diabolism)'의 경향과 맞닿아 있는 것으로 보인다. 악마주의의 중요한 특징은 퇴폐성 그 자체이지만, 추(醜)·악(惡)·병폐(病弊) 등에서 시적(詩的) 아름다움을 찾고자 하는 경향이 두드러지게 드러난다. 보들레르, 와일드 등의 시작 활동에서 이러한 경향을 쉽게 확인할 수 있다.

이 작품에서 제1연에 해당하는 '정식 I'과 제5연에 해당하는 '정식 V'는 배설 행위 자체를 묘사하고 있다. 나머지 부분들은 모두 '나'라는 시적 화자가 화장실에 앉아서 펼치는 공상의 세계를 그려 낸다. 제2연의 경우 시적 화자인 '나'라는 또 다른 '험상궂은 사람'과 대면한 채 변을 보고 있는 듯한 환상에 사로잡힌다. 제4연의 경우는 화장실에 앉아서 화장실 안과 밖의 세계를 닫힌 문을 경계로 구획하며 공상에 빠져든다. 제6연에서는 화장실에 앉아 있는 동안의 시간의 경과를 암시한다.

---

1) 구간(軀幹). 포유동물에서, 머리와 사지를 제외한 몸통 부분. 신간(身幹).

2) 멸형(滅形). 형체가 소멸함.

3) 유기(遺棄). 내다 버림.

4) '정식(正式) I'에서 "해저(海底)에가라앉는한개닻처럼소도(小刀)가그구간(軀幹)속에 멸형(滅形)하여버리더라"라는 대목은 여러 가지 의미로 해석이 가능한 애매성을 지닌다. 그 이유는 '소도(小刀)'와 '구간(軀幹)'의 의미 자체가 무엇을 말하는지 알 수 없도록 되어 있기 때문이다. 물론 '해저에 가라앉는 한 개의 닻'이라는 보조 관념을 통해 그 의미를 추론할 수 있다. 여기서 그 의미를 밝힐 수 있는 근거는 '정식 II'의 첫 대목에서 찾을 수 있다. 이 시의 화자는 "뒤를보고있으면"에서처럼, 변소에 앉아 있다. 이 대목을 통해 '소도(小刀)'는 항문에서 나오는 '변'을 말하며 '구간(軀幹)'은 항문이 있는 몸을 뜻하는 것으로 볼 수 있다. 마치 바닷속으로 가라앉는 닻처럼 변이 항문에서 떨어져 바닥에 가라앉는다는 뜻이 된다.

5) "아지못할險상구즌사람"은 화장실에 앉아 있는 동안 화자의 상상 속에 떠오르는 하나의 환상을 의미한다.

6) 기상(氣象). 대기 중에서 일어나는 물리적인 현상으로서의 바람, 구름, 비, 눈, 더위, 추위 따위를 이른다. 여기서 "기상(氣象)이다몰수(沒收)되어없고"라는 구절은 변소 바닥이 아무런 변화가 없이 잠잠하다는 뜻으로 이해할 수 있다.

7) "선조(先祖)가늣기던시사(時事)의증거(證據)"는 화자의 성기(性器)를 암시한다. 자손으로서의 해야 할 일이라는 것이 자손을 이어 가는 일임을 말하고 있기 때문이다.

8) 소변이 나오는 것을 암시하는 것으로 볼 수 있다.

9) 변을 보면서 방귀가 나오는 것을 암시함.

10) "정돈(停頓)한암흑(暗黑)". 아주 깜깜한 어둠.

11) 마지막까지 변을 보기 위해 애쓰는 모습을 암시한다.

12) 이 대목은 변소에서 마무리가 깔끔하게 이루어지지 않아 계속하여 쭈그리고 앉아 변소 바닥을 내려다보는 장면에 해당한다.

13) 여기서 "웃을수있는시간"은 마음이 편하고 화평스러운 때를 말하는데 사실은 '죽음'의 상태를 의미한다.

14) 표본으로 전시되는 해골은 모든 근육이 썩어 뼈만 남은 상태를 말한다. 그러므로 "웃을수있는시간"을 맞이한 상태이지만 '근육이없'으니 웃음을 표현할 수 없다. 죽음이라는 것이 가지는 일종의 역설적 상황을 말해 준다.

15) 화장실의 '나'를 찾아온 사람의 이름을 '일심(一心)'으로 지칭함. 그러나 이 말을 사람의 이름이 아닌 불교적인 개념으로 본다면, 단 하나의 근본식(根本識), 또는 오로지 하나의 대상에 집중하여 생각을 어지럽게 아니하는 마음으로 해석 가능하다. 이러한 의미로 해석할 경우, 경험적 현실 속의 화장실 안에 있는 '나'와 화장실 밖에 있는 '너'는 서로 다른 두 개의 존재가 아니라 '나'라는 자아의 분열적 양상임을 암시한다.

16) 변이 제대로 나오는 것을 설명한 대목이다. '유쾌한'이라는 말이 시원스러운 배변을 암시한다. 큰 덩어리가 먼저 시원하게 나오고 작은 방울이 뒤에 이어진다.

17) 궤조(軌條). 레일.

18) "궤조가평편한곳"은 변소의 밑바닥을 말한다.

19) 배변이 끝나고 오줌이 조금 나오는 장면. 모든 것들이 밑바닥으로 떨어지고 있기 때문에 '떨어지다, 하향하다'라는 동사가 쓰임.

20) '청사(青蛇)'. 푸른 뱀. 여기서는 변소 바닥이 깔려 있는 오줌 물줄기를 말한다. '수은(水銀)'은 어둠 속에 얼비치는 오줌 물의 빛을 말함. "말뚝박는소리"는 변이 바닥에 떨어지는 소리를 말함. 이상의 일본어 시 「LE URINE」을 보면 이와 유사한 대목이 있다. '진綠色납죽한蛇類는無害롭게도水泳하는瑠璃의流動體는無害롭게도半島도아닌어느無名의山岳을島嶼와같이流動하게하는것이며그럼으로써驚異와神秘와또한不安까지를함께뱉어놓는바透明한空氣는北國과같이차기는하나陽光을보라.'

21) '뻐꾸기시계'가 시간을 알리는 소리를 듣고 환상에 잠기는 대목이다.

지비

내키는커서다리는길고왼다리아프고안해키는적어서다리는짧고바른다리가아프니내바른다리와안해왼다리와성한다리끼리한사람처럼걸어가면아아이부부는부축할수없는절름발이가되어버린다무사한세상이병원이고꼭치료를기다리는무병이끝끝내있다

紙碑

내키는커서다리는길고왼다리압흐고안해키는적어서다리는짧고바른다리가압흐니[1]내바른다리와안해왼다리와성한다리끼리한사람처럼걸어가면아아이夫婦는부축할수업는절름바리가되어버린다[2]無事한世上이病院이고꼭治療를기다리는無病이끗끗내잇다[3]

「朝鮮中央日報」, 1935. 9. 15.

이 작품은 '나'와 '아내'의 부조화를 서로 다른 두 사람의 다리를 소재로 하여 비유적으로 표현하고 있다. 이 작품의 제목인 '지비(紙碑)'라는 말은 '종이로 만든 비(碑)'라는 뜻이다. 일본어에서는 '세상에 잘 알려져 있지 않은 사물이나 잊혀진 사람의 생애를 적어 놓은 글'이라는 뜻으로 쓰인다. 여기서는 이상 자신의 반어적 기법이 주목된다. 일반적으로 어떤 사실을 기념하기 위해 돌이나 나무 등에 글을 새겨 세우는 것이 '비(碑)'이다. 여기서는 종이로 그것을 만들어 놓는다는 뜻이므로 일종의 반어적 의미를 드러낸다. 어떤 일을 기념하기 위해 종이에 글을 기록하여 세워 놓을 수 없는 것이다. 결국 지비는 기념할 수 없는 한낱 헛된 일을 기록한 것이라는 뜻으로 이해할 수 있다.

1) '나'와 '아내'의 부조화와 갈등의 상태를 외형적, 시각적 요소인 키의 크기, 다리의 길이, 다리의 상태 등의 대조를 통해 드러낸 대목.
2) '나'와 '아내' 사이의 부조화를 이루는 요소들을 제거하더라도 여전히 비정상의 상태임을 암시함.
3) 이 대목에서 진술된 사실은 모두가 역설적으로 표현되어 있다. "무사한세상이병원"이라는 표현은 세상이 전혀 무사하지 않다는 의미로 읽을 수 있으며, "치료를기다리는무병이끝끝내있다"는 것은 병을 치료할 수 없다는 뜻으로 읽을 수 있다.

지비

—어디갔는지모르는안해—

○ 지비 1

안해는 아침이면 외출한다 그날에 해당한 한남자를 속이려가는것이다 순서야 바뀌어도 하루에한남자이상은 대우하지않는다고 안해는 말한다 오늘이야말로 정말돌아오지않으려나보다하고 내가 완전히 절망하고나면 화장은있고 인상은없는얼굴로 안해는 형용처럼 간단히돌아온다 나는 물어보면 안해는 모두솔직히 이야기한다 나는 안해의일기에 만일 안해가나를 속이려들었을때 함직한속기를 남편된자격밖에서 민첩하게대서한다

○ 지비 2

안해는 정말 조류였던가보다 안해가 그렇게 수척하고 거벼워졌는데도 날으지못한것은 그손가락에 낑기웠던 반지때문이다 오후에는 늘 분을바를때 벽한겹걸러서 나는 조롱을 느낀다 얼마안가서 없어질때까지 그 파르스레한주둥이로 한번도 쌀알을 쪼으려들지않았다 또 가끔 미닫이를열고 창공을 쳐다보면서도 고운목소리로 지저귀려들지않았다 안해는 날을줄과 죽을줄이나 알았지 지상에 발자국을 남기지않았다 비밀한발은 늘버선신고 남에게 안보이다가 어느날 정말 안해는 없어졌다 그제야 처음방안에 조분내음새가 풍기고 날개

퍼덕이던 상처가 도배위에 은근하다 헤뜨러진 깃부스러기를 쓸어모으면서 나는 세상에도 이상스러운것을얻었다 산탄 아아안해는 조류이면서 염체 닫과같은쇠를삼켰더라그리고 주저앉았었더라 산탄은 녹슬었고 솜털내음새도 나고 천근무게더라 아아

○ 지비 3

이방에는 문패가없다 개는이번에는 저쪽을 향하여짖는다 조소와같이 안해의벗어놓은 버선이 나같은공복을표정하면서 곧걸어갈것같다 나는 이방을 첩첩이닫치고 출타한다 그제야 개는 이쪽을향하여 마지막으로 슬프게 짖는다

紙碑
—어디갓는지모르는안해—

○ 紙碑 一

안해는 아츰이면 外出한다 그날에 該當한 한男子를 소기려가는것이다[1] 順序야 밧귀어도 하로에한男子以上은 待遇하지안는다고 안해는말한다 오늘이야말로 정말도라오지안으려나보다하고 내가 完全히 絶望하고나면[2] 化粧은잇고 人相은없는얼골[3]로 안해는 形容처럼 簡單히[4]돌아온다 나는 물어보면 안해는 모도率直히 이야기한다 나는 안해의日記에 萬一 안해가나를 소기려들었을때 함즉한速記를 男便된資格밖에서 敏捷하게代書한다[5]

○ 紙碑 二

안해는 정말 鳥類엿든가보다[6] 안해가 그러케 瘦瘠하고 거벼워젓는데도 나르지못한것은 그손까락에 낑기웟던 반지때문이다[7] 午後에는 늘 粉을바를때 壁한겹걸러서 나는 鳥籠을 느낀다[8] 얼마안가서 없어질때까지 그 파르스레한 주둥이로 한번도 쌀알을 쪼으려들지안앗다[9] 또 가끔 미다지를열고 蒼空을 처다보면서도 고흔목소리로 지저귀려들지안앗다[10] 안해는 날를줄과 죽을줄이나 알앗지 地上에 발자죽을 남기지안앗다[11] 秘密한발을 늘보선신ㅅ고 남에게 안보이다가 어느날 정말 안해는 업서젓다[12] 그제야 처음房안에 鳥糞내음새가 풍기고 날개퍼덕이든 傷處가 도배우에 은근하다[13] 헤트러진 깃부스러기를 쓸어모으면서 나는 世上에도 이상스러운것을어덧다 散彈 아아안해는 鳥類이면서 염체 닷과같은쇠를삼켯드라그리고 주저안젓섯드라[14] 散彈은 녹슬엇고 솜털내음새도 나고 千斤무게드라 아아

○ 紙碑 三

이房[15]에는 門牌가업다[16] 개는이번에는 저쪽을 向하야짓는다[17] 嘲笑와같이 안해의버서노흔 버선이 나같은空腹을表情하면서 곧걸어갈것갓다[18] 나는 이

房을 첩첩이다치고 出他한다[19] 그제야 개는 이쪽을向하여 마즈막으로 슬프게 짓는다[20]

『中央』, 1936. 1, 68~69쪽.

이 작품은 동명의 '지비(紙碑)(「조선중앙일보(朝鮮中央日報)」, 1935. 9.15.)'와 시적 모티프가 유사하다. 이 작품의 텍스트는 '지비 1', '지비 2', '지비 3'으로 구분되어 있다. 하지만 이 세 부분이 하나의 의미 내용으로 이어지기 때문에 각각의 부분을 독립된 작품으로 볼 필요는 없다. 각각의 부분은 전체 작품 텍스트의 제1연, 제2연, 제3연에 해당하는 셈이다.

제1연은 '아내'의 잦은 외출을 그린다. 제2연은 아내의 가출을 새장에서 탈출한 한 마리의 새로 비유하고 있다. 제3연은 아내가 없는 방을 그려 놓고 있다. 전체적으로 '나'와 아내의 부조화와 그 결별의 과정에서 느끼게 된 괴로움을 담담하게 서술하고 있다.

원래 이 작품은 조선중앙일보사가 발간하던 월간지 『中央』(1936. 1.)의 '신춘수필(新春隨筆)' 난에 임화, 김광섭, 백신애, 이헌구, 장덕조, 장혁주 등의 수필과 함께 발표된 것이다. 그런데 이후 이상의 작품들이 다양한 형태로 편집되면서 모두 '시(詩)'의 영역에 포함시키고 있다. 이상의 시 작품들이 산문시의 형태가 대부분인 점을 생각한다면 이 같은 기존의 분류법에 무리가 있어 보이지 않는다. 이상도 그 자신의 글쓰기를 어떤 하나의 영역에 국한시키지 않았던 만큼, 오히려 양식적 분류에 상당한 주의가 요망된다.

---

1) '아내'의 외출 이유를 말한 대목으로, 아내가 그날 만나게 되는 상대 남자를 속이는 것으로 생각함. 이것은 유부녀로서의 신분을 숨기며 다른 남자와 만나고 있는 아내의 거짓된 행동을 지적한 것임.

2) 아내가 외출한 후 귀가가 늦어지는 경우 혹시 아내가 아주 돌아오지 않으면 어쩌나 초조한 마음으로 절망감에 빠져듦.

3) 본래의 얼굴 표정을 모두 감추고 있는 아내 얼굴의 짙은 화장을 말함.

4) "형용처럼간단히"라는 말은 '화장에 가려진 모습대로 아무런 거리낌을 드러내지 않고'라는 뜻으로 읽을 수 있다.

5) 아내가 들려주는 말 가운데 혹시 자신의 일기에만 몰래 기록하고 '나'에게는 속이려 드는 내용이 있는지를 생각하면서 마음속에 재빠르게 새겨 둔다. 여기서 "남편된자격밖에서"라는 말은 '남편으로서의 입장을 떠나서'라는 뜻으로 이해된다.

6) '아내'를 '새(조류)'에 비유함.

7) '아내'가 한 마리의 새처럼 날아가지 못하고 '나'의 곁에 있었던 까닭이 '반지' 때문이

라고 생각한다. 여기서 '반지'는 '결혼 또는 약혼'이라는 사회적 제도의 굴레를 상징한다.

8) '아내'가 자신의 방에서 화장을 할 때 나는 '아내'의 방이 '아내'를 가두고 있는 '조롱(새장)'이라고 생각한다.

9) '아내'는 집을 아주 나가 버릴 때까지 한동안 집에서 식사를 하지 않음.

10) '아내'가 집을 나가기 전 얼마 동안은 아무 말도 하지 않았음.

11) 아무런 족적을 남기지 않음.

12) 아내가 집을 나가 버림. '버선'은 '아내'의 가출을 상징한다.

13) 아내가 남겨 놓은 체취와 흔적을 '새'에 비유한 대목. '아내'도 매우 고통스럽게 지냈다는 사실을 암시한다.

14) '산탄(散彈)'이란 안에 작은 탄알이 많이 들어 있어, 사격하면 속에 있던 탄알들이 퍼져 터지는 탄알이다. 가까운 거리에 있는 적이나 사냥할 짐승에게 사용한다. 여기서는 이를 아내의 몸에서 떨어져 나온 닻 모양의 쇠붙이라고 표현함. 일상에 닻을 내리고 살아 보고자 했던 아내의 모습을 비유하고 있음.

15) '아내'가 '나'와 함께 지냈던 방. '나'와 '아내'가 살아온 공간 또는 세계를 의미한다.

16) 방의 주인이 없음을 "문패가없다"고 표현함.

17) 여기서 '개가 짖는다.'는 것은 세상 사람들의 손가락질과 수군대는 말들을 비유적으로 표현함. '이번에는'이라는 말은 '아내가 떠나 버린 때'를 지시하며, '저쪽'이란 '떠나 버린 아내'를 지시함. '아내'를 향한 나쁜 소문이 돌기 시작함을 말한 것.

18) '버선마저 걸어갈 것 같다.'는 말은 아내의 출분에서 느끼는 허탈감을 표현한 것임.

19) '아내'와의 생활을 완전히 청산함.

20) 여기서 '이쪽을 향하여 짖는 개'는 '나'를 측은히 여겨 동정하는 사람들의 말을 비유적으로 표현함.

화로

방거죽에극한이와닿았다. 극한이방속을넘본다. 방안은견딘다. 나는독서의뜻과함께힘이든다. 화로를꽉쥐고집의집중을잡아땡기면유리창이움폭해지면서극한이혹처럼방을누른다. 참다못하여화로는식고차겁기때문에나는적당스러운방안에서쩔쩔맨다. 어느바다에조수가미나보다. 잘다져진방바닥에서어머니가생기고어머니는내아픈데에서화로를떼어가지고부엌으로나가신다. 나는겨우폭동을기억하는데내게서는억지로가지가돋는다. 두팔을벌리고유리창을가로막으면빨래방망이가내등의더러운의상을뚜들긴다. 극한을걸커미는어머니—기적이다. 기침약처럼따끈따끈한화로를한아름담아가지고내체온위에올라서면독서는겁이나서근드박질을친다.

易斷

火爐

房거죽에極寒이와다앗다.[1] 極寒이房속을넘본다.[2] 房안은견된다. 나는讀書의뜻과함께힘이든다.[3] 火爐를꽉쥐고집의集中을잡아땡기면[4]유리窓이움폭해지면서極寒이혹처럼房을눌은다.[5] 참다못하야火爐는식고차겁기때문에나는適當스러운房안에서쩔쩔맨다. 어느바다에潮水가미나보다.[6] 잘다져진房바닥에서어머니가生기고어머니는내압흔데에서火爐를떼여가지고부억으로나가신다.[7] 나는겨우暴動을記憶하는데내게서는억지로가지가돗는다.[8] 두팔을버리고유리창을가로막으면빨내방맹이가내등의더러운衣裳을뚜들긴다.[9] 極寒을걸커미는[10]어머니— 奇蹟이다. 기침藥처럼딱근딱근한火爐를한아름담아가지고내體溫우에올나스면[11]讀書는겁이나서근드박질[12]을친다.

『가톨닉青年』, 1936. 2, 155쪽.

이 작품은 『가톨닉青年』(1936. 2.)에 발표된 것이다. '역단(易斷)'이라는 표제 아래 모두 다섯 편의 시가 함께 수록되어 있다. '역단'은 이 다섯 편의 시 가운데 한 편의 제목이기도 하다. 여기서 '역단'이라는 말은 이상 자신의 한자조어일 가능성이 많다. '역(易)'이란 흔히 『주역(周易)』을 일컫는다. 그러나 여기서 말하는 '역'은 『주역』의 괘를 이용하여 인간의 길흉화복을 따지는 점복(占卜)의 의미 또는 운명을 뜻한다. '단(斷)'은 '끊다', '결단하다' 등의 의미를 가진다. 그러므로 '역단'은 '운명에 대한 거역'이라는 뜻을 지니는 것으로 본다. 이 '역단'이라는 표제 아래 묶여진 「火爐」, 「아츰」, 「家庭」, 「易斷」, 「行路」이라는 다섯 편의 작품은 모두 이상 자신의 개인사(個人史)와 관련된 소재들, 즉 투병, 사업의 실패, 가족의 문제 등을 다루고 있다. 그런데 '역(易)' 자를 '이(易)'로 읽을 수도 있다. 이 경우에는 '쉽다'라는 뜻을 가진다. '이단(易斷)'이라는 말은 '쉽게 자르다' 또는 '손쉽게 끊어 내다' 등의 뜻으로 풀이된다. 그러나 작품 「역단(易斷)」에서 분명 '역(易)' 자로 읽어야 함을 암시하고 있다.

작품 「화로(火爐)」는 이상 자신이 겨울에 방 안에서 추위에 시달리며 책을 읽다가 기침을 하고 객혈했던 경험을 그려 낸 것으로 보인다. 이상은 이 작품을 발표할 무렵 심하게 결핵을 앓고 있었기 때문에 미열, 기침, 도한(盜汗) 등과 함께 객혈의 고통을 수없이 경험한다. 이 고통스러운 경험 속에서 환상처럼 등장하는 것이 어머니의 모습이다. 따뜻하게 몸을 덥혀 줄 수 있는 '화로'를 '어머니'의 이미지에 겹쳐 놓고 있다. 말하자면 시인의 상상력을 통해 '화로=어머니'의 관계가 성립되는 셈이다. 몸으로 느끼는 추위와 고통을 다양한 시각적 표현을 동원하여 구체적으로 형상화하는 기법도 매우 뛰어나다.

---

1) 방 바깥의 세상이 몹시 춥다.

2) 추운 기운이 방 안으로 스며든다.

3) 추운 방 안에서 책을 읽으면서 견딘다.

4) 화로를 끌어안고 추위를 견디기 위해 힘을 주는 것을 말함. 여기서 '집중(集中)'은 추위를 견디려고 자기 자신을 중심으로 힘을 모으는 것을 말함.

5) 이 대목은 추위가 방 안으로 스며드는 것을 시각적으로 표현한 대목이다. 방 안에 앉아 추위를 견디기 위해 힘을 주고 있으니까 그 힘에 의해 유리창이 움푹해지고 거기 따라 추위가 혹처럼 방 안에 가까이 밀려든다고 묘사한다. 이와 유사한 시각적 표현의 뛰어난 감각성은 소설 「지도의 암실」의 다음과 같은 구절에서도 확인된다.
"죽음은 평행사변형의 법칙으로 보일샤를의 법칙으로 그는 앞으로 앞으로 걸어 나가는데도 왔다. 떠밀어 준다."

6) 이 대목은 의미가 애매하다. 결핵으로 인해 생기는 객혈의 기미를 느끼는 대목으로 보인다. 마치 조수가 밀리듯이 무언가 속에서 치밀어 오는 느낌을 표현하고 있다.

7) 내가 끌어안고 있던 화로를 어머니가 빼앗아 들고 부엌으로 나가는 모습이 환상으로 떠오른다. 객혈을 하게 되는 순간을 암시적으로 표현한 것으로 볼 수 있음.

8) 웅크리고 있던 내가 손을 뻗는 것을 "가지가돋는다."라고 표현함.

9) 오한이 들어서 후들후들 떨며 심하게 기침을 하는 모습을 '빨래 방망이가 등을 두드린다.'라고 묘사한다.

10) 걸커미다. '걸머메다'의 방언. 걸머지어 어깨에 메다.

11) 몸에 열이 나서 체온이 올라감을 말함. 어머니가 화로를 가져다주어서 몸이 따뜻해진 것처럼 묘사함.

12) 근드박질. '곤두박질'의 방언. 더는 책을 읽을 수 없는 상태에 이르게 됨.

역단

아침

캄캄한공기를마시면폐에해롭다. 폐벽에끄름이앉는다. 밤새도록나는옴살을앓는다. 밤은참많기도하더라. 실어내가기도하고실어들여오기도하고하다가잊어버리고새벽이된다. 폐에도아침이켜진다. 밤사이에무엇이없어졌나살펴본다. 습관이도로와있다. 다만내치사한책이여러장찢겼다. 초췌한결론위에아침햇살이자세히적힌다. 영원히그코없는밤은오지않을듯이.

易斷

아츰

캄캄한空氣[1]를마시면肺에害롭다. 肺壁에끄름[2]이앉는다. 밤새도록나는옴살[3]을알른다. 밤은참많기도하드라.[4] 실어내가기도하고실어들여오기도하고하다가이저버리고새벽이된다.[5] 肺에도아츰이켜진다. 밤사이에무엇이없어졌나살펴본다. 習慣이도로와있다.[6] 다만내侈奢한책이여러장찢겼다[7] 憔悴한結論[8]우에아츰햇살이仔細히적힌다.[9] 永遠이그코없는밤[10]은오지않을듯이.

『가톨닉靑年』, 1936. 2, 156쪽.

이 작품은 어두운 밤을 고통스럽게 견디어 낸 뒤에 맞이하는 빛나는 아침을 묘사한다. 시적 화자가 폐병에 시달리면서 밤을 지내고 나서 아침을 맞아 그 어둠의 고통으로부터 벗어나는 심정을 시각적으로 그려 내고 있다.

---

1) 밤의 어둠을 강조하기 위해 "캄캄한공기"라고 묘사한 것으로 보인다. '더러운 공기'라는 뜻으로 해석이 가능하다.
2) 그을음. 폐의 벽이 상해 가고 있음을 암시함.
3) '엄살'의 방언.
4) 시간적인 의미를 가지는 '밤'을 양적인 개념으로 바꾸어 표현함. '길고 긴 밤'이라는 뜻으로 해석된다.
5) 어두운 밤을 마치 '어둠을 끊임없이 실어 오고 실어 가는' 것으로 표현함. 정적인 어둠의 이미지를 동적인 이미지로 바꾸어 놓고 있음.
6) 아침이 된 것을 일상적으로 되풀이되는 습관에 비유함.
7) 밤새도록 뒤바뀐 것은 없지만, '나'의 꿈과 희망이 조금씩 사라지고 있음을 '책장이 찢기는 것'에 비유함.
8) 밤새도록 고통을 겪은 '나'의 모습을 비유적으로 표현함.
9) 햇살이 내리쬐는 모습을 시각적으로 표현한 대목.
10) 여기서 "코없는밤"이란 '코를 베어 갈 정도로 눈앞을 분간하기 어렵게 깜깜한 밤'이라는 관용적 표현을 변형시킨 것임.

역단

가정

문을암만잡아당겨도안열리는것은안에생활이모자라는까닭이다. 밤이사나운꾸지람으로나를조른다. 나는우리집내문패앞에서여간성가신게아니다. 나는밤속에들어서서제웅처럼자꾸만감해간다. 식구야봉한창호어데라도한구석터놓아다고내가수입되어들어가야하지않나. 지붕에서리가내리고뾰족한데는침처럼월광이묻었다. 우리집이앓나보다그러고누가힘에겨운도장을찍나보다. 수명을헐어서전당잡히나보다. 나는그냥문고리에쇠사슬늘어지듯매어달렸다. 문을열려고안열리는문을열려고.

易斷

家庭

門을암만잡아단여도않열리는것은안에生活이모자라는까닭이다.[1] 밤이사나운꾸즈람으로나를졸른다.[2] 나는우리집내門牌앞에서여간성가신게아니다.[3] 나는밤속에들어서서제웅처럼작구만滅해간다.[4] 食口야封한窓戶어데라도한구석터노아다고내가收入되여들어가야하지않나.[5] 집웅에서리가나리고뾰족한데는鍼처럼月光이무덨다.[6] 우리집이알나보다[7]그러고누가힘에겨운도장을찍나보다. 壽命을헐어서典當잡히나보다.[8] 나는그냥門고리에쇠사슬늘어지듯매여달렷다. 門을열려고않열리는門을열려고.[9]

『가톨닉靑年』, 1936. 2, 156쪽.

이 작품은 어두운 밤, 집 안으로 들어서지 못하고 문밖에서 서성대며 서 있는 '나'라는 시적 화자의 심경을 그려 놓았다. 여기서 집(가정)은 밤의 바깥세상과는 다르게 식구들이 모여 있는 곳이다. 그러나 '나'는 문을 열지 못한다. 이러한 장면은 나와 '가족'과의 단절과 간격을 암시한다. 집안의 어려운 형편도 함께 암시됨으로써 나의 '귀가'가 순조롭지 않음을 보여 주고 있다.

---

1) 집 안에 쉽게 들어서지 못하는 이유를 가족을 위해 함께 살아가지 못한 자신의 탓임을 밝힘.
2) 여기서 '밤'은 살아가기 힘든 바깥세상을 상징하는 말이다. 가족이 있는 집으로 들어갈 것을 독촉받고 있음.
3) 아무런 역할도 하지 못하면서 '이름'만 내세워 놓고 있는 '문패'가 오히려 마음에 부담스러움을 표현함.
4) 현실 속에서 아무런 도리를 하지 못하면서 삶을 낭비하는 자신을 '제웅처럼 멸해 간다.'고 표현함.
5) 집 안으로 들어가고 싶지만 가족들이 쉽사리 받아들이지 않는 것처럼 소외된 자신의 처지를 그림.
6) 차가운 달빛 아래 정적에 싸여 있는 집의 모습.
7) 집안에 무슨 우환이 생겼는지 걱정하는 심경을 암시함.
8) 경제적인 여건이 아주 힘든 상황에 처해 있음을 암시함.
9) 가족과 함께하는 일상적인 삶의 한가운데로 들어서고자 하는 욕망을 표현함.

역단

그이는백지위에다연필로한사람의운명을흐릿하게초를잡아놓았다. 이렇게홀홀한가. 돈과과거를거기다가놓아두고잡답속으로몸을기입하여본다. 그러나거기는타인과약속된악수가있을뿐, 다행히공란을입어보면장광도맞지않고안들인다. 어떤빈터전을찾아가서실컷잠자코있어본다. 배가아파들어온다. 고로운발음을다삼켜버린까닭이다. 간사한문서를때려주고또멱살을잡고끌고와보면그이도돈도없어지고피곤한과거가멀거니앉아있다. 여기다좌석을두어서는안된다고그사람은이로위치를파헤쳐놓는다. 비켜서는악식에허망과복수를느낀다. 그이는앉은자리에서그사람이평생을살아보는것을보고는살짝달아나버렸다.

易斷

그이는白紙우에다鉛筆로한사람의運命을흐릿하게草를잡아놓았다.[1] 이렇게홀홀한가.[2] 돈과過去를거기다가놓아두고雜踏[3]속으로몸을記入하야본다. 그러나거기는他人과約束된握手가있을뿐,[4] 多幸히空欄을입어보면長廣도맞지않고않드린다.[5] 어떤빈터전을찾어가서실컨잠잣고있어본다. 배가압하들어온다. 苦로운發音을다생켜버린까닭이다.[6] 奸邪한文書를때려주고또멱살을잡고끌고와보면[7]그이도돈도없어지고疲困한過去가멀건이앉어있다.[8] 여기다座席을두어서는않된다고그사람은이로位置를파헤쳐놓는다.[9] 비켜스는惡息에虛妄과複讐를느낀다.[10] 그이는앉은자리에서그사람이平生을살아보는것을보고는살작달아나버렸다.[11]

『가톨닉靑年』, 1936. 2, 157쪽.

이 작품은 인간의 삶의 양상을, 그 운명을 정해 주는 조물주("그이")와 그에 따르는 인간("그사람")의 대비를 통해 우의적으로 그려 낸다. '그 사람'은 '그이'가 초 잡아 주는 삶의 방향을 거부한다. 돈도 버리고 가문("과거")도 물리치고 너절한 현실("잡답")에 발을 내딛는다. 그러나 모든 것이 자신과 제대로 맞지 않는다. 고통을 견디며 살아오다가 다시 제자리로 돌아온다. 그러나 재물은 사라지고 성가신 과거("가문")만 남아 있다. 이상 자신의 삶의 행적이 이 작품에서 암시되고 있다.

---

1) "그이(조물주)"가 한 인간의 삶의 운명을 어렴풋하게 정함.
2) 홀홀하다. 거침이 없고 가볍다.
3) 잡답(雜踏). 너절하고 지저분한 곳으로 들어섬.
4) 타인과의 관계가 형식적인 겉치레(약속된 악수)로만 이루어짐.
5) 자신을 위해 비어 있는 자리를 찾아보면 모든 것이 몸에 맞지 않음. 여기서 "장광(長廣)"이란 길이와 폭을 의미함.
6) 고통스러운 이야기("발음")를 참고 견디며 입에 올리지 않음.
7) 여기서 "간사한문서"는 맨 앞 문장에서 제시한 '운명을 초 잡아 놓은 백지'를 말함.
8) 원래 정해진 자기 자리로 돌아와 보니 재물도 사라지고 오직 성가신 과거(가문이나

관습의 굴레)만 남아 있음.

9) 자신의 운명을 그 자리에 매어 둘 수 없다고 생각하여 자리를 이리로 옮겨 파헤쳐 놓는다.

10) 험난했던 삶의 현실을 피하게 되면서 그렇게 지내 온 과거에 허망함을 느끼고 복수심이 밀려 오른다.

11) 정해진 운명대로 자리 잡아 살아가는 것을 확인한 후에 그이(조물주)는 사라진다.

역단

행로

기침이난다. 공기속에공기를힘들여배앝아놓는다. 답답하게걸어가는길이내스토오리요기침해서찍는구두를심심한공기가주물러서삭여버린다. 나는한장이나걸어서철로를건너지를적에그때누가내경로를디디는이가있다. 아픈것이비수에베어지면서철로와열십자로어얼린다. 나는무너지느라고기침을떨어뜨린다. 웃음소리가요란하게나더니자조하는표정위에독한잉크가끼얹힌다. 기침은사념위에그냥주저앉아서떠든다. 기가탁막힌다.

易斷

行路

기침이난다. 空氣속에空氣를힘들여배앗하놋는다. 답답하게걸어가는길이내스토오리요[1]기침해서찍는句讀을심심한空氣가주믈러서삭여버린다.[2] 나는한章이나걸어서鐵路를건너질를적에그때누가내經路를되되는이가있다.[3] 압흔것이匕首에버어지면서鐵路와열十字로어얼린다.[4] 나는문어지느라고기침을떨어트린다.[5] 우슴소리가요란하게나드니[6]自嘲하는表情우에毒한잉크가끼언친다.[7] 기침은思念우에그냥주저앉어서떠든다. 기가탁막힌다.[8]

『가톨닉青年』, 1936. 2, 157쪽.

이 작품은 시적 화자인 '나'의 고통스러운 삶의 과정을 암시적으로 그려 낸다. 특히 '기침'이라는 말은 그 고통을 집약시켜 놓은 하나의 상징이 된다. 이상 자신의 개인사와 관련지어 본다면, 폐결핵에 걸려 투병하는 과정에서 반복적으로 경험했던 심한 기침과 객혈의 고통이 그대로 드러나 있다고 할 것이다. 이 작품의 기호적 표현 기법은 이상이 발표한 일본어 시 가운데 「이십이 년(二十二年)」의 전반부와 깊은 관계가 있으며, 「오감도-시제5호」와도 연관을 지닌다.

시 「행로」에는 '기침'이라는 시어가 네 차례나 반복적으로 등장한다. '기침'은 폐결핵의 병증을 가장 사실적으로 보여 주면서 동시에 병의 고통에 시달리는 시적 화자의 삶의 모습을 상징적으로 드러낸다. 기침은 공기 속에 공기를 힘들여 뱉어 놓는 것으로 설명되기도 하고, 답답하게 걸어가는 길에 찍는 '구두점(句讀點)'으로 비유되기도 한다. 그리고 기침으로 인해 아무것도 제대로 할 수 없는 상태를 타이포그래피의 '구두점'이라는 기호로 변형시켜 놓기도 한다. 이러한 표현은 기침의 고통을 감각적으로 구체화하기 위한 기법적 고안에 해당한다.

이 시의 핵심적인 내용은 "나는한장(章)이나걸어서철로(鐵路)를건너질를적에그때누가내경로(經路)를되되는이가있다. 압흔것이비수(匕首)에버어지면서철로(鐵路)와열십자(十字)로어얼린다."라는 구절에 담겨 있다. 여기서 시적 화자는 자신의 삶의 과정 가운데 운명적인 고비를 이룬 스물두 살의 나이를 그 숫자의 기호적 표상을 통해 교묘하게 묘사하고 있다.

'한 장이나 걸어서 철로를 건너지를 적'이라고 표현한 구절은 삶의 과정과 나이를 암시한다. '철로'는 두 개의 선로로 이루어진 길이다. 이것은 한자의 '이(二)'라는 글자와 유사한 기호적 표상을 드러낸다. '철로를 건너지를'이라는 동작은 '이(二)' 자를 가로지르는 '≠'과 같은 기호로 그려진다. 이 기호는 수학에서 'a ≠ b'라고 표시하는 데에 쓰인다. 이것은 'a'라는 전항이 'b'라는 후항과 등치관계를 이루지 않는 상태임을 의미한다. 다시 말하면 'a'와 'b'는 서로 일치하지 않으며, 그 값이 서로 다르다는 것을 의미한다. 시적 화자의 운명이 어떤 전환점을 맞게 되었음을 암시한다고 할 수 있다.

'그때 누가 내 경로를 디디는 이가 있다.'라는 구절은 '나'를 따라오고 있는 정체를 알 수 없는 존재가 있었음을 말해 준다. 그것이 바로 병이다. 죽음의 그림자가 드리우기 시작한 것이다. 그렇기 때문에 여기서 그 대상에 대한 두려움의 정서가 환기된다. 실제로 시인은 스물두 살에 객혈을 시작하면서 심각한 결핵을 앓고 있음을 확인한 바 있다.

'압흔 것이 비수에 버어지면서 철로와 열십자로 어얼린다.'라는 구절은 '二十二'라는 나이를 표시하는 숫자의 형상을 병의 진전 상황과 연결하여 그려 낸다. 철로를 건너지를 적에 '아픈 것이 비수에 베어지면서'라고 서술하고 있는 부분은 '二十二'라는 숫자의 기호적 형상을 만들어 내기 위한 전제에 해당한다. 철로(=)를 건널 때(≠)에 아픈 것이 비수에 베어진다. 그래서 철로는 두 도막으로 잘라져 '='와 '='의 형태로 나누어진다. 결국 '二'라는 글자가 두 개 생겨난 셈이다. '철로와 열십자로 어얼린다.'라는 구절은 곧바로 '= ＋ ='라는 기호로 도식화할 수 있다. 이 기호는 그대로 '이십이(二十二)'라는 숫자와 일치한다. 그리고 이것은 곧 '스물두 살'이라는 시적 화자의 나이를 의미하는 것으로 해석된다.

이 시의 결말 부분은 심한 기침과 객혈의 장면을 그려 낸다. "독한 잉크"는 바로 객혈을 의미한다. 기침을 하는 동안에는 아무것도 할 수 없다. 연거푸 계속되는 기침의 고통을 "기침은사념(思念)우에그냥주저앉아서떠든다."라고 묘사한다. 결국 스물두 살이 되던 해부터 병고에 시달리면서 살아야 했던 고통스러운 삶의 모습이 처절하게 묘사되고 있는 것이다. 이상은 이처럼 스물두 살이라는 자신의 나이에 집착하면서 부정적인 자기 몰입에 빠져든다.

---

1) '자신이 살아온 과정(스토리, story)'이 답답하게 걸어온 길이었음을 담백하게 서술함.

2) 자신이 내뱉는 기침을 자기의 스토리 중에 찍는 구두점(句讀點)이라고 말함. 기침이라는 고통스러운 표정을 글을 쓸 때 치는 구두점으로 바꾸어 표현함으로써 그 시각적 이미지를 부각시킴.

3) 이 대목은 자신의 삶의 과정을 매우 암시적으로 그려 보인다. 여기서 '누가'는 정체를 알 수 없는 대상이며, 그렇기 때문에 두려움의 느낌을 불러일으킨다. 이상 자신의 개인사로 본다면, '누가'는 눈에 보이지 않는 '병'을 의미한다. 스물두 살에 결핵에 감염되었기 때문이다. 이러한 풀이는 이 작품에서 핵심적인 의미를 가지는 '기침'이라는 시어에 근거하여 추론이 가능하다.

4) 이 대목은 결핵에 의해 폐가 상한 것('아픈 것이 비수에 베어지다.')을 자신의 나이와 연결시킨 대목이다. 바로 바로 앞 문장과 마찬가지로 '문자 놀이' 또는 '기호 놀이'의 형태에 해당한다. 일본어 시 「이십이 년」과 「오감도-시제5호」의 전체 내용에 대한 패러디(parody)로 읽을 수 있다.

5) 심하게 기침하는 모습.
6) 구역질이 일어남.
7) 객혈이 일어남. '독한 잉크'는 토해 낸 피를 말함.
8) 기침이 그치지 않으면서 숨이 막힐 지경에 이름.

가외가전

훤조때문에마멸되는몸이다. 모두소년이라고들그리는데노야인기색이많다. 혹형에씻기워서산반알처럼자격너머로튀어오르기쉽다. 그러니까육교위에서또하나의편안한대륙을내려다보고근근히산다. 동갑네가시시거리며떼를지어답교한다. 그렇지않아도육교는또월광으로충분히천칭처럼제무게에끄덱인다. 타인의그림자는위선넓다. 미미한그림자들이얼떨김에모조리앉아버린다. 앵도가진다. 종자도연멸한다. 정탐도흐지부지—있어야옳을박수가어째서없느냐. 아마아버지를반역한가싶다. 묵묵히—기도를봉쇄한체하고말을하면사투리다. 아니—이무언이훤조의사투리리라. 쏟으려는노릇—날카로운신단이싱싱한육교그중심한구석을진단하듯어루만지기만한다. 나날이썩으면서가리키는지향으로기적히골목이뚫렸다. 썩는것들이낙차나며골목으로몰린다. 골목안에는치사스러워보이는문이있다. 문안에는금니가있다. 금니안에는추잡한혀가달린폐환이있다. 오—오—. 들어가면나오지못하는타입깊이가장부를닮는다. 그위로짝바뀐구두가비철거린다. 어느균이어느아랫배를앓게하는것이다. 질다.

반추한다. 노파니까. 맞은편평활한유리위에해소된정체를도포한졸음오는혜택이뜬다. 꿈—꿈—꿈을짓밟는허망한노역—이세기의곤비와살기가바둑판처럼널리깔렸다. 먹어야사는입술이악의로꾸긴진창위에서슬며시식사흉내를낸다. 아들—여러아들—노파의결혼을걷어차는여러아들들의육중한구두—구두바닥의징이다.

층단을몇벌이고아래도내려가면갈수록우물이드물다. 좀지각해서는텁텁한바람이불고—하면학생들의지도가요일마다채색을고친다. 객지에서도리없어다수굿하던지붕들이어물어물한다. 즉이취락은바로여드름돋는계절이래서으쓱거리다잠꼬대위에더운물을붓기도한다. 갈—이갈때문에견디지못하겠다.

태고의호수바탕이던지적이짜다. 막을버틴기둥이습해들어온다. 구름이근경에오지않고오락없는공기속에서가끔편도선들을앓는다. 화폐의스캔달—발처럼생긴손이염치없이노파의통고하는손을잡는다.

눈에띄우지않는폭군이잠입하였다는소문이있다. 아기들이번번이애총이되고되고한다. 어디로피해야저어른구두와어른구두가맞부딪는꼴을안볼수있으랴. 한창급한시각이면가가호호들이한데어우러져서멀리포성과시반이제법은은하다.

여기있는것들은모두가그방대한방을쓸어생긴답답한쓰레기다. 낙뢰심한그방대한방안에는어디로선가질식한비둘기만한까마귀한마리가날아들어왔다. 그러니까강하던것들이역마잡듯픽픽쓰러지면서방은금시폭발할만큼정결하다. 반대로여기있는것들은통요사이의쓰레기다.

간다. '손자'도탑재한객차가방을피하나보다. 속기를펴놓은상궤위에알뜰한접시가있고접시위에삶은계란한개—포-크로터뜨린노란자위겨드랑에서난데없이부화하는훈장형조류—푸드덕거리는바람에방

안지가찢어지고빙원위에좌표잃은부첩떼가난무한다. 권련에피가묻고그날밤에유곽도탔다. 번식한고거짓천사들이하늘을가리고온대로건넌다. 그러나여기있는것들은뜨뜻해지면서한꺼번에들떠든다. 방대한방은속으로곪아서벽지가가렵다. 쓰레기가막붙는다.

街外街傳

喧噪때문에磨滅되는몸이다.[1] 모도少年이라고들그리는데老爺인氣色이많다.[2] 酷刑에씻기워서算盤알처럼資格넘어로튀어올으기쉽다.[3] 그렇니까陸橋[4]우에서 또하나의편안한大陸을나려다보고僅僅이삶
다. 동갑네가시시거리며떼를지어踏橋한다.[5] 그렇지안아도陸橋는또月光으로充分히天秤처럼제무게에끄덱인다.[6] 他人의그림자는위선넓다. 微微한그림자들이 얼떨김에모조리앉어버린다. 櫻桃가진다. 種子도煙滅한다.[7] 偵探도흐지부지—있어야옳을拍手가어쨓서없느냐. 아마아버지를反逆한가싶다.[8] 黙黙히—企圖를封鎖한체하고말을하면사투리다. 아니—이無言이喧噪의사투리리라.[9] 쏟으랴는노릇—날카로운身端[10]이싱싱한陸橋그중甚한구석을診斷하듯어루많이기만한다. 나날이썩으면서가르치는指向으로奇蹟히골목이뚤렸다.[11] 썩는것들이 落差나며골목으로몰린다. 골목안에는侈奢스러워보이는門이있다. 門안에는金니가있다.[12] 金니안에는추잡한혀가달닌肺患이있다.[13] 오—오—. 들어가면나오지못하는타잎기피가臟腑를닮는다. 그우로짝바뀐구두가비철거린다.[14] 어느菌이어느아랫배를앓게하는것이다. 질다.

反芻한다.[15] 老婆니까. 마즌편平滑한유리우에解消된政體를塗布한조름오는 惠澤이뜬다. 꿈—꿈—꿈을짓밟는虛妄한勞役—이世紀의困憊와殺氣가바둑판처럼넓니깔였다. 먹어야사는입술이惡意로구긴진창우에서슬몃이食事흉내를낸다. 아들—여러아들[16]—老婆의結婚[17]을거더차는여러아들들의육중한구두—구두바닥의징이다.[18]

層段을몇벌이고아래도나려가면갈사록우물이드믈다.[19] 좀遲刻해서는텁텁한 바람이불고[20]—하면學生들의地圖가曜日마다彩色을곳인다.[21] 客地에서道理없어다수굿하든집웅들이어물어물한다. 卽이聚落은바로여드름돋는季節이래서으쓱거리다잠꼬대우에더운물을붓기도한다.[22] 渴[23]—이渴때문에견듸지못하겠다.

太古의湖水바탕이든地積이짜다.[24] 幕을버틴기둥이濕해들어온다.구름이近境에오지않고娛樂없는空氣속에서가끔扁桃腺들을알는다.[25] 貨幣의스캔달[26]—발처럼생긴손이염치없이老婆의痛苦하는손을잡는다.

눈에띠우지안는暴君[27]이潛入하얐다는所聞이있다. 아기들이번번이애총이되고되고한다.[28] 어디로避해야저어른구두와어른구두가맞부딧는꼴[29]을안볼수있스랴. 한창急한時刻이면家家戶戶들이한데어우러저서멀니砲聲과屍斑이제법은은하다.[30]

여기있는것들은모도가그尨大한房을쓸어생긴답답한쓰레기다.[31] 落雷심한그尨大한房안에는어디로선가窒息한비들기만한까마귀한마리[32]가날어들어왔다. 그렇니까剛하든것들이疫馬잡듯픽픽씰어지면서房은금시爆發할만큼精潔하다.[33] 反對로여기있는것들은통요사이의쓰레기다.[34]

간다. 「孫子」도搭載한客車가房을避하나보다.[35] 速記를펴놓은床几웋에알뜰한접시가있고접시우에삶은鷄卵한개—뽀-크로터뜨린노란자위겨드랑에서난데없이孵化하는勳章型鳥類—푸드덕거리는바람에方眼紙가찌저지고氷原웋에座標잃은符牒떼가亂舞한다.[36] 卷煙에피가묻고[37]그날밤에遊廓도탔다.[38] 繁殖한고거즛天使[39]들이하늘을가리고溫帶로건는다. 그렇나여기있는것들은뜨뜻해지면서한꺼번에들떠든다. 尨大한房은속으로골마서壁紙가가렵다. 쓰레기가막붙ㅅ는다.

『詩와 小說』, 1936. 3, 16~19쪽.

이 작품의 제목인 '가외가전(街外街傳)'이라는 말은 '거리의 밖에 있는 거리 이야기' 정도로 그 뜻을 이해할 수 있다. 이 작품에서 그려 내고 있는 이야기는 매우 특이한 우의성(寓意性)을 지닌다. 그렇기 때문에 이 작품은 이상의 시 가운데 그 의미가 모호한 난해시(難解詩)의 하나로 손꼽혀 왔다. 그러나 이 작품의 텍스트 구조와 비유적 표현을 분석해 보면 그 의미의 심층에 도달할 수 있다.

이 작품의 텍스트는 모두 6연으로 구분되어 있는데, 각 연은 '입에서부터 가슴의 허파'에 이르기까지 인간의 호흡기관의 모양과 역할을 특유의 비유와 암시로 그려 낸다. 시상을 연결하기 위해 일종의 몽타주 기법도 활용한다. 제1연과 제2연은 입안의 '치아'를 대상으로 한다. 충치가 되어 금니를 만들어 끼운 대목도 있다. 그리고 제3연과 제4연은 구강에서부터 후두에 이르는 길을 그려 낸다. 여기서는 돌림병인 홍역을 결부시켜 놓고 있다. 제5연과 제6연은 허파에서 생기는 병을 묘사한다. 특히 마지막 6연에서 허파가 정상적 기능을 작동하지 못하는 경우를 비유적으로 보여 주는 것은 시인 자신의 병환과도 연관되는 것이라고 할 수 있다.

이 작품에서처럼 인간의 호흡기관의 구조와 기능을 병적인 것과 결부시켜 시로 그려 낸다는 것은 매우 그로테스크한 취향에 속하는 일이지만, 이 작품이 시인 자신의 병환과 연관되는 우울한 '공상(空想)'의 산물이라는 점을 부인할 수는 없다.

---

1) 이 대목에서는 묘사하고 있는 대상을 직접 지칭하지 않고 있다. 문장 구조상으로 주체(주어)가 생략되어 있으며, 주체의 형태를 서술한 서술부만이 제시되어 있다. '훤조(喧噪)'는 '지껄이고 떠들다.'라는 뜻을 가지며, '마멸(磨滅)'은 '닳아 없어지다'라는 뜻을 지닌다. 이 두 개의 단어가 주체의 기능과 형태를 암시한다. '훤조'와 관련되는 조음(調音)기관으로 마모(磨耗)가 되는 것은 '치아(齒牙)'가 있다. 이 문장의 주체를 '치아'라고 하면 문맥이 자연스럽게 이어진다.

2) '소년'이라는 말과 '노야(老爺)의 기색'을 띤 것이라는 말은 치아의 형태를 암시한다. 치아의 상태가 그리 좋지 않다.

3) 치아가 울퉁불퉁하게 튀어나와 있는 모습을 '주판의 알이 솟아나와 있는 모양'에 비유함.

4) 이 대목에서 '육교(陸橋)'는 치아가 서 있는 '잇몸'을 말함.

5) '동갑네'는 비슷하게 가지런히 나와 있는 치아를 말한다. 잇몸 위에 치아가 나란히 나와 있는 모습을 '답교'하는 모습에 비유하고 있다.

6) 턱이 움직임에 따라 잇몸이 움직이는 것을 말함.

7) 치아가 빠지는 것을 비유적으로 표현함.

8) 새로운 치아가 헌 이빨을 빼낸 자리에 나오는 것을 말함.

9) 입을 다물고 (이를 물고) 말을 하면 제대로 발음이 되지 않는다는 것을 '사투리'라고 말함.

10) "날카로운신단(身端)"은 입안에 있는 '혀의 끝'을 말함. 혀끝이 치아에 닿으면서 스치는 것을 묘사한 대목이다.

11) 충치가 생겨 치아에 구멍이 뚫어짐.

12) 충치의 치료를 위해 금니를 한 것.

13) 금니를 해 넣었지만 그 안쪽은 썩고 있음.

14) 금니를 해 넣은 것이 제대로 맞지 않음을 "짝바뀐구두"라고 표현함.

15) '반추(反芻)'는 글자 그대로 되새김질을 말하는데, 여기서는 치아의 저작 동작을 의미함. 이하의 문장들이 모두 이 '반추'의 동작을 설명한다.

16) 새로 나온 여러 치아들.
17) 금니를 하여 충치를 치료한 치아를 말함. 여기서 '결혼'이란 치아 위에 금니를 덧씌운 것을 비유적으로 표현한 말임.
18) 아래위의 치아들이 서로 부딪는 것을 "구두바닥의징"이라고 비유적으로 표현함. 구두 밑바닥이 상하지 않도록 쇠붙이로 만든 징을 박는 경우가 많음.
19) 구강의 안쪽으로는 침샘이 없어서 침이 나오지 않는 것을 두고 "우물이드믈다."라고 표현함.
20) 이 대목부터는 돌림병인 홍역과 호흡기관의 상태를 결부시켜 묘사하고 있는 것으로 보인다. "좀지각해서는"이라는 구절은 대개 소아기에 겪는 '홍역'을 학교 다니는 나이에 앓게 된 것을 말함. "텁텁한바람"은 '홍역'을 암시함.
21) 홍역이 돌기 시작하면 학생들이 학교에 나오지 못하는 경우가 많아지므로 출석부에 붉게 결석 표시가 생기는 것을 "요일마다채색을고친다."라고 표현함.
22) 홍역 때문에 생겨나는 여러 가지 변화를 묘사한 대목이다. 정확하게 어떤 상태를 비유하여 표현한 것이지 구분하기 힘들다. 그러나 "다수굿하던지붕들이어물어물한다."는 것은 홍역 때문에 사람들이 서로 출입을 삼가는 모양을 말하는 것으로 보인다. "이취락은바로여드름돋는계절"이라는 말은 홍역으로 온몸에 열꽃(붉은 반점)이 피는 것을 암시한다.
23) 갈증(渴症). 목이 마름.
24) 입안의 타액이 약간 짭짤한 맛을 가지는 것을 말함.
25) 후두에 편도선이 생김. "발처럼생긴손"은 '목젖'을 말한 것으로 보임.
26) 이 대목은 '남의 돈을 꿀꺽 삼킨다.'라는 말에서 유래된 것으로 보이는 '화폐의 스캔들'이라는 말을 쓴 것이 매우 재미있다. 사실은 음식이나 침을 꿀꺽 삼키는 동작을 묘사한 대목이다.
27) '병'을 암시함. 홍역.
28) 홍역을 앓다가 어린애들이 많이 죽음.
29) 이 대목은 바로 앞의 '애총'과 의미상의 연관을 가지는 것으로 해석할 경우, 홍역의 증상 가운데 하나로 해석할 수 있다. "어른구두"는 폐의 모양을 연상하게 한다. "어른구두와어른구두가맞부딧는꼴"이란 폐렴을 뜻하는 것인지도 모른다.
30) 홍역이 아주 심할 때 그 전염을 막기 위해 환자를 격리시키던 일을 서술한 것으로 보임. '시반(屍斑)'은 사람이 죽은 지 몇 시간 후 피부에 생기는 자색의 반점.
31) 이 마지막 연은 '폐'에 관한 묘사가 중심을 이룬다.
32) '오염된 공기'를 암시하는 비유적인 표현. 여기서는 담배 연기로 볼 수 있다. 뒤에 "卷煙에피가묻고"라는 대목이 보인다.
33) 폐 안을 오염된 공기가 더럽히는 것을 역설적으로 '정화'시킨다고 표현함.
34) 폐부에 오염된 찌꺼기들이 남아 있는 상태.
35) 이 대목에서는 폐가 상하게 되면 그것을 고칠 어떤 방책도 내놓을 수 없음을 비유적으로 제시하고 있다. '孫子'는 병법으로 유명하지만 그의 뛰어난 술책도 여기(폐)에서는 아무런 효능을 발휘할 수 없다는 것을 말하고 있다.

36) 이 대목에서는 시적 화자가 호흡기관의 내부(폐)에 맞춰져 있던 초점을 자신이 앉아 있는 현실 공간(방)으로 옮겨 놓은 상태를 묘사한다. 책상 위에 접시가 있고, 그 접시에 '삶은 계란(여기서는 하얀빛의 양초) 한 개', '포크로 터뜨린 노른자에서 부화하는 훈장형조류(촛불)'가 보인다. 시적 화자는 책상 위에 촛불을 켜 놓고 있다. 그런데 갑작스럽게 '푸드덕거리는 바람(기침이 나옴)'에 삽화를 그리기 위해 펼쳐 놓은 '방안지(모눈종이)가 찢어지고' 방바닥에 이리저리 흩어진다.

37) 피우던 담배 위로 객혈이 묻어남.

38) 유곽(遊廓). 창녀들이 몸을 팔던 곳. 여기서는 온갖 더러운 공기가 드나들어 병을 얻게 된 자신의 폐를 비유적으로 표현한 것임. "유곽도탔다."는 것은 심한 객혈을 한 것을 말함.

39) 기침을 통해 공기 중으로 나와 떠다니는 결핵균을 '번식한 거짓 천사'라고 지칭함.

명경

여기 한페-지 거울이있으니
잊은계절에서는
얹은머리가 폭포처럼내리우고

울어도 젖지않고
맞대고 웃어도 휘지않고
장미처럼 착착 접힌
귀
들여다보아도 들여다 보아도
조용한세상이 맑기만하고
코로는 피로한 향기가 오지 않는다.

만적 만적하는대로 수심이평행하는
부러 그러는것같은 거절
우편으로 옮겨앉은 심장일망정 고동이
없으란법 없으니

설마 그러랴? 어디촉진……
하고 손이갈때 지문이지문을 가로막으며
선뜩하는 차단뿐이다.

오월이면 하루 한번이고
열번이고 외출하고 싶어하더니

나갔던길에 안돌아오는수도있는법

거울이 책장같으면 한장 넘겨서
맞섰던 계절을 만나련만
여기있는 한페-지
거울은 페-지의 그냥표지—

明鏡

여기 한페—지 거울이있으니[1)]
잊은季節[2)]에서는
얹은머리가 瀑布처럼내리우고[3)]

울어도 젖지않고
맞대고 웃어도 휘지않고
薔薇처럼 착착 접힌
귀[4)]
디려다보아도 디려다 보아도
조용한世上이 맑기만하고
코로는 疲勞한 香氣가 오지 않는다.[5)]

만적 만적하는대로 愁心이平行하는
부러 그렇는것같은 拒絶[6)]
右편으로 옮겨앉은 心臟일망정 고동이
없으란법 없으니[7)]

설마 그렇랴?[8)] 어디觸診……
하고 손이갈때 指紋이指紋을 가로막으며
선뜩하는 遮斷뿐이다.[9)]

五月이면 하로 한번이고
열번이고 外出하고 싶어하드니
나갔든길에 안돌아오는수도있는법[10)]

거울이 책장같으면 한장 넘겨서
맞섰던 季節을 맞나렸만[11)]
여기있는 한페—지

거울은 페―지의 그냥表紙―[12)]

『女性』, 1936. 5, 1쪽.

이 작품은 이상 자신이 즐겨 활용해 온 '거울'이라는 이미지를 통하여 자신의 지난날들을 잔잔하게 돌아보며 그리움과 회한의 심경에 젖어드는 모습을 그려 낸다. 이 시에서 거울은 '책장'의 한 페이지라는 의미로 그려지고, 그 페이지 위에 지나간 날들의 추억이 서린다. 그러나 거울은 언제나 현재 눈앞에 존재하는 것만을 보여 준다는 점에서 지나간 일들을 기록해 놓은 책장처럼 넘겨 볼 수 없다. 거울의 이미지를 통해 시간의 비가역성(非可逆性)이 암시되는 셈이다.

이 작품의 텍스트는 모두 6연으로 구성되어 있다. 제1연과 2연은 거울 속에 떠오르는 여인의 모습을 보며 생각에 잠기는 장면이다. 제3연과 4연은 거울 속의 여인과의 접촉을 꾀하지만 차디찬 거울 때문에 접근할 수 없음을 보여 준다. 제5연은 거울 속의 여인에 대한 환상에서 벗어나 여인이 떠나 버린 사실 자체를 다시 확인하는 대목이다. 제6연은 여인과의 만남과 헤어짐이 이제는 돌이킬 수 없는 과거의 일임을 술회한다. 이상의 시들이 대체로 지적(知的)인 태도를 바탕으로 기지(機智)와 역설을 드러내는 실험적인 작품들이 많은데, 이 작품은 짙은 서정성을 자랑한다.

---

1) 거울처럼 선명하게 떠오르는 한 장면이 있음.

2) 지나 버린 시절.

3) 시적 화자는 거울을 보면서, 가장 먼저 '거울 앞에서 긴 머리를 폭포처럼 내린 채 머리를 빗고 있던 여인의 모습'을 떠올린다.

4) 장미꽃처럼 꽃잎이 서로 접혀 있는 여인의 귓바퀴의 모습.

5) 거울 안의 얼굴 모습이 고요할 뿐 향기를 맡을 수는 없음.

6) 거울을 사이에 놓은(평행하는) 채 서로 거리를 두고 있는 모습을 묘사함.

7) 서로 마주 보고 있으므로 비록 심장의 위치가 바뀌어 보인다 하더라도 열정이 남아 있을 것으로 생각함.

8) 설마 '나'의 손길을 거부하랴.

9) 거울 속에 떠오르는 여인의 모습에 손이 닿는 순간 손에 닿는 것은 사실 차디찬 거울의 표면일 뿐이다.

10) 수없이 출분(出奔)을 시도하더니 결국 나가 버린 후 다시는 돌아오지 않음.

11) 거울이 만일 책장과 같다면 이미 읽고 넘긴 페이지라도 다시 넘겨 과거의 장면을 다시 읽어 보듯 지난 세월과 만날 수 있으련만.

12) 거울이 넘겨 볼 수 없는 한 페이지로 된 표지에 불과하다고 생각함.

위독

금제

내가치던개[구(狗)]는튼튼하대서모조리실험동물로공양되고그중에서비타민E를지닌개[구(狗)]는학구의미급과생물다운질투로해서박사에게흠씬얻어맞는다하고싶은말을개짖듯배앝아놓던세월은숨었다. 의과대학허전한마당에우뚝서서나는필사로금제를앓는[환(患)]다. 논문에출석한억울한촉루에는천고에는씨명이없는법이다.

危篤

禁制

내가치든개(狗)는튼튼하대서모조리實驗動物로供養되고그中에서비타민E를지닌개(狗)는學究의未及과生物다운嫉妬로해서博士에게흠씬어더맛는다[1)]하고십흔말을개짓듯배아터노튼歲月은숨엇다.[2)] 醫科大學허전한마당에우뚝서서나는必死로禁制를알는(患)다.[3)] 論文에出席한억울한髑髏[4)]에는千古에는氏名이업는法이다.

「朝鮮日報」, 1936. 10. 4.

이 작품은 이상이 일본으로 건너가기 직전에 「조선일보(朝鮮日報)」에 발표한 연작시이다. '위독(危篤)'이라는 표제 아래 「금제」, 「추구」, 「침몰」, 「절벽」, 「백화(白畵)」, 「문벌」, 「위치」, 「매춘(買春)」, 「생애」, 「내부」, 「육친」, 「자상」 등 12편의 작품을 수록하고 있다. 모든 작품들이 시 「오감도」와 마찬가지로 문장과 문장은 띄어 쓰고 있지만, 문장 안에서 모든 단어는 띄어쓰기를 전혀 하지 않고 있다.

첫 작품의 제목인 「금제(禁制)」는 어떤 행위를 하지 못하게 하는 일 또는 그러한 규칙을 의미한다. 이 작품에는 시적 화자로서의 '나'와 '나'에 의해 사육된 '개'가 등장한다. 그러나 이 개는 의과대학의 실험동물이 되거나 박사에게 얻어맞기만 한다. 나와 개의 관계를 놓고 본다면, '박사'와 '의과대학'은 '개 짖듯 하고 싶은 말을 내뱉는 것'을 할 수 없도록 만드는 억압적인 권위와 제도를 상징한다. 이러한 관계는 이상이 자신의 작품에 대한 평단의 비판을 감수할 수밖에 없었던 상황을 암시하기도 한다.

---

1) 자신이 키운 개가 마음대로 짖으며 활동하지 못하고 실험동물로 죽거나 얻어맞는 상황을 진술한다. 이것은 시인 자신의 작품들에 대한 평단의 혹평을 염두에 둔 우의적인 표현으로 이해할 수 있다.

2) 자기가 하고 싶은 말을 마음대로 할 수 있는 상황이 아님을 안타까워함.

3) 자기 문학에 대한 평단의 비판과 조소를 놓고 몹시 고심하고 있음을 볼 수 있다.

4) 실험용 보고서인 논문에 등장하는 촉루(해골)는 그 이름조차 거명되는 법이 없다. 여기서는 자신의 작품이 그 진가를 제대로 평가받지 못한 채 폐기되는 것에 대한 억울한 심경을 담고 있다.

위독

추구

안해를즐겁게할조건들이틈입하지못하도록나는창호를닫고밤낮으로꿈자리가사나워서나는가위를눌린다어둠속에서무슨내음새의꼬리를체포하여단서로내집내미답의흔적을추구한다. 안해는외출에서돌아오면방에들어서기전에세수를한다. 닮아온여러벌표정을벗어버리는추행이다. 나는드디어한조각독한비누를발견하고그것을내허위뒤에다살짝감춰버렸다. 그리고이번꿈자리를예기한다.

危篤

追求

안해를즐겁게할條件[1]들이闖入[2]하지못하도록나는窓戶를닷고밤낫으로꿈자리가사나워서나는가위를눌린다[3]어둠속에서무슨내음새의꼬리[4]를逮捕하야端緖로내집내未踏의痕跡을追求한다. 안해는外出에서도라오면房에들어서기전에洗手를한다. 닮아온여러벌表情[5]을벗어버리는醜行이다. 나는드되어한조각毒한비누를發見하고그것을내虛僞뒤에다살작감춰버렷다.[6] 그리고이번꿈자리를豫期한다.

「朝鮮日報」, 1936. 10. 4.

이 작품에서 시적 화자인 '나'는 '아내'의 행실을 의심하기 시작하면서 그 단서를 찾아내고자 한다. 그러나 그러한 시도 자체가 '나'에게는 한없이 괴롭고 두려운 일이다. '나'와 '아내'의 거리를 극복하지 못하고 괴로워하는 심경이 그려져 있다.

---

1) 아내가 좋아할 만한 일.
2) 틈입(闖入). 갑자기 뛰어들다.
3) 아내에 대한 신뢰를 갖지 못한 상태에서 좋지 못한 꿈을 꾸고 잠을 설치다.
4) 아내의 부정한 행실에 대한 실마리.
5) 다른 사람들을 만날 때에 하고 나가는 짙은 화장을 집에 들어와 세수하면서 지우는 것을 말함.
6) 아내의 화장을 지우는 비누를 아내 모르게 감추어 버린다. 아내가 밖에서 짓는 표정을 제대로 확인하기 위해서이다.

위독

침몰

죽고싶은마음이칼을찾는다. 칼은날이접혀서펴지지않으니날을노호하는초조가절벽에끊치려든다. 억지로이것을안에떼밀어놓고또간곡히참으면어느결에날이어디를건드렸나보다. 내출혈이뻑뻑해온다. 그러나피부에상채기를얻을길이없으니악령나갈문이없다. 갇힌자수로하여체중은점점무겁다.

危篤

沈歿[1)]

죽고십흔마음이칼을찻는다. 칼은날이접혀서펴지지안으니날을怒號하는焦燥[2)]가絶壁에끈치려든다. 억찌로이것을안에떼밀어노코또懇曲히참으면어느결에날이어듸를건드렷나보다. 內出血이뻑뻑해온다.[3)] 그러나皮膚에傷차기를어들길이업스니惡靈나갈門이업다.[4)] 가친自殊[5)]로하야體重은점점무겁다.[6)]

「朝鮮日報」, 1936. 10. 4.

이 작품은 시적 화자인 '나'의 내적 갈등을 '칼'이라는 상징물을 통해 형상화하고 있다. 여기서 '칼'은 날이 접혀 펴지지 않는다. 닫혀진 상태인 '칼'은 아무런 기능을 가지지 않는다. 이것은 마치 자신의 뜻을 굽히고 모든 일을 참고 견디어야 하는 '나'의 상황과 그대로 대응한다. 그러므로 날이 닫혀져 있는 '칼'은 그대로 '나'의 상징인 셈이다. 그러나 속으로 닫혀져 있는 칼날이 몸 안의 어딘가에 상처를 내 버림으로써 '나'의 내적 고뇌는 안에서 폭발하고 만다. '나'는 절망의 늪에 빠져 헤어나지 못한다.

---

1) '침몰(沈沒)'이라는 말 대신에 '침몰(沈歿)'이라고 글자를 바꾸어 '죽음'의 의미를 덧붙임.

2) 칼날을 펴려고 하는 급박한 심정이 절벽 끝에 도달한 것 같음.

3) 참고 견디어 온 내적 고뇌와 갈등이 드디어 안에서 폭발하게 되는 것을 '내출혈'로 표현함.

4) 겉으로 아무 일도 없는 것처럼 견디고 있으니 속에 가득 찬 고뇌와 울분이 분출될 수 없음.

5) 자수(自殊). 자살(自殺). 겉으로 드러내지 못한 상태에서 스스로 자신의 목숨을 끊는다는 뜻. 일종의 정신적 자살 행위로 볼 수 있음.

6) 내적인 고뇌와 갈등의 늪에 빠져들어 무기력한 상태에 놓이게 됨.

위독

절벽

꽃이보이지않는다. 꽃이향기롭다. 향기가만개한다. 나는거기묘혈을 판다. 묘혈도보이지않는다. 보이지않는묘혈속에나는들어앉는다. 나는눕는다. 또꽃이향기롭다. 꽃은보이지않는다. 향기가만개한다. 나는잊어버리고재처거기묘혈을판다. 묘혈은보이지않는다. 보이지않는묘혈로나는꽃을깜빡잊어버리고들어간다. 나는정말눕는다. 아아. 꽃이또향기롭다. 보이지도않는꽃이—보이지도않는꽃이.

危篤

絶壁

꽃이보이지안는다. 꽃이香기롭다. 香氣가滿開한다. 나는거기墓穴을판다. 墓穴도보이지안는다. 보이지안는墓穴속에나는들어안는다. 나는눕는다.[1] 또꽃이香기롭다. 꽃은보이지안는다. 香氣가滿開한다. 나는이저버리고再처거기墓穴을판다. 墓穴은보이지안는다. 보이지안는墓穴로나는꽃을깜빡이저버리고들어간다. 나는정말눕는다. 아아. 꽃이또香기롭다. 보이지도안는꽃이—보이지도안는꽃이.

「朝鮮日報」, 1936. 10. 6.

이 작품은 '나'의 죽음을 환상적으로 그려 내고 있다. 이 작품에는 '나'라는 시적 화자가 등장한다. '나'는 보이지도 않는 '꽃'의 향기를 맡고는 그 자리에 묘혈을 파고 들어간다. 스스로 자신을 구덩이로 밀어 넣는 셈이다. 이 형체를 알 수 없는 '꽃'의 향기를 어떻게 설명할 수 있을까?

이 시가 그려 내고 있는 주검의 장면은 노르웨이의 화가 뭉크(E. Munk, 1863~1944)의 그림에 자주 등장한 모티프이다. 뭉크는 1896년 프랑스의 파리에서 당대의 시인 보들레르를 만나 그의 시집 『악(惡)의 꽃』의 삽화를 의뢰받는다. 그러나 그가 그린 그림은 이 시집의 표지화로 채택되지 못한다. 뭉크가 시집 『악의 꽃』을 위해 제작한 그림은 모두 세 편. 이 그림들은 지상의 삶과 지하의 죽음을 동시에 보여 주는 특이한 구도를 드러낸다. 꽃이 장식된 땅 위에서 짙은 사랑의 키스를 나누는 두 남녀가 서 있고, 땅속에는 썩어 가는 시체가 묻혀 있다. 이들 그림에 뭉크는 「썩어 가는 시체」라는 제목을 달고 있다. 이 그림을 시인 이상이 어떻게 생각하고 있었는지 알 수 없지만 시적 모티프가 뭉크의 그림과 흡사하다.

1) 묘혈 안에 눕는 모습은 주검의 자세를 암시한다.

위독

백화

내두루마기깃에달린정조뺏지를내어보였더니들어가도좋다고그런다. 들어가도좋다던여인이바로제게좀선명한정조가있으니어떠냔다. 나더러세상에서얼마짜리화폐노릇을하는세음이냐는뜻이다. 나는일부러다홍헝겊을흔들었더니요조하다던정조가성을낸다. 그러고는칠면조처럼쩔쩔맨다.

危篤

白晝

내두루매기깃에달린貞操[1]빼지를내어보엿드니들어가도조타고그런다. 들어가도조타든女人이바로제게좀鮮明한貞操가잇으니어떠난다. 나더러世上에서얼마짜리貨幣[2]노릇을하는세음이냐는뜻이다. 나는일부러다홍헌겁을흔들엇드니窈窕하다든貞操가성을낸다.[3] 그리고는七面鳥처럼쩔쩔맨다.

「朝鮮日報」, 1936. 10. 6.

이 시의 제목 '백화(白畵)'는 기존의 전집이나 선집에서 '백주(白晝)'라고 적어 놓은 것들이 많다. 그러나 분명 이 작품의 제목은 발표 당시에 '백화'로 표시되어 있다. 이 제목은 글자 그대로 '하얀 그림'을 뜻한다. 여기서 '하얀 그림'이란 아무런 형상이 없는 '헛된 것'일 수도 있다. 현실 세태를 풍자하거나 희화하려는 의도가 담겨 있다.

이 작품은 특이한 어조로 시적 화자인 '나'의 이야기를 전달한다. 이 이야기 속에는 현실에 만연되어 가는 물질주의에 대한 특유의 조소(嘲笑)가 담겨 있다. 모든 진정한 가치가 사라지고 이제 모든 것이 화폐로 계산되는 현실을 시인은 '정조(貞操)'와 '돈'에 빗대어 야유하고 있다.

---

1) 인간 윤리의 존귀한 가치를 상징하는 것으로 '정조(貞操)'라는 것을 내세움.

2) 모든 것이 화폐의 가치로 환산되고 있는 세태를 꼬집고 있음.

3) 여기서 '다홍 헝겊을 흔들다.'라는 말에서 '다홍 헝겊'은 여성의 처녀성을 의미한다. 처녀 시절에는 머리를 땋아 내리면서 다홍 댕기를 들인다.

위독

문벌

분총에계신백골까지가내게혈청의원가상환을강청하고있다. 천하에 달이밝아서나는오들오들떨면서도처에서들킨다. 당신의인감이이미 실효된지오랜줄은꿈에도생각하지않으시나요—하고나는의젓이대 꾸를해야겠는데나는이렇게싫은결산의함수를내몸에지닌내도장처럼 쉽사리끌러버릴수가참없다.

危篤

門閥

墳塚[1]에계신白骨[2]까지가내게血淸의原價償還을强請하고잇다.[3] 天下에달이밝아서나는오들오들떨면서到處에서들킨다.[4] 당신의印鑑이이미失效된지오랜줄은꿈에도생각하지안으시나요[5]—하고나는으젓이대꾸를해야겟는데나는이러케실은決算의函數를내몸에진인내圖章처럼쉽사리끌러버릴수가참업다.[6]

「朝鮮日報」, 1936. 10. 6.

이 작품은 '나'라는 시적 화자를 통해 한 개인이 가문의 전통과 그 굴레를 쉽사리 벗어나기 어렵다는 점을 이야기하도록 하고 있다. 한국 사회에서 가장 중요한 사회 구성 요소는 가족주의라는 특이한 이념이다. 이것은 전통이라는 이름으로 또는 윤리와 도덕이라는 이름으로 가족이라는 울타리 안에 개인을 속박한다. 이 작품에서 시적 화자는 결코 이 가족의 테두리를 벗어날 수 없는 자신의 처지를 놓고 고뇌한다.

---

1) 분총(墳塚). 묘지.

2) 무덤 속에 있는 조상.

3) 태어나면서 조상으로부터 물려받은 피의 대가를 제대로 하도록 요구받고 있다는 말이다. 조상에 대한 자손으로서의 역할을 제대로 다해야 한다는 책임감에서 벗어나지 못하고 있는 상태임을 암시한다.

4) 자신의 태생을 숨길 수 없음.

5) 가문에 대한 책임이라든지 조상에 대한 자손의 역할이라든지 하는 것으로부터 자유롭게 벗어나고 싶은 심정을 표현한 말. 유효기간이 지나버린 인감(印鑑)이라는 비유로 조상과 자손으로서의 관계가 청산되었음을 말하고 싶어 한다.

6) 조상에 대한 자신의 역할에서 벗어날 수 없음.

위독

위치

중요한위치에서한성격의심술이비극을연역하고있을즈음범위에는타인이없었던가. 한주―분에심은외국어의관목이막돌아서서나가버리려는동기요화물의방법이와있는의자가주저앉아서귀먹은체할때마침내가구두처럼고사이에낑기어들어섰으니나는내책임의맵시를어떻게해보여야하나. 애화가주석됨을따라나는슬퍼할준비라도하노라면나는못견뎌모자를쓰고밖으로나가버렸는데웬사람하나가여기남아내분신제출할것을잊어버리고있다.

危篤

位置

重要한位置에서한性格의심술이悲劇을演繹하고잇슬즈음範圍에는他人이업섯든가.[1] 한株一盆에심은外國語의灌木이막돌아서서나가버리랴는動機오貨物의方法이와잇는椅子가주저안저서귀먹은체할때[2]마츰내가句讀처럼고사이에낑기어들어섯스니나는내責任의맵씨를어떠케해보여야하나.[3] 哀話가註釋됨[4]을따라나는슬퍼할準備라도하노라면나는못견데帽子를쓰고박그로나가버렷는데[5]왼사람하나가여기남아내分身提出할것을이저버리고잇다.[6]

「朝鮮日報」, 1936. 10. 8.

이 작품에서는 '나'라는 시적 화자가 처했던 특이한 상황과 그 상황 속에서의 자신의 위치를 비문법적으로 진술하고 있다. 이 특이한 진술법은 시적 언어의 통사적 결합 과정에서 볼 수 있는 비문법성을 통해 시적 의미의 맥락을 혼동시키면서, 환상 속으로 이야기를 이끌어 간다.

---

1) 이 대목은 어떤 인물이 자신이 처해 있는 비극적인 이야기를 혼자서 생각하고 있음을 암시한다.

2) 이 대목에는 주변에는 아무도 없고, 다만 화분에 심겨진 '관목'과 '의자' 하나가 있을 뿐이다. 막 돌아서려는 자리에 교목을 심은 화분이 놓여 있고, 의자가 화물처럼 있을 뿐이다.

3) '나'는 혼자서 자신의 태도를 어떻게 가져야 할지 고민한다.

4) '나'는 머릿속에 떠오르는 슬픈 이야기에 자꾸만 새로운 설명을 덧붙인다. 생각이 꼬리를 물고 이어진다.

5) '나'는 스스로 그런 분위기를 견디다 못해 모자를 쓰고 밖으로 나옴. 이 대목에 등장하는 '나'는 정신적인 '나'에 해당한다. '나'는 '나'의 육체를 벗어나 '나'의 모습을 보고 있는 셈이다. 육체와 정신의 이탈 상태를 환상적으로 그려 낸 대목이다.

6) 육체적인 '나'는 여전히 그 자리에 쭈그리고 앉아 고심에 빠져 있음.

매춘

기억을맡아보는기관이염천아래생선처럼상해들어가기시작이다. 조삼모사의싸이폰작용. 감정의망쇄.
나를넘어뜨릴피로는오는족족피해야겠지만이런때는대담하게나서서혼자서도넉넉히자웅보다별것이어야겠다.
탈신. 신발을벗어버린발이허천에서실족한다.

危篤

買春

記憶을마타보는器官[1]이炎天아래생선처럼傷해들어가기始作이다.[2] 朝三暮四의싸이폰作用.[3] 感情의忙殺.[4]
나를너머트릴疲勞[5]는오는족족避해야겟지만이런때는大膽하게나서서혼자서도넉넉히雌雄[6]보다別것이여야겟다.[7]
脫身.[8] 신발을벗어버린발이虛天에서失足한다.[9]

「朝鮮日報」, 1936. 10. 8.

이 작품의 제목은 '매춘(賣春)'이라는 단어에서 '매(賣, 팔다)'를 '매(買, 사다)'로 바꿔 놓아 '매춘(買春)'이라는 새로운 의미의 말을 만든 것이 특이하다. 언뜻 보기에 '매춘(賣春)'으로 읽힐 가능성이 있어서 기존의 여러 선집이 이를 잘못 풀이한 경우가 많다. 이상 자신이 즐겨 사용한 말놀이의 방법을 채용한 것이라고 할 수 있다. 이 새로운 단어는 '젊음을 사오다'라는 의미로 읽을 수 있다. 실제로 이 작품은 기억력이 쇠퇴하고 정서가 불안정한 상태(정신적인 노화)와 밀려오는 피로(육체적인 노화)로 인하여 정신을 잃고 쓰러진 것을 그려 놓고 있다. 병약의 상태에서 건강과 젊음에 대한 갈망이 내면화한 것이라고 하겠다.

이 시의 텍스트는 정신세계의 내면을 보여 주는 전반부와 외부적인 육체를 묘사하는 후반부로 구분된다. 전반부에서는 시적 주체가 기억력도 없어지고 정신이 몽롱해지면서 정서가 불안정한 상태에 놓여 있음을 비유적으로 표현한다. 정신적 피폐 현상에 빠져 있는 주체의 내면 의식을 드러내고 있다고 할 수 있다. 후반부는 몰려오는 피로를 이겨 내지 못하는 병약한 육체를 그려 낸다. 피로를 물리치지 못한 채 정신을 잃고 쓰러지는 장면이 짤막한 하나의 문장으로 묘사되어 있다. 결국 이 시는 정신적 피폐 현상을 겪으면서 육체적인 병약의 상태에서 벗어나지 못하는 시적 주체의 자기 표백에 해당한다고 하겠다.

1) '머리' 또는 '두뇌'.
2) 점점 기억력이 감퇴하는 것을 생선이 상하는 것에 비유함.
3) '조삼모사(朝三暮四)'는 중국의 고사에서 온 성어이지만, 여기서는 어떤 사실을 제대로 알지 못하고 균형을 잃거나 기준이 무너진 상태를 말함. '사이펀(siphon)'은 압력

을 이용하여 높낮이가 다른 두 곳의 물을 이동시키는 관이다. "조삼모사의싸이폰작용"이란 사고와 감정이 일정하지 않고 균형이 깨진 상태를 말한다.

4) 망쇄(忙殺). 정신이 없이 바쁨. 여기서 "감정의망쇄"는 정서의 불안 상태를 의미함.

5) 몸을 가누기 어려울 정도로 피로가 심한 상태.

6) 자웅(雌雄). 암컷과 수컷. 여기서는 '당당하게 맞서다'라는 뜻으로 이해할 수 있음.

7) 이 대목은 피로가 덮쳐 올 때 그걸 피하는 것이 좋겠지만, 오히려 대담하게 거기에 맞서(좌웅)기보다 그것을 이겨야 한다(별것)는 뜻을 가짐.

8) 탈신(脫身). 상관하던 일에서 몸을 뺌. 위험에서 벗어남. 여기서는 오히려 '생각과는 관계없이 몸이 빠져나가다.', 즉 '정신으로부터 육체가 빠져나가다.'라는 의미로 읽어야 한다. '정신이 아찔하여 몸의 균형을 잡지 못하는 상태'로 풀이할 수 있다.

9) 마치 텅 빈 하늘(허천)을 디딘 것처럼 발을 헛디뎌 넘어진다.

생애

내두통우에신부의장갑이정초되면서나려앉는다. 써늘한무게때문에 내두통이비켜설기력도없다. 나는견디면서여왕봉처럼수동적인맵시를꾸며보인다. 나는이왕이주춧돌밑에서평생이원한이거니와신부의 생애를침식하는내음삼한손찌거미를불개아미와함께잊어버리지는않는다. 그래서신부는그날그날까무러치거나웅봉처럼죽고죽고한다. 두통은영원히비켜서는수가없다.

危篤

生涯

내頭痛우에新婦의장갑[1]이定礎[2]되면서나려안는다. 써늘한무게때문에내頭痛이비켜슬氣力도업다.[3] 나는견디면서女王蜂처럼受動的인맵시를꾸며보인다.[4] 나는已往이주추돌미테서平生이怨恨이거니와[5]新婦의生涯를浸蝕하는내陰森한손찌거미를불개아미와함께이저버리지는안는다.[6] 그래서新婦는그날그날까므라치거나雄蜂처럼죽고죽고한다.[7] 頭痛은永遠히비켜스는수가업다.

「朝鮮日報」, 1936. 10. 8.

이 작품은 시적 화자인 '나'의 삶을 '신부'와의 관계 속에서 축약적으로 제시한다. 이 작품에 사용되는 시어들이 대체로 부정적 의미를 드러내는 '두통', '원한', '죽다'와 같은 단어를 주축으로 하고 있다는 것 자체가 삶에 대한 부정적 태도를 암시하는 것이라고 할 수 있다. '나'와 '신부' 사이의 불화와 불신과 갈등이 '두통'이라는 말 속에 함축되어 있다.

---

1) '나의 두통'과 '신부의 장갑'이 서로 대응한다. 여기서 '신부의 장갑'은 부드러운 '신부의 손길'이 아니라 '써늘한 무게'로만 감지된다. 신부의 손길은 '장갑'으로 위장되어 있다.

2) 정초(定礎). 사물의 기초를 잡아 정함. 주춧돌을 놓음. 또는 그 돌. 머릿돌.

3) 두통이 가시지 않음.

4) '나'와 '신부'의 역할이 서로 뒤바뀌어 나타남.

5) '신부의 장갑(주춧돌)' 아래 살아갈 수밖에 없는 것이 한이 됨.

6) 신부의 삶도 나의 '손찌거미(손으로 때리는 짓)'와 '불개아미(육체적인 탕진을 암시)'로 인하여 점차 가라앉는다.

7) 고통 속에 시달리는 신부의 삶.

위독

내부

입안에짠맛이돈다. 혈관으로임리한묵흔이몰려들어왔나보다. 참회로벗어놓은내구긴피부는백지로도로오고붓지나간자리에피가농져맺혔다. 방대한묵흔의분류는온갖합음이리니분간할길이없고다물은입안에그득찬서언이캄캄하다. 생각하는무력이이윽고입을빼겨젖히지못하니심판받으려야진술할길이없고익애에잠기면버언져멸형하여버린전고만이죄업이되어이생리속에영원히기절하려나보다.

危篤

內部

입안에짠맛이돈다. 血管으로淋漓[1]한墨痕이몰려들어왓나보다.[2] 懺悔로벗어노은내구긴皮膚는白紙로도로오고[3]붓지나간자리에피가롱져[4]매첫다.[5] 尨大한墨痕의奔流는온갓合音이리니分揀할길이업고[6]다므른입안에그득찬序言이캄캄하다. 생각하는無力이이윽고입을뻐겨제치지못하니[7]審判바드려야陳述할길이업고[8]溺愛에잠기면버언저滅形하야버린典故만이罪業이되어[9]이生理속에永遠히氣絶하려나보다.[10]

「朝鮮日報」, 1936. 10. 9.

이 작품은 시적 화자인 '나'의 육체적 병고를 소재로 하여 정신적 절망의 상태를 노래한다. 폐결핵으로 인하여 생기는 객혈의 고통을 놓고 자신의 내부에서 갈망하는 숱한 언어가 한꺼번에 쏟아져 나오는 것으로 비유하여 서술함으로써, 육체적인 고통과 함께 그 정신적 고뇌가 함께 드러난다.

---

1) 신문 연재 당시 활자가 복자(覆字)되어 '淋【 】'로 표시된 것을 바로잡아 놓음.

2) 객혈의 기미가 나타나 보인다. 맛(짜다)과 빛(묵흔)을 통해 그 고통이 시각화한다.

3) 찌들어 있는 피부('참회로 벗어 놓은 구긴 피부')가 창백해짐.('백지로 도로 오다.')

4) 농지다. 멍울처럼 맺히다. 긴장하거나 힘을 줄 때 혈관이 살갗에 불쑥 드러나 보이는 것을 말함.

5) 가느다랗게 드러나는 혈관('붓 지나간 자리')이 겉으로 드러나 보인다.('피가 농져 맺히다.')

6) 입으로 쏟아져 나오는 피('묵흔의 분류')가 마치 입을 통해 나오는 모든 소리가 모여진 것처럼 생각되므로 그 소리를 분간할 길이 없음. 객혈의 순간을 마치 자신의 내부에서 하고 싶었던 말들이 한꺼번에 쏟아져 나온 것으로 생각하여 시각적 청각적으로 그려 냄.

7) 속에서 입을 통해 쏟아져 나오는 피를 참고 견디지 못하고 토함.('생각하는 무력')

8) 무어라 말을 하기조차 힘듦.

9) 쏟아 낸 피가 번져 나가니 모든 언어 문자가 그 속에 번져 자취를 잃어버림.

10) 피를 토하고 기절해 버리다.

위독

육친

크리스트에혹사한남루한사나이가있으니이이는그의종생과운명까지도내게떠맡기려는사나운마음씨다. 내시시각각에늘어서서한시대나눌변인트집으로나를위협한다. 은애—나의착실한경영이늘새파랗게질린다. 나는이육중한크리스트의별신을암살하지않고는내문벌과내음모를약탈당할까참걱정이다. 그러나내신선한도망이 그끈적끈적한청각을벗어버릴수가없다.

危篤

肉親

크리스트에酷似[1]한襤褸[2]한사나이가잇스니[3]이이는그의終生과殞命까지도내게떠맛기랴는사나운마음씨다.[4] 내時時刻刻에[5]늘어서서한時代나訥辯인트집[6]으로나를威脅한다. 恩愛[7]―나의着實한經營이늘새파랏게질린다.[8] 나는이육중한크리스트의別身을暗殺하지안코는[9]내門閥[10]과내陰謀[11]를掠奪당할까참걱정이다. 그러나내新鮮한逃亡[12]이 그끈적끈적한聽覺[13]을벗어버릴수가업다.

「朝鮮日報」, 1936. 10. 9.

이 작품은 시적 화자인 '나'의 '육친'에 대한 은애(恩愛)의 정을 역설적으로 그려 내고 있다. 이 작품에는 '나'와 '나'를 억압하는 '사나이'가 등장한다. 그리고 이 두 사람의 관계를 설명하는 말들이 '위협하다', '질리다', '암살하다', '약탈당하다'와 같은 격렬한 의미의 단어로 서술된다. 하지만 이것은 일종의 반어적인 표현에 불과하다. 이 작품에 등장하는 '은애(恩愛)'라는 말이 이 격렬한 표현들을 무색하게 하고 있기 때문이다. 가족들을 위해 희생한 육친의 존재를 결코 거역할 수 없다는 것이 이 작품의 참주제다. 실제로 이상 자신은 가족과 가정으로부터 도피하고자 한 것이 아니라, 가족을 제대로 돌보지 못하고 있음을 늘 후회하고 있음을 확인할 수 있다. 이상이 여동생에게 쓴 편지 「동생 옥희 보아라」(『中央』, 1936. 9.)를 통해 이를 쉽게 확인할 수 있다.

---

1) 혹사(酷似). 아주 닮다.

2) 남루(襤褸). 옷차림이 너절함.

3) 이 대목에서 '사나이'는 '나'의 '아버지'에 해당하는 것으로 본다. 여기서는 '크리스트'와 '사나이'를 동일시하고 있다. 겉으로 드러나는 모습은 비록 남루하지만 지상의 인간들을 위해 희생한 크리스트와 가족을 위해 희생한 사나이를 동격으로 치부한다.

4) 그 '사나이'가 목숨을 다할 때까지 떠맡아야 할 상황임을 암시한다.

5) 잠시도 쉬지 않고 언제나.

6) "한시대(時代)나눌변(訥辯)인트집"이란 '이미 한 시대나 뒤떨어진 낡아빠진 사고방식과 참견'이라고 풀이된다.

7) 은애(恩愛). 부모 자식, 부부 등 친족 간의 애정.

8) 부모 자식 간의 사랑 때문에 '나'는 아버지의 말씀을 따를 수밖에 없다는 사실에 스스

로 당황한다.(새파랗게 질린다.)

9) 여기서 말하는 "크리스트의별신"은 "남루한사나이"이며 결국은 아버지에 해당한다. 아버지의 요구로부터 벗어나기 위해서는 그 요구를 완전히 묵살하는 수밖에 없음을 암시한다.

10) '나' 자신이 '나'를 위해 쌓아 올리고자 하는 삶을 의미함.

11) '나'만이 계획하고 있는 삶에 대한 설계를 의미함.

12) 모든 것을 물리치고 나의 길로 나아가는 것을 의미함.

13) 귓가에 맴돌고 있는 목소리를 벗어날 수 없음.

위독

자상

여기는어느나라의데드마스크다. 데드마스크는도적맞았다는소문도 있다. 풀이극북에서파과하지않던이수염은절망을알아차리고생식하지않는다. 천고로창천이허방빠져있는함정에유언이석비처럼은근히 침몰되어있다. 그러면이곁을생소한손짓발짓의신호가지나가면서무사히스스로워한다. 점잖던내용이이래저래구기기시작이다.

危篤

自像

여기는어느나라의떼드마스크[1]다. 떼드마스크는盜賊마젓다는소문도잇다.[2] 풀이極北에서破瓜하지안튼이수염은[3]絶望을알아차리고生殖하지안는다.[4] 千古로蒼天이허방빠저잇는陷穽에遺言이石碑처럼은근히沈沒되어잇다.[5] 그러면이겨틀生疎한손짓발짓의信號가지나가면서[6]無事히스스로워한다.[7] 점잔튼內容[8]이이래저래구기기시작이다.[9]

「朝鮮日報」, 1936. 10. 9.

이 작품은 이상의 일본어 시 「ひげ(수염)」(『조선과 건축』, 1931. 7.)과 텍스트상의 연관성을 가진다. 이 작품에서 시인이 그리고 있는 것은 자신의 얼굴 모습이다. 제목 그대로 '자상'이다. 그런데 자신의 얼굴을 '데드마스크'라고 말함으로써 생기를 잃어 가는 자기 모습에 대한 자조적인 느낌을 그대로 드러내고 있다. 얼굴의 모습을 묘사하는 가운데 관심을 집중시키고 있는 대상이 바로 '수염'이다. 시인은 근사한 '팔(八)' 자 모양으로 갈라져 자라지 않고 덥수룩하기만 한 수염에 대해 스스럽다. 자신의 수염에서 어떤 위엄도 발견하지 못한다. 그는 일본어 시 「수염」에서도 자신의 수염을 '언제나도둑질할것만을計劃하고있었다 / 그렇지는아니하였다고한다면적어도求乞이기는하였다'라고 묘사한 바 있다.

---

1) 데스마스크(death mask). 사람이 죽은 직후 그 얼굴을 본떠 만든 탈. 이 글에서는 자신의 얼굴 모습을 보고 그것을 '죽은 얼굴'이라고 말하고 있는 것으로 생각된다.

2) 이 대목은 일종의 반어적 표현에 해당한다. '떼드마스크'를 도적맞았다고 한다면 실제로는 '떼드마스크'가 존재하지 않는 것이므로, '여기'라는 말로 지칭되고 있는 것은 살아 있는 모습일 수밖에 없다.

3) 이 대목은 매우 재미있는 '글자 놀이'를 보여 준다. 여기서 '풀'은 그대로 '수염'의 비유적 표현이다. '극북(極北)'은 '수염의 끝'을 말한다. '파과(破瓜)하지 않는다.'는 말을 유의할 필요가 있다. '파과(破瓜)'는 '파과지년(破瓜之年)'의 준말에 해당한다. '과(瓜)'라는 한자를 파자(破字)하면 한자로 '팔(八)'과 '팔(八)'로 나뉜다. 그러므로 이를 두고 여자의 경우에는 '16세'의 나이로, 남자의 경우는 '64세'의 나이를 뜻하는 것으로 쓰고 있다. 그런데 이상은 이 '파과'라는 말을 뜻으로 풀이한 '16'이나 '64'의 숫

자를 거부한다. 그리고 여성의 생리(生理) 시기를 의미하는 것도 거부한다. 그는 '파과(破瓜)하다'에서 비롯되는 '팔(八) 팔(八)'의 글자를 그 형태 자체로 보여 주고자 한다. 그러므로 여기서 '파과(破瓜)하지 않는다.'라는 말은 '수염의 꼬리가 팔(八) 자의 모양을 이루지 못한다.'는 뜻으로 해석이 가능하다.

4) 수염이 더 나지도 자라지도 않음.

5) 이 대목은 수염이 나 있는 그 한가운데에 쑥 들어가 있는 '입'을 묘사한 것으로 보인다. "창천(蒼天)이허방빠저잇는함정(陷穽)"은 입을 말한다. 턱수염의 위쪽, 그리고 콧수염의 아래쪽에 허방(움푹 팬 자리) 빠진 함정은 입이다. 그러므로 "유언(遺言)이석비(石碑)처럼은근히침몰되어있다."는 표현도 자연스럽게 풀이된다. '유언(遺言)'은 입을 통해 나오는 말이다. 이미 앞에서 '얼굴'을 '떼드마스크'라고 했으므로 입에서 나오는 말을 죽으면서 남긴 '유언'이라고 표현한다. '석비(石碑)'는 '치아'를 비유적으로 표현한 것이다. 마찬가지로 '떼드마스크'라는 말과의 의미상의 연결을 위해 '석비(石碑)'라는 말을 끌어온 셈이다.

6) 수염을 쓰다듬는 동작을 묘사한 대목이다. 대개 수염을 아래로 쓸어내리기도 하고 옆으로 쓸어 올리기도 한다. '손젓발짓'은 '손짓발짓'의 오기.

7) 수염을 쓰다듬는 동작 자체에서 드러나는 느낌을 표현한 대목이다. '스스럽다'는 말은 '수줍고 부끄러운 느낌이 있다.'라는 뜻을 지닌다.

8) "점잔튼내용"이란 수염이라는 것이 권위와 위엄의 상징이라는 점을 암시한다.

9) 이 시에서 화자의 수염은 근엄해 보이지도 않고 위엄스럽게 보이지도 않음을 말한 대목이다.

I WED A TOY BRIDE

1 밤

장난감신부살결에서 이따금 우유내음새가 나기도 한다. 머(ㄹ)지아니하여 아기를낳으려나보다. 촉불을끄고 나는 장난감신부귀에다대이고 꾸지람처럼 속삭여본다.
"그대는 꼭 갓난아기와 같다."고..............
장난감신부는 어둔데도 성을내이고대답한다.
"목장까지 산보갔다왔답니다."
장난감신부는 낮에 색색이풍경을암송해가지고온것인지도모른다. 내수첩처럼 내가슴안에서 따근따근하다. 이렇게 영양분내를 코로맡기만하니까 나는 자꾸 수척해간다.

2 밤

장난감신부에게 내가 바늘을주면 장난감신부는 아무것이나 막 찌른다. 일력. 시집. 시계. 또 내몸 내 경험이들어앉아있음직한곳.
이것은 장난감신부마음속에 가시가 돋아있는증거다. 즉 장미꽃 처럼...............
내 거벼운무장에서 피가좀난다. 나는 이 상채기를고치기위하여 날만어두면 어둔속에서 싱싱한밀감을먹는다. 몸에 반지밖에가지지않은 장난감신부는 어둠을 커-튼열듯하면서 나를찾는다. 얼른 나는 들킨다. 반지가살에닿는것을 나는 바늘로잘못알고 아파한다.

촉불을켜고 장난감신부가 밀감을찾는다.

나는 아파하지않고 모른체한다.

I WED A TOY BRIDE

1 밤[1)]

작난감新婦[2)]살결에서 이따금 牛乳내음새가 나기도한다. 머(ㄹ)지아니하야 아기를낳으려나보다. 燭불을끄고 나는 작난감新婦귀에다대이고 꾸즈람처럼 속삭여본다.

「그대는 꼭 갓난아기와같다」 고…………

작난감新婦는 어둔데도 성을내이고대답한다.

「牧場까지 散步갔다왔답니다」

작난감新婦는 낮에 色色이風景을暗誦해갖이고온것인지도모른다. 내手帖처럼 내가슴안에서 따근따근하다. 이렇게 營養分내를 코로맡기만하니까 나는 작구 瘦瘠해간다.

2 밤

작난감新婦에게 내가 바늘을주면 작난감新婦는 아모것이나 막 찔른다. [3)] 日曆. 詩集. 時計.[4)] 또 내몸 내 經驗이들어앉어있음즉한곳.[5)]

이것은 작난감新婦마음속에 가시가 돋아있는證據다. 즉 薔薇꽃 처럼…………

내 거벼운武裝에서 피가좀난다.[6)] 나는 이 傷차기를곶이기위하야 날만어두면 어둔속에서 싱싱한蜜柑을먹는다. 몸에 반지밖에갖이지않은[7)] 작난감新婦는 어둠을 커—틴열듯하면서 나를찾는다. 얼는 나는 들킨다. 반지가살에닿는것을 나는 바늘로잘못알고 아파한다.[8)]

燭불을켜고 작난감新婦가 蜜柑을찾는다.[9)]

나는 아파하지않고 모른체한다.

『三四文學』, 1936. 10.

이 시는 이상의 시 가운데 생전에 발표한 마지막 작품에 해당한다. 제목은 '나는 장난감 신부와 결혼하다.'라는 뜻으로 풀이된다. 작품의 텍스트가 크게 둘로 나뉘어 '1 밤', '2 밤'으로 구분되어 있다. 각각 독립된 작품으로 보아도 크게 무리가 되지 않는다. 시적 화자인 '나'는 그 상대역에 해당하는 "작난감신부"를 맞아 아늑하고도 따스한 일상을 회복한다. '1 밤'의 경우 '작난감 신부'의 앞에서 '나'는 일종의 유아적 본능을 감추지 못하고 그녀를 탐닉한다. "내수첩처럼 내가슴안에서 따근따근하다."와 같은 표현에서처럼 사랑의 감정이 넘쳐흐르고 있음을 볼 수 있다. '2 밤'의 경우는 '작난감 신부'가 '나'를 채근하고 일상의 품으로 돌아와 다시 시작 활동을 할 것을 재촉한다. '일력, 시집, 시계'를 열거한 것은 이러한 뜻으로 풀이할 수 있다. 그리고 그녀는 '나'의 과거를 들춰내어 따지기도 한다. '나'는 가끔 이로 인해 상처를 받기도 하지만 육체적인 위무(慰撫)를 통해 이를 보상받는다.

문학동인지 『삼사문학(三四文學)』(제5집, 1936. 10)에 수록된 이 작품은 이상이 생전에 발표한 마지막 소설 작품인 「동해(童骸)」(『조광』, 1937. 2.)와 의미상 연결된다. 두 작품이 발표된 시기의 선후 관계를 놓고 본다면 이 시가 소설보다 앞선다. 그러나 텍스트의 상호 관계는 그리 간단하게 설명될 수 없다. 이상의 글쓰기에서 확인할 수 있는 이른바 상호 텍스트성의 특징은 보다 면밀한 조사와 분석이 요청된다.

---

1) 이 대목은 이상의 소설 「동해(童骸)」에서 다음과 같이 서술된 부분과 그대로 일치한다. 소설이라는 서사 텍스트의 시적 변용 또는 시적 패러디(parady)의 방식을 확인해 볼 수 있는 중요한 근거가 된다.

"나는 오랜동안을 혼자서 덜덜떨었다. 姙이가 도라오니까 몸에서 牛乳내가난다. 나는徐徐히 내活力을 整理하야 가면서 姙이에게 注意한다. 똑 간난애기같아서 썩 좋다.

「牧場꺼지 갔다왔지요」

「그래서?」

카스텔라와 山羊乳를 책보에 싸 가지고왔다. 집시族 아침 같다.

그리고나서도 나는 내 本能以外의것을 지꺼리지 않았나보다.

「어이, 목말라죽겠네,」

대개 이렇다."

2) "작난감신부(新婦)"라는 말에서 볼 수 있는 '작난감'은 외형상으로는 '작다, 예쁘다, 귀엽다' 등의 의미를 나타낸다. 그리고 그것은 기능의 면에서 '가지고 놀다, 진짜가 아니다, 놀다가 싫증이 나서 버리다' 등의 의미도 지닌다. 여기서는 이러한 의미가 복합적으로 작용하고 있다.

3) '나'에 대한 참견과 재촉을 암시한다.

4) 일상적인 규범의 핵심을 이루는 날짜와 시간의 감각을 회복할 것, 시 쓰기를 계속하여 시집을 낼 수 있도록 할 것 등을 '나'에게 주문한 것으로 보임.

5) '나'의 과거 생활에 대한 추궁을 의미함.

6) '작난감 신부'의 추궁에 마음의 상처를 받게 된 점을 암시함.

7) '반지'는 사랑과 결혼에 의한 속박 또는 의무를 상징함.

8) '작난감 신부'의 '나'에 대한 추궁이 '바늘(압박, 고통)'이 아니라 '반지(사랑, 결혼, 의무)'에 의한 것임을 깨닫게 됨을 암시함.

9) 육체적인 위무(慰撫) 또는 섹스를 암시함.

파첩

1

우아한여적이 내뒤를밟는다고 상상하라
내문 빗장을 내가지르는소리는내심두의동결하는녹음이거나 그'겹'
이거나…………
—무정하구나—
등불이 침침하니까 여적 유백의나체가 참 매력있는오예—가아니면
건정이다

2

시가전이끝난도시 보도에'마'가어지럽다 당도의명을받들고월광이
이 '마' 어지러운우에 먹을 즐느리라
(색이여 보호색이거라) 나는 이런일을흉내내어 껄껄 껄

3

인민이 퍽죽은모양인데거의망해를남기지 않았다 처참한포화가 은
근히 습기를부른다 그런다음에는세상것이발아치않는다 그러고야음
이야음에계속된다
후는 드디어 깊은수면에빠졌다 공기는유백으로화장되고
나는?

사람의시체를밟고집으로돌아오는길에 피부면에털이솟았다 멀리 내뒤에서 내독서소리가들려왔다

4

이 수도의폐허에 왜체신이있나
응? (조용합시다 할머니의하문입니다)

5

시-트우에 내희박한윤곽이찍혔다 이런두개골에는해부도가참가하지않는다
내정면은가을이다 단풍근방에투명한홍수가침전한다
수면뒤에는손가락끝이농황의소변으로 차겁더니 기어 방울이져서떨어졌다

6

건너다보이는이층에서대륙계집들창을닫아버린다 닫기전에 침을뱉았다
마치 내게사격하듯이………….
실내에전개될생각하고 나는질투한다 상기한사지를벽에기대어 그 침을 들여다보면 음란한
외국어가허고많은세
균처럼 꿈틀거린다
나는 홀로 규방에병신을기른다 병신은가끔질식하고 혈순이여기저

기서망설거린다

7

단추를감춘다 남보는데서 '싸인'을하지말고…………어디 어디 암살이 부엉이처럼 드새는지—누구든지모른다

8

…………보도'마이크로폰'은 마지막 발전을 마쳤다
야음을발굴하는월광—
사체는 잃어버린체온보다훨씬차다 회신위에 서리가내렸건만……

별안간 파상철판이넘어졌다 완고한음향에는여운도없다
그밑에서 늙은 의원과 늙은 교수가 번차례로강연한다
'무엇이 무엇과 와야만되느냐'
이들의상판은 개개 이들의선배상판을닮았다
오유된역구내에화물차가 우뚝하다 향하고있다

9

상장을붙인암호인가 전류우에올라앉아서 사멸의'가나안'을 지시한다
도시의붕락은 아—풍설보다빠르다

10

시청은법전을감추고 산란한 처분을거절하였다
'콘크리트' 전원에는 초근목피도없다 물체의음영에생리가없다
—고독한기술사'카인'은도시관문에서인력거를나리고 항용 이거리
를완보하리라

破帖

1

優雅한女賊이 내뒤를밟는다고 想像하라
내門 빗장을 내가질으는소리는내心頭의凍結하는錄音이거나 그「겹」이거나…………
—無情하구나—
燈불이 침침하니까 女賊 乳白의裸體[1)]가 참 魅力있는汚穢[2)]—가안이면乾淨[3)]이다[4)]

2

市街戰이끝난都市[5)] 步道에「麻」가어즈럽다[6)] 黨道의命을받들고[7)]月光이 이「麻」어즈러운우에 먹을 즐느리라[8)]
(色이여 保護色이거라[9)]) 나는 이런일을흉내내여 껄껄 껄

3

人民이 퍽죽은모양인데거의亡骸를남기지안았다[10)] 悽慘한砲火가 은근히 濕氣를불은다 그런다음에는世上것이發芽치안는다 그러고夜陰이夜陰에繼續된다
猴[11)]는 드디어 깊은睡眠에빠젓다 空氣는乳白으로化粧되고
나는?
사람의屍體를밟고집으로도라오는길[12)]에 皮膚面에털이소삿다[13)] 멀리 내뒤에서 내讀書소리[14)]가들려왓다

4

이 首都의廢墟에 왜遞信이있나

응? (조용합시다 할머니의下門입니다)[15]

5

쉬—ㅌ[16]우에 내稀薄한輪廓이찍혓다[17] 이런頭蓋骨에는解剖圖가參加하지않는다[18]
내正面은가을이다 丹楓근방에透明한洪水가沈澱한다
睡眠뒤에는손까락끝이濃黃의小便으로 차겁드니 기어 방울이저서떨어젓다[19]

6

건너다보히는二層에서大陸게집들창을닫어버린다 닫기前에 춤을배앝었다
마치 내게射擊하듯이…………[20]
室內에展開될생각하고 나는嫉妬한다 上氣한四肢를壁에기대어 그 춤을 디려다보면 淫亂한
外國語가허고많은細
菌처럼 꿈틀거린다[21]
나는 홀로 閨房에病身을기른다[22] 病身은각금窒息하고 血循[23]이여기저기서망설거린다[24]

7

단초를감춘다[25] 남보는데서「싸인」을하지말고[26]…………어디 어디 暗殺이 부형이처럼 드새는지[27]—누구든지모른다[28]

8

…………步道「마이크로폰」은 마즈막 發電을 마첫다[29]
夜陰을發掘하는月光—
死體는 일어버린體溫보다훨신차다[30] 灰燼우에 시러가나렷건만…………[31]

별안간 波狀鐵板이넌머젔다[32] 頑固한音響에는餘韻도없다
그밑에서 늙은 議員과 늙은 敎授가 번차례로講演한다[33]
「무엇이 무엇과 와야만되느냐」
이들의상판은 個個 이들의先輩상판을달멋다[34]
烏有[35]된驛構內에貨物車가 웃둑하다 向하고잇다[36]

9

喪章을부친暗號인가[37] 電流우에올나앉어서 死滅의「가나안」[38]을 指示한다
都市의崩落은 아—風說보다빠르다[39]

10

市廳은法典을감추고[40] 散亂한 處分을拒絶하엿다[41]
「콩크리—토」田園에는 草根木皮도없다[42] 物體의陰影에生理가없다[43]
—孤獨한奇術師「카인」[44]은都市關門에서人力車를나리고 항용 이거리를緩步하리라[45]

『子午線』, 1937. 10, 48~51쪽.

이 작품은 이상이 세상을 떠난 1년 후에 시 동인지 『자오선(子午線)』(1937. 10.)에 수록된 유고(遺稿)이다. 이성범의 「이상 애도」라는 작품과 함께 실려 있다.

이 작품은 산문시 형식으로 모두 10연으로 구성되어 있다. 제1연에서 제4연까지의 조판 과정, 제5연에서 제8연까지의 지형 제작, 그리고 제9연과 제10연의 원판 해체라는 세 부분으로 크게 나누어 볼 수 있다. 이 시에서 그려 내고 있는 것은 어떤 '도시(都市)'의 소란과 그 붕괴이다. 그러나 여기서 묘사되고 있는 '도시'는 실제의 도시는 아니다. 고도의 비유와 암시와 기지(機智)와 위트를 동원하고 있는 이 작품은 이상이 발표한 일본어 시 「出版法(출판법)」과 서로 의미상 연관을 가지고 있다. 「출판법」의 텍스트를 패러디하고 있기 때문이다. 이 작품의 시적 화자인 '나'는 '인쇄활자'를 의인화한 것이고, '도시'는 '조판을 위한 판'에 해당한다. 인쇄소에서 이루어지는 문선공의 채자(採字)에서부터 조판(組版)과 교정 그리고 지형(紙型)의 제작 후 조판을 헐어 버리는 일련의 과정을 '활자'의 눈을 통해 묘사 서술하고 있다. 하나하나의 활자들이 모여 새로

운 하나의 '글'이 조판되는 과정을 '시가전'에 비유하고 지형을 뜬 후에 조판된 판을 헐어 버리는 것을 '도시의 붕락(崩落)'에 비유했다. 이 같은 시법을 통해 시인은 인간에 의해 발명된 언어와 문자가 인간의 문명을 만들고 그것이 숱하게 신의 뜻을 거절하면서 스스로 멸망을 부르게 되는 과정을 고도의 비유로 암시하고 있다.

타이포그래피는 인간 사회의 문명의 중심을 이룬다. 이것은 무엇보다도 인간의 공통 소유에 해당하는 말의 사적인 소유를 가능하게 만든다. 무엇보다도 말 그 자체의 상품화를 이끌어 낸다. 이러한 경향은 결국 인간 생활의 개인주의화라는 방향으로 작용한다. 그런데 여기서 더 중요한 것은 사람의 손에 의해 쓰여진 원고(원본)가 버려지고, 복판을 위해 제작하는 지형이 만들어지면 그 힘든 노동에 의해 구축된 인쇄 원판도 다 해체한다는 사실이다. 복제된 지형을 보존하기 위해 행해지는 타이포그래피의 복잡한 절차와 방법, 그리고 거기 바쳐지는 인간의 노동을 어떻게 설명할 것인가? 이것은 벤야민(Walter Benjamin)이 주장했던 기술복제의 시대가 이미 도래했음을 말해 주는 것이지만, 보드리야르(Jean Baudrillard)가 경고한 '시뮬라크르(simulacre)'의 세계에 이상의 시적 상상력이 이미 도달해 있음을 의미하기도 한다.

---

1) 채자(採字)된 활자의 색깔과 모양을 여성의 나체에 비유함.

2) 오예(汚穢). 지저분하고 더러움. 또는 더러워진 것.

3) 건정(乾淨). 말끔하고 깨끗함.

4) 활자에 인쇄잉크가 묻은 상태는 '오예(汚穢)'이고, 잉크가 묻지 않은 상태는 '건정(乾淨)'임을 말한다.

5) 여기서 '도시'는 '조판 상자'를 비유적으로 표현한 말이며, '시가전'은 문선공들이 원고에 따라 활자를 채자(採字)하여 조판 상자에 담아 놓는 과정을 비유적으로 표현한 말이다.

6) 채자된 활자를 조판 상자에 담아 놓고 원고의 내용대로 한 페이지씩 활자를 배치하여 노끈(마)으로 묶어 놓는 과정에서 노끈(마)이 어지럽게 상자에 펼쳐져 있는 상태를 묘사한 대목이다.

7) 원고에 표시된 편집 사항의 지시에 따라 조판이 이루어지는 것을 암시함.

8) "먹을즐느리라"는 조판 상자에 식자공들이 편집 지시 사항에 따라 조판하는 과정에서 활자를 고정하기 위해 공목을 질러 넣는 작업을 암시함.

9) 조판 상자의 활자의 빛깔이나 공목이나 모두가 인쇄잉크 빛임을 암시한 대목.

10) 조판이 끝나면 채자해 놓은 활자가 모두 조판에 쓰여 활자 상자에 남아 있지 않게 되는 것을 암시함.

11) 후(猴). 원숭이. 여기서는 인간의 말을 그대로(흉내 내어) 기호화한 활자를 말함.

12) 조판 과정에서 쓰이지 못한 활자가 다시 활자 케이스로 옮겨지는 과정을 암시한다.

13) 이 대목은 바로 앞에서 "시체를밟고집으로돌아오는길"이라는 구절과 연결되어 겁에 질려 있는 모양을 묘사한 대목이다. 흔히 무서움에 겁을 먹고 있을 때 '몸이 오싹해지고 털이 솟는' 느낌을 받는다.

14) 문선공들이 원고를 보고 읽으면서 채자(採字)하는 소리.

15) 이 대목은 교정쇄를 인쇄하기 직전의 조판된 페이지의 상태를 암시한다. '체신'이 있다는 것은 글자들이 원고대로 모여져서 하나의 '메시지'를 담아 낼 수 있게 되었음을 의미한다.

16) 시트(sheet). 교정쇄를 만들기 위한 시험 인쇄에 쓰이는 한 장의 종이.

17) 시험 인쇄 과정에서 종이에 인쇄가 되는 과정을 암시함.

18) 활자의 머리 부분만 종이에 글자로 찍히는 것을 비유적으로 말함.

19) 교정 작업이 완료된 후에 지형(紙型)을 만들기 위해 준비하는 과정을 암시한다.

20) 1950년대까지는 대개 지형을 만드는 과정 자체가 습식지형의 방식을 따랐기 때문에, 물에 젖은 안피지(닥나무 종이) 등이 여러 겹으로 된 종이를 원판 위에 올려 놓고 압력을 가하면서 건조시켜 지형을 만든다. 이 대목은 지형 작업을 위해 종이를 원판 위에 덮어 놓은 상태를 암시한다. 지형용 종이를 압착시키면 종이에 배었던 물이 나오는 것을 침을 뱉었다고 묘사함.

21) 압력에 의해 지형용 종이가 눌리면 그 자리에 배었던 물이 스며 나오는데, 거기에 글자가 박힌다. 이 글자가 박힌 문구를 '음란한 외국어가 세균처럼 꿈틀거린다.'라고 묘사한다.

22) 지형용 종이가 덮혀 있는 상태로 압착되어 꼼짝하지 못하고 있는 상태를 비유하여 묘사함.

23) 혈순(血循). 혈액의 순환.

24) 지형용 종이에 눌어붙은 상태를 의미함.

25) 조판 과정에서 활자가 뒤집혀서 글자 부분(머리 부분)이 밑으로 들어가는 것을 암시함.

26) 활자가 뒤집혔기 때문에 글자가 인쇄되지 않음을 암시함.

27) 이 대목은 일본어 시 「출판법」에 나오는 다음과 같은 구절을 바꿔 놓은 것이다.

"이 落葉이窓戶를滲透하여나의正裝의자개단추를掩護한다.

暗 殺

地形明細作業의只今도完了가되지아니한이窮僻의地에不可思議한郵遞交通은벌써施行되었다."

28) 활자가 복자(覆字) 상태로 놓인 것을 교정 작업에서 아무도 발견하지 못한 것을 의미함.

29) 지형용 종이를 건조시키기 위해 열을 가하는 작업이 끝났음을 암시함.

30) 가열되었던 원판이 식어 버림.

31) 이 대목은 대부분의 전집에서 '서리가 나렷건만'으로 고쳐 놓고 있다.

32) 지형 작업이 끝나고 지형용 종이를 압착시켰던 철판을 들어 올리는 것을 말함.

33) 조판 작업을 했던 인쇄공들이 지형의 페이지 배치가 제대로 되었는지를 다시 검토하는 작업을 묘사함.

34) 지형에 찍힌 활자의 모양이 원판과 똑같다는 것을 암시함.

35) 오유(烏有). 사물이 아무것도 없이 됨.

36) 이 대목은 지형 작업이 끝난 후 조판용 원판 위에 아무것도 없고 인쇄소("역구내")에 지형을 보관하기 위한 상자들이 쌓여 있음("화물차")을 묘사한 것임.

37) 원판의 해체 작업을 지시함.

38) Canaan. 지리상의 위치는 팔레스타인의 요르단 강 서역에 위치한다. 구약성서에 의하면 이 땅은 여호와가 아브라함에게 약속한 '젖과 꿀이 흐르는 곳'으로서의 이상향이다. 이 대목은 힘든 조판 과정을 거쳐 짜 놓은 인쇄용 원판을 해체하는 것을 '가나안'을 사멸시키는 것으로 비유한다.

39) 빼곡하게 짜 맞췄던 원판이 해체되면서 활자들이 모두 흐트러지는 모습을 "도시의 붕락"이라고 표현함.

40) 인쇄를 위한 원고가 더 이상 필요하지 않은 단계에 들어섬.

41) 지형을 차곡차곡 쌓아 잘 보관하는 작업을 '산란한 처분을 거부한다.'라고 반어적으로 표현하고 있음.

42) 여기서 '콘크리트 전원'은 글자의 모양이 찍힌 단단한 지형(紙型)을 말함.

43) 지형(紙型)에 활자 모양이 올록볼록하게 생겨난 것을 "물체의음영"이라고 말하고 있으며, 그 글자가 오직 기호에 불과한("생리가 없다") 것임을 밝히고 있다.

44) Cain. 구약성서의 창세기에 등장하는 인물로 아담과 이브가 낳은 아들이다. 카인은 여호와가 자기 제물을 거절하고 동생인 아벨의 제물을 받아들인 것을 보고는 이를 분하게 여겨 동생 아벨을 죽인다. 그러므로 이 죄악이 드러나자 카인은 에덴에서 쫓겨난다. 인간을 바로 이 '카인의 후예'라고 말한다. 여기서는 신의 말씀이 아닌 인간의 언어가 인쇄 기술에 의해 종이에 박혀 나온 것, 즉 인쇄된 책이나 신문 등과 같은 인쇄물을 비유적으로 말한 것이다.

45) 인쇄된 책자나 신문 등이 거리로 실려 나간 뒤 사람들이 이를 들고 다니는 것을 암시함.

무제

내 마음에 크기는 한개 궐련 기러기만하다고 그렇게보고,
처심은 숫제 성냥을 그어 궐련을 붙여서는
숫제 내게 자살을 권유하는도다.
내 마음은 과연 바지작 바지작 타들어가고 타는대로 작아가고,
한개 궐련 불이 손가락에 옮겨 붙으렬적에
과연 나는 내 마음의 공동에 마지막 재가 떨어지는 부드러운 음향을 들었더니라.

처심은 재떨이를 버리듯이 대문 밖으로 나를 쫓고,
완전한 공허를 시험하듯이 한마디 노크를 내 옷깃에남기고
그리고 조인이 끝난듯이 빗장을 미끄러뜨리는 소리
여러번 굽은 골목이 담장이 좌우 못 보는 내 아픈 마음에 부딪혀
달은 밝은데
그 때부터 가까운 길을 일부러 멀리 걷는 버릇을 배웠 드니라.

無題

내 마음에 크기는 한개 卷煙 기러기[1]만하다고 그렇게보고,
處心[2]은 숫제 성냥을 그어 卷煙을 부쳐서는
숫제 내게 自殺을 勸誘하는도다.[3]
내 마음은 果然 바지작 바지작 타들어가고 타는대로 작아가고,[4]
한개 卷煙 불이 손가락에 옴겨 붙으렬적에[5]
果然 나는 내 마음의 空洞에 마지막 재가 떨어지는 부드러운 音響을 들었더니라.[6]

處心은 재떨이를 버리듯이 大門 밖으로 나를 쫓고,[7]
完全한 空虛를 試驗하듯이 한마디 노크를 내 옷깃에남기고[8]
그리고 調印이 끝난듯이[9] 빗장을 미끄러뜨리는 소리[10]
여러번 굽은 골목이 담장이 左右 못 보는 내 아픈 마음에 부딪쳐[11]
달은 밝은데
그 때부터 가까운 길을 일부러 멀리 걷는 버릇을 배웠 드니라.[12]

『貘』 제3호, 1938. 10, 1쪽.

이 작품은 제목이 없는 상태의 유고로 발견된 것이므로 '무제'라고 제목을 붙인 것이다. 작품의 텍스트는 2연으로 구분되어 있다. 시적 화자인 '나'의 괴로움과 고통을 '담배'에 비유하여 노래하고 있다. 제1연의 경우는 담배에 불을 붙여 태우는 모습을 '나'의 심경에 견주어 감각적으로 묘사하고 있으며, 제2연의 경우는 담배 연기가 가슴속으로 깊이 들이켜졌다가 다시 내뱉어지는 모습을 그려 놓고 있다.

이 시를 처음 소개한 동인지 『맥(貘)』에는 '이 詩는 李箱氏 遺稿인데 題가 없으므로 不得已 編輯人이 無題라는 이름 밑에 發表함. 널리 容恕를 바랍니다.'라는 편집자 주가 붙어 있다. 시 동인지인 『맥』은 1938년 6월 15일 김정기(金正琦)를 편집 겸 발행인으로 하여 창간되었다. 창간호는 국판 38쪽. 창간호에는 김진세(金軫世)의 「운명」, 김남인(金嵐人)의 「종다리」, 황민(黃民)의 「경」, 박노홍(朴魯洪)의 「울분」, 조인규(趙仁奎)의 「지표」, 김우철(金友哲)의 「사의 흑단 앞에서」, 김대봉(金大鳳)의 「이향자」, 이석(李石)의 「이깔나무」, 함윤수(咸允洙)의 「앵무새」, 「유성」, 박남수(朴南秀)의 「행복」,

김광섭(金珖燮)의 「옴두꺼비」 등이 실려 있다. 1938년 12월 통권 4호까지 발간하였다. '맥(貘)'은 중국의 전설에 등장하는 상상의 동물 이름이다. 인간의 악몽을 먹고 산다고 한다.

---

1) '기러기'. '길이'의 방언. 마음의 길이를 담배 한 개비의 길이와 비교함. 마음이 초조하고 괴로워서 넓고 깊지 못함을 시각적으로 표현함.
2) 처심(處心). 마음에 새겨 두고 잊지 않음. 존심(存心). 택심(宅心). 여기서는 '깊은 마음속' 정도의 뜻으로 풀이할 수 있다.
3) 마음속 깊이에서 담배를 피우고 싶다는 생각이 생겨나 담배에 불을 붙여 물게 됨.
4) 담뱃불이 타 들어가는 것과 마음의 조바심을 그대로 대응시켜 시각적으로 표현함.
5) 담배를 잡고 있는 손끝까지 담뱃불이 타 들어옴.
6) 타 들어가는 담배의 재가 떨어지는 모습(시각적)을 보고 자신의 가슴속 비어 있는 자리에 재가 떨어지는 소리(청각적)가 들린다고 표현함. 담배 연기를 가슴속 깊이 빨아들이고 있음.
7) 가슴속 깊이 빨아들였던 담배 연기를 길게 내쉬는 모양.
8) 담배 연기를 내뿜은 뒤에 한차례 가볍게 기침하는 모습.
9) 담뱃불을 끄는 모습.
10) 대문의 빗장으로 여는 소리.
11) 구불구불한 골목길의 담장을 끼고 걸어가는 '나'의 종잡을 수 없는 아픈 마음.
12) 힘든 삶의 길을 선택하여 괴롭게 살아가고 있는 자신의 심경을 밝힘.

무제

선행하는분망을싣고 전차의앞창은
내투사를막는데
출분한안해의 귀가를알리는 '페리오드'의 대단원이었다.

너는어찌하여 네소행을 지도에없는 지리에두고
화판떨어진 줄거리 모양으로향료와 암호만을 휴대하고돌아왔음이냐.

시계를보면 아무리하여도 일치하는 시일을 유인할수없고
내것 아닌지문이 그득한네육체가 무슨 조문을 내게구형하겠느냐

그러나 이곳에출구와 입구가늘개방된 네사사로운 휴게실이있으니
내가분망중에라도 네거짓말을 적은편지를 '데스크' 우에놓아라.

無題(其二)

先行하는奔忙[1]을실고 電車의앞窓은
내透思[2]를막는데[3]
出奔한안해의 歸家를알니는「레리오드」[4]의 大團圓이었다.

너는엇지하여 네素行을 地圖에없는 地理에두고[5]
花辨[6]떨어진 줄거리 모양으로香料와 暗號[7]만을 携帶하고돌아왔음이냐.

時計를보면 아모리하여도 一致하는 時日을 誘引할수없고[8]
내것 않인指紋[9]이 그득한네肉體가 무슨 條文을 내게求刑[10]하겠느냐

그러나 이곧에出口와 入口가늘開放된 네私私로운 休憩室[11]이있으니 내가奔忙中에라도 네그즛말을 적은片紙을「데스크」우에놓아라.[12]

昭和八年十一月三日

『貘』 제4호, 1938. 12, 1쪽.

이 작품에서 「무제」라는 제목은 동인지 『맥』의 편집자가 임의로 붙인 것이다. 임종국 편 『이상전집』 제2권 시집(1956)에는 「理由以前」이라는 제목이 붙어 있다. 시적 화자인 '나'와 시적 대상이 되는 '아내'와의 불화를 그려 놓고 있다. 여기서 가장 중요한 모티프가 되는 것은 '아내의 출분(出奔)'이다. '나'는 아내의 부정을 눈치채지만 언제나 거짓을 말하는 아내를 제대로 추궁하지 못한다. 다만 아내가 언제든 진실을 이야기하길 바라고 있을 뿐이다.

---

1) 분망(奔忙)하다. 몹시 부산하여 바쁘다.
2) 투사(透思). 꿰뚫어 생각함.
3) 이 대목은 '전차가 바쁘게 앞으로 나아가는 바람에 나는 더 깊이 꿰뚫어 생각하지 못한다.'는 뜻을 지님.
4) 대부분의 전집은 이 말을 영어의 'period'의 오식으로 보아 '페리오드'라고 고쳐 놓고

있다. 어떤 일이 이루어지는 주기라는 뜻도 있고, 결말을 뜻하기도 한다.

5) 자기가 나갔던 장소를 제대로 밝히지 않고 거짓말을 함.

6) 화변(花辨). 이 말은 '화판(花瓣)'의 오식. 꽃잎.

7) 거짓말.

8) 지나간 행적을 추적하여 그 시간을 따져 보아도 제대로 맞추기 어려움.

9) '나'의 손길이 아닌 다른 사람의 손길이 스쳐 간 아내의 육체를 가리킴.

10) 여기서는 '변명'을 뜻함.

11) 언제든지 마음대로 드나들 수 있는 방.

12) 진실된 고백을 요구함.

목장

송아지는 저마다
먼산바라기

할 말이 있는데도
고개 숙이고
입을 다물고

새김질 싸각싸각
하다 멈추다

그래도 어머니가
못 잊어라고
못 잊어라고

가다가 엄매—
놀다가도 엄매—

산에 둥실
구름이 가고
구름이 오고

송아지는 영 영
먼산바라기

목장

송아지는 저마다
먼산바래기

할말이 잇는데두
고개 숙이구
입을 다물구

새김질 싸각싸각
하다 멈추다

그래두 어머니가
못잊어라구
못잊어라구

가다가 엄매-
놀다가두 엄매-

산에 둥실
구름이가구
구름이오구

송아지는 영 영
먼산바래기

『가톨릭소년』 제2호, 1936. 5, 62~63쪽.

이 동시는 이상이 창문사에 근무하던 시절 그 출판 편집을 맡았던 아동잡지 『가톨릭소년』 제2호(1936. 5.)에 발표한 것이다. 당시 지면에는 '해경'이라고 지은이의 이름을 표시했으며 삽화가 곁들여 있다. 『가톨릭소년』 제2호는 그 표지도 이상이 그렸다.

2부

이상한가역반응

임의의반경의원(과거분사에관한통념)

원내의한점과원외의한점을연결한직선

두종류의존재의시간적영향성
(우리들은이것에관하여무관심하다)

직선은원을살해하였는가

현미경
그밑에있어서는인공도자연과다름없이현상되었다.

×

그날오후
물론태양이있지아니하면아니될곳에존재하고있었을뿐만아니라그렇게하지아니하면아니될보조를미화하는일도하지아니하고있었다.

발달하지도아니하고발전하지도아니하고
이것은분노이다.

철책밖의하얀대리석건축물이웅장하게서있었다

진진5″각 바아의나열에서
육체에대한처분법을센티멘탈리즘하였다.

목적이있지아니하였더니만큼 냉정하였다

태양이땀에젖은잔등을내리쬐었을때
그림자는잔등전방에있었다

사람은말하였다
"저변비증환자는부잣집으로소금을얻으러들어가고자희망하고있는
것이다."
라고
………………………

異常한可逆反應[1]

任意의半徑의圓 (過去分詞의時勢)[2]

圓內의一點과圓外의一點을結付한直線[3]

二種類의存在의時間的影響性[4]
(우리들은이것에관하여무관심하다)

直線은圓을殺害하였는가[5]

顯微鏡
그밑에있어서는人工도自然과다름없이現象되었다.[6]

×

같은날의午後[7]
勿論太陽이存在하여있지아니하면아니될處所[8]에存在하여있었을뿐만아니라그
렇게하지아니하면아니될步調를美化하는일까지도하지아니하고있었다.[9]

發達하지도아니하고發展하지도아니하고[10]
이것은憤怒이다.

鐵柵밖의白大理石建築物이雄壯하게서있던[11]
眞眞5″의角바아의羅列에서[12]
肉體에對한處分法을센티멘탈리즘하였다.[13]

目的이있지아니하였더니만큼 冷靜하였다[14]

太陽이땀에젖은잔등을내려쪼였을때

그림자는잔등前方에있었다[15)]

사람은말하였다
「저便秘症患者는富者ㅅ집으로食鹽을얻으러들어가고자希望하고있는것이다」[16)]
라고
…………………………

1931. 6. 5.

『李箱全集』第二卷 詩集, 1956, 107~109쪽.

異常ナ可逆反應

任意ノ半徑ノ圓(過去分詞ノ相場)

圓內ノ一點ト圓外ノ一點トヲ結ビ付ケタ直線

二種類ノ存在ノ時間的影響性
(ワレワレハコノコトニツイテムトンチヤクデアル)

直線ハ圓ヲ殺害シタカ

顯微鏡
ソノ下ニ於テハ人工モ自然ト同ジク現象サレタ。

×

同ジ日ノ午後
勿論太陽ガ在ツテイナケレバナラナイ場所ニ在ツテイタ
バカリデナクソウシナケレバナラナイ步調ヲ美化スルコ

トヲモシテイナカツタ。

發達シナイシ發展シナイシ
コレハ憤怒デアル。

鐵柵ノ外ノ白大理石ノ建築物ガ雄壯ニ建ツテイタ
眞々5″ノ角ばあノ羅列カラ
肉體ニ對スル處分法ヲせんちめんたりずむシタ。

目的ノナカツタ丈 冷靜デアツタ

太陽ガ汗ニ濡レタ背ナカヲ照ラシタ時
影ハ背ナカノ前方ニアツタ

人ハ云ツタ
「あの便秘症患者の人はあの金持の家に食鹽を貰ひに這
入らうと希つてゐるのである」
ト
……………………………

1931. 6. 5.

『朝鮮と建築』, 1931. 7, 15쪽.

「이상한가역반응」은 『조선과 건축』에 김해경(金海卿)이라는 본명으로 맨 처음 발표된 이상의 일본어 시 여섯 편 가운데 하나이다. 이 작품의 텍스트는 시적 화자의 진술 내용이 전반부와 후반부로 구분되어 서로 다른 정황을 드러낸다. 전반부는 이른바 '기하학적 상상력'의 소산이라고 할 수 있는 시적 모티프들이 중심을 이룬다. 여기서 핵심이 되는 것이 점, 선, 원이다. 이 세 가지 요소가 모든 사물의 근본적인 형태임을 암시한다.

후반부는 화장실에 앉아서 철책 너머로 쏟아지는 햇살을 보면서 떠올리는 여러 가지 상념을 그려 놓고 있다. 철책 너머에 눈부시게 비치는 햇살과 지붕 틈새로부터 등 뒤로 비치는 햇살을 묘사하고 있는 대목이 눈에 띈다. 이상의 시적 상상력의 단서를 보여 주는 작품이라고 할 수 있다.

1) '가역반응(可逆反應, reversible reaction)'이라는 용어는 화학반응에서 두 물질이 반응하여 새로운 다른 두 물질이 생길 경우 이들의 온도와 농도를 바꾸면 원래의 두 물질로 복귀하는 반응을 말한다. 화학반응식으로 나타낼 때에는 화살표(→)를 쓴다. 예를 들면, 아세트산과 알코올에서 아세트산에틸과 물이 생기는 반응 $CH_3COOH + C_2H_5OH \rightarrow CH_3COOC_2H_5 + H_2O$에서는 왼쪽에서 오른쪽으로 진행하는 정반응과, 오른쪽에서 왼쪽으로 진행하는 역반응도 동시에 일어난다. 즉, 아세트산에틸에 물을 가하면 가수분해가 일어나서 아세트산과 알코올이 생기는데, 이 때문에 정반응과 역반응은 항상 각 생성물질의 어떤 양에서 평형을 이루게 된다. 이 경우 정반응과 역반응의 반응속도가 같아진 것이 되어, 양쪽 계의 물질의 양은 변화하지 않고 겉보기에는 반응이 중지되어 어느 쪽으로도 반응이 진행되지 않는 것처럼 보인다. 이와 같은 상태를 화학평형이라고 한다. 이러한 점에서 볼 때, 가역반응이란 화학평형이 유지되고 있는 반응이라고도 할 수 있다.

그런데 여기서 말하고자 하는 가역반응이라는 것은 화학반응을 염두에 두고 있는 것은 아니다. 시적 화자가 문제 삼고 있는 것은 물리적인 자연 속에서의 시간의 비가역성 문제가 아닌가 생각된다. 시간은 한 방향으로만 흘러가는 것처럼 보인다. 바닥에 떨어져 깨져 버린 유리컵의 조각들이 다시 한곳으로 모여 원래의 유리컵으로 되돌아가는 일이란 지금껏 관측된 경우가 없다. 하지만 상대성이론 이후에 이러한 시간의 비가역성에 대한 새로운 도전이 이루어진다. 시간 대칭 이론이 수학적으로 가능하다는 사실들이 입증되고 있기 때문이다.

2) '任意ノ半徑ノ圓(過去分詞ノ相場)'을 번역한 부분이다. 여기서 "임의의반경의원"이란 '반경(반지름)이 정해져 있지 않은 원', '크기가 한정되어 있지 않은 원'을 의미한다. 일반적으로 기하학에서 원과 관련되는 어떤 사실을 논증하고자 할 때 흔히 쓰는 일종의 전제이다. '임의의 반경의 원이 있다고 하자.'와 같은 전제를 하고 논의를 시작한다.

'과거분사(過去分詞)'는 '영어·프랑스어·독일어 등의 동사의 변화형 중 하나이다. 시제상으로는 완료형을 만들 때 서법상으로는 수동형을 만들 때 사용된다. 과거분사는 동사의 변화형이면서도 형용사적 성질을 띤다. 일본어에서 'ノ'라는 말은 '~의'라는 뜻으로 풀이되지만 그 뜻이 여러 가지로 쓰인다. 바로 뒤에 이어진 '相場'을 '시세(時勢)'라고 번역한 것은 문맥상으로 보아 납득하기 어려운 부분이다. 일본어에서 '相場'은 '물건을 사고파는 가격'이라는 뜻으로 널리 쓰인다. 경제 용어로는 '주식 등을 현물 거래하지 않고 시세 변동에 따라 매매하여 생기는 차액에서 이익을 남기는 투기적 거래'를 뜻한다. 그러나 이 말에는 '일반 사회에서 이루어지는 일반적인 평가', '사회적 통념'이라는 뜻도 있다. 오히려 이 뜻으로 보는 것이 적절하다고 생각된다. 그러므로 이 대목은 '과거분사의 사회적 통념' 정도로 고치는 것이 좋을 듯하다. 동사의 완료형이라는 뜻으로 많이 쓰이는 과거분사에 대한 사회적 통념을 지적한 것이라고 할 수 있다. 물론 문맥상으로는 '임의의 반경의 원'이라고 전제하고 있는 사실 자체를 지적하고 있으며 이러한 통념 자체를 문제 삼고 있다고 할 수 있다.

3) 원 안의 한 점과 원 밖의 한 점을 연결시킨 직선. 원 안의 한 점과 원 밖의 한 점을 연

결하면 그 직선은 원주를 관통하는 모습으로 드러난다. 마치 과녁을 뚫고 지나는 화살처럼. 여기서 점과 선과 원이라는 기하학의 기본 요소가 제시된다.

4) 여기서 말하는 두 종류의 존재는 원을 중심으로 그 안과 밖의 세계를 구분하여 거기에 자리하고 있는 두 점을 말하는 것으로 본다.

5) 각주 3)에서 말한 직선이 원주를 통과하여 원의 내부에 이르는 형상을 가리킴.

6) 현미경으로 사물을 관찰해 보면 그 세포의 본질적인 구조가 모두 유사하다.

7) '同ジ日'는 '그날'이라고 번역할 수 있다.

8) 여기서 말하는 처소(處所)는 마지막 구절로 미루어 보아 '화장실'이라고 생각됨.

9) 언제나 똑같이 태양이 비치는 모양.

10) 태양이 비치는 것은 늘 변화가 없음. 이글거리는 태양을 '분노'라는 말로 비유적으로 표현함.

11) "백대리석건축물"은 바깥에 환하게 비치는 '햇빛'을 말함. 이 대목에서 일본어 원문 "建ッテイタ"는 종결형으로 번역하는 것이 자연스럽다는 후지이시 다카요[藤石貴代] 교수의 의견에 따라 "서있었다"로 고침.

12) 거의 수직선으로(기울기가 5초 각도에 지나지 않음) 내리쬐는 햇살을 대리석으로 이루어진 '바아(bar, 기둥)'라고 묘사함. 이 대목은 마치 햇빛이 백색의 대리석 건축물처럼 보이고, 내리쬐는 햇살이 대리석 기둥이 서 있는 것처럼 보인다는 것을 말한다.

13) 마지막 구절에서는 '센티멘털리즘(sentimentalism)'에 '~하다'를 붙여 동사처럼 쓰고 있는데, '내리쬐는 햇살을 보면서 감상에 잠기게 됨'을 뜻한다.

14) 화장실에 앉아 별다른 생각 없이 우두커니 감상에 잠겨 있음.

15) 자기 몸의 그림자가 등 뒤쪽으로 생긴 것을 '잔등 전방'에 있다고 함.

16) 이 대목은 민간 풍속으로 전해 오는 '오줌싸개의 소금 얻어오기' 모티프를 변형시켜 놓은 것이다. 야뇨증을 앓고 있는 아이가 오줌을 싼 날 아침에 키를 머리에 쓰고 이웃집으로 소금을 얻으러 간다. 이웃집 사람들이 오줌 싼 사실을 놀리면서 소금을 준다. 아이는 이런 망신스러운 꼴을 드러내어 보임으로써 스스로 정신적 긴장을 하게 되어 야뇨증을 극복한다. 그런데 여기서는 '오줌싸개 소금 얻어오기' 모티프를 '변비증' 환자에게 변용시켜 적용한다. 이 대목은 작가 이상 자신이 늘 화장실에 오랫동안 쭈그리고 앉아 있었다는 여러 증언들을 상기할 경우, 경험적 자아의 형상과도 결부된다. 소설 「휴업과 사정」, 「지도의 암실」 등에도 화장실 장면이 교묘하게 숨어 있다.

파편의경치—
△은나의AMOUREUSE이다

나는하는수없이울었다

전등이담배를피웠다
▽은1/W이다

×

▽이여! 나는괴롭다

나는유희한다
▽의슬립퍼는과자와같지아니하다
어떻게나는울어야할것인가

×

쓸쓸한들판을생각하고
쓸쓸한눈내리는날을생각하고
나의피부를생각지아니한다

기억에대하여나는강체이다

정말로
“같이노래부르세요”
하면서나의무릎을때렸을터인일에대하여
▽는나의꿈이다

스틱크! 자네는쓸쓸하며유명하다

어찌할것인가

×

마침내▽을매장한설경이었다

破片의景致—

△은나의AMOUREUSE이다[1)]

나는하는수없이울었다[2)]

電燈이담배를피웠다[3)]
▽은1/W이다[4)]

×

▽이여! 나는괴롭다[5)]

나는논다[6)]
▽의슬립퍼어는菓子와같지아니하다[7)]
어떠하게나는울어야할것인가[8)]

×

쓸쓸한들판을생각하고
쓸쓸한눈나리는날을생각하고
나의皮膚를생각지아니한다[9)]

記憶에對하여나는剛體이다[10)]

정말로
「같이노래부르세요」
하면서나의무릎을때렸을터인일에對하여[11)]
▽는나의꿈이다

스틱크! 자네는쓸쓸하며有名하다[12)]

어찌할것인가

×

마침내▽을埋葬한雪景이었다[13)]

1931. 6. 5.

『李箱全集』第二卷 詩集, 1956, 110~112쪽.

破片ノ景色—
△ハ俺ノAMOUREUSEデアル

俺ハ仕方ナク泣イタ
電燈ガ煙草ヲフカシタ
▽ハ1/Wデアル

×

▽ヨ! 俺ハ苦シイ

俺ハ遊ブ
▽ノすりつぱ°—ハ菓子ト同ジデナイ
如何ニ俺ハ泣ケバヨイノカ

×

淋シイ野原ヲ懷ヒ
淋シイ雪ノ日ヲ懷ヒ
俺ノ皮膚ヲ思ハナイ
記憶ニ對シテ俺ハ剛體デアル

ホントウニ
「一緒に歌ひなさいませ」
ト云ツテ俺ノ膝ヲ叩イタ筈ノコトニ對シテ
▽ハ俺ノ夢デアル。

すてつき! 君ハ淋シク有名デアル

ドウシヤウ

×

遂ニ▽ヲ埋葬シタ雪景デアツタ。

1931. 6. 5.

『朝鮮と建築』, 1931. 7, 15~16쪽.

이 작품의 텍스트는 모두 네 부분으로 구분되어 있다. 작품 속에 등장하는 '나'라는 시적 화자는 경험적 자아로서의 시인과는 직접적으로 연관되어 있지 않다. 그 이유는 이 작품의 시적 대상이면서 그 진술의 주체에 해당하는 것이 '양초'이기 때문이다. '나'를 '양초'로 볼 수 있는 근거는 시적 진술 가운데 "나의피부(皮膚)를생각지아니한다"라든지, "기억(記憶)에대(對)하여나는 강체(剛體)이다"와 같은 구절에서 암시되고 있다. 이 작품에서 '양초'는 '▽'으로 기호화하여 표시된다.

이 작품은 밤에 갑자기 정전이 되어 전깃불이 나가자 방 안을 밝히기 위해 양초를 꺼내어 불을 밝힌 후 그 촛불에 인격을 부여하여 '나'라는 화자로 등장시킨다. 양초 위에 켜진 촛불은 온전한 자신의 육체를 녹여 불꽃으로 타오르며 방 안을 밝혀 준다. '나'는 스스로를 불사르는 촛불의 입장에서 자기 존재의 의미를 음미한다.

---

1) '△'라는 기호는 '촛불의 불꽃'을 상징한다. 텍스트에서 '나'라는 시적 화자로 등장한다. 그러나 텍스트 안에서는 시적 대상(촛불) 그 자체로 묘사되기도 하기 때문에 의미상의 혼동을 가져오기도 한다. 'AMOUREUSE'는 프랑스어의 '연인, 사랑'을 뜻함.

2) '초에 불이 당겨져 초가 녹아내리기 시작함'을 뜻함. 전등불이 나가는 바람에 어쩔 수 없이 촛불을 켜게 되었음을 암시함.

3) 이어령 교수는 『이상시전작집』에서 이 대목을 '희미한 전등불이 켜져 있는 것이 담

뱃불처럼 보이는 것'으로 풀이한다. 여기서는 '전등불이 담뱃불처럼 껌벅거리는 것'으로 고쳐 볼 수 있다. 정전이 되기 직전에 불이 껌벅거리다가 나가 버리는 것을 표현한 대목이다.

4) '▽'는 '초'를 의미함. '1/w'는 초의 밝기를 전력의 양으로 환산하여 표시한 것.

5) '나'는 시적 화자이면서 동시에 촛불이다. 자신의 몸을 녹여 불을 밝혀야 하기 때문에 '괴롭다'고 말하고 있음.

6) 초의 불꽃이 타오르면서 흔들리는 것을 묘사한 대목이다. 일본어 원문 "遊ブ"는 '놀다'라고 번역하는 것이 자연스러움.

7) 초가 녹아 촛농이 흘러내리면서 촛대의 아래에 붙어 둥그렇게 응고된 모양을 마치 사람이 슬리퍼를 신고 있는 모양으로 비유한 것임. 촛농이 녹아내린 것이 과자의 모습으로 보이기도 함.

8) '울다'는 초가 타 들어가면서 녹아내리는 것을 말함.

9) 촛불이 켜지고 상념에 잠김. 자신의 몸(피부)이 타 들어가는 것을 상관하지 않음.

10) 초가 녹아내려 다시 굳어지는 것을 말함. 상대적으로 초가 타 들어가는 것(현실)은 '연체'에 해당한다고 할 수 있다.

11) 촛불이 타 들어가다가 가끔 '치지직' 소리를 내면서 심지가 쓰러지며 불이 약해지는 모습을 마치 함께 노래하자고 덤비는 것으로 묘사함. 또는 책상 위에 놓여 있던 양초가 제대로 고정되어 붙어 있지 못하고 쓰러져 무릎 위로 떨어지는 장면을 말한 것으로 볼 수 있음.

12) '초'를 '스틱크(stick, 막대)'라고 말한다. 수많은 문인들이 '촛불'을 노래한 바 있으므로 '유명하다.'고 설명한다.

13) 초가 모두 타고 남은 자리는 촛농이 쌓여 마치 하얀 눈이 내려 덮어 버린 것처럼 보인다. 초가 녹아 촛농이 응고된 자리를 보고는 촛불이 눈에 덮여 있다고 묘사하고 있는 셈이다.

▽의유희—

△은나의AMOUREUSE이다

종이로만든배암이종이로만든배암이라고하면
▽은배암이다

▽은춤을추었다

▽의웃음을웃는것은파격이어서우스웠다

슬립퍼가땅에서떨어지지아니하는것은너무나소름이끼치는일이다
▽의눈은동면이다
▽은전등을삼등태양인줄안다

×

▽은어디로갔느냐

여기는굴뚝꼭대기냐

나의호흡은평상적이다
그러한데탕그스텐은무엇이냐
(그무엇도아니다)

굴곡한직선
그것은백금과반사계수가상호동등하다

▽은테에블밑에숨었느냐

×

1

2

3

3은공배수의정벌로향하였다
전보는오지아니하였다

▽의遊戱—
△은나의AMOUREUSE이다

종이로만든배암을종이로만든배암이라고하면
▽은배암이다[1]

▽은춤을추었다[2]

▽의웃음을웃는것은破格이어서우스웠다[3]

슬립퍼어가땅에서떨어지지아니하는것은너무나소름끼치는일이다[4]
▽의눈은冬眠이다[5]
▽은電燈을三等太陽인줄안다[6]

×

▽은어디로갔느냐[7]

여기는굴뚝꼭대기냐[8]

나의呼吸은平常的이다[9]
그러한데탕그스텐은무엇이냐[10]
(그무엇도아니다)

屈曲한直線[11]
그것은白金과反射係數가相互同等하다[12]

▽은테에블밑에숨었느냐[13]

×

1

2

3[14)]

3은公倍數의征伐로向하였다[15)]
電報는아직오지아니하였다[16)]

1931. 6. 5.

『李箱全集』第二卷 詩集, 1956, 113~115쪽.

▽ノ遊戱—
△ハ俺ノAMOUREUSEデアル

紙製ノ蛇ガ紙製ノ蛇デアルトスレバ
▽ハ蛇デアル

▽ハ踊ツタ

▽ノ笑ヒヲ笑フノハ破格デアツテ可笑シクアツタ

すりつぱガ地面ヲ離レナイノハ餘リ鬼氣迫ルコトダ
▽ノ目ハ冬眠デアル
▽ハ電燈ヲ三等ノ太陽ト知ル

×

▽ハ何所ヘ行ツタカ

ココハ煙突ノてつ片デアルカ

俺ノ呼吸ハ平常デアル

而シテたんぐすてんハ何デアルカ
(何ンデモナイ)

屈曲シタ直線
ソレハ白金ト反射係數ヲ相等シクスル

▽ハてーぶるノ下ニ隱レタカ

×

1

2

3

3ハ公倍數ノ征伐ニ赴イタ
電報ハ來テイナイ

1931. 6. 5.

『朝鮮と建築』, 1931. 7, 16~17쪽.

이 작품의 내용은 『조선과 건축』에 함께 발표된 「파편의경치」와 서로 연관되어 있다. 이 작품에도 '나'라는 시적 화자가 등장한다. 그러나 여기서 '나'는 '양초'를 의인화한 것이라기보다는 경험적 자아와 연결되어 있다. 여기서는 시적 주체로서의 '나'의 입장이 분명하게 드러나 있으며, '▽'(촛불)을 시적 대상으로 하여 그 밝음과 어둠의 변화를 대비시켜 묘사하고 있다.

작품의 텍스트는 모두 세 부분으로 나뉜다. 첫째 단락에서는 촛불의 모양과 밝기를 묘사한다. 둘째 단락은 촛불이 꺼진 장면이다. 촛불이 꺼지면서 나오는 연기와 검게 타다 남은 심지 모양을 묘사한다. 셋째 단락은 다시 촛불을 켜는 장면이다. 촛불의 불꽃이 점점 커지면서(1, 2, 3 이라는 숫자는 시간의 흐름과 밝기를 동시에 기호적으로 해체하여 보여 줌) 사방이 밝아지는 모습을 '광학적' 관점으로 묘사한다.

---

1) '촛불'을 '뱀'에 비유하여 표현함.

2) 촛불이 흔들리는 모양을 묘사함.

3) 일반적으로 '촛불'은 눈물로 비유되지만, 여기서 '촛불의 웃음'은 촛불이 타 들어가다가 가끔 '치직'하는 소리를 내는 것을 말함.

4) 촛농이 녹아내려 초의 아랫부분에 응고된 것이 바닥에 붙어서 떨어지지 않음.

5) 흐릿한 촛불을 동면에 비유함.

6) 촛불의 밝기와 전등불의 밝기와 태양의 밝기를 비교하여 표현한 것. 전등불이 태양보다는 못하지만 태양처럼 밝은 것을 '삼등태양'이라고 말함.

7) 촛불이 타오르다가 꺼져 버린 것을 말함.

8) 촛불이 꺼지면서 연기가 피어나는 모습이 굴뚝에서 연기가 피어오르는 모양과 흡사하다.

9) 자신의 호흡이 평상시와 다름없음을 밝힘.

10) tungsten. 일반적으로 백열전구는 텅스텐을 필라멘트로 사용한다. 여기서는 촛불이 꺼진 후 불이 붙는 심지 부분이 검게 말려 들어 있는 모습을 백열전구의 텅스텐 필라멘트의 모양에 비유하고 있음.

11) 초의 심지가 불타면서 돌돌 말려든 모양.

12) 빛을 반사하는 정도가 백금과 같음을 말함.

13) 촛불을 다시 켜 놓았지만 방 안이 밝지 않아서 마치 촛불이 책상 밑에 숨어든 것처럼 느껴짐.

14) 촛불이 점점 커지면서 사방이 밝아지는 모양을 하나 둘 셋이라는 숫자를 통해 시간적으로 표시함.

15) 촛불을 처음 켰을 때와 불꽃이 커져서 사방을 환하게 비출 때의 공간의 밝기를 마치 '3'의 공배수로 밝아진다고 말함. 어둠을 몰아내게 되니 정벌이라고 표현함.

16) 전기가 들어오지 않고 정전 상태가 계속됨.

수염—

(수 · 수 · 그밖에수염일수있는것들 · 모두를이름)

1

눈이있어야하지아니하면아니될자리에는삼림인웃음이존재하고있었다

2

홍당무

3

아메리카의유령은수족관인데대단히유려하다
그것은음울하기도하다

4

계류에서—
건조한식물성인
가을

5

일소대의군인이동서의방향으로전진하였다고하는것은
무의미한일이아니면아니된다
운동장이파열되고균열될따름이니까

6

삼심원

7

조를그득넣은밀가루포대
간단한수유의달밤이었다

8

언제나도둑질할것만을계획하고있었다
그렇지는아니하였다고한다면적어도구걸이기는하였다

9

소한것은밀한것의상대이며또한
평범한것은비범한것의상대이었다
나의신경은창녀보다도더욱정숙한처녀임을바라고있었다

10

말—

땀—

나는, 사무로 써산보로하여도무방하도다
나는, 하늘의푸르름에지쳤노라이같이폐쇄주의로다

수염—

(鬚·髯[1]·그밖에수염일수있는것들·모두를이름)[2]

1

눈이存在하여있지아니하면아니될處所[3]는森林인웃음이存在하여있었다[4]

2

홍당무[5]

3

아메리카의幽靈[6]은水族館이지만大端히流麗하다[7]
그것은陰鬱하기도한것이다

4

溪流[8]에서—
乾燥한植物性이다[9]
가을[10]

5

一小隊의軍人이東西의方向으로前進하였다고하는것은[11]
無意味한일이아니면아니된다
運動場이破裂하고龜裂할따름이니까[12]

6

三心圓[13)]

7

조[粟]를그득넣은밀가루布袋[14)]
簡單한須臾[15)]의月夜이었다[16)]

8

언제나도둑질할것만을計劃하고있었다[17)]
그렇지는아니하였다고한다면적어도求乞이기는하였다[18)]

9

疎한것은密한것의相對이며또한
平凡한것은非凡한것의相對이었다[19)]
나의神經은娼女보다도더욱貞淑한處女를願하고있었다[20)]

10

말[馬]—[21)]
땀[汗]—[22)]

×

余, 事務로 써散步라하여도無妨하도다[23)]
余, 하늘의푸르름에지쳤노라이같이閉鎖主義로다[24)]

1931. 6. 5.

『李箱全集』 第二卷 詩集, 1956, 116~119쪽.

ひげ—

(鬚·鬚·ソノ外ひげデアリ得ルモノラ·皆ノコト)

1

目ガアツテ居ナケレバナラナイ筈ノ場所ニハ森林デアル
笑ヒガ在ツテ居タ

2

人參

3

あめりかノ幽靈ハ水族館デアルガ非常ニ流麗デアル
ソレハ陰鬱デデモアルコトダ

4

溪流ニテ—
乾燥シタ植物性デアル
秋

5

一小隊ノ軍人ガ東西ノ方向ヘト前進シタト云フコトハ
無意味ナコトデナケレバナラナイ
運動場ガ破裂シ龜裂スルバカリデアルカラ

6

三心圓

7

栗ヲツメタめりけん袋
簡單ナ須臾ノ月夜デアツタ

8

何時デモ泥棒スルコト許リ計畫シテ居タ
ソウデハナカツタトスレバ少クトモ物乞ヒデハアツタ

9

疎ナルモノハ密ナルモノノ相對デアリ又
平凡ナモノハ非凡ナモノノ相對デアツタ
俺ノ神經ハ娼女ヨリモモツト貞淑ナ處女ヲ願ツテイタ

10

馬—
汗—

×

余事務ヲ以テ散歩トスルモ宜シ
余天ノ青キニ飽ク斯ク閉鎖主義ナリ

1931. 6. 5.

『朝鮮と建築』, 1931. 7, 17~18쪽.

이 작품은 텍스트 자체를 모두 열 개의 단락으로 구분해 놓고 있다. 머리에서부터 턱에 이르기까지 사람의 얼굴에서 볼 수 있는 모든 종류의 '털'을 소재로 한 재미있는 작품이다. 이 작품의 특징은 인간 육체의 물질성에 대한 시인의 관심과 그 탐구 작업에서 찾아진다. 파격적인 비유와 함께 이른바 '말놀이(pun)'를 시적 기법으로 끌어들이면서 머리칼, 눈썹과 속눈썹, 콧수염과 턱수염 등의 특징을 세밀하게 묘사하고 있다. 시인 자신의 언어적 재능과 기지(機智)를 엿볼 수 있다.

1~4 부분은 주로 얼굴의 위쪽에 난 머리칼을 묘사의 대상으로 삼았다. '홍당무'는 그 무성한 잎의 모양을 통해 사람의 머리에 난 털을 암시한다. 이상이 즐겨 읽었다고 하는 『전원수첩』의 저자 쥘 르나르(Jules Renard)가 쓴 단편소설 「홍당무」의 주인공인 '홍당무'는 붉은색 곱슬머리의 소년이다. 그리고 1930년대 새로운 헤어스타일로 유행한 '풀어 헤친 머리 모양'을 '아메리카의 유령'이라고 비꼬기도 한다. 전통적으로 쪽머리를 하던 한국 여성들의 머리 모양이 이 시기에 와서 점차 풀어 헤친 모양으로 바뀌고 있음을 확인할 수 있다. 5~6 부분은 눈썹을 묘사한다. 두 개의 눈썹이 미간을 사이에 두고 벌어져 있는 모양을 '일소대(一小隊)의 군인(軍人)이 동서(東西)의 방향(方向)으로 전진(前進)하였다'는 말로 암시하고 있다. 그리고 두 눈동자를 '삼심원'이라는 말로 표현한다. 7~10에서는 수염을 묘사한다. 수염을 깎은 모양과 수염이 자라나는 과정을 특이한 비유적 표현으로 드러낸다. 이 대목의 내용을 시인 이상 자신의 외모와 견주어 볼 만하다. 유난히도 수염이 많았던 그의 모습을 사진을 통해 확인할 수 있다.

---

1) 이 작품의 부제를 보면 원문은 '수(鬚)'라는 동일한 한자를 두 번 쓰고 있는데, 이것을 '자(髭)'와 '수(鬚)'로 구분하여 기록해 놓은 판본들이 많다.

2) 얼굴에 나 있는 털을 모두 일컬어 말함.

3) 눈이 붙어 있어야 할 자리. 일반적으로 눈은 동물의 머리 꼭대기나 앞쪽에 붙어 있다.

4) 눈은 웃음과 밀접한 관계가 있다. '눈웃음'이라는 말도 있다. 여기서 '삼림'은 눈썹을 말함.

5) 일본어에서 '人參'은 '당근'을 뜻함.

6) 미국 귀신. 머리를 풀어 헤쳐 산발한 모습으로 나다니던 여인들을 지칭하던 말.

7) 길게 늘어뜨린 머리칼의 모양을 말함.

8) 골짜기를 흐르는 시냇물처럼 머리칼의 모양이 굽이침.

9) 물이 없이도 자라남. 또는 머릿결이 포송거리는 것. 일본어 원문 "植物性デアル"를 종결형이 아니라 연체형으로 해석하는 것이 적절하다는 후지이시 다카요[藤石貴代] 교수의 견해를 받아들여 "식물성인"으로 고쳐 놓음.

10) 가을에 단풍이 드는 것처럼 나이가 들면 머리 색깔이 희어지는 것을 말함.

11) 두 눈썹이 좌우로 벌어져 있음을 비유적으로 말함.

12) 미간이 갈라짐.

13) 둥근 얼굴에 자리하고 있는 두 개의 둥근 눈. 기하학적으로 '삼심원'은 존재하지 않지만 둥근 얼굴을 커다란 하나의 원으로 볼 경우, 두 개의 눈이 그 안에 자리하고 있

으므로 '삼심원'이라고 할 만하다. 두 눈을 감싸고 있는 눈꺼풀의 가장자리에는 속눈썹이 나 있다.

14) 수염 난 자리를 면도한 모양. 뽀얗게 드러나는 피부에 수염 자국이 드러나 보이는 모양을 '조를 가득 넣은 밀가루 포대'에 비유하여 표현한 대목이다.

15) '수(須)' 자는 원래 '혈(頁)', 즉 얼굴에 수염, 즉 '삼(彡)'이 났다는 뜻을 가진 말이다. 이상 자신이 '수(須)'라는 한자어를 가지고 일종의 '글자 놀이'를 하고 있는 대목이다.

16) 면도한 자리가 오래가지 못함을 말함. 전체적으로 단락 6에서는 수염을 깎은 모습을 묘사하고 있다.

17) 수염이 더부룩하고 무성하게 돋아난 모습. 흔히 '산적 같다.'고 말한다.

18) 지저분하게 수염이 나 있는 모습. '거지 같다.'고 한다. 단락 7에서는 수염이 자라난 모습을 묘사하고 있다.

19) 수염이 많이 난 것과 듬성듬성 난 것을 대조하고, 특이한 수염의 모습과 평범한 모습을 상대하여 말함.

20) 언제나 수염을 잘 간수하고 다듬어 깨끗하게 유지하는 일을 비유적으로 말함.

21) 길게 자라난 턱수염에서 말의 등줄기에 돋아난 갈퀴를 연상함.

22) 물을 마시거나 술을 마실 때 그것이 흘러내려서 수염에 물방울이 맺히는 것을 땀이 난다고 표현함.

23) 이 대목에서 '여(余)'는 얼굴에 나 있는 털을 인격화하여 지칭한 것으로 본다. 머리가 자라고 눈썹이 나오고 수염이 자라는 것을 산보하는 것에 비유함.

24) 머리칼과 눈썹과 수염의 색깔이 하늘과 같은 푸른색이 아니라 어두운 검은 색깔인 것을 '폐쇄주의자'에 비유함.

BOITEUX · BOITEUSE

긴것

짧은것

열십자

×

그러나 CROSS에는 기름이묻어있었다

추락

부득이한평행

물리적으로아펐었다
(이상평면기하학)

×

오렌지

대포

포복

×

만약자네가중상을입었다할지라도피를흘리었다고한다면멋적은일이다

오—

침묵을타박하여주면좋겠다

침묵을여하히타박하여나는홍수처럼소란할것인가

침묵은침묵이냐

메스를갖지아니한다하여의사일수없는것일까

천체를잡아찢는다면소리쯤은나겠지

나의보조는계속된다

언제까지도나는시체이고자하면서시체이지아니할것인가

BOITEUX·BOITEUSE[1)]

긴것[2)]

짧은것[3)]

열十字[4)]

×

그러나 CROSS에는 기름이묻어있었다[5)]

墜落[6)]

不得已한平行[7)]

物理的으로아펐었다[8)]
(以上平面幾何學)[9)]

×

오렌지[10)]

大砲[11)]

匍匐[12)]

×

萬若자네가重傷을입었다할지라도피를흘리었다고한다면참멋적은일이다[13)]

오—

沈黙[14]을打撲하여주면좋겠다

沈黙을如何히打撲하여나는洪水와같이騷亂할것인가[15]

沈黙은沈黙이냐

메쓰를갖지아니하였다하여醫師일수없을것일까[16]

天體를잡아찢는다면소리쯤은나겠지[17]

나의步調는繼續된다[18]

언제까지도나는屍體이고저하면서屍體이지아니할것인가[19]

1931. 6. 5.

『李箱全集』第二卷 詩集, 1956, 120~123쪽.

BOITEUX·BOITEUSE

長イモノ

短イモノ

十文字

　×

然シCROSSニハ油ガツイテイタ

墜落

已ムヲ得ナイ平行

物理的ニ痛クアツタ
　(以上平面幾何學)

　×

をれんぢ

大砲

匍匐

　×

若シ君ガ重傷ヲ負フタトシテモ血ヲ流シタトスレバ味氣ナイ

おー
沈黙ヲ打撲シテホシイ
沈黙ヲ如何ニ打撲シテ俺ハ洪水ノヨウニ騷亂スベキカ
沈黙ハ沈黙カ

めすヲ持タヌトテ醫師デアリ得ナイデアラウカ

天體ヲ引キ裂ケバ音位スルダラウ

俺ノ步調ハ繼續スル
何時迄モ俺ハ屍體デアラントシテ屍體ナラヌコトデアラウカ

1931. 6. 5.

『朝鮮と建築』, 1931. 7, 18~19쪽.

이 작품은 텍스트 자체가 모두 네 개의 단락으로 구분되어 있다. 그러나 시적 의미는 전반부의 두 단락과 후반부의 두 단락으로 나뉜다. 전반부에 해당하는 첫째 단락과 둘째 단락은 이상 자신이 즐겨 쓴 일종의 말놀이의 수법을 활용하여 불균형 상태에 빠진 자신의 건강 상태를 암시한다. 우선 이 작품의 제목을 보면 'BOITEUX · BOITEUSE'라는 프랑스어로 되어 있다. 이 말은 두 단어가 모두 '절름발이'라는 뜻을 가지는데, 앞의 것이 남성형이고 뒤의 것이 여성형이다. 같은 뜻을 지닌 단어임에도 성에 따라 그 표기가 달라지고 있는 것에 착안하여 이들을 나란히 배열함으로써 '절름발이'라는 말을 기호적으로 표상하고 있다. 작품의 전반부의 내용은 구원의 의미를 표상하는 '십(十)'이라는 글자에서 두 개의 획이 서로 떨어져 '이(二)'와 같은 형태의 불완전한 평행 상태에 이르게 됨을 일종의 파자(破字)의 방식을 통해 기호적으로 해체하여 보여 준다. 그리고 스스로 이 과정을 '평면기하학'의 방법에 견주고 있다.

이 작품의 후반부에 해당하는 셋째 단락과 넷째 단락은 병으로 인한 육체적 훼손의 과정을 제대로 극복하지 못하고 고통스러워하는 인간적 고뇌를 진술하고 있다. 이상 자신이 폐결핵을 진단받은 후에 자신의 병과 싸워 나가는 고통의 과정은 여러 작품에서 암시적으로 그려진 바 있다. 여기서는 셋째 단락에서 병을 치료하기 위해 복용하는 약의 모양과 색깔을 보여 준다. 그리고 겉으로는 아무런 표시가 없이 내부에서 소리 없이 진행되고 있는 병세의 악화 과정을 고통스럽게 묘사하고 있다. "천체(天體)를잡아찢는다면소리쯤은나겠지"라든지, "나는시체(屍體)이고자하면서시체(屍體)이지아니할것인가"와 같은 표현에서 고통의 심도를 감지해 낼 수 있다.

---

1) 이 작품의 표제인 'BOITEUX·BOITEUSE'는 프랑스어의 '절름발이'를 말하며, 앞의 것이 남성형이고 뒤의 것이 여성형이다. 동일한 의미를 가진 단어임에도 성에 따라 차이를 드러내는 것에 착안하여 이들을 배열함으로써 서로 균형을 이루지 못하는 '절름발이'라는 뜻을 기호적으로 표상하고 있다.

2) '십(十)' 자에서 아래로 길게 내리쓴 획.

3) '십(十)' 자에서 짧게 옆으로 가로쓴 획.

4) 앞의 긴 획과 짧은 획이 결합되어 이루어지는 '십(十)' 자.

5) 그러나 두 획이 교차하는 지점에 기름칠이 되어 미끄럽다.

6) 기름칠 때문에 미끄러워서 한 획이 떨어짐.

7) 긴 획과 짧은 획이 부자연스러운 형태로 나란히 서거나 눕거나 한다.

8) 균형이 깨어짐. '십(十)' 자를 기독교의 구원을 상징하는 것으로 본다면 그것이 깨어진 것은 절망을 표현한다고 할 수 있다.

9) 이 시의 전반부에서 진술하고 있는 내용 자체는 일종의 평면기하학적 도해에 불과하다는 점을 밝히고 있음. 그러므로 단락 1의 내용을 이상 자신의 질병과 연관지어 해석할 경우, 긴 것은 정상적인 한 켠의 폐, 짧은 것은 앓고 있는 폐, 그리고 십(十) 자는 가슴의 모양을 뜻하는 것으로 풀이할 수 있다. 이렇게 불균형을 이룬 이유는 '십(十)' 자에 기름이 묻어 있어서 한쪽이 미끄러진 때문이고 그러므로 균형을 잃은 상

태(병든 상태)로 살아감을 말하고 있는 것으로 볼 수 있다.

10) 비정상의 상태에서 복용하는 약의 모양. 노란 원형의 알약으로 보임.

11) 캡슐형의 약. 대포알과 흡사하다.

12) 가루약. 바닥에 갈린 흙먼지에서 연상된 것.(기침을 하면서 지쳐 바닥에 쓰러진 것을 뜻한다고 볼 수도 있음)

13) 객혈을 하게 됨을 암시함. 번역문에서 '참'이라는 부사는 원문에 없으므로 삭제함.

14) 결핵이라는 병이 겉으로는 아무런 느낌이 없이 상태가 악화되는 것을 '침묵'이라고 표현함.

15) 아무런 느낌이 없이 진전되는 병환을 놓고 차라리 '홍수처럼 소란'할 것을 바란다.

16) 자기 스스로는 도저히 어찌할 수 없음을 고통스러워함.

17) 하늘을 찢는다면 소리가 날 것이지만, 자신의 가슴이 찢어지고 있음에도 아무런 소리도 나지 않음. 병에 대한 두려움과 고통을 표현한 대목.

18) 한쪽 폐가 없어진 상태의 '보조(步調)'가 이루어지고 있음.

19) 병으로 죽어 가고 있는 몸의 상태를 말함.

공복—

바른손에과자봉지가없다 고해서
왼손에쥐여있는과자봉지를찾으려지금막온길을오리나되돌아갔다

×

이손은화석이되었다

이손은이제는이미아무것도소유하고싶지도않는소유한물건의소유된것을느끼기조차하지아니한다

×

지금떨어지고있는것이눈이라고하면지금떨어진내눈물은눈이어야할것이다

나의내면과외면과
이계통인모든중간들은지독히춥다

좌 우
이양측의손들이서로의리를저버리고 두번다시악수하는일은없고
곤란한노동만이가로놓여있는이치워가지아니하면아니될길에서독립을고집하기는하나

추우리로다
추우리로다

×

누구는나를가리켜고독하다고하는가
이군웅할거를보라
이전쟁을보라

×

나는그들의알력의발열의한복판에서혼수한다
심심한세월이흐르고나는눈을떠본즉
시체도증발한다음의고요한달밤을나는상상한다

천진한촌락의축견들아 짖지말게나
내체온은적당스럽거니와
내희망은감미로웁다.

空腹—[1]

바른손에菓子封紙가없다고 해서
왼손에쥐어져있는菓子封紙를찾으려只今막온길을五里나되돌아갔다[2]

×

이손은化石하였다[3]

이손은이제는이미아무것도所有하고싶지도않다所有된물건의所有된것을느끼기조차하지아니한다[4]

×

只今떨어지고있는것이눈[雪]이라고한다면只今떨어진내눈물은눈[雪]이어야할것이다[5]

나의內面과外面과
이件의系統인모든中間들은지독히춥다[6]

左 右
이兩側의손들이相對方의義理를저바리고두번다시握手하는일은없이[7]
困難한勞働만이가로놓여있는이整頓하여가지아니하면아니될길에있어서獨立을固執하는것이기는하나[8]

추우리로다
추우리로다[9]

×

누구는나를가리켜孤獨하다고하느냐

이群雄割據를보라
이戰爭을보라[10]

×

나는그들의軋轢의發熱의한복판에서昏睡한다[11]
심심한歲月이흐르고나는눈을떠본즉[12]
屍體도蒸發한다음의고요한月夜를나는想像한다[13]

天眞한村落의畜犬들아 짖지말게나[14]
내體溫은適當스럽거니와
내希望은甘美로웁다[15]

1931. 6. 5.

『李箱全集』第二卷 詩集, 1956, 124~127쪽.

空腹—

右手ニ菓子袋ガナイ ト云ツテ
左手ニ握ラレテアル菓子袋ヲ探シニ今來タ道ヲ五里モ逆戻リシタ

×

コノ手ハ化石シタ

コノ手ハ今ハモウ何物モ所有シタクモナイ所有セルモノノ所有セルコトヲ感ジルコトヲモシナイ

×

今落チツツアルモノガ雪ダトスレバ　今落チタ俺ノ涙ハ雪デアルベキダ

俺ノ內面ト外面ト
コノコトノ系統デアルアラユル中間ラハ恐ロシク寒イ

左　右
コノ兩側ノ手ラガオ互ノ義理ヲ忘レテ　再ビト握手スルコトハナク
困難ナ勞働バカリガ橫タワツテイルコノ片附ケテ行カネバナラナイ道ニ於テ獨立ヲ固執スルノデハアルガ

寒クアラウ
寒クアラウ

×

誰ハ俺ヲ指シテ孤獨デアルト云フカ
コノ群雄割據ヲ見ヨ
コノ戰爭ヲ見ヨ

×

俺ハ彼等ノ軋轢ノ發熱ノ眞中デ昏睡スル
退屈ナ歲月ガ流レテ俺ハ目ヲ開イテ見レバ
屍體モ蒸發シタ後ノ靜カナ月夜ヲ俺ハ想像スル

無邪氣ナ村落ノ飼犬ラヨ　吠エルナヨ
俺ノ體溫ハ適當デアルシ
俺ノ希望ハ甘美クアル。

1931. 6. 5.

『朝鮮と建築』, 1931. 7, 19쪽.

이 작품은 텍스트 자체가 모두 다섯 개의 단락으로 구분된다. 시적 화자인 '나'는 병으로 인하여 생긴 육체적인 훼손과 불균형, 그리고 거기에 부수되는 고통을 심도 있게 묘사하고 있다. 텍스트의 표층에서 병으로 인한 육체적인 훼손은 서로 대조적으로 그려진 '바른손'과 '왼손'의 기능을 통해 암시된다. '바른손'은 이미 기능을 상실한 상태로 그려지고 있으며, '왼손'의 경우만 정상적인 기능을 수행하는 것으로 나타난다. 그리고 병세의 진전은 체온의 변화를 통해 감각적으로 그려진다. 인간 육체의 병과 그 증상을 육체의 물질성에 착안하여 묘사하고 있는 이 작품에서 병의 증상은 '전쟁'으로, 그 고통은 '발열'과 '혼수'라는 말로 표현되고 있다.

---

1) 이 작품에서 제목으로 쓰인 '공복(空腹)'이라는 말은 상실감, 허탈감 등을 의미한다고 볼 수 있다.

2) 바른쪽 손에 아무것도 없다는 것은 왼손과 바른손과의 불균형을 암시함. 시인 자신의 병과 관련지을 경우 폐결핵에 의한 바른쪽 폐의 손상을 의미하는 것으로 볼 수 있다.

3) 굳어져 있다. 폐 기능의 상실을 말함.

4) 감각과 기능이 모두 상실된 상태.

5) 차디찬 눈물이 떨어지다. 병에 대한 고뇌를 말함. 병환의 증세를 체온이 내려가고 올라가는 현상과 관련하여 암시적으로 그려 냄.

6) 눈이 오는 바깥 기온과 마찬가지로 자신의 내면도 차가워지고 있음.

7) 좌우 가운데 한쪽의 기능 상실로 인하여 다시는 육체적 균형(건강)을 이룰 수 없음을 빗대어 말함. 후지이시 다카요[藤石貴代] 교수의 의견에 따라 '-없이'라고 번역된 일본어 원문은 "악수하는일은없고"라고 고쳐 번역함.

8) 한쪽의 기능에만 의존하게 됨을 빗대어 말함.

9) 불균형의 상태가 지속되어 점차 견디기 어렵게 될 것임을 바깥의 추위에 견주어 말함.

10) 무수한 병균(결핵)이 가슴속 폐에 달라붙어 있음을 마치 싸움이 벌어지고 있는 것처럼 빗대어 말함.

11) 몸의 체온이 올라가는 현상(발열)으로 거의 기진하게 되는 것을 병균과 싸우다가 기진한 것으로 빗대어 말함.

12) 혼수상태에서 시간이 지나다.

13) 몸의 기운이 빠져 마치 시체처럼 늘어지고 체온이 내려가면서 평온을 찾음.

14) 기침이 계속되는 것을 '촌락의 개들이 짖는다.'고 비유적으로 표현함.

15) 다시 건강이 회복하기를 꿈꾸다.

조감도

2인····1····

기독은남루한행색으로설교를시작했다.
아아ㄹ·카아보네는감람산을산째로납촬해갔다.

×

1930년이후의일—.
네온싸인으로장식된어느교회의문간에서는뚱뚱보카아보네가볼의상흔을씰룩거리면서입장권을팔고있었다.

鳥瞰圖[1)]

二人····1····

基督은襤褸한行色하고說敎를시작했다.

아아ㄹ·카아보네[2)]는橄欖山[3)]을山채로拉撮[4)]해갔다.

×

一九三○年以後의일—.

네온싸인으로裝飾된어느敎會의門깐[5)]에서는뚱뚱보카아보네가볼의傷痕을伸縮시켜가면서入場券을팔고있었다.[6)]

一九三一, 八, 一一

『李箱全集』 第二卷 詩集, 1956, 47쪽.

鳥瞰圖

二人····1····

キリストは見窄らしい着物で說教を始めた。

アアルカアポネは橄欖山を山のまゝ拉撮し去つた。

×

一九三〇年以後のこと—。

ネオンサインで飾られた或る教會の入口では肥つちよのカアポネが頰の傷痕を伸縮させながら切符を賣つていた。

一九三一、八、一一

『朝鮮と建築』, 1931. 8, 10쪽.

이 작품은 미국의 악명 높았던 마피아의 두목 알 카포네가 1929년 2월 14일 성 발렌타인데이에 시카고에서 일으켰던 대학살 사건을 소재로 하고 있다. 기독으로 표상되는 인간의 선과 알 카포네로 표상되는 인간의 악의 대립 양상이 첫째 단락에서 제시된다. 그리고 둘째 단락에서는 끔찍한 사건이 있은 후 오히려 교회는 타락하고 악이 교회를 지배하고 있음을 암시적으로 비판하고 있다.

---

1) 조감도(鳥瞰圖). 마치 새가 하늘을 날며 아래를 내려다보는 것처럼 높은 곳에서 내려다본 상태의 그림이나 지도. 흔히 건축 과정에서 활용된다. 이상은 잡지 『조선과 건축』(1931. 8.)에 '조감도(鳥瞰圖)'라는 큰 제목 아래 「이인(二人) 1」, 「2인(二人) 2」, 「신경질적으로비만한삼각형」, 「LE URINE」, 「얼굴」, 「광녀의고백」, 「흥행물천사」 등의 일본어로 쓴 작품들을 함께 묶어 발표한다. 이 작품들은 모두 김해경(金海卿)이라는 본명으로 '만필(漫筆)' 난에 수록되어 있다. 임종국 편 『이상전집』 제2권 시집에서는 이 작품들의 큰 제목을 「오감도(鳥瞰圖)」라고 잘못 기록했다.

2) 알 카포네(Al Capone, 1899~1947). 미국 뉴욕 출신으로 1925~1931년 시카고를 중심으로 조직범죄단을 움직인 미국의 유명한 갱단 두목. 청년 시절에 싸움하던 중 젊은 깡패가 카포네의 왼쪽 뺨을 칼로 그었는데, 이것이 후일 그에게 '흉터 난 얼굴(Scarface)'이라는 별명을 갖게 했다. 갱 두목인 토리오의 휘하에 들어간 카포네는 1920년 토리오의 보스이던 빅 짐 콜로시모를 암살하여 암흑가에서 토리오 시대의 문을 열었으며, 금주법이 발효되면서 새로운 주류 밀조 활동을 개시해 막대한 부를 쌓았다. 1925년 토리오가 은퇴하자 카포네는 시카고 범죄계의 1인자가 되어 도박, 매춘, 밀주 암시장 등을 운영했고, 경쟁자들과 경쟁 갱단을 무력으로 평정해 자신의 구역을 확대해 갔다. 1927년 그의 재산은 약 1억 달러로 추산되었다. 가장 악명 높은 유혈극은 1929년 2월 14일 시카고 시내에서 버그스 모런의 갱단원들을 기관총으로 사살한 '성 발렌타인데이 학살' 사건이었다. 이 시에서 암시하고 있는 것은 1929년 시카고에서 일어난 알 카포네의 '성 발렌타인데이 대학살' 사건이다.

3) 감람산(橄欖山). 이스라엘의 예루살렘 동쪽에 있는 산으로 예수가 자주 기도를 올리고 설교를 베풀었던 곳이다. 여기서는 기독교의 정신을 상징하는 공간으로 볼 수 있다.

4) 납찰(拉撮). 잡아서 차지함.

5) 겉치장만 요란한 교회당의 모습.

6) 교회의 물질적 타락 현상을 빗대어 말한 대목.

조감도

2인‥‥2‥‥

아아ㄹ·카아보네의화폐는참으로광이나고메달로하여도좋을만하나기독의화폐는보기숭할지경으로빈약하고해서아무튼돈이라는자격에서는한발도벗어나지못하고있다.

카아보네가선물로보내어준프록·코오트를기독이최후까지거절하고말았다는것은유명하고도지당한이야기가아니겠는가.

鳥瞰圖

二人····2····

아아르·카아보네의貨幣는참으로光이나고메달로하여도좋을만하나基督의貨幣는보기숭할지경으로貧弱하고해서아무튼돈이라는資格에서는一步도벗어나지못하고있다.[1)]

카아보네가프렛상[2)]이래서보내어준프록·코오트[3)]를基督은最後까지拒絶하고말았다는것은有名한이야기거니와宜當한일이아니겠는가.[4)]

一九三一, 八, 一一

『이상전집』, 유정 역, 1956, 48쪽.

鳥瞰圖

二人····2····

アアルカアポネの貨幣は迚も光澤がよくメダルにしていゝ位だがキリストの貨幣は見られぬ程貧弱で何しろカネと云ふ資格からは一步も出ていない。

カアポネがプレツサンとして送つたフロツクコオトをキリストは最後迄突返して已んだと云ふことは有名ながら尤もな話ではないか。

一九三一、八、一一

『朝鮮と建築』, 1931. 8, 10쪽.

이 작품은 「이인(二人) 1」과 마찬가지로 기독의 선과 알 카포네의 악을 대비시켜 보여 준다. 알 카포네가 불법적으로 축적한 엄청난 재산, 그러나 그 물질적 유혹을 뿌리치는 기독의 정신의 의미를 강조하고 있다.

---

1) 알 카포네가 불법적으로 축적한 재산의 규모가 당시 1억불이 넘었다는 사실을 놓고

이를 기독의 정신에 빗대어 풍자함.
2) présent. 프랑스어로 선물을 뜻함.
3) frock coat. 서양의 신사용 예복. 무릎까지 내려오는 긴 윗옷과 바지가 한 벌로 구성됨.
4) 기독의 정신이 악을 거부하며 물질적 유혹을 뿌리치고 있음을 들어 그 정신이 살아 있음을 표현함.

조감도

신경질적으로비만한삼각형
▽은나의AMOUREUSE이다

▽이여 씨름에서이겨본경험은몇번이나되느냐.

▽이여 보아하니외투속에파묻힌등덜미밖엔없고나.

▽이여 나는그호흡에부서진악기로다.

나에게여하한고독이찾아올지라도나는××하지아니할것이다. 오직 그러함으로써만.
나의생애는원색과같이풍부하도다.

그런데나는캐라반이라고.
그런데나는캐라반이라고.

鳥瞰圖

神經質的으로肥滿한三角形
▽은나의AMOUREUSE이다[1]

▽이여 씨름에서이겨본經驗은몇번이나되느냐.[2]

▽이여 보아하니外套속에파묻힌등덜미밖엔없고나.[3]

▽이여 나는그呼吸에부서진樂器로다.[4]

나에겐如何한孤獨은찾아올지라도나는××하지아니할것이다. 오직그러함으로써만.
나의生涯는原色과같하여豐富하도다.[5]

그런데나는캐라반[6]이라고.
그런데나는캐라반이라고.

一九三一, 六, 一

『李箱全集』第二卷 詩集, 1956, 49~50쪽.

鳥瞰圖

神經質に肥滿した三角形
▽は俺のAMOUREUSEである

▽よ 角力に勝つた經驗はどれ丈あるか。

▽よ 見ればば外套にブツつゝまれた背面しかないよ。

▽よ 俺はその呼吸に碎かれた樂器である。

俺に如何なる孤獨は訪れ來様とも俺は××しないことであらう。であればこそ。
俺の生涯は原色に似て豊富である。

しかるに俺はキャラバンだと。
しかるに俺はキャラバンだと。

一九三一、六、一

『朝鮮と建築』, 1931. 8, 10쪽.

이 작품은『조선과 건축(朝鮮と建築)』(1931. 7.)에 발표한「파편의경치」,「▽의유희」라는 작품과 그 시적 대상이 동일하다. 양초의 불꽃을 보면서 느끼는 상념의 세계를 다양한 비유적 표현으로 그려 냈다. 양초에 불을 붙여 세워 놓기가 쉽지 않다는 점, 불이 타 들어가면서 초가 녹는 모습 등을 섬세하게 그려 낸다. 양초의 기능성을 놓고 '캐라반'에 비유하기도 한다.

---

1) 이 구절은『조선과 건축(朝鮮と建築)』(1931. 7.)에 발표한「파편의경치」,「▽의유희」라는 작품의 부제로 붙어 있는 "△은나의AMOUREUSE이다"와 흡사하다. 다만 '△'의 모양이 '△'에서 '▽'으로 바뀐 것을 볼 수 있다. 그런데 여기서 한 가지 주목되는 것은 작품의 말미에 적은 창작 시기이다. 이 작품은 '1931. 6. 1.'이라고 표시되어 있어서, 앞의 두 작품이 창작된 '1931. 6. 5.'와 그 시기가 근접해 있다. 시적 소재 역시 '양초'와 '촛불'을 대상으로 하고 있는 점이 공통적이다.
2) 여기서 시적 대상인 '▽(양초의 촛불)'에게 씨름에서 이겨 본 경험을 묻고 있는 것은, 그것을 제대로 바로 세워 두기 어려움을 우회적으로 표현한 것으로 볼 수 있다. 양초에 불을 붙이고 촛대를 세우기 위해 촛농을 바닥에 떨어뜨린 후에 그 자리에 양초의 밑바닥 부분을 붙인다. 촛농이 응고하면서 양초가 바로 서게 되는데, 제대로 바닥에 붙이기가 쉽지 않아서 자꾸 양초가 바닥에 쓰러진다.
3) 양초에 불이 붙어 있는 것을 위에서 내려다보았을 때의 모습이다. 사람을 위에서 아래로 내려다보았을 때 머리와 등덜미가 보이는 것에 견주어 놓고 있다.
4) 촛불이 타 들어가는 것을 '호흡'이라고 표현하고 있으며, 그 과정에서 초가 녹는 것을 놓고 '부서진 악기'라고 말함.
5) 촛불이 언제나 붉게 타는 모습을 '원색'이라고 말함.
6) 대상(隊商, caravan). 여기서는 '양초'가 휴대 가능한 이동식 조명기구인 점을 들어서 '캐라반'에 비유하고 있다.

조감도

LE URINE

불길과같은바람이불었건만불었건만얼음과같은수정체는있다. 우수는DICTIONAIRE와같이순백하다. 녹색풍경은망막에다무표정을가져오고그리하여무엇이건모두회색의명랑한상태로다.

들쥐와같은험준한지구등성이를포복하는짓은대체누가시작하였는가를수척하고왜소한ORGANE을애무하면서역사책비인페이지를넘기는마음은평화로운문약이다. 그러는동안에도매장되어가는고고학은과연성욕을느끼게함은없는바가장무미하고신성한미소와더불어소규모이지만이동되어가는실과같은동화가아니면아니되는것이아니면무엇이었는가.

진녹색납죽한사류가무해롭게도수영하는유리의유동체는무해롭게도반도도아닌어느무명의산악을도서와같이유동하게하는것이며그럼으로써경이와신비와또한불안까지를함께뱉어놓는바투명한공기는북국과같이차기는하나양광을보라. 까마귀는마치공작처럼비상하여비늘을질서없이번득이는반개의천체에금강석과추호도다름없이평민적윤곽을해지기전에빗보이며교만함은없이소유하고있는것이다.

숫자의COMINATION을이것저것망각하였던약간소량의뇌수에는설탕처럼청렴한이국정조로하여가수상태를입술우에꽃피워가지고있을즈음번화로운꽃들은모다어데로사라지고이것을목조의작은양이두다리잃고가만히무엇엔가경청하고있는가.

수분이없는증기때문에왼갖고리짝은말르고말라도시원찮은오후의해수욕장근처에있는휴업일의조탕은파초선처럼비애에분열하는원형음악과휴지부, 오오춤추려나, 일요일의뷔너스여, 목쉰소리나마노래부르려무나일요일의뷔너스여.

그평화로운식당도어에는백색투명한MENSTRUATION이라문패가붙어있고끝없는전화를피로하여LIT우에놓고다시백색궐련을그냥물고있는데.

마리아여, 마리아여, 살갗이새까만마리아여, 어디로갔느냐, 욕실수도콕크에선열탕이서서히흘러나오고있는데가서얼른어젯밤을막으렴, 나는밥이먹고싶지아니하니슬립퍼를축음기우에얹어놓아주려무나.

무수한비가무수한추녀끝을두드린다두드리는것이다. 분명상박과하박과의공동피로임에틀림없는식어빠진점심을먹어볼까— 먹어본다. 만도린은제스스로짐싸고지팡이잡은손에들고그자그마한삽짝문을나설라치면언제어느때향선과같은황혼은벌써왔다는소식이냐, 수탉아, 되도록이면순사가오기전에고개수그린채미미한대로울어다오. 태양은이유도없이사보타지를자행하고있는것은전연사건이외의일이아니면아니된다.

鳥瞰圖

LE URINE[1]

불길과같은바람이불었건만불었건만[2]얼음과같은水晶體는있다.[3] 憂愁는DICTIONIARE[4]와같이純白하다. 綠色風景[5]은網膜에다無表情을가져오고그리하여무엇이건모두灰色의明朗한色調로다.

들쥐(野鼠)와같은險峻한地球등성이를匍匐하는짓[6]은大體누가始作하였는가를瘦瘠하고矮小한ORGANE을愛撫하면서[7]歷史冊비인페이지를넘기는마음은平和로운文弱이다.[8] 그러는동안에도埋葬되어가는考古學[9]은과연性慾을느끼게함은없는바가장無味하고神聖한微笑와더불어小規模하나마移動되어가는 실(糸)과같은童話[10]가아니면아니되는것이아니면무엇이었는가.

진綠色납죽한蛇類는無害롭게도水泳하는瑠璃의流動體[11]는無害롭게도半島도아닌어느無名의山岳을島嶼와같이流動하게하는것이며[12]그럼으로써驚異와神秘와또한不安까지를함께뱉어놓는바透明한空氣는北國과같이차기는[13]하나陽光[14]을보라. 까마귀는恰似孔雀과같이飛翔하여비늘을秩序없이번득이는半個의天體에金剛石과秋毫도다름없이平民的輪廓을日沒前에빗보이며驕慢함은없이所有하고있는것이다.[15]

이러구려數字의COMINATION을忘却하였던[16]若干小量의腦髓에는雪糖과같이淸廉한異國情調로하여假睡狀態를입술우에꽃피워가지고있을지음[17]繁華로운꽃들은모다어데로사라지고[18]이것을木彫의작은양이두다리잃고가만히무엇엔가귀기울이고있는가.[19]

水分이없는蒸氣하여왼갖고리짝은말르고말라도시원찮은午後의海水浴場近處에있는休業日의潮湯[20]은芭蕉扇과같이悲哀에分裂하는圓形音樂[21]과休止符,[22] 오오춤추려나, 日曜日의뷔너스여, 목쉰소리나마노래부르려무나日曜日의뷔너스여.[23]

그平和로운食堂또어에는白色透明한MENSTRUATION이라門牌[24)]가붙어서限定없는電話를疲勞하여[25)]LIT우에놓고[26)]다시白色呂宋煙을그냥물고있는데.[27)]

마리아여, 마리아여, 皮膚는새까만마리아여, 어디로갔느냐, 浴室水道콕크에선熱湯이徐徐히흘러나오고있는데가서얼른어젯밤을막으렴, 나는밥이먹고싶지아니하니슬립퍼어를蓄音機우에얹어놓아주려무나.[28)]

無數한비가無數한추녀끝을두드린다두드리는것이다.[29)] 분명上膊과下膊과의共同疲勞임에틀림없는식어빠진點心을먹어볼까— 먹어본다.[30)] 만도린은제스스로包裝하고[31)]지팽이잡은손에들고그작으마한삽짝門[32)]을나설라치면언제어느때香線과같은黃昏은벌써왔다[33)]는소식이냐, 수탉아, 되도록巡査가오기前에고개숙으린채微微한대로울어다오.[34)] 太陽은理由도없이사보타아지를恣行하고있는것[35)]은全然事件以外의일이아니면아니된다.

一九三一, 六, 一八

『李箱全集』第二卷 詩集, 1956, 51~54쪽.

鳥瞰圖

LE URINE

焔の様な風が吹いたけれどもけれども氷の様な水晶體はある。憂愁はDICTIONAIREの様に純白である。綠色の風景は網膜へ無表情をもたらしそれで何んでも皆灰色の朗らかな調子である。

野鼠の様な地球の險しい背なかを匍匐することはそも誰が始めたかを瘦せて矮小であるORGANEを愛撫しつゝ歷史本の空ペエヂを翻へす心は平和な文弱である。その間にも埋葬され行く考古學は果して性慾を覺へしむることはない所の最も無味であり神聖である微笑と共に小規模ながら移動されて行く糸の様な童話でなければならないことでなければ何んであつたか。

濃緑の扁平な蛇類は無害にも水泳する硝子の流動體は無害にも半島でもない或る無名の
山岳を島嶼の様に流動せしめるのでありそれで驚異と神秘と又不安をもを一緒に吐き出す所の透明な空氣は北國の様に冷くあるが陽光を見よ。鴉は恰かも孔雀の様に飛翔し鱗を無秩序に閃かせる半個の天體に金剛石と豪も變りなく平民的輪廓を日歿前に贋せて驕ることはなく所有しているのである。

數字のCOMBINATIONをかれこれと忘却していた若干小量の腦髓には砂糖の様に清廉な異國情調故に假睡の狀態を唇の上に花咲かせながらいる時繁華な花共は皆イヅコへと去り之れを木彫の小さい羊が兩脚を喪ひジツト何事かに傾聽しているか。

水分のない蒸氣のためにあらゆる行李は乾燥して飽くことない午後の海水浴場附近にある休業日の潮湯は芭蕉扇の様に悲哀に分裂する圓形音樂と休止符、オオ踊れよ、日曜日のビイナスよ、しはがれ聲のまゝ歌へよ日曜日のビイナスよ。

その平和な食堂ドアアには白色透明なるMENSTRUATIONと表札がくつ附いて限ない電話を疲勞してLITの上に置き亦白色の卷煙草をそのまゝくはへているが。

マリアよ、マリアよ、皮膚は眞黑いマリアよ、どこへ行ったのか、浴室の水道コックからは熱湯が徐々に出ているが行つて早く昨夜を塞げよ、俺はゴハンが食べたくないからスリツパアを蓄音機の上に置いてくれよ。

數知れぬ雨が數知れぬヒサシを打つ打つのである。キット上膊と下膊との共同疲勞に違ひない褪め切つた中食をとつて見るか—見る。マンドリンはひとりでに荷造りし杖の手に持つてその小さい柴の門を出るならばいつなん時香線の様な黃昏はもはや來たと云ふ消息であるか、牡鷄よ、なるべくなら巡査の來ないうちにうなだれたまゝ微々ながら啼いてくれよ、太陽は理由もなくサボタアジをほしいまゝにしていることを全然事件以外のことでなければならない。

一九三一、六、一八

『朝鮮と建築』, 1931. 8, 10~11쪽.

이 작품은 이상의 일본어 시 가운데 대표적인 난해시로 유명하다. 그러나 작품의 제목 자체가 암시하듯이 인간의 일상생활 가운데 가장 중요한 생리작용의 하나인 배설의 문제를 육체의 물질성에 근거하여 고도의 비유와 기지를 바탕으로 진술하고 있음을 볼 수 있다.

작품의 텍스트는 모두 8단락으로 구분되어 있다. 1~3단락의 경우는 배설의 과정을 보여 준다. 재래식 화장실에 들어가서 일을 보는 동안 화장실 바닥을 들여다보고 또 엉성한 지붕과 벽 틈으로 스며드는 햇살을 받으면서 머리에 스쳐 가는 여러 가지 상념을 말놀이의 방식으로 표현하고 있다. 4~7단락은 화장실 안에서 느끼는 허기와 휴식의 욕망을 이색적인 식당과 침실이라는 공간을 상상적으로 그려 냄으로써 해소한다. 8단락은 일을 마치고 화장실을 나서는 대목이다. 바깥은 황혼이 깔리고 비가 내린다.

이 작품은 일반적으로 금기시하는 인간의 성기라든지 국부에 대한 지시적 언어를 모두 비유적이고 암시적인 언어로 바꾸어 놓고 있다. 예컨대, 남자들이 소변을 볼 때 손으로 붙잡게 되는 남성 성기(페니스)를 "수척(瘦瘠)하고왜소(矮小)한ORGANE"이라고 명명하였고, 엉덩이는 '만도린'으로 바꾸어 표현했다. 변소 바닥에 쌓인 똥과 오줌을 '매장되는 고고학(考古學)'이라고 명명하고 '산악(山岳)'과 도서(島嶼)'로 묘사한다. 이밖에도 시인의 놀라운 상상력과 기지(機智)를 엿볼 수 있는 대목이 많다. 이 작품은 시(詩)로서의 완결성보다는 기발한 발상법 자체를 주목할 필요가 있다. 이상 자신이 이 작품들을 '만필(漫筆)'로 소개한 것도 이해할 만하다.

---

1) 이 제목은 프랑스어로 '오줌(소변)'에 해당한다. 바른 표기는 L'urine이다.

2) 변의(便意)를 느끼는 현상을 암시함.

3) 그러나 곧바로 그 변의(便意)가 사그라짐. 변이 나오려다가 안 나오는 것을 불길과 얼음으로 대조함.

4) 프랑스어에서 '사전'을 말함. 일본어 원전에는 'DICTIONAIRE'로 오식.

5) 재래식 화장실 변기 바닥에 변과 오줌이 함께 섞여 있는 모습.

6) 오줌을 누면서 여성과 섹스하는 장면을 연상하는 대목이다. 들쥐처럼 험준한 산등성이(여성의 육체) 위를 기어가는 것으로 상상함.

7) 오줌을 누는 동안 점점 작아지는 성기를 잡고 있는 모양.

8) 변소에 앉아 공상에 빠짐.

9) 대변이 나와 바닥에 쌓이는 것을 '고고학'이라고 명명함.

10) 대변이 나온 후에 가늘게 오줌이 나옴.

11) 재래식 화장실의 변기 속에 오줌이 흘러가는 모습을 내려다보고 있음. '진녹색의 사류(蛇類)', '수영하는 유리의 유동체'는 모두 변기 바닥에 흘러 고이는 오줌을 비유함.

12) 변기 안에 쌓여 있는 대변의 무더기를 '반도(半島)', '산악(山岳)', '도서(島嶼)'에 비유함. 오줌이 이들 사이에 고여 있음.

13) 엉덩이로 느끼는 차가운 기운을 말함.

14) 햇빛. 여기서는 태양.

15) 해가 지기 직전 하늘에는 마치 까마귀처럼 시커먼 구름이 덮여 있는데, 구름 사이로 공작이 날개를 펼친 듯이 찬란한 햇살이 비치고 있다. 빛나는 햇살을 '금강석'에

비유하였고, 검은색 구름을 '평민적 윤곽'이라고 표현함.

16) 시간이 가는 줄을 모르고 공상에 빠짐.

17) 변소에 앉아서 졸음을 느낌.

18) 햇살도 모두 없어짐.

19) 변소에 쪼그리고 앉아 있는 자신의 모습을 '목조(木彫)의 작은 양이 두 다리를 잃고 가만히 무언가에 귀를 기울이고 있다.'고 표현함.

20) 바닷물을 데운 목욕탕. 따뜻한 목욕탕에 들어가고 싶다는 생각을 하고 있음.

21) 어디선가 들려오는 듯한 축음기의 슬픈 음악 소리. 여기서 '파초선(파초의 이파리 모양으로 된 큰 부채)'은 느릿하고 부드러운 느낌을 암시한다. '원형 음악'이란 축음기판에서 드리는 소리를 비유적으로 표현함.

22) 음악 소리가 멎음.

23) 비너스(Venus). 고대 로마에서는 봄과 꽃밭의 여신이지만 희랍신화에서 비너스는 사랑과 미의 신인 아프로디테(Aphrodite)와 동일시됨. 천문에서는 금성(金星)을 지칭함. 초저녁 동쪽 하늘에 뜨는 별로 개밥바라기라고도 한다. 새벽에는 이 별을 샛별 또는 계명성이라고 부른다. 여기서는 환상 속에서 아름다운 사랑의 여신을 떠올리는 것으로도 볼 수 있고, 초저녁 금성이 뜨기를 바라는 것으로 해석할 수도 있다.

24) 아무도 오지 않는 변소 안에서 혼자 앉아 있으면서 손님을 위해 음식을 준비하는 동안 손님을 받지 않는다는 뜻으로 식당 앞에 붙여 놓은 문패(흔히 '준비 중'이라는 글씨를 써 놓는데, 이 글귀를 'menstruation'으로 바꿔 놓음)를 연상함.

25) 여기서 말하는 '한정 없는 전화'는 자신이 혼자서 이런저런 공상을 하고 있는 것을 비유적으로 표현한 대목임. 공상에 빠져 있으면서 피곤함을 느낀다.

26) 프랑스어로 'lit'는 침대에 해당함.

27) 담배를 불을 붙이지 않은 채 입에 물고 있음. "백색여송연"도 사실은 존재하지 않음. 여송연은 담배의 잎을 그대로 말아 놓은 담배이므로 갈색임. 여기서는 궐련 담배를 물고 있는 셈.

28) 이 부분도 전체가 환상에 해당함. 다시 목욕탕 장면을 연상함. '마리아'라는 하녀가 있음. 목욕탕에서 뜨거운 물이 흘러나와 그것을 막으라고 말함. 축음기 위에 '슬리퍼'를 놓으라고 말함.

29) 밖에 비가 내리기 시작한다. 빗방울이 추녀 끝에 떨어지는 소리가 들린다.

30) 밥을 먹을 생각을 한다. 식사하는 것을 "상박과하박의공동피로"라고 비유하고 있다. "식어빠진점심"이란 점심을 먹지 않고 그대로 놓아 둔 채였음을 짐작하게 한다.

31) 변소에 앉기 위해 내려 벗었던 옷을 제대로 올리다. '만돌린(mandolin)'은 현악기의 일종으로 몸체의 뒷부분이 바가지와 같이 불룩함. 여기서는 옷을 올려 '엉덩이'를 감추는 것을 "만도린"을 포장한다고 말함.

32) 화장실의 작은 문. '삽짝문'은 나뭇가지를 엮어 만든 '사립문'을 말함.

33) 밖은 사방이 어둑해짐.

34) 저물녘에 수탉이 울다.

35) 해가 넘어가는 것을 '사보타주(sabotage, 해야 할 일을 하지 않음)' 하는 것으로 비유함.

조감도

얼굴

배고픈얼굴을본다.

반드르르한머리카락밑에어째서배고픈얼굴은있느냐.

저사내는어데서왔느냐.
저사내는어데서왔느냐.

저사내어머니의얼굴은박색임에틀림없겠지만저사내아버지의얼굴은잘생겼을것임에틀림없다고함은저사내아버지는워낙은부자였던것인데저사내어머니를취한후로는급작히가난든것임에틀림없다고생각되기때문이거니와참으로아해라고하는것은아버지보담도어머니를더닮는다는것은그무슨얼굴을말하는것이아니라성행을말하는것이지만저사내얼굴을보면저사내는나면서이후대체웃어본적이있었느냐고생각되리만큼험상궂은얼굴이라는점으로보아저사내는나면서이후한번도웃어본적이없었을뿐만아니라울어본적도없었으리라믿어지므로더욱더험상궂은얼굴임은즉저사내어머니의얼굴만을보고자라났기때문에그럴것이라고생각되지만저사내아버지는웃기도하고하였을것임에는틀림없을것이지만대체로아해라고하는것은곧잘무엇이나흉내내는성질이있음에도불구하고저사내가조금도웃을줄을모르는것같은얼굴만을하고있는것으로본다면저사내아버지는해외를방랑하여저사내가

제법사람구실을하는저사내로장성한후로도아직돌아오지아니하던것임에틀림이없다고생각되기때문에또그렇다면저사내어머니는대체어떻게그날그날을먹고살아왔느냐하는것이문제가될것은물론이지만어쨌든간에저사내어머니는배고팠을것임에틀림없으므로배고픈얼굴을하였을것임에틀림없는데귀여운외톨자식인지라저사내만은무슨일이있든간에배고프지않도록하여서길러낸것임에틀림없을것이지만아무튼아해라고하는것은어머니를가장의지하는것인즉어머니의얼굴만을보고저것이정말로마땅스러운얼굴이구나하고믿어버리고선어머니의얼굴만을열심으로흉내낸것임에틀림없는것이어서그것이지금은입에다금니를박은신분과시절이되었으면서도이젠어쩔수도없으리만큼굳어버리고만것이나아닐까고생각되는것은무리도없는일인데그것은그렇다하더라도반드르르한머리카락밑에어째서저험상궂은배고픈얼굴은있느냐.

조감도

얼굴

배고픈얼굴을본다.

반드르르한머리카락밑에어째서배고픈얼굴은있느냐.

저사내는어데서왔느냐.
저사내는어데서왔느냐.

저사내어머니의얼굴은薄色임에틀림없겠지만저사내아버지의얼굴은잘생겼을것임에틀림없다고함은저사내아버지는워낙은富者였던것인데저사내어머니를聚한後로는급작히가난든것임에틀림없다고생각되기때문이거니와참으로兒孩라고하는것은아버지보담도어머니를더닮는다는것은그무슨얼굴을말하는것이아니라性行을말하는것이지만저사내얼굴을보면저사내는나면서以後大體웃어본적이있었느냐고생각되리만큼험상궂은얼굴이라는점으로보아저사내는나면서以後한번도웃어본적이없었을뿐만아니라울어본적도없었으리라믿어지므로더욱더험상궂은얼굴임은卽저사내어머니의얼굴만을보고자라났기때문에그럴것이라고생각되지만저사내아버지는웃기도하고하였을것임에는틀림없을것이지만대체大體로兒孩라고하는것은곧잘무엇이나숭내내는性質이있음에도불구하고저사내가조금도웃을줄을모르는것같은얼굴만을하고있는것으로본다면저사내아버지는海外를放浪하여저사내가제법사람구실을하는저사내로장성한後로도아직돌아오지아니하던것임에틀림이없다고생각되기때문에또그렇다면저사내어머니는大體어떻게그날그날을먹고살아왔느냐하는것이問題가될것은勿論이지만어쨌든간에저사내어머니는배고팠을것임에틀림없으므로배고픈얼굴을하였을것임에틀림없는데귀여운외톨자식인지라저사내만은무슨일이있든간에배고프지않도록하여서길러낸것임에틀림없을것이지만아무튼兒孩라고하는것은어머니를가장依支하는것인즉어머니의얼굴만을보고저것이정말로마땅스런얼굴이구나하고믿어버리고선어머니의얼굴만을熱心으로숭내낸것임에틀림없는것이어서그것이只今은입에다金니를박은身分과時節이되었으면서도이젠어쩔수도없으리만큼굳어버리고만것이나아닐까고생각되는것은無理도없는일인데그것은그렇다하더라도반드르르한머리카락밑에어째서저험상궂은배고픈얼굴은있느냐.

一九三一, 八, 一五

『李箱全集』第二卷 詩集, 1956, 55~57쪽.

鳥瞰圖

顔

ひもじい顔を見る。

つやへした髪のけのしたになぜひもじい顔はあるか。

あの男はどこから來たか
あの男はどこから來たか

あの男のお母さんの顔は醜いに違ひないけれどもあの男のお父さんの顔は美しいに違ひないと云ふのはあの男のお父さんは元元金持だつたのをあの男のお母さんをもらつてから急に貧乏になつたに違ひないと思はれるからであるが本當に子供と云ふものはお父さんよりもお母さんによく似ていると云ふことは何も顔のことではなく性行のことであるがあの男の顔を見るとあの男は生れてから一體笑つたことがあるのかと思はれる位氣味の悪い顔であることから云つてあの男は生れてから一度も笑つたことがなかつたばかりでなく泣いたこともなかつた様に思はれるからもつともつと氣味の悪い顔であるのは卽ちあの男はあの男のお母さんの顔ばかり見て育つたものだからさうであるはづだと思ってもあの男のお父さんは笑つたりしたことには違ひないはづであるのに一體子供と云ふものはよくなんでもまねる性質があるにもかゝはらずあの男がすこしも笑ふことを知らない様な顔ばかりしてゐるのから見るとあの男のお父さんは海外に放浪してあの男が一人前のあの男になつてもそれでもまだまだ歸つて來なかつたに違ひないと思はれるから又それぢやあの男

のお母さんは一體どうしてその日その日を食って來たかと云ふことが問題になることは勿論だが何はとれもあれあの男のお母さんはひもじかつたに違ひないからひもじい顔をしたに違ひないが可愛い一人のせがれのことだからあの男だけはなんとかしてでもひもじくない様にして育て上げたに違ひないけれども何しろ子供と云ふものはお母さんを一番賴りにしてゐるからお母さんの顔ばかりを見てあれが本當にあたりまへの顔だなと思ひこんでしまつてお母さんの顔ばかりを一生懸命にまねたに違ひないのでそれが今は口に金歯を入れた身分と時分とになつてもうどうすることも出來ない程固まつてしまつているのではないかと思はれるのは無理もないことだがそれにしてもつやつやした髮のけのしたになぜあの氣味の惡いひもじい顔はあるか。

一九三一、八、一五

『朝鮮と建築』, 1931. 8, 11~12쪽.

이 작품은 제목 그대로 일종의 '자화상(自畵像)'에 해당한다. 작품의 텍스트는 의미상 전반부와 후반부로 크게 나누어 볼 수 있다. 전반부는 시적 진술의 도입 과정에 해당한다. 시적 화자는 자신의 모습을 들여다보면서 자기 존재의 실체에 대해 스스로 질문한다. 여기서 가장 중요한 것은 관상학에서 말하는 '빈상(貧相)'을 뜻하는 '배고픈 얼굴'에 대한 자기 질문이다. 후반부에 해당하는 '저사내얼굴은~배고픈얼굴은있느냐.' 부분은 모든 진술 내용이 하나의 문장으로 포섭되어 있다. 시인은 의도적으로 문장의 주어와 서술어의 통사적 관계를 중첩시키면서 아버지와 어머니, 그리고 사내 아해의 혈연적 요소들을 진술한다. 이 같은 방식은 언어와 문자의 진술에서 드러나는 '선조성'을 거부하고 진술 내용의 '동시성' 또는 '통합성'을 강조하기 위한 하나의 기법적 의장(意匠)에 해당한다고 할 수 있다. 이 진술 속에서 아버지의 출향(出鄕), 집안의 빈곤(貧困), 어머니의 고생과 자식에 대한 희생 등이 서술되고 있는데, 이러한 요소들은 그 선후 관계를 따질 것이 없이 동시적으로 그리고 통합적으로 "배고픈얼굴"을 통해 유추된 것들이다. 문장 내용 가운데 "아해(兒孩)라고하는것은"이라는 구절을 세 차례 반복시킴으로써 의미상의 혼란을 피하여 맥락을 구분할 수 있도록 배려하고 있음에 착안한다면, 전체적인 진술 내용을 이해하는 데에는 무리가 없어 보인다. 이상 자신의 개인사(個人史)에서 백부의 집안으로 양자를 들어가 성장한 사실이 이 작품의 중요 모티프가 되고 있음을 알 수 있다.

조감도

운동

일층우에있는이층우에있는삼층우에있는옥상정원에올라서남쪽을보아도아무것도없고북쪽을보아도아무것도없고해서옥상정원밑에있는삼층밑에있는이층밑에있는일층으로내려간즉동쪽에서솟아오른태양이서쪽에떨어지고동쪽에서솟아올라서쪽에떨어지고동쪽에서솟아올라서쪽에떨어지고동쪽에서솟아올라하늘한복판에와있기때문에시계를꺼내본즉서기는했으나시간은맞는것이지만시계는나보다도젊지않으냐하는것보다는나는시계보다는늙지아니하였다고아무리해도믿어지는것은필시그럴것임에틀림없는고로나는시계를내동댕이쳐버리고말았다.

鳥瞰圖

運動[1)]

一層우에있는二層우에있는三層우에있는屋上庭園에올라서南쪽을보아도아무것도없고北쪽을보아도아무것도없고해서[2)]屋上庭園밑에있는三層밑에있는二層밑에있는一層으로내려간즉東쪽에서솟아오른太陽이西쪽에떨어지고東쪽에서솟아올라西쪽에떨어지고東쪽에서솟아올라西쪽에떨어지고東쪽에서솟아올라하늘한복판에와있기[3)]때문에時計를꺼내본즉서기는했으나時間은맞는것이지만[4)]時計는나보담도젊지않으냐하는것[5)]보담은나는時計보다는늙지아니하였다[6)]고아무리해도믿어지는것은필시그럴것임에틀림없는고로나는時計를내동댕이쳐버리고말았다.[7)]

一九三一, 八, 一一

『李箱全集』第二卷 詩集, 1956, 58쪽.

鳥瞰圖

運動

一階の上の二階の上の三階の上の屋上庭園に上つて南を見ても何もないし北を見ても何もないから屋上庭園の下の三階の下の二階の下の一階へ下りて行つたら東から昇つた太陽が西へ沈んで東から昇つて西へ沈んで東から昇つて西へ沈んで東から昇つて空の眞中に來ているから時計を出して見たらとまつてはいるが時間は合つているけれども時計はおれよりも若いじやないかと云ふよりはおれは時計よりも老つているじやないとどうしても思はれるのはきつとさうであるに違ひないからおれは時計をすてゝしまつた。

一九三一、八、一一

『朝鮮と建築』, 1931. 8, 12쪽.

이 작품은 전체 텍스트가 하나의 문장으로 구성되어 있다. 지구가 자전하면서 태양을 중심으로 공전하는 과정을 통해 시간의 흐름을 자연스럽게 감지하게 됨을 암시적으로 드러낸다. 인위적인 시간으로서의 '시계'에 대한 거부가 인상적이다.

그런데 이 작품에서 시인이 말하고자 하는 것은 아인슈타인의 상대성원리와 관련된다. 시적 화자는 1층에서 3층 옥상을 오르내리면서 동서남북의 방향을 헤아리고 태양의 고도와 움직임의 방향을 가늠해 본다. 그리고 태양이 하늘의 한복판에 와 있는 순간에 자신의 위치를 헤아려 보게 된다. 공간 속에서 고도(상하), 위도(남북), 경도(동서)라는 세 가지 요소를 바탕으로 자신의 위치를 규정하고자 하는 것이다. 이 같은 시도는 존재의 평면성을 극복하기 위한 노력과 연관되고 있다는 점에서 '공간적 상상력'이라고 명명해도 무방할 듯하다.

여기서 문제가 되는 것이 상대성원리이다. 상대성원리는 시공의 구조에 관한 것임은 누구나 알고 있는 사실이다. 상대성원리는 세상의 모든 것이 항구 불변한 절대적인 것이 아니라 각각의 운동 상태에 따라 달라지는 상대적인 것임을 천명한다.

---

1) 이 시의 제목에 표시되고 있는 '운동(運動)'은 물리학적인 개념이다. 모든 사물은 항구 불변하는 것이 아니라 끊임없이 운동한다. 이 작품에서는 지구의 자전(自轉)운동에 의한 시간의 경과, 밤낮의 변화, 일출과 일몰 등의 현상을 예시하고 있다.
2) 남과 북은 지구 자전의 축(軸)에 해당하기 때문에 높은 곳에 올라간다 하더라도 아무런 움직임을 감지할 수 없다. 북극성이 항상 그 자리에 떠 있는 것처럼 보이는 이유가 바로 이 때문이다. 이 대목은 지구의 고도(높이), 위도 (남북)의 관계를 진술한 대목이다.
3) 지구의 자전운동에 따라 지표상에서는 태양이 동쪽에서 솟아올라 서쪽으로 지는 것처럼 보인다. 넓은 지평선이나 수평선 위로 해가 떠오르거나 지는 것을 볼 수 있다. 이 대목은 지구의 경도(동서)를 설명하고 있다.
4) '시계가 서기는 하였지만 시간이 맞다.'는 진술은 언뜻 보기에 모순된 진술처럼 생각된다. 그러나 시곗바늘은 그것을 보는 순간은 언제나 정지된 것처럼 바로 어떤 '구체적인 시각' 그 자체를 표시해 준다. 그러므로 어떤 순간의 시각이란 시계가 움직이지 않는 것이나 마찬가지로 보인다. 이러한 현상은 시계라는 것이 자연적 시간의 흐름을 물리적으로 토막 내어 표시하는 것이라는 사실을 말해 주는 것이기도 하다. 시계는 하루(1회의 지구 자전운동)를 24시간으로 토막 내어 반복적으로 보여 준다.
5) '시계가 나보다 젊지 않으냐.'라고 말하는 것은 시곗바늘이 표시하는 숫자와 관련지어 사람의 나이(여기서는 화자 자신의 연령)를 비교한 것처럼 보인다. 시계는 12라는 숫자까지만 표시한다. 그러나 이 대목은 아인슈타인의 상대성이론에서 볼 수 있는 '시간 확장-관찰자의 눈에 멈추어 있는 시계는 움직이는 시계보다 빠르다.'는 이론을 비유적으로 진술하고 있는 것이다.
6) '나는 시계보다는 늙지 않았다.'라는 진술은 실제로 시계가 24시간을 표시한다는 사실과 관련되어 있다. 시의 화자의 나이(이상이 이 작품을 발표할 당시의 나이는 22세였음)가 시계가 표시할 수 있는 시간의 숫자보다는 아래라는 사실을 말해 주고 있다. 그렇지만 이 대목 역시 상대성이론에서 드러난 '시간 확장' 개념을 재설명한 것으로 볼 수 있다.
7) '시계를 내동댕이쳤다.'는 것은 시계를 통해 인지되는, 인위적인 물리적인 시간을 거부함을 말한다.

조감도

광녀의고백

여자인S자양한테는참으로미안하오. 그리고B군자네한테감사하지아니하면아니될것이오. 우리들은S자양의앞길에다시광명이있기를바라오.

창백한여자

얼굴은여자의이력서이다. 여자의입은작기때문에여자는익사하지아니하면아니되지만여자는물과같이때때로미쳐서소란해질때가있다. 온갖밝음의태양들아래여자는참으로맑은물과같이떠돌고있었는데참으로고요하고매끄러운표면은조약돌을삼켰는지아니삼켰는지항상소용돌이를갖는퇴색한순백색이다.

등쳐먹을려고하길래내가먼첨한대먹여놓았죠.

잔내비와같이웃는여자의얼굴에는하룻밤사이에참아름답고빤드르르한적갈색초콜레이트가무수히열매맺혀버렸기때문에여자는마구대고초콜레이트를방사하였다. 초콜레이트는흑단의사아벨을질질끌면서조명사이사이에격검을하기만하여도웃는다. 웃는다. 어느것이나모두웃는다. 웃음이마침내엿처럼걸쭉하게찐득거려서초콜레이트를다삼켜버리고탄력강기에찬온갖표적은모두무용해지고웃음은산산이

부서지고도웃는다. 웃는다. 파랗게웃는다. 바늘의철교처럼웃는다. 여자는나한을밴것임을다들알고여자도안다. 나한은비대하고여자의자궁은운모처럼부풀고여자는돌처럼딱딱한초콜레이트가먹고싶었던것이다. 여자가올라가는층계는한층한층이더욱새로운초열빙결지옥이었기때문에여자는즐거운초콜레이트가먹고싶지않다고생각하지아니하는것은곤란하기는하지만자선가로서의여자는한몫보아준심산으로그러면서도여자는못견디리만큼답답함을느꼈는데이다지도신선하지아니한자선사업이또있을까요하고여자는밤새도록고민고민하였지만여자는전신이갖는몇개의습기를띤천공(예컨대눈기타)근처의먼지는떨어버릴수없는것이었다.

여자는물론모든것을버렸다. 여자의성명도, 여자의피부에있는오랜세월중에간신히생긴때의박막도심지어는여자의타선까지도, 여자의머리는소금으로닦은것이나다름없는것이다. 그리하여온도를갖지아니하는엷은바람이참으로강구연월과같이불고있다. 여자는혼자망원경으로SOS를듣는다, 그리곤덱크를달린다. 여자는푸른불꽃탄환이벌거숭이인채달리고있는것을본다. 여자는오로라를본다. 덱크의구란은북극성의감미로움을본다. 거대한물개잔등을무사히달린다는것이여자로서과연가능할수있을까, 여자는발광하는파도를본다. 발광하는파도는여자에게백지의꽃잎을준다. 여자의피부는벗기고벗기인피부는선녀의옷자락과같이바람에나부끼고있는참으로서늘한풍경이라는점을깨닫고다들은고무와같은두손을들어입을박수하게하는것이다.

이내몸은돌아온길손, 잘래야잘곳없어요.

여자는마침내낙태한것이다. 트렁크속에는갈기갈기찢어진 POUDRE VERTUEUSE가복제된것과함께가득채워져있다. 사태도있다. 여자는고풍스러운지도위를독모를살포하면서불나비처럼날은다. 여자는이제는이미오백나한의불쌍한홀아비들에게는없을래야없을수없는유일한안해인것이다. 여자는콧노래와같은ADIEU를지도의에레베에슌에다고하고No. 1~500의어느사찰인지향하여걸음을재촉하는것이다.

鳥瞰圖

狂女의告白

여자인S玉孃한테는참으로未安하오.그리고B君자네한테感謝하지아니하면아니될것이오.우리들은S玉孃의前途에다시光明이있기를빌어야하오.[1)]

蒼白한여자

얼굴은여자의履歷書이다.[2)] 여자의입[口]은작기때문에[3)]여자는溺死하지아니하면아니되지만여자는물과같이때때로미쳐서騷亂해지는수가있다.[4)] 온갖밝음의太陽들아래여자는참으로맑은물과같이떠돌고있었는데[5)]참으로고요하고매끄러운表面[6)]은조약돌을삼켰는지아니삼켰는지[7)]항상소용돌이를갖는褪色한純白色이다.[8)]

등쳐먹으려고하길래내가먼첨한대먹여놓았죠.[9)]

잔내비와같이웃는[10)]여자의얼굴에는하룻밤사이에참아름답고빤드르르한赤褐色쵸콜레이트가[11)]無數히열매맺혀버렸기때문에여자는마구대고쵸콜레이트를放射하였다. 쵸콜레이트[12)]는黑檀의사아벨[13)]을질질끌면서照明사이사이에擊劍을하기만하여도웃는다.[14)] 웃는다. 어느것이나모다웃는다. 웃음이마침내엿과같이녹아걸쭉하게찐더거려서쵸콜레이트를다삼켜버리고[15)]彈力剛氣에찬온갖標的은모다無用이되고웃음은散散이부서지고도웃는다. 웃는다. 파랗게웃는다. 바늘의鐵橋와같이웃는다.[16)] 여자는羅漢을밴[孕]것을다들알고여자도안다.[17)] 羅漢은肥大하고여자의子宮은雲母와같이부풀고여자는돌과같이딱딱한쵸콜레이트가먹고싶었던것이다.[18)] 여자가올라가는層階는한층한층이더욱새로운焦熱氷結地獄[19)]이었기때문에여자는즐거운쵸콜레이트가먹고싶다고생각하지아니하는것은困難하기는하지만慈善家로서의여자는한몫보아준心算이지만그러면서도여자는못견디리만큼답답함[20)]을느꼈는데이다지도新鮮하지아니한慈善事業이또있을까요하고여자는밤새도록苦悶苦悶하였지만여자는全身이

갖는若干個의濕氣를띤穿孔[21](例컨대눈其他)近處먼지는떨어버릴수없는것이었다.[22]

여자는勿論모든것을抛棄하였다. 여자의姓名도, 여자의皮膚에붙어있는오랜歲月중에간신히생긴때[垢]의薄膜도甚至於는여자의唾腺까지도, 여자의머리로는소금으로닦은것이나다름없는것이다.[23] 그리하여溫度를갖지아니하는엷은바람이참康衢煙月과같이불고있다.[24] 여자는혼자望遠鏡으로SOS를듣는다.[25] 그리곤덱크를달린다.[26] 여자는푸른불꽃彈丸[27]이벌거숭이인채달리고있는것을본다. 여자는오오로라를본다. 덱크의勾欄은北極星의甘味로움을본다.[28] 巨大한바닷개[海狗]잔등[29]을無事히달린다는것[30]이여자로서果然可能할수있을까, 여자는發光하는波濤[31]를본다. 發光하는波濤는여자에게白紙의花瓣[32]을준다. 여자의皮膚는벗기이고[33]벗기인皮膚는仙女의옷자락과같이바람에나부끼고있는참서늘한風景이라는點을깨닫고사람들은고무와같은두손을들어입을拍手하게하는것이다.[34]

이내몸은돌아온길손, 잘래야잘곳없어요.[35]

여자는마침내落胎한것이다.[36] 트렁크속[37]에는千갈래萬갈래로찢어진POUDRE VERTUEUSE[38]가複製된것[39]과함께가득채워져있다. 死胎[40]도있다. 여자는古風스러운地圖[41]위를毒毛를撒布하면서불나비와같이날은다. 여자는이제는이미五百羅漢의불쌍한홀아비들에게는없을래야없을수없는唯一한안해인것이다. 여자는콧노래와같은ADIEU[42]를地圖의에레베에슌[43]에다告하고No.1-500[44]의어느寺刹인지向하여걸음을재촉하는것이다.[45]

一九三一, 八, 一七

『李箱全集』第二卷 詩集, 1956, 59~63쪽.

鳥瞰圖

狂女の告白

ヲンナであるS子様には本當に氣の毒です。そしてB君 君に感謝しなければならないだらう。われわれはS子様の前途に再びと光明のあらんことを祈らう。

蒼白いヲンナ

顔はヲンナ履歷書である。ヲンナの口は小さいからヲンナは溺死しなければならぬがヲンナは水の様に時々荒れ狂ふことがある。あらゆる明るさの太陽等の下にヲンナはげにも澄んだ水の様に流れを漂はせていたがげにも靜かであり滑らかな表面は礫を食べたか食べなかつたか常に渦を持つてゐる剝げた純白色である。

カツパラハウトスルカラアタシノハウカラヤツチマツタワ

猿の様に笑ふヲンナの顔には一夜の中にげにも美しくつやつやした岱赭色のチョコレエトが無數に實つてしまつたからヲンナは遮二無二チヨコレエトを放射した。チョコレエトは黑檀のサアベルを引摺りながら照明の合間合間に擊劍を試みても笑ふ。笑ふ。何物も皆笑ふ。笑ひが遂に飴の様にとろとろと粘つてチョコレエトを食べてしまつて彈力剛氣に富んだあらゆる標的は皆無用となり笑ひは粉々に碎かれても笑ふ。笑ふ。青く笑ふ。針の鐵橋の様に笑ふ。ヲンナは羅漢を孕んだのだと皆は知りヲンナも知る。羅漢は肥大してヲンナの子宮は雲母の様に膨れヲンナは石の様に固いチョコレエトが食べたかつたのである。ヲンナの登る階段は一段一段が更に新しい焦熱氷地獄であつたからヲンナは樂しいチョコレエトが食べたいと思はないことは困難であるけれども慈善家としてのヲンナは一と肌脫いだ積りでしかもヲンナは堪らない程息苦しいのを覺へたがこんなに迄新鮮でない慈善事業が又とあるでしようかとヲンナは一と晩中悶へ續けたけれどもヲンナは全身の持つ若干個の濕氣を帶びた穿孔(例へば目其他)の附近の芥は拂へないのであつた。

ヲンナは勿論あらゆるものを棄てた。ヲンナの名前も、ヲンナの皮膚に附いてゐる長い年月の間やつと出來た垢の薄膜も甚だしくはヲンナの唾腺を迄も、ヲンナの頭は鹽で淨められた樣なものである。そして溫度を持たないゆるやかな風がげにも康衢煙月の樣に吹いてゐる。ヲンナは獨り望遠鏡でSOSをきく、そしてデツキを走る。ヲンナは靑い火花の彈が眞裸のまゝ走つてゐるのを見る。ヲンナはヲロウラを見る。デツキの勾欄は北極星の甘味しさを見る。巨大な膃肭臍の背なかを無事に驅けることがヲンナとして果して可能であり得るか、ヲンナは發光する波濤を見る。發光する波濤はヲンナに白紙の花ビラをくれる。ヲンナの皮膚は剝がれ剝がれた皮膚は羽衣の樣に風に舞ふているげにも凉しい景色であることに氣附いて皆はゴムの樣な兩手を擧げて口を拍手させるのである。

アタシタビガヘリ、ネルニトコナシヨ。

ヲンナは遂に墮胎したのである。トランクの中には千裂れ千裂れに碎かれたPOUDRE VERTUEUSEが複製されたのとも一緖に一杯つめてある。死胎もある。ヲンナは古風な地圖の上を毒毛をばら撒きながら蛾の樣に翔ぶ。をんなは今は最早五百羅漢の可哀相な男寡達には欠ぐに欠ぐべからざる一人妻なのである。ヲンナは鼻歌の樣なADIEUを地圖のエレベエシヨンに告げNO。1-500の何れかの寺刹へと步みを急ぐのである。

一九三一、八、一七

『朝鮮と建築』, 1931. 8, 12~13쪽.

이 작품의 텍스트는 시적 진술을 주재하고 있는 '화자'의 층위와 '여자'라는 행위 주체의 층위가 서로 중첩되어 있다. 실제로 텍스트 자체도 두 가지의 '목소리'로 구성된 이중적 특성을 드러낸다. 이 작품의 텍스트에는 시적 화자의 모습이 드러나 있지는 않지만, 서두의 "여자인S옥양(孃)한테는참으로미안(未安)하오.그리고B군(君)자네한테감사(感謝)하지아니하면아니될것이오.우리들은S자양(孃)의전도(前途)에다시광명(光明)이있기를빌어야하오."라는 진술을 통해 그 존재를 확인할 수 있다. 여기서 시적 진술의 대상은 'S자양'이며, 'B군'은 텍스트상의 가상적 독자이며, '우리들'은 시적 화자(일인칭 화자인 '나'라고 할 수 있음)를 포함한 일반 독자라고 할 수 있다. 텍스트 내에서 'S자양'은 두 차례 자신의 목소리를 들려 줌으로써 텍스트의 의미 구조에 간섭한다. "등쳐먹으려고하길래내가먼첨한대먹여놓았죠."라는 말과 "이내몸은돌아온길손,잘래야잘곳이없어요."라는 말이 바로 그것이다. 시적 화자의 진술 속에 끼어든 이 두 마디의 말은 전체적으로 시적 의미의 전환을 암시하는 중요한 역할을 담당한다.

이 작품에서 텍스트의 표층에 그려지고 있는 'S자양'을 서술적 주체로 놓고 본다면, 이 작품은 한 여인의 처절한 삶의 과정을 그려 놓고 있는 것처럼 읽힌다. 여인의 관능적인 얼굴 모습, 초콜릿의 환상, 나한의 잉태와 낙태, 그리고 버림받은 여자의 쓸쓸한 뒷모습 등은 모두가 거리의 여인이 겪어야 하는 삶의 장면들이기 때문이다. 특히 '여자'를 주체로 하는 모든 진술이 관능적인 요소의 감각적 묘사로 이어지고 있는 부분이 많기 때문에, 이 시의 내용을 대부분 남녀 간의 섹스와 관련지어 해석한 연구자들이 많다. 그러나 이 텍스트의 표층은 시적 대상의 실체를 숨기기 위한 고도의 수사적 전략이라는 것을 알아 둘 필요가 있다. 텍스트에 드러나 있는 시적 진술의 두 가지 층위에서 다양한 기표들의 상호 연관성이 의미의 혼동을 초래하도록 교묘하게 조작되어 있다는 점을 주목하지 않고서는 그 의미의 심층구조를 규명할 수가 없다. 이 작품의 텍스트에 대한 분석이 까다롭게 생각되는 이유가 여기 있다.

이 작품에서 시적 진술의 대상이 되고 있는 'S자양' 또는 '여자'의 실체는 무엇인가? 이 질문에 답을 구하기 위해서는 '여자'에 대해 묘사하거나 서술하고 있는 몇 가지의 중요한 대목들을 면밀하게 검토할 필요가 있다. 예컨대, '매끄러운 표면', '웃는 여자의 얼굴', '초콜레이트의 방사', '흑단의 사아벨', '나한(羅漢)을 밴 것', '박막(薄膜)', '타선(唾線)', '소금으로 닦은 것' 등과 같은 구절 등이 모두 '여자'와 관련되는 진술을 내포한다. 이들이 공통적으로 임시하고 있는 것은 '눈동자'이다. 특히 눈동자 속에 어리는 사람의 형상을 지시하는 '눈부처'라는 말을 '나한을 밴 것'이라는 진술로 바꾼 대목은, '여자'가 바로 '눈동자'를 말한다는 사실을 그대로 입증한다. 눈에 눈곱이 생기는 것을 '초콜레이트'의 방사라고 표현한다든지, 매끄러운 눈동자가 늘 맑은 물에 떠돈다고 묘사한 대목에서도 이를 확인할 수 있다. 눈곱이 붙은 속눈썹을 '흑단의 사아벨'이라고 말한 대목도 재미있다.

이 작품은 인간의 육체에서 가장 중요한 감각을 담당하고 있는 눈동자(눈)를 시적 대상으로 삼고 있다. 인간의 육체에 대한 관심은 이상의 시와 소설에서 여러 가지 방식을 통해 드러난다. 이상에게 있어서 육체는 어떤 가치나 이념에 의해 그 속성이 규정되는 것이 아니라, 육체가 구현해 내는 물질성 자체에 의해 규정된다. 이 작품은 눈에 티가 들어가게 되는 경우를 하나의 모티프로 삼아 그 견디기 힘든 고통의 과정을 그려 낸다. 눈과 눈동자의 물질성에 비추어 볼 때 눈 안으로 이물질인 티가 들어가는 것은 아주 작은 일이며 흔한 일이지만, '육체의 훼손'이라는 것이 가지는 의미가 얼마나 견디기 어려운 고통인가를 가장 예민하게 감지할 수 있도록 해 준다. 이 고통을 '눈' 자체가 어떻게 견디며 결국 그 이물질을 눈 밖으로 어떻게 내보내게 되는가를 면밀하게 추적하여 묘사하고 있는 것이 이 작품의 내용이다. 이러한 일련의 과정을 텍스트의 표층에서 'S옥양'이라는 '여자'의 일생으로 꾸며 내어 제시하고 있는 것은 이상 자신의 육체에 대한 인식의 폭과 깊이를 생각하게 한다.

1) 이 부분은 시적 화자가 직접 시적 정황 속에 끼어들어 말하고 있는 부분이다. 'S옥양의 전도에 광명이 있기를 바란다.'는 진술에는 이 시의 전체 내용에 대한 중대한 암시가 담겨 있다. '광명'이라는 말은 '환하다', '밝다' 등의 뜻을 포함한다. 물론 'S옥양'은 구체적인 어떤 사람을 말하는 것은 아니다. 뒤에 진술된 내용의 분석을 통해 밝혀지겠지만, 'S옥양'은 '눈' 또는 '눈알[眼球]'이다. '눈'에 인격과 감정을 부여함으로써 이른바 '유정화(有情化)의 환상[pathetic fallacy]'이라는 수사학적 효과를 노린다. 'B군'은 이 시의 내용과 관련되는 인물처럼 내세우고 있지만 '가상의 청자 또는 독자'로 보아도 무방하다.

2) 얼굴을 보면 그 살아온 내력을 확인할 수 있음.

3) '입이 작다'는 것은 '눈알'이 둥글게 크지만 눈꺼풀에 싸여 있어서 자그마하게 보이는 것을 말한다.

4) 눈알은 눈물샘과 피지(皮脂) 분비선에서 분비되는 눈물과 피지로 인해 언제나 물에 잠겨 있는 것처럼 보인다. 그러나 물속에 빠져 익사하지는 않는다. 하지만 가끔은 눈알이 뒤집히기도 한다.

5) 태양이라든지 전등불이라든지 하는 것들에 눈알이 밝게 비치는 모양.

6) 눈알의 표면이 매끄러움.

7) 눈에 티가 들어간 것을 암시함.

8) 이 대목은 원문이 "常に渦を持つてゐる剝げた純白色である"로 되어 있다. 여기서 '소용돌이'는 눈물이 흘러나오는 것을 의미한다. 늘상 눈물이 흘러나오고 순백색이 벗겨져 있음을 말한다.

9) 이 말은 S양(즉, 눈알)의 말투를 흉내 낸 것이다. 화자에 의해 이루어지던 진술이 갑작스럽게 어조의 변화를 드러낸다. 여기서 독자들이 혼란에 빠지게 된다. 이 말의 의미는 앞뒤의 정황을 통해 자연스럽게 드러난다.

10) '웃는'이라는 동사는 '눈을 깜박거리는' 동작을 암시한다.

11) 잠을 자고 난 후에 눈 가장자리에 '눈곱'이 말라붙어 있는 모양을 묘사한 부분이다. 눈의 피지 분비선에서 분비되는 피지가 눈 가장자리로 흘러나와 말라붙어서 생긴다.

12) '눈곱'을 말함.

13) 흑단(黑檀). 감나뭇과의 상록 활엽 교목으로, 그 재목은 가구나 악기 등의 재료로 쓴다. 여기서 '흑단의 사벨(sabel, 군인이나 경찰이 차던 서양식 긴 칼)'은 '검은 눈썹'을 말한다. 속눈썹 사이에 눈곱이 끼는 것을 묘사한 대목이다.

14) 속눈썹 사이에 눈곱이 끼어 있어서 자꾸만 눈을 깜박거리게 되는 것을 말함.

15) 반복적으로 눈을 깜박거리면 이물감이 사라지고 눈곱이 없어진다.

16) 눈을 깜박거릴 때 위쪽 속눈썹이 함께 움직이는 것을 말함. 여기서 속눈썹이 촘촘하게 서 있는 교각처럼 보이기 때문에 '바늘의 철교'라는 비유적 표현을 씀.

17) 눈동자 안에 비치는 '눈부처'를 말한다. 여자가 나한을 임신한 것으로 말하고 있지만 이것은 눈동자에 비쳐 나타난 사람의 형상을 말한다. '부처'라는 말을 '나한'이라

는 말로 바꿔치기한 셈이다. '나한(羅漢)'은 불교에서 모든 번뇌를 벗어나 열반의 경지에 도달한 성자를 말한다.

18) 말라 버린 눈곱이 눈에 들어간 것을 말한 부분이라고 할 수 있다.

19) 불교에서 말하는 불의 지옥(초열지옥)과 얼음의 지옥(빙결지옥).

20) 단단하게 말라 버린 눈곱이 눈에 들어가 답답함.

21) 눈 주변의 눈물샘과 피지 분비선을 말함.

22) 눈 가장자리에 눈곱이 먼지와 함께 말라붙는 것을 말함.

23) 눈물이 나면서 눈 주변이 모두 닦이는 것을 묘사함. 눈물이 약간 짠맛을 지니고 있기 때문에 소금으로 닦은 것이라고 표현함.

24) 시원하고 편안한 느낌이 든다. '강구연월(康衢煙月)'은 '태평한 시대의 큰 길거리의 평화로운 풍경 또는 태평한 세월'을 말함. 눈을 슬그머니 감고 있음을 암시함.

25) 눈을 뜨고 멀리 하늘을 바라봄. 여기서 "SOS를듣는다."는 표현이 재미있다. 1930년대 중반, 이상의 집에 드나들었던 시인 서정주의 글 「이상의 일」(『월간중앙』, 1971. 10.) 가운데 「SOS의 초인종」이라는 대목을 보면, 이상이 어떤 술집에서 주모의 쉐터 단추를 계속 누르고 있었다는 이야기를 소개하면서 다음과 같이 쓰고 있다. '그는 방문객이 대문간에 서서 영 잘 안 나오는 어느 집안의 사람의 영접을 오래 두고 열심히 기다리며 그 문간의 초인종을 연거푸 눌러 대듯 눌러 대고 하는 것같이 보였고, 이것은 결국 그 SOS라는 것— 그가 하늘론지 영원으론지 우리 겨레의 역사 속을 향해선지 문득 보내고 있는 아주 절박한 그 SOS같이만 느껴졌기 때문이다. 이런 SOS의 초인종의 진땀 나는 누름, 거기 뚫어지는 한정없이 휑한 구멍— 이런 것의 느낌 때문에 나는 들었던 술잔을 더 지탱하지 못하고 술 목판 위에 떨어뜨릴 듯 그만 놓아 버리고 말았다.'

26) 밤하늘을 둘러보는 것을 '배의 갑판'을 달리는 것으로 비유함.

27) 하늘에서 별똥이 떨어지는 모습.

28) 밤하늘에 북극성이 보임.

29) '위쪽 눈꺼풀'을 비유적으로 말한 것.

30) 눈을 감기 위해 위쪽 눈꺼풀을 움직여 눈을 감는 것을 '거대한 바닷개 잔등을 달린다.'고 묘사함. 이 대목은 '제대로 눈을 감고 잠이 들 수 있을까.'를 생각하는 것으로 봄.

31) 하늘에 떠 있는 무수한 별들. 이 장면을 잠을 자기 위해 전등불을 끄는 순간으로 바꾸어 보아도 무리가 없어 보인다. 불을 끄는 순간 잠깐 하얗게 광채가 눈에 어리는 것을 뒤의 문장에서 묘사하고 있는 것으로 해석할 수 있음.

32) 하늘의 별빛이 눈에 들어옴.

33) 눈을 뜬 상태를 '피부가 벗기이다.'라고 표현함.

34) 두 손으로 눈을 문지르는 행위를 말함.

35) 다시 어조를 변화시켜 놓음. 이제 졸음이 오고 있음을 '잘래야 잘 곳이 없다.'고 말한다.

36) 눈을 감으니 눈동자에 어리는 눈부처가 사라짐. 이것을 '낙태'한 것이라고 말함.

37) 눈알을 덮고 있는 눈꺼풀.
38) 프랑스어로 '고결한 분가루'에 해당함.
39) 눈을 떴을 때 보았던 온갖 사물의 영상을 '복제된 것들'이라고 말함.
40) 눈을 감아 나타나지 않는 눈부처의 형상을 '사태(死胎)'라고 말함.
41) 자리에 누워 천장을 두리번거리면서 봄.
42) 아듀. 작별 인사.
43) 방의 천장을 향하여 눈의 앙각(仰角)을 맞춤.
44) '오백나한'을 숫자로 표시한 것.
45) 잠이 들다.

조감도

흥행물천사
—어떤후일담으로—

정형외과는여자의눈을찢어버리고형편없이늙어빠진곡예상의눈으로만들고만것이다. 여자는실컷웃어도또한웃지아니하여도웃는것이다.

여자의눈은북극에서해후하였다. 북극은초겨울이다. 여자의눈에는백야가나타났다. 여자의눈은물개의잔등과같이얼음판우에미끄러져떨어지고만것이다.

세계의한류를낳는바람이여자의눈에불었다. 여자의눈은거칠어졌지만여자의눈은무서운빙산에싸여있어서파도를일으키는것은불가능하다.

여자는대담하게NU가되었다. 한공은한공만큼의가시발이되었다. 여자는노래를부른다는셈치고찢어지는소리로울었다. 북극은종소리에전율하였던것이다.

◇ ◇

거리의음악사는따스한봄을마구뿌린걸인같은천사. 천사는참새처럼수척한천사를데리고다닌다.

천사의배암같은회초리로천사를때린다.
천사는웃는다, 천사는고무풍선처럼부풀어진다.

천사의흥행은사람들의눈을끈다.
사람들은천사의정조의모습을지닌다고하는원색사진판그림엽서를산다.

천사는신발을떨어뜨리고도망한다.
천사는한꺼번에열개이상의덫을내어던진다.

◇ ◇

일력은초콜레이트를늘인다.
여자는초콜레이트로화장하는것이다.

여자는트렁크속에흙탕투성이가된즈로오스와함께엎드러져운다. 여자는트렁크를운반한다.

여자의트렁크는축음기다.
축음기는나팔처럼홍도깨비청도깨비를불러들였다.

홍도깨비청도깨비는펭귄이다. 사루마다밖에입지않은펭귄은수종이다.
여자는코끼리의눈과두개골크기만한수정눈을종횡으로굴리어추파

를남발하였다.

여자는만월을잘게잘게썰어서향연을베푼다. 사람들은그것을먹고 돼지처럼뚱뚱해지는초콜레이트냄새를방산하는것이다.

鳥瞰圖

興行物天使

—어떤後日譚으로—

整形外科는여자의눈을찢어버리고형편없이늙어빠진曲藝象의눈으로만들고만것이다.[1] 여자는싫것웃어도또한웃지아니하여도웃는것이다.[2]

여자의눈은北極에서邂逅하였다.[3] 北極은초겨울이다.[4] 여자의눈에는白夜가나타났다.[5] 여자의눈은바닷개[海狗]의잔등과같이얼음판우에미끄러져떨어지고만것이다.[6]

世界의寒流를낳는바람이여자의눈에불었다.[7] 여자의눈은거칠어졌지만여자의눈은무서운氷山에싸여있어서波濤를일으키는것은不可能하다.[8]

여자는大膽하게NU가되었다.[9] 汗孔은汗孔만큼의荊莿이되었다.[10] 여자는노래를부른다는것이찢어지는소리로울었다.[11] 北極은鍾소리에戰慄하였던것이다.[12]

◇

거리의音樂師는따스한봄을마구뿌린[13]乞人과같은天使. 天使는참새와같이瘦瘠한天使를데리고다닌다.[14]

天使의배암과같은회초리로天使를때린다.[15]
天使는웃는다, 天使는고무風船과같이부풀어진다.[16]

天使의興行은사람들의눈을끈다.[17]
사람들은天使의貞操의모습을지닌다고하는原色寫眞版그림엽서를산다.[18]

天使는신발을떨어뜨리고도망한다.

天使는한꺼번에열個以上의덫을내어던진다.[19)]

◇

日曆은쵸콜레이트를늘인[增]다.[20)]
여자는쵸콜레이트로化粧하는것이다.

여자는트렁크[21)]속에흙탕투성이가된즈로오스[22)]와함께엎드러져운다.[23)] 여자는트렁크를運搬한다.[24)]

여자의트렁크는蓄音機다.[25)]
蓄音機는喇叭과같이紅도깨비靑도깨비를불러들였다.[26)]

紅도깨비靑도깨비는펜긴이다.[27)] 사루마다밖에입지않은펜긴은水腫이다.[28)]
여자는코끼리의눈과頭蓋骨크기만큼한水晶눈을縱橫으로굴리어秋波를濫發하였다.[29)]

여자는滿月[30)]을잘게잘게썰어서饗宴을베푼다.[31)] 사람들은그것을먹고돼지같이肥滿하는쵸콜레이트냄새를放散하는것이다.[32)]

一九三一, 八, 一八

『李箱全集』第二卷 詩集, 1956, 64~68쪽.

鳥瞰圖

興行物天使
—或る後日譚として—

整形外科はヲンナの目を引き裂いてとてつもなく老ひぼれた曲藝象の目にしてまつたのである。ヲンナは飽きる程笑つても果又笑はなくても笑ふのである。
ヲンナの目は北極に邂逅した。北極は初冬である。ヲンナの目には白夜が現はれた。ヲンナの目は膃肭臍の背なかの様に氷の上に滑り落ちてしまつたのである。

世界の寒流を生む風がヲンナの目に吹いた。
ヲンナの目は荒れたけれどもヲンナの目は恐ろしい氷山に包まれてゐて波濤を起すことは不可能である。

ヲンナは思ひ切つてNUになった。汗孔は汗孔だけの荊棘になつた。ヲンナは歌ふつもりで金切聲でないた。北極は鍾の音に慄へたのである。

◇　　　◇

辻音樂師は溫い春をばら撒いた乞食見たいな天使。天使は雀の様に瘦せた天使を連れて步く。

天使の蛇の様な鞭で天使を擲つ。
天使は笑ふ、天使は風船玉の様に膨れる

天使の興行は人目を惹く。
人々は天使の貞操の面影を留めると云はれる原色寫眞版のエハガキを買ふ。

天使は履物を落して逃走する。
天使は一度に十以上のワナを投げ出す。

◇　　　◇

日曆はチョコレエトを增す。
ヲンナはチョコレエトで化粧するのである。

ヲンナはトランクの中に泥にまみれたヅウヲヅと一緒になき伏す。ヲンナはトランクを持ち運ぶ。

ヲンナのトランクは蓄音機である。

蓄音機は喇叭の様に赤い鬼青い鬼を呼び集めた。

赤い鬼青い鬼はペンギンである。サルマタしかきていないペンギンは水腫である。

ヲンナは象の目と頭蓋骨大程の水晶の目とを縱橫に繰って秋波を濫發した。

ヲンナは滿月を小刻みに刻んで饗宴を張る。 人々はそれを食べて豚の様に肥滿するチョコレエトの香りを放散するのである

一九三一、 八、 一八

『朝鮮と建築』, 1931. 8, 13쪽.

이 작품은 「狂女의告白」과 그 내용이 이어진다. 작품 속의 시적 대상도 '여자의 눈'이라고 명시되어 있다. 텍스트의 구성을 보면 전체 내용이 세 부분으로 나뉘어 있다. 첫 문장에서 '정형외과(整形外科)는 여자의 눈을 찢어 버리고 형편없이 늙어 빠진 곡마단 코끼리의 눈으로 만들고 만 것이다. 여자는 실컷 웃어도 또한 웃지 아니하여도 웃는 것이다.'라는 진술을 통해 이 작품이 그려 내고자 하는 내용이 무엇인가를 암시한다. 여기서 문제가 되는 것이 '눈'에 생겨난 다래끼(麥粒腫, 눈시울에 나는 작은 부스럼)이다. 실제로 이 작품의 제목에 등장하는 '홍행물'은 바로 '눈 다래끼'를 말하며, '천사'는 '눈꺼풀'을 비유적으로 말한 것으로 볼 수 있다. 근래에는 이런 일이 별로 없지만 예전에는 눈 다래끼를 민간에서 잘못 치료하여 눈꺼풀에 흉터를 남기게 되는 일이 많았다. 눈 다래끼를 고치기 위해 병원에 갔다가 그만 수술이 잘못되면 눈시울에 흉터가 남는다. 그 흉터 때문에 눈꺼풀이 늘어져서 곡마단의 늙은 코끼리의 눈 모양으로 흉하게 된다. 그리고 눈을 깜박거릴 때나 눈을 뜨고 있을 때나 눈을 찡그린 모습으로 보일 수밖에 없게 된 것이다.

「홍행물천사」의 텍스트는 전체 내용이 세 부분으로 나뉜다. 이러한 텍스트의 구성 자체는 시적 대상이 되고 있는 '여자'의 형상에 대한 설명적 묘사가 일정한 서사적 단계 변화를 효과적으로 표출하기 위한 시적 고안에 해당한다. 실제로 이 작품은 "어떤후일담(後日譚)으로"라는 부제가 암시하고 있는 것처럼, 어떤 일의 경과와 관련하여 뒤에 벌어지게 된 이야기를 소개하고 있다.

이 작품의 서두에는 '여자의 눈'에 대한 설명적 진술이 제시된다. 이 대목은 '여자'와 '눈'에 관련된 어떤 일을 암시하고 있다. 정형외과에서 여자의 눈을 찢어 놓아 곡마단의 늙은 코끼리 눈으로 만들었다는 것. 그리고 그 결과로 여자의 눈은 웃어도 웃지 않아도 언제나 웃는 모습이라는 것이다. 이러한 진술이 구체적으로 어떤 이야기를 뜻하는 것인지는 뒤로 이어지는 텍스트의 내용을 통해 자연스럽게 드러난다. 그러나 '눈이 웃는다.'라는 구절은 이미 「광녀의고백」에서 밝혀진 대로 '눈'과 관련된 '깜박거리다.' 또는 '찡그리다.'와 같은 동작을 암시한다는 사실을 상기할 필요가 있다.

「홍행물천사」의 텍스트는 중반부에서 '천사(天使)'가 시적 대상으로 등장한다. 시간적 배경을 '봄'으로 바꾸어 놓고, '여자의 눈'에서 '천사'에 대한 이야기로 시적 진술을 전환하면서 그 내용이 더욱 극적으로 전개된다. 그러나 이러한 텍스트 표층에서 이루어지는 이야기의 전환은 모두가 일종의 우의적(寓意的) 고안에 불과하다. 여기에 등장하는 '천사'는 일종의 비유적 상징에 해당한다. '천사'는 눈을 감을 때 눈동자를 덮어 주는 '눈꺼풀'을 비유적으로 표현한 말이다. 눈꺼풀은 눈을 감게 하기도 하고 뜨게 하기도 한다. 눈꺼풀로 눈동자를 덮으면 아무것도 보이지 않는다. 눈을 감는 것은 곧 죽음을 의미한다. 이러한 특징 때문에 인간의 죽음에 관여하는 '천사'의 이미지를 눈꺼풀에서 찾아 낸 것이 아닌가 생각된다. 천사라는 것이 곧 인간의 삶과 죽음(눈을 뜨고 감는 것)을 주재하는 신(神)의 사자(使者)가 아닌가?

그런데 '천사는 참새같이 수척(瘦瘠)한 천사를 데리고 다닌다.'라고 설명하고 있다. 이것은 눈을 감을 때나 뜰 때 위쪽 눈꺼풀에 맞춰 아래쪽 눈꺼풀이 항상 같이 움직이는 모양을 말하고 있는 것으로 볼 수 있다. '천사의 배암과 같은 회초리로 천사를 때린다.'라는 진술은 눈을 깜박거릴 때 위쪽 눈꺼풀이 아래 눈꺼풀에 닿으면서 속눈썹이 서로 부딪히는 것을 비유적으로 묘사한 대목이다. 그리고 눈을 자꾸만 찡그리거나 깜박거리는 것을 '천사는 웃는다.'라고 표현하고 있는데 이것은 눈시울에서 이물감을 느끼고 있음을 암시한다. 실제로 아래쪽 눈꺼풀에 이상이 생겨 '고무풍선과 같이 부풀어진다.'라는 설명이 뒤에 이어진다.

이 대목에서 눈시울에 '고무풍선과 같이 부풀어진 것'은 무엇일까? 이것은 우리가 알고 있는 눈 다래끼를 말하는 것이 아닌가 생각된다. 눈시울에 생겨나는 눈 다래끼는 아주 흔하게 볼 수 있는 작은 부스럼이다. 대개는 저절로 낫지만, 함부로 손을 대어 덧날 경우 부어오르며 화농을 일으키고 그 흉터가 남기도 한다. 바로 뒤에 등장하는 "천사의 홍행"이란 곧 눈꺼풀의 가장자리인 눈시울에 생겨난 '눈 다래끼'를 비유적으로 표현한 말에 불과하다. 눈시울에 눈 다래끼 난 것은 금방 드러나 보인다. 남의 눈에 쉽게 띄는 것을 의식할 수밖에 없게 된다. 어린애들 사이에서는 눈 다래끼가 난 것을 서로 놀리기도 한다. 말하자면 하나의 '홍행물(興行物)'이 되는 셈이다. 눈 다래끼가 생기면 이것을 남에게 팔아 버려야 쉽게 낫는다는 속설도 전해 온다. 그래서 눈 다래끼를 쳐다보고 먼저 말을 거는 사람에게 팔아넘기기도 한다. 이런 민간 속설에서 비롯된 눈 다래끼 팔아넘기기를 이 시에서는 '원색 사진판 그림엽서'를 산다는 특이한 행위로 묘사한다. 눈 다래끼가 생겨난 눈시울 근처의 속눈썹을 뽑아서 사람들이 많이 다니는 길 위에 작은 돌멩이로 덮어 놓기도 한다. 속눈썹을 덮어 놓은 그 작은 돌멩이를 누군가가 발로 차거나 밟고 지나가면 눈 다래끼가 그 사람에게 옮아 가 곧 눈 다래끼가 낫는다는 속설이 있기 때문이다. 이러한 속설은 넷째 단락에서 "신발을떨어뜨리고도망한다."라든지 "열개이상의덫을내어던진다."라는 설명을 통해 암시되고 있다.

「홍행물천사」의 후반부는 눈 다래끼가 저절로 아물지 않고 화농을 일으키게 되는 과정을 서술한다. 그리고 여러 가지 다양한 비유를 끌어들여 그 견디기 어려운 고통스러운 상황을 특이한 시적 정황으로 변용하고 있다. 눈 다래끼가 부풀어 오른 모양은 펭귄의 통통한 몸집에 비유된다. 눈 다래끼는 '펭귄'의 모양이고 '수종(水腫)'처럼 부어오른다. 수종은 몸의 조직 간격이나 체강(體腔) 안에 림프액·장액(漿液) 따위가 괴어 몸이 붓는 병을 말하는데, 여기서는 화농이 생겨서 불거져 나온 눈 다래끼의 모습을 지적한 것이다. 이렇게 눈 다래끼의 상태가 악화되면 눈망울을 굴리기도 힘들어진다. 눈 다래끼가 동그랗게 켜져 화농을 일으킨 상태를 '만월'에 비유하고 있으며, 눈 다래끼가 곪아 터져 고름이 나오는 것을 초콜릿을 방사하는 것으로 비유한다.

시「홍행물천사」는「광녀의고백」과 마찬가지로 사물에 대한 인식의 과정에서 '눈'이라는 감각의 중추가 그 자체의 존재를 소외시키는 현상을 시적으로 형상화하고 있다. 이 두 편의 시에서 고도의 비유를 통해 재현하고 있는 '눈'은 단순한 육체의 한 부분을 의미하는 것은 아니다. 이것은 외부 세계에 대한 인식의 기반이 되는 시각(視覺)의 문제에 대한 관심에서 비롯된 것으로 볼 수 있다. 여기서 눈은 시적 진술의 대상이면서 동시에 주체가 되기도 한다. 눈은 외부 세계를 향한 시각의 중심에 자리하고 있으며 언제나 양방향으로 작용한다. 밖을 내다볼 수도 있고, 안으로 들어가 볼 수도 있다. 그러나 눈은 모든 것을 보면서 자신을 보지 못한다. 눈은 그 육체적 물질적 요소의 장애가 생겨날 때 비로소 그 존재의 의미를 드러낼 뿐이다. 시인 이상은 바로 이 같은 문제성을 눈의 질병 또는 정상적 상태를 벗어난 눈의 기능성을 통해 새롭게 질문한다. 눈의 이상(異常) 또는 질병이라는 것은 그것이 아무리 사소한 것일지라도 매우 예민하게 작용한다. 그리고 인간의 정신과 사고뿐만 아니라 인간 존재 자체를 뒤흔드는 근본적인 경험으로 작용하기도 한다. 이 육체의 문제성을 중심으로 시인 이상은 '말하는 눈'을 고안하고 '눈이 하는 말'을 듣고자 한다. 이러한 기호적 전략은 '눈'이라는 감각기관을 통해 인간의 삶과 거기서 비롯되는 문화의 영역에 육체가 어떻게 자리매김할 수 있는지를 보여 주게 된다.

인간이 사물을 본다는 것은 언제나 남성적 권위의 영역으로 규정된다. 보는 것은 남성적인 주체의 행위이다. 그런데 시인 이상은 이러한 관습적 의미를 거부한다.「광녀의고백」이나「홍행물천사」에서는 감각기관으로서의 눈이 모두 여성화되어 있다. 눈을 여성적 주체로 내세움으로써 여성의 입장에서 보고 여성의 목소리로 말한다. 이상이 그려 내는 '말하는 눈'은 사물에 대한 남성적 인식의 이념화 경향에서 벗어나 육체의 물질성 그 자체에 대한 섬세한 감각적 재현을 가능하게 한다. 물론 이 경우에 눈은 부분적으로 그리고 환유적으로 제시될 수밖에 없다. 시각적 인식을 방해하는 '눈곱'이 '초콜릿'으로 그려지고, 눈 다래끼와 같은 질환이 '천사의 홍행물'로 그려지고 있는 것을 보면 이를 확인할 수 있다.

---

1) 눈 다래끼가 생겨났던 자국이 흉하게 남아 있는 모양을 말하고 있다. 예전에는 눈 다래끼를 잘못 다스려 눈꺼풀에 흉하게 흉터가 생기는 사람들이 더러 있었다.

2) 눈 다래끼의 흉터 때문에 계속하여 눈을 깜박거리는 버릇이 생겨남.「狂女의告白」

에서와 마찬가지로 '웃다.'라는 동사는 '눈을 깜박거리다.'라는 동작을 표시한다.

3) 여기서 '북극'은 두 가지 의미로 쓰인다. 계절적으로 '겨울'을 의미하나 두 눈이 마주치게 되는 눈의 안쪽 부분을 뜻하기도 한다.

4) 차가운 겨울을 만나다.

5) 눈을 감으려 할 때 흐릿하게 바깥의 상태가 감지되는 것을 말함.

6) 눈을 감을 때 위쪽의 눈꺼풀이 눈동자 위로 미끄러지듯이 덮여 오는 모습을 확대하여 묘사함. '바닷개의 잔등'은 바로 눈두덩을 이루는 위쪽 눈꺼풀을 말함.

7) 찬 바람이 불어옴.

8) 눈을 감고 있는 모양. 눈이 움직이지 않음.

9) 눈을 뜬 상태. 'NU'는 프랑스어로 '나체'를 뜻함.

10) 찬 바람이 강하게 가시처럼 자극을 주다. 형자(荊刺)는 '가시'를 의미함.

11) 우는 모습.

12) 눈자위가 떨리다.

13) 날씨가 따뜻해짐.

14) 눈을 덮고 있는 위쪽의 눈꺼풀('천사')과 아래쪽 눈꺼풀('참새와 같이 수척한 천사')을 말함.

15) 눈을 깜박거릴 때 위쪽과 아래쪽의 눈꺼풀이 서로 부딪히는 것을 말함. 여기서 '배암과 같은 회초리'는 '속눈썹'을 가리키는 것으로 보임.

16) 눈꺼풀이 점차 부풀어 오른다. 눈 다래끼가 시작되다.

17) 눈 다래끼가 나면 사람들의 시선을 자꾸만 의식하게 된다. 이를 '흉행'이라고 표현함.

18) 예전의 민간 풍속에는 눈 다래끼가 생겨날 때 그것을 남에게 팔아넘기면 낫는다는 속설이 있었다. 이 대목은 바로 '눈 다래끼를 파는 일'을 비유적으로 암시하고 있다.

19) 눈 다래끼가 난 자리 근처의 속눈썹을 뽑아 납작한 돌멩이로 덮어서 사람들이 많이 다니는 길바닥에 놓았을 때 다른 사람이 발로 그것을 차 버리면 눈 다래끼가 가라앉는다는 민간 속설이 있다. 바로 이러한 행위 장면을 그려 놓은 대목이다. '열 개 이상의 덫'이 바로 '뽑아낸 눈썹을 돌멩이로 덮어 길바닥에 놓은 것'을 말한다. 이와는 달리 이 장면을 위쪽 눈꺼풀에서 속눈썹이 하나 빠져나오면 그것을 아래 속눈썹('열 개 이상의 덫')에 걸린다고 풀어 보는 것도 가능해 보인다.

20) 시간이 지날수록 눈곱이 많아진다.

21) '트렁크'는 위쪽 눈꺼풀을 말함.

22) 드로어즈(drawers, 속옷). 눈곱이 생겨 눈자위가 지저분하게 된 상태를 '흙탕투성이가 되었다.'고 표현함.

23) 고통을 견디지 못하고 눈을 감고 엎드린다. 저절로 눈물이 난다.

24) 점차 눈 다래끼가 커져서 눈꺼풀이 뒤집어지고 다래끼가 바깥으로 불거져 나오는 상태가 됨.

25) 눈꺼풀을 내려 눈을 감고 있으면 눈에 보였던 모든 영상이 그대로 눈에 어리는 것을 축음기에 노래가 담겨 있는 것에 비유함. 또는 축음기에서 소리가 나오는 나팔 부분이 몸체 위로 삐져나온 것을 눈 다래끼가 불거져 나온 것에 유추하여 볼 수 있다.

26) 축음기의 나팔처럼 삐져나온 눈 다래끼가 부풀어 오르면서 붉은색, 푸른색을 띠는 것을 비유적으로 표현함.
27) 눈 다래끼의 부풀어 오른 모양을 펭귄의 통통한 몸집에 비유함.
28) 눈 다래끼 = 펭귄 = 수종(水腫)의 등식이 성립된다. 수종은 몸의 조직 간격이나 체강(體腔) 안에 림프액, 장액(漿液) 따위가 괴어 몸이 붓는 병이다. 여기서는 눈 다래끼의 형상을 지적한 것임.
29) 눈 다래끼가 생겨나서 몹시 불편한 상태임을 말함. 눈을 깜박일 때마다 눈동자와 눈꺼풀과 눈 다래끼가 함께 움직이는 모양을 과장하여 그려 냄.
30) 눈 다래끼가 동그랗게 커져 노랗게 화농을 일으킨 상태를 '만월'에 비유함.
31) 눈 다래끼가 화농 상태에서 저절로 터져 고름이 나오게 됨.
32) 눈 다래끼의 고름 찌꺼기에서 나는 냄새를 초콜릿 냄새에 비유함.

삼차각설계도

선에관한각서 1

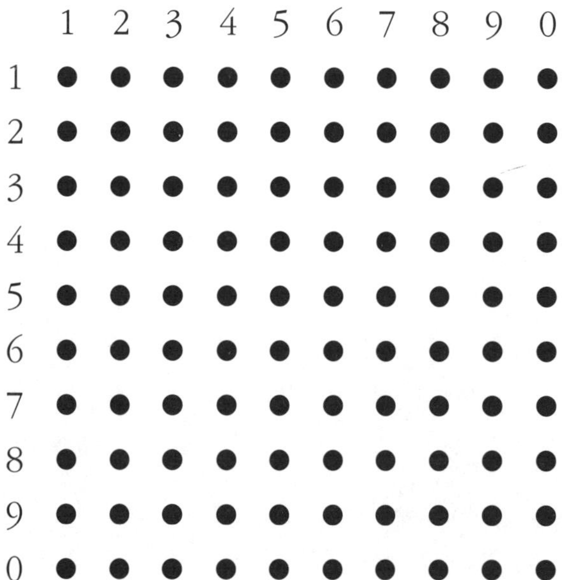

(우주는멱에의하는멱에의한다)

(사람은숫자를버리라)

(고요하게나를전자의양자로하라)

스펙톨

축X 축Y 축Z

속도etc의통제예컨대빛은매초당300,000킬로미터달아나는것이확실하다면사람의발명은매초당600,000킬로미터달아날수없다는법은물론없다. 그것을몇십배몇백배몇천배몇만배몇억배몇조배하면사람은수십년수백년수천년수억년수조년의태고의사실이보여질것이아닌가, 그것을또끊임없이붕괴하는것이라고하는가, 원자는원자이고원자이고원자이다, 생리작용은변이하는것인가, 원자는원자가아니고원자가아니고원자가아니다, 방사는붕괴인가, 사람은영겁인영겁을살릴수있는것은생명은생도아니고명도아니고빛인것이라는것이다.

취각의미각과미각의취각

(입체에의절망에의한탄생)
(운동에의절망에의한탄생)
(지구는빈집일경우봉건시대가눈물이나리만큼그립다)

三次角設計圖[1)]

線에關한覺書 1

	1	2	3	4	5	6	7	8	9	0
1	●	●	●	●	●	●	●	●	●	●
2	●	●	●	●	●	●	●	●	●	●
3	●	●	●	●	●	●	●	●	●	●
4	●	●	●	●	●	●	●	●	●	●
5	●	●	●	●	●	●	●	●	●	●
6	●	●	●	●	●	●	●	●	●	●
7	●	●	●	●	●	●	●	●	●	●
8	●	●	●	●	●	●	●	●	●	●
9	●	●	●	●	●	●	●	●	●	●
0	●	●	●	●	●	●	●	●	●	●

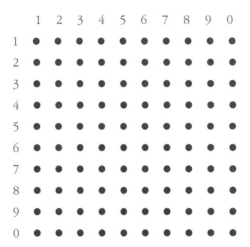

(宇宙는冪에依하는冪에依한다)[2)]
(사람은數字를버리라)[3)]
(고요하게나를電子의陽子로하라)[4)]

스펙톨[5)]

軸X 軸Y 軸Z[6)]

速度etc의統制例컨대光線은每秒當300,000키로메―터달아나는것이確實하다면[7)]사람의發明은每秒當600,000키로메―터달아날수없다는法은勿論없다.[8)] 그것을幾十倍幾百倍幾千倍幾萬倍幾億倍幾兆倍하면사람은數十年數百年數千年數億年數兆年의太古의事實이보여질것이아닌가,[9)] 그것을또끊임없이崩壞하는것이라고하는가, 原子는原子이고原子이고原子이다.[10)] 生理作用은變移하는것인가, 原子는原子가아니고原子가아니고原子가아니다, 放射는崩壞인가,[11)] 사람은永劫인永劫을살릴수있는것은生命은生도아니고命도아니고光線

인것이라는것이다.[12)]

臭覺의味覺과味覺의臭覺

(立體에의絶望에依한誕生)[13)]
(運動에의絶望에依한誕生)[14)]
(地球는빈집일境遇封建時代는눈물이나리만큼그리워진다)[15)]

一九三一, 五, 三一, 九, 一一

『李箱全集』第二卷 詩集, 1956, 139~142쪽.

三次角設計圖

線に關する覺書 1

	1	2	3	4	5	6	7	8	9	0
1	●	●	●	●	●	●	●	●	●	●
2	●	●	●	●	●	●	●	●	●	●
3	●	●	●	●	●	●	●	●	●	●
4	●	●	●	●	●	●	●	●	●	●
5	●	●	●	●	●	●	●	●	●	●
6	●	●	●	●	●	●	●	●	●	●
7	●	●	●	●	●	●	●	●	●	●
8	●	●	●	●	●	●	●	●	●	●
9	●	●	●	●	●	●	●	●	●	●
0	●	●	●	●	●	●	●	●	●	●

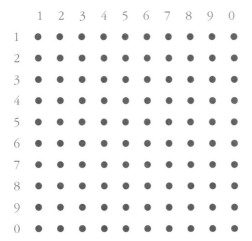

(宇宙は羃に依る羃に依る)
(人は數字を捨てよ)
(靜かにオレを電子の陽子にせよ)
スペクトル

軸X 軸Y 軸Z

速度etcの統制例へば光は秒毎三〇〇〇〇〇キロメートル逃げることが確かなら人の發明は秒毎六〇〇〇〇〇キロメートルし逃げられないことはキツトない。それを何十倍何百倍何千倍何萬倍何億倍何兆倍すれば人は數十年數百年數千年數萬年數億年數兆年の太古の事實が見れるじやないか、それを又絶えず崩壞するものとするか、原子は原子であり原子であり原子である、生理作用は變移するものであるか、原子は原子でなく原子でなく原子でない、放射は崩壞であるか、人は永劫である永劫を生き得ることは生命は生でもなく命でもなく光であることであるである。

臭覺の味覺と味覺の臭覺

(立體への絶望に依る誕生)
(運動への絶望に依る誕生)
(地球は空巢である時封建時代は涙ぐむ程懷かしい)

一九三一、五、三一、九、一一

『朝鮮と建築』, 1931. 10, 29쪽.

이 작품의 큰 제목은 '삼차각설계도'로 표시되어 있으며, 『조선과 건축』(1931. 10.)에 김해경(金海卿)이라는 본명으로 발표된 「선에관한각서 1~7」이라는 일곱 편의 작품이 묶인, 일종의 연작시로서의 성격을 지닌다. 이 작품들은 모두 수학적 또는 물리학적 개념이 중심을 이루고 있으며, 우주 공간, 태양과 광선, 과학과 시간 등에 관한 새로운 지식들을 동원하여 인간의 존재에 관한 다양한 상념을 해체시켜 기표화한 것이 특징이다. 기하학의 발전, 원자론, 상대성이론 등에서 다양한 시적 모티프를 끌어오고 있는 것이 눈에 띈다. 이 일곱 편의 작품들은 서로 밀접한 연관성을 지니기 때문에 그 의미와 주제 내용의 상관성을 주목할 필요가 있다.

여기서 제목으로 내세운 '삼차각설계도'라는 말 가운데 '삼차각'은 수학 용어로서는 부정확한 말이다. 수학에서 말하는 '각(角)'이라는 것은 3차원 이상의 공간에서도 언제나 2차원 평면에서의 '각'이라는 개념으로 규정된다. 그러므로 '삼차각'이란 수학적 개념이라고 하기 어렵다. 다만 세 모서리가 만나는 각을 말하는 것으로 본다면 그 존재를 인정할 수 있다.

「선에관한각서 1~7」에 대해서는 수많은 연구자들의 분석이 이미 나와 있다. 여기서는 「선에관한각서 1」에서부터 「선에관한각서 7」에 이르기까지의 내용을 서로 연관시켜 이상 자신이 이들 작품을 통해 드러내려 했던 사념의 실체를 밝히고자 한다. 작품 「선에관한각서 1」에서 제시되고 있는 도표의 성격은 여러 가지 방식으로 설명되어 왔다. 그러나 여기서는 이 도표를 유클리드 기하학이라고 불리는 고전 기하학의 약점들을 극복하고 기하학의 대상을 대수 기호화함으로, 새로운 기하학의 지평을 열게 된 해석 기하학의 기본 개념을 도표화한 것으로 보고자 한다.

프랑스의 철학자 데카르트(R. Descartes, 1596~1650)는 유클리드 및 고전 기하학의 개념들을 추상적 개념으로 일반화했으며, 오늘날 해석 기하학이라고 하는 기하학의 한 분야를 만들어 낸다. 한 점은 그 위치를 나타내는 수들로 설명할 수 있다는 것이 해석 기하학의 기본 개념이며, 이런 방법에 의해 기하학의 대상을 대수기호화 과정으로 설명하였다. 데카르트는 대수학을 기하학에 적용하여 한 점의 위치를 한 쌍의 수로 표현했으며, 방정식으로 직선과 곡선을 표현했다. 이 같은 해석 기하학의 원리는 뒤에 대수 기하학으로 발전하여 기하도형의 평면적 2차원적 위상을 입체적이고 공간적인 3차원에서 다룰 수 있는 다양한 대수 기하학의 원리를 발전시켰다.

이 작품에서 제시되고 있는 도표는 평면 위의 한 점의 위치를 표시하는 방법을 도식화한 것이다. 여기서 x, y축은 1부터 0까지의 숫자로 나타나 있고, 평면상에는 무수한 점(●)이 표시되어 있다. 이 표에서 각 점의 위치는 2개의 직선 x축과 y축의 거리로 나타낸다. 예컨대 점 P의 위치는 P(x, y)로 표시한다. 그리고 점과 점을 잇는 직선은 방정식 $y=mx+b$로 나타낸다. 여기서 m과 b는 상수이고 x와 y는 각 축 위에서의 거리를 표시한다.

이 같은 도식을 전제하면서 이 작품은 우주의 광대무변함에 비해 인간의 한계가 분명함을 제시한다. "우주(宇宙)는멱(冪)에의(依)하는멱(冪)에의(依)한다."라는 말은 우주의 무한함을 나타낸다. 인간이 아무리 숫자를 가지고 모든 자연현상을 합리적으로 계산하고 표시할 수 있다고 하더라도 그것은 우주의 무한함에 비하면 아무런 의미도 가지지 못한다. 하지만 이 작품의 시적 화자는 '양자(陽子)'라는 원자핵의 초소 구성 입자가 모든 사물의 기본적인 속성(원자의 종류)을 결정하는 것처럼 그렇게 우주 공간의 주체로 서고자 하는 욕망을 표시한다.

이 작품 텍스트의 중반부에서부터는 시적 화자가 우주 과학의 시대를 열어 준 아인슈타인의 상대성원리와 관련되는 여러 가지 개념들에 대한 자신의 상념을 직설적으로 표현한다. 빛의 속도보다 물체가 더 빠른 속도로 이동할 수 있다는 가정이라든지, 모든 물질의 핵심이라고 생각했던 원자가 원자핵을 변화(분열 또는 붕괴)시켜 방사능이 발생할 수 있다는 사실에 대해서도 스스로 반문하고 있다. 그리고 인간이 영겁을 살 수 있으려면, 그것은 생명에 의해서가 아니라 빛보다 빠르게 이동하여 시간이 없어지는 상태일 경우에 가능하다는 점을 말하기도 한다.

이 작품은 유클리드 기하학의 한계를 극복한 해석 기하학의 등장이라든지, 뉴턴의 중력 법칙의 한계를 넘어선 아인슈타인의 상대성이론의 등장으로 인하여 절대적인 시간 개념이 모두 무너지게 되었음을 암시하는 것으로 끝난다.

1) 이 작품은 '선에관한각서'라는 제목으로 묶인 일곱 편의 시로 이루어진 일종의 연작 시로서의 성격을 지닌다. 여기서 쓰이는 '삼차각'이라는 말은 정확한 수학 용어는 아니지만, 세 모서리가 만나는 각을 말하는 것으로 볼 수 있다. 수학에서 말하는 '각(角)'이라는 것은 3차원 이상의 공간에서도 언제나 2차원 평면에서의 '각'이라는 개념으로 규정된다. 그러므로 '삼차각'이란 수학적 개념이라고 하기 어렵다.

2) 멱(冪)은 거듭제곱을 말한다. '멱수'를 약칭하여 '멱'이라고도 한다. "멱에의하는멱에의한다."라는 말은 수식으로 표시할 경우, $((N)^n)^n$…… 으로 나타난다. 이것은 우주가 무한대로 큰 세계임을 말해 준다.

3) 우주의 무한대의 크기에 비해 인간이 합리성 또는 과학성이라는 것을 내세워 계산하고 따지는 일이 아무런 의미가 없음을 말한다. 여기서 '숫자(數字)'는 인간 존재의 유한성에 대한 표식일 수밖에 없다.

4) 이 대목은 우주와 인간의 관계를 물체의 핵심 구조인 원자 구조로 축소하여 설명한 것이다.

여기에서 '양자(陽子)'는 '양성자'를 말한다. 이는 원자핵의 최소 구성 입자이다. 모든 사물의 기본적인 속성(원자의 종류)이 바로 이 양성자의 숫자로 결정된다. 우주 공간의 주체로 서고자 하는 욕망을 표시한 대목이다.

5) 분광기(spectre). 빛이나 방사선을 통과시킬 경우 파장에 따라 굴절률이 다르기 때문에 빛이 분산되어 파장의 순서에 따라 배열된다.

6) 분광기를 통해 분산되는 빛을 공간(空間)에서 x, y, z라는 3개의 축으로 표현하고 있다.

7) 빛의 속도를 설명하고 수치로 제시하고 있다. 진공에서 빛의 속도는 정확히 초속 299,792,458m이다.

8) 이 대목은 아인슈타인의 상대성이론의 기본 개념을 비유적으로 진술하고 있다. 상대성이론에 따르면 모든 움직임은 빛의 속도를 넘을 수 없다. 인간의 정보라는 것도 빛의 속도를 넘어설 수 없음을 말한다.

9) 이 대목 역시 마찬가지로 상대성이론의 기본 개념에 대한 설명이다. 물질의 이동속도는 빛의 속도를 넘어설 수 없다. 질량이 없는 물체는 빛의 속도로 전파된다. 이는 인과율에 중요한 영향을 준다.

10) 원자라는 것이 물체의 궁극적인 핵심에 해당한다는 점을 강조함.

11) 러더퍼드의 원자 모형이 발표된 후에 20세기 초 원자가 물질을 구성한다는 사실이 확인되었으며, 원자의 내부 구조가 영구적으로 안정적인 것이 아니라는 사실이 밝혀진다. 그리고 1911년에는 거의 모든 원자의 질량은 총 부피 중 미소한 부분만을 차지하는 핵에 집중되어 있다는 결론에 이른다. 이어서 동위원소라는 중요한 개념이 확립되었고 실험실에서 원자핵을 변환시키는 데도 성공하게 된다. 마침내 1934년 인공적으로 고안된 장치 속에서 보통 물질을 핵변환시켜 방사능을 소유하게 할 수 있다는 것이 밝혀진다. 이 시에서는 바로 이 같은 과학의 발전 과정을 염두에 두고, 더 이상 원자가 물질의 핵심이 아니며 원자핵을 변화(분열 또는 붕괴)시켜 방사능이 생기게 할 수 있다는 사실에 대해 스스로 반문하고 있다.

12) 빛이 인간과 자연의 모든 법칙의 기준임을 말한다.

13) 유클리드 기하학의 한계를 극복한 해석 기하학의 등장을 말한다. 해석 기하학이 2차원을 3차원 또는 그 이상으로 일반화했던 것이다.

14) 아인슈타인의 상대성이론의 등장을 말한다. 아인슈타인의 특수상대성이론은 모든 좌표계에서 빛의 속도가 일정하고 모든 자연 법칙이 똑같다면, 시간과 물체의 운동은 관찰자에 따라 상대적이라는 것이다. 일반상대성이론은 특수상대성이론이 관성좌표계의 관측자만을 다루는 데 반해 모든 기준계의 관측자가 동일하다고 놓는다. 이것은 질량과 에너지가 시공간을 휘게 하고, (빛을 포함한) 자유입자들이 이렇게 휘어진 시공간 속에서 움직인다는 방식의 기하학적인 이론이다.

15) 지구가 빈집일 경우, 지구를 자기 마음대로 차지할 수 있고 봉건시대처럼 자기 멋대로 주재할 수 있기 때문에 그렇게 할 수 있는 시대가 그립다는 것이다.

삼차각설계도

선에관한각서 2

1 + 3

3 + 1

3 + 1　　1 + 3

1 + 3　　3 + 1

1 + 3　　1 + 3

3 + 1　　3 + 1

3 + 1

1 + 3

선상의한점 A

선상의한점 B

선상의한점 C

A + B + C = A

A + B + C = B

A + B + C = C

두선의교점 A

세선의교점 B

수선의교점 C

3 + 1

1 + 3

1 + 3　3 + 1

3 + 1　1 + 3

3 + 1　3 + 1

1 + 3　1 + 3

1 + 3

3 + 1

(태양광선은, 凸렌즈때문에수렴광선이되어한점에있어서혁혁히빛나고혁혁히불탔다, 태초의요행은무엇보다도대기의층과층이이루는층으로하여금凸렌즈되게하지아니하였던것에있다고생각하니즐겁다, 기하학은凸렌즈와같은불장난은아닐는지, 유우크리트는사망해버린오늘유우크리트의초점은도처에있어서인문의뇌수를마른풀처럼소각하는수렴작용을나열하는것에의하여최대의수렴작용을재촉하는위험을재촉한다, 사람은절망하라, 사람은탄생하라, 사람은탄생하라, 사람은절망하라)

三次角設計圖

線에關한覺書 2

1+3
3+1
3+1　1+3
1+3　3+1
1+3　1+3
3+1　3+1
3+1
1+3[1)]

線上의一點 A
線上의一點 B
線上의一點 C[2)]

A+B+C=A
A+B+C=B
A+B+C=C[3)]

二線의交點 A
三線의交點 B
數線의交點 C[4)]

3+1
1+3
1+3　3+1
3+1　1+3
3+1　3+1
1+3　1+3

1+3
3+1[5)]

(太陽光線은, 凸렌즈때문에收斂光線[6)]이되어一點에있어서爀爀히빛나고爀爀히불탔다,[7)] 太初의僥倖은무엇보다도大氣의層과層이이루는層으로하여금凸렌즈되게하지아니하였던것에있다는것을생각하니樂이된다,[8)] 幾何學은凸렌즈와같은불작난은아닐른지,[9)] 유우크리트는死亡해버린오늘유우크리트의焦點[10)]은到處에있어서人文의腦髓를마른풀과같이燒却하는收斂作用을羅列하는것에依하여最大의收斂作用을재촉하는危險을재촉한다,[11)] 사람은絶望하라,[12)] 사람은誕生하라,[13)] 사람은誕生하라,사람은絶望하라)

一九三一, 九, 一一

『李箱全集』第二卷 詩集, 1956, 143~146쪽.

三次角設計圖

線に關する覺書 2

1+3
3+1
3+1　1+3
1+3　3+1
1+3　1+3
3+1　3+1
3+1
1+3

線上の一點 A
線上の一點 B
線上の一點 C

A+B+C=A

A+B+C=B

A+B+C=C

二線の交點 A

三線の交點 B

數線の交點 C

3+1

1+3

1+3　3+1

3+1　1+3

3+1　3+1

1+3　1+3

1+3

3+1

（太陽光線は、凸レンズのために收斂光線となり一點において爀々と光り爀々と燃えた、太初の僥倖は何よりも大氣の層と層とのなす層をして凸レンズたらしめなかつたことにあることを思ふと樂しい、幾何學は凸レンズの様な火遊びではなからうか、ユウタリトは死んだ今日ユウクリトの焦點は到る處において人文の腦髓を枯草の様に燒却する收斂作用を羅列することに依り最大の收斂作用を促す危險を促す、人は絶望せよ、人は誕生せよ、人は誕生せよ、人は絶望せよ）

一九三一、九、一一

『朝鮮と建築』, 1931. 10, 29쪽.

이 작품은 고전 기하학으로 명명되는 유클리드 기하학이 데카르트 이후 해석 기하학을 기점으로 새롭게 발전하여 상대성이론에까지 이르게 되는 과정을 기호와 수식으로 표현하면서 시적 화자의 상념을 함께 진술해 놓고 있다.

이 작품의 텍스트에서 전반부를 이루는 수식과 기호를 먼저 살펴보기로 하자. '1+3'

이라는 수식은 '1'이라는 숫자가 의미하는 것과 '3'이라는 숫자가 의미하는 것의 결합 상태를 암시한다. 여기서 '1'이 상징하는 1차원의 세계는 시간처럼 전후의 개념만을 지닌 선(線)과 같은 성질을 띤다. '3'이 의미하는 3차원의 세계는 공간(空間)이다. 그러므로 '3+1' 또는 '1+3'은 1차원의 시간과 3차원의 공간의 결합을 의미하고, 이는 곧 4차원의 세계이며 인간의 세계와는 다른 새로운 세계를 말하는 것이다. 아인슈타인의 상대성이론의 핵심도 바로 이와 같은 시간과 공간의 새로운 결합 가능성이다.

그런데 여기서 한 가지 지목하고 싶은 것은 '3+1'과 '1+3'이라는 수식이 단순히 '1차원의 세계와 3차원의 세계의 결합만이 아니라 사영 기하학(射影幾何學)에서 이론화된 '장(場)의 이론(field theory)'과의 관련성을 지니는 것처럼 보인다는 점이다. 사영 기하학의 개념은 매우 다양한 대수계에서 좌표들을 선택하여 확장시킬 수 있는 이점이 있다. 사형 기하학에서는 더하고 빼고 곱하고 나눌 수 있는 기호 집합을 '체(體)'라고 한다. 그리고 이 '체'에서 좌표를 선택할 때 하나의 기하학을 얻을 수 있다. 예를 들면, 1이나 3과 같은 실수는 하나의 '체'이다. 대수학은 더하고 빼고 곱하고 나눌 수 있는 기호 체계를 제공하지만, 기호들의 곱 ab가 반드시 ba와 같지는 않다. 이런 체계를 비가환체(非可換體, skew field)라고 한다. 비가환체에서 연구할 때, 보통의 합 관계와 교차 관계는 타당하지만 다른 정리들은 더 이상 참이 아닌 하나의 기하학이 만들어질 수 있다.(瀨山士郎, 『幾何物語』, 日本 筑摩書房, 2007, 153~165쪽 참조.)

실제로 이 작품의 텍스트에서 '線上의一點 A / 線上의一點 B / 線上의一點 C'는 '임의의 한 직선 위에 점 A, 점 B, 점 C를 표시한다.'라고 이해할 수 있으며, 'A+B+C=A / A+B+C=B / A+B+C=C'라는 것은 앞서 표시한 세 점의 위치와 그 관계를 표시한 수식이다. 그런데 평면상에 위치하는 A, B, C라는 점들이 A+B+C=A, A+B+C=B, A+B+C=C와 같은 식을 성립시키려면, 세 점이 동일한 위치에 놓였을 경우에만 가능하다. 점은 크기와 무관하므로, 위치가 같다면 같은 점이다. A, B, C가 각각 위치가 다른 임의의 한 점이라면 이 수식은 모순이다. 그러나 평면 위에서가 아니라 공간 속에서 세 점이 일정한 각도를 유지해 직선으로 연결되는 경우에는 세 점이 얼마든지 동일한 한 점으로 보일 수 있으며 이 수식은 성립 가능하다. 이러한 현상은 직진하는 빛의 성질을 전제해야만 이해될 수 있다.

뒤에 이어지는 '二線의交點 A / 三線의交點 B / 數線의交點 C'라는 진술은 앞에 전제된 조건들에 비추어 볼 때 두 가지 사실을 알려 준다. 첫째, 수식 'A+B+C=A / A+B+C=B / A+B+C=C'에서 얻어진 값으로서의 A, B, C라는 점들은 평면상에 위치한 것이 아니다. 둘째, A, B, C는 공간(입체) 속에서 공간을 통과하는 임의의 직선이 서로 교차하는 점이 된다. 결과적으로 각 점 A, B, C는 두 직선 또는 세 개의 직선, 그리고 무수한 직선들의 교점에 해당한다. 이러한 사실은 공간에서 두 개 이상의 직선이 얼마든지 한 점에서 서로 만날 수 있음을 말해 주는 것이다.

이 작품의 텍스트 후반부에서는 바로 이 같은 수식을 통해 제시된 사실을 '볼록렌즈'를 통해 이루어지는 빛의 굴절과 수렴 현상을 통해 다시 입증해 보이고 있다. 여러 가닥의 빛이 '수렴광선속'을 이루어 한 점에서 만날 때 이 점에 빛이 집중되므로 열을 내게 된다. 볼록렌즈로 빛을 굴절시켜 수렴광선속을 만들어 모든 빛이 한 점에 모이면 그

초점에서 불이 붙는 것을 볼 수 있다. 그러나 지구가 생성된 때부터 태양 광선은 대기층을 통과하면서 직진하여 지구에 비치고 있기 때문에 빛이 수렴되지 않는다. 이 같은 수렴 현상이 지구 위에서 나타났다면 지구는 그대로 폭발하고 말았을 것이기에, 시적 화자는 천만다행이라고 여긴다.

오늘날의 기하학은 유클리드 기하학에서 내세운 공리들이 점차 부정되면서 이른바 '비(非)유클리드 기하학'으로 발전한다. 그리고 아인슈타인의 일반상대성이론의 골격을 세우는 데 중요한 역할을 하게 된다. 그렇지만 이 일반상대성이론으로 인하여 시공간(時空間) 구조의 개념이 근본적으로 바뀌게 된 것이 오히려 인간 세계의 재앙을 불러올지 모르는 '불장난'이 아닌가 자문하기도 한다. 그렇기 때문에 시적 화자는 이러한 문제들과 관련지어 인간의 삶의 현실에서 요구되는 새로운 인간관과 가치의 정립을 주장하고 있다.

---

1) 여기서 '1'은 1차원의 세계를 상징한다. 1차원의 세계는 시간처럼 전후의 개념만을 지닌 선(線)과 같은 성질을 띤다. '3'은 공간인 3차원의 세계를 의미한다. 그러므로 '3+1' 또는 '1+3'은 1차원의 시간과 3차원의 공간의 결합, 즉 4차원의 세계이며, 곧 인간의 세계와는 다른 새로운 세계를 말하는 셈이다. 아인슈타인의 상대성이론의 핵심은 바로 이 같은 시간(1차원)과 공간(3차원)의 새로운 결합 가능성을 암시한다.

2) '線上의一點A / 線上의一點B / 線上의一點C'는 '임의의 한 직선 위에 점 A, 점 B, 점 C를 표시한다.'라고 이해할 수 있다.

3) 'A+B+C=A / A+B+C=B / A+B+C=C'는 앞서 표시한 세 점의 위치와 그 관계를 표시한 수식이다. 그런데 평면상에서 A+B+C=A, A+B+C=B, A+B+C=C와 같은 식이 성립되려면, 세 점이 동일한 위치에 놓인 점일 경우에만 가능하다. 점은 크기를 따지지 않는 것이므로, 위치가 같다면 같은 점이다. A, B, C가 각각 위치가 다른 임의의 한 점이라면 이 수식은 모순이다. 그러나 이 수식이 성립 가능한 경우도 있다. 평면 위에서가 아니라 공간 속에서 세 점이 일정한 각도를 유지하여 직선으로 연결되는 경우는 세 점이 동일한 한 점으로 보이는 경우가 얼마든지 가능하다. 이러한 현상은 직진하는 빛의 성질을 전제해야만 이해가 된다.

4) '二線의交點A / 三線의交點B / 數線의交點C'라는 진술은 두 가지의 사실을 말해준다. 첫째, 수식 'A+B+C=A / A+B+C=B / A+B+C=C'에서 얻어진 값으로서의 A, B, C라는 점들은 평면상에 위치한 것이 아니다. 둘째, A, B, C는 공간(입체) 속에서 공간을 통과하는 임의의 직선이 서로 교차하는 점이 된다. 결과적으로 각 점 A, B, C는 두 직선 또는 세 직선 그리고 무수한 직선들의 교점에 해당한다. 이러한 사실은 공간에서 두 개 이상의 직선이 얼마든지 한 점에서 서로 만날 수 있음을 말해 주는 것이다. 이 작품에서는 '볼록렌즈'를 통해 이루어지는 빛의 굴절과 수렴 현상을 통해 이를 다시 입증해 보이고 있다.

5) 작품 텍스트의 서두에서 제시한 수식의 형태를 순서를 바꾸어 다시 그대로 배치함.

6) 수렴광선(收斂光線). 원문과 일본어 원문이 모두 '收歛'이라고 잘못 표기하였다. 수

렴광선속(收斂光線束)을 말한다. 이 개념은 광선속(光線束, pencil of light ray)의 개념을 통해 설명된다. 광선속이란 많은 가닥의 빛이 지나가는 경로를 선으로 그린 것이다. 모든 광선 또는 그 연장이 한 점에서 만날 때 공심광선속(共心光線束), 한 점으로 집중되어 갈 때 수렴광선속(收斂光線束), 한 점에서 퍼져 나갈 때 발산광선속(發散光線束)이라 한다.

7) 여러 가닥의 빛이 '수렴광선속'을 이루어 한 점에서 만날 때 이 점을 '공심광선속'이라고 하며, 바로 이 점에 빛이 집중되므로 열을 내게 된다. 볼록렌즈로 빛을 굴절시켜 수렴광선속을 만들어 공심광선속을 이루게 하여 모든 빛이 한 점에 모이면 그 초점에서 불이 붙는 것을 볼 수 있다. 이 대목은 바로 이러한 현상을 진술하고 있다.

8) 이 대목은 지구가 생성된 때부터 태양 광선이 대기층을 통과하면서 직진하여 지구에 비치고 있기 때문에 빛이 수렴되지 않고 '공심광선속'도 이루어지지 않음을 설명한 부분이다. 그러므로 이를 천만다행이라고 여긴다. 만일 이 같은 수렴 현상이 지구 위에서 나타났다면 지구는 그대로 폭발하고 말았을 것이다.

9) 기하학이 고대의 유클리드 기하학에서 해석 기하학, 대수 기하학으로 발전하고 점차 더욱 추상화하는 경향을 지적한 부분이다. 근대 기하학이 유클리드 기하학에서 내세운 공리들을 점차 부정하면서 이른바 '비유클리드 기하학'으로 발전하는 동안 결국은 아인슈타인의 일반상대성이론의 골격을 세우는 데 중요한 역할을 했고, 이 일반상대성이론으로 시공간구조(時空間構造)의 개념이 근본적으로 바뀌게 된 점을 인간 세계의 재앙을 불러올지 모르는 '불장난'이라고 말하고 있는 것이다.

10) '유클리드의 초점'은 '유클리드 기하학에서 공리로 내세워진 선과 선의 교점'을 의미한다. 하지만 이 개념이 현대의 대수 기하학에서 새로운 논리로 발전하고 일반상대성이론과 같은 새로운 이론으로 귀결된 점을 지적한 것으로 볼 수 있다.

11) 현대 기하학의 발전이 인간의 삶에서는 오히려 인간주의적인 요소를 모두 전복, 붕괴시키고 있는 상황을 지적한 대목임.

12) 현대 과학의 발전이 오히려 인간을 절망시킴.

13) 인간이 새로운 가치와 관점을 내세워야 함을 주장한 대목.

삼차각설계도

선에관한각서 3

	1	2	3
1	●	●	●
2	●	●	●
3	●	●	●

	3	2	1
3	●	●	●
2	●	●	●
1	●	●	●

$\therefore nPn = n(n-1)(n-2)\cdots\cdots(n-n+1)$

(뇌수는부채와같이원에까지펴졌다, 그리고완전히회전하였다)

三次角設計圖

線에關한覺書 3

	1	2	3
1	●	●	●
2	●	●	●
3	●	●	●

	3	2	1
3	●	●	●
2	●	●	●
1	●	●	●

$\therefore$ nPn=n(n−1)(n−2)⋯⋯ (n−n+1)[1)]

(腦髓는부채와같이圓에까지展開되었다, 그리고完全히廻轉하였다)[2)]

一九三一, 九, 一一

『李箱全集』第二卷 詩集, 1956, 147~148쪽.

三次角設計圖

線に關する覺書 3

	1	2	3
1	●	●	●
2	●	●	●
3	●	●	●

	3	2	1
3	●	●	●
2	●	●	●
1	●	●	●

∴ nPn=n(n−1)(n−2)…… (n−n+1)

(腦髓は扇子の樣に圓迄開いた、そして完全に廻轉した)

一九三一、九、一一

『朝鮮と建築』, 1931. 10, 29쪽.

이 작품은 유클리드 기하학 이후 발전을 거듭해 온 현대 기하학의 속성을 이용하여, 공간에서의 한 점의 위치를 어떻게 수식으로 표시할 수 있는지를 간단한 도표와 식으로 표현하고 있다.

그런데 여기서 특히 주목되는 것은 현대 기하학의 한 영역인 사영 기하학(射影幾何學)의 기본 원리가 이 도표와 그 뒤에 제시된 순열 공식에 적용되고 있는 것처럼 보인다는 점이다. 사영 기하학의 특징적인 과정은 한 직선이나 평면 위에 있지 않은 한 점에서 투시도법으로 다른 직선이나 평면에 사상시키는 것이다.

이 작품의 텍스트에서 중요한 위치를 점하고 있는 도표는 「선에관한각서 1」의 도표와 유사성을 띄고 있지만 그 성질이 다르다. 「선에관한각서 1」의 경우는 평면 위의 한 점을 수식으로 표시하는 법을 도표화한 것인데, 이 작품에서는 3차원의 세계, 즉 공간 속에 한 점의 위치를 표시하는 법을 보여 준다. 이 도표는 수직을 이루면서 만나는 두 개의 평면을 하나의 평면 위에 펼쳐 놓은 것이다. 표의 중간에 끼워진 '3 2 1'은 바로 두 평면이 수직으로 만나는 부분을 의미한다. 여기서 '3'은 꼭짓점에 해당한다. 이러한 도표를 보면, 공간에서의 점의 위치는 평면의 경우보다 더욱 무한하게 표시될 수밖에 없다.

이러한 공간 속에 위치하고 있는 임의의 두 점을 골라 연결(한 줄로 세우는)하는 경우의 수는 어떻게 표시할 수 있는가? 이 문제는 텍스트에 제시된 P(n, r)=n(n−1)(n−2)……(n−n+1)과 같은 순열의 공식으로 해결할 수 있다. 순열(順列)은 서로 다른 n개의 원소 중에서 r개(n〉r)를 뽑아서 한 줄로 세우는 경우의 수를 말한다. nPr, 혹은 P(n, r)라고 쓴다. P(n, r)는 다음과 같이 정의된다. P(n, r)=n(n−1)(n−2)……(n−n+1). 그런데 사실은 여기 제시된 공식을 이용한다 하더라도 답을 구할 수는 없다. 왜냐하면 공간 속에서 점의 수(여기서는 'n')는 한정할 수 없기 때문이다. 말하자면 이 순열의 공식에 의거하여 문제를 풀 경우 답은 무한하다. 이 작품에서 이러한 문제를 제기하고 있는 것은 결국 해석 기하학이나 대수 기하학에서 미분 기하학에 이르면, 결국 모든 현상이 미궁으로 빠지거나 추상화되어 버림을 말하기 위한 것으로 생각된다.

그렇기 때문에 이 작품은 "腦髓는부채와같이圓에까지展開되었다, 그리고完全히廻轉하였다."라는 말로 그 결말이 이루어진다.

---

1) 이 수식은 순열의 공식을 그대로 옮겨 놓은 것이다. 순열(順列)은 서로 다른 n개의 원소 중에서 r개(n〉r)를 뽑아서 한 줄로 세우는 경우의 수를 말한다. nPr, 혹은 P(n, r)라고 쓴다. P(n, r)는 다음과 같이 정의된다. P(n, r)=n(n−1)(n−2)……(n−h+1). 이 작품에서 순열의 공식은, 앞의 도표에서 예시하고 있는 공간 속에 위치하고 있는 임의의 두 점을 골라 연결(한 줄로 세우는)하는 경우의 수를 말하지만, 이 경우에 답을 구할 수는 없다. 공간 속에서 점의 수(여기서는 'n')는 한정할 수 없기 때문이다.

2) 이 대목은 여러 가지로 해석이 가능하다. 가장 간단한 해답은 앞에서 제시한 순열의 공식으로 답을 구할 수 없게 되자, '머리가 돈다.("뇌수가부채와같이원에까지전개되었다."), 완전히 돌아 버렸다.("그리고완전히회전하였다.")'라고 진술한 것으로 볼 수 있다.

이와 달리 조금 복잡한 논리를 전개한다면, 이른바 '원뿔굴절(conical refraction)'의 개념을 패러디한 것으로 볼 수도 있다. '원뿔굴절'이란 쌍축결정에서 나타나는 광학 현상으로 광선이 굴절하여 원뿔 모양으로 퍼지는 것을 말한다. 1832년에 W.R. 해밀턴이 예언했으며 1833년에 H. 로이드가 실험적으로 확인했다. 내부 원뿔굴절과 외부 원뿔굴절이 있다. 하지만 여기에까지 논리를 비약시키는 것은 정말로 머리가 돌아 버릴 일이다.

삼차각설계도

선에관한각서 4

(미정고)

탄환이일원도를질주했다(탄환이일직선으로질주했다에있어서의 오류등의수정)

정육설탕(각설탕을칭함)

폭통의해면질전충(폭포의문학적해설)

三次角設計圖

線에關한覺書 4

(未定稿)

彈丸이一圓壔[1]를疾走했다(彈丸이一直線으로疾走했다에있어서의誤謬等의修正)[2]

正六雪糖(角雪糖을稱함)[3]

瀑筒[4]의海綿質塡充[5](瀑布의文學的解說)

一九三一, 九, 一二

『李箱全集』 第二卷 詩集, 1956.

三次角設計圖

線に關する覺書 4

(未定稿)

彈丸が一圓壔を走つた(彈丸が一直線に走つたにおける誤謬らの修正)

正六砂糖(角砂糖のこと)

瀑筒の海綿質塡充(瀑布の文學的解說)

一九三一、九、一二

『朝鮮と建築』, 1931. 10, 30쪽.

이 작품은 아인슈타인의 상대성원리 이후의 절대 시간과 공간의 개념이 바뀜에 따라 거기서 야기되는 여러 가지 문제들에 대한 상념들을 나열하고 있다. '미정고(未定稿)'라는 부제를 붙이고 있는 것으로 보아 텍스트의 완결성을 갖추지 못하고 있음을 짐작할 수 있다.

이 작품의 "탄환(彈丸)이일원도(一圓壔)를질주(疾走)했다"는 진술은 문자 그대로 "탄환(彈丸)이일직선(一直線)으로질주(疾走)했다."라는 진술에 나타나는 오류(誤謬)등(等)의 수정(修正)을 의미한다. 이 대목은 아인슈타인의 일반상대성이론에서 제기된 '휘어진 공간'(스티븐 호킹, 『시간의 역사』, 전대호 역, 까치, 61~65쪽 참조.)의 개념을 구체적으로 설명한 부분이다. 일반상대성이론에서 물체는 항상 4차원 시공 속에서는 측지선을 따라서 움직인다. 물질이 없으면 4차원 시공에서의 측지선은 3차원 공간에서의 직선과 동일하다. 물질이 있으면 4차원 시공은 변형되고 3차원 공간 속의 물체의 경로는 휘어진다. 그러므로 탄환이 일직선으로 질주한다는 것은 엄격히 말하면 잘못된 표현이다. 오히려 측지선에 해당하는 '일원도'를 질주한다고 표현해야 한다.

두 번째로 문제가 된 것은 '각설탕(角雪糖)'이라는 말이다. '각'은 평면 위에서 두 직선이 서로 만나는 경우에 생겨나는 교차점에서의 간격을 말한다. 그런데 '각설탕'은 그 형태가 입체형이므로 '각설탕'이라는 용어는 부적절하다. 오히려 정육면체의 설탕이라는 뜻으로 '정육설탕'이라고 말하는 것이 옳다고 진술하고 있다.

마지막으로 진술하고 있는 것은 '폭포'이다. 폭포라는 것을 두고, 물거품 통이 해면질처럼 물을 빨아들여서 그 통을 가득 채운 모습이라고 설명하면서 문학적 해석이라는 단서를 달고 있다. 폭포는 인력과 중력 작용에 따라 높은 곳에 있는 물이 낮은 곳으로 떨어지는 현상을 말하는데, 물거품 기둥에서 삼투압 작용으로 물이 빨려 올라가는 것이라고 하는 특이한 해석을 제기한다.

---

1) 원도(圓壔). 원기둥. 흔히 원주(圓柱)라고 한다. '탄환이 한 원도를 질주한다'(포물선을 그리면서)는 것은 탄환이 일직선으로 날아간다고 잘못 말하는 것을 고친 것.
2) 일반상대성이론에서 물체는 항상 4차원 시공 속에서는 측지선을 따라 움직인다. 탄환은 직선으로 날아가는 것이 아니라 '휘어진 공간'을 날아가는 것이다.
3) '각설탕'이라는 말은 모순임. '각설탕'은 그 형태가 입체형이므로 정육면체의 설탕이라는 뜻으로 '정육설탕'이라고 말하는 것이 옳다.
4) 포통(瀑筒). 물거품이 가득 찬 통.
5) 해면질(海綿質)은 '해면동물의 섬유상 골격을 이루는 유기(有機) 물질'을 말한다. 전충(塡充)은 가득 채운다는 뜻. 이 대목은 폭포라는 것을 물거품 통이 해면질처럼 물을 빨아들여서 그 통을 가득 채운 모습이라고 말한다. 문학적 해석이라고 했지만, 인력과 중력 작용에 의해 떨어지는 폭포를 물거품 기둥에서 삼투압 작용으로 물이 빨려 올라가는 것으로 설명하고자 함.

삼차각설계도

선에관한각서 5

사람은빛보다빠르게달아나면사람은빛을보는가, 사람은빛을본다, 연령의진공에있어서두번결혼한다, 세번결혼하는가, 사람은빛보다도빠르게달아나라.

미래로달아나서과거를본다, 과거로달아나서미래를보는가, 미래로 달아나는것은과거로달아나는것과같은것이아니고미래로달아나는것이과거로달아나는것이다. 확대하는우주를우려하는자여, 과거에살으라, 빛보다도빠르게미래로달아나라.

사람은다시한번나를맞이한다, 사람은보다젊은나를적어도만나기는한다, 사람은세번나를맞이한다, 사람은젊은나를적어도만나기는한다, 사람은편하게기다리라, 그리고파우스트를즐기거라, 메피스트는나에게있는것도아니고나이다.

속도를조절하는날사람은나를모은다, 무수한나는말하지아니한다, 무수한과거를경청하는현재를과거로하는것은순식간이다, 자꾸만반복되는과거, 무수한과거를경청하는무수한과거, 현재는오직과거만을인쇄하고과거는현재와일치하는것은그것들의복수의경우에있어서도구별될수없는것이다.

연상은처녀로하라, 과거를현재로알라, 사람은옛것을새것으로아는도다, 건망이여, 영원한망각은망각을모두구한다.

내도할나는그때문에무의식중에사람에일치하고사람보다도빠르게나는달아난다, 새로운미래는새로웁게있다, 사람은빠르게달아난다, 사람은빛을드디어선행하고미래에서과거를기다린다, 우선사람은하나의나를맞이하라, 사람은전등형에있어서나를죽이라.

사람은전등형의체조의기술을습득하라, 그렇지않다면사람은과거의나의파편을여하히할것인가.

사고의파편을반추하라, 그렇지않으면새로운것은불완전하다, 연상을죽이라, 하나를아는자는셋을아는것을하나를아는것의다음으로하는것을그만두어라, 하나를아는것의다음은하나를아는것을할수있게하라.

사람은한꺼번에한번을달아나라, 최대한달아나라, 사람은두번분만되기전에××되기전에조상의조상의조상의성운의성운의성운의태초를미래에서보는두려움으로하여사람은빠르게달아나는것을유보한다, 사람은달아난다, 빠르게달아나서영원에살고과거를애무하고과거로부터다시그과거에산다, 동심이여, 동심이여, 충족될수없는영원의동심이여.

三次角設計圖

線에關한覺書 5

사람은光線보다도빠르게달아나면사람은光線을보는가,[1] 사람은光線을본다, 年齡의眞空에있어서두번結婚한다, 세번結婚하는가, 사람은光線보다도빠르게달아나라.[2]

未來로달아나서過去를본다,[3] 過去로달아나서未來를보는가, 未來로달아나는것은過去로달아나는것과同一한것도아니고未來로달아나는것이過去로달아나는것이다.[4] 擴大하는宇宙를憂慮하는者여, 過去에살으라, 光線보다도빠르게未來로달아나라.[5]

사람은다시한번나를맞이한다,[6] 사람은보다젊은나에게적어도相逢한다,[7] 사람은세번나를맞이한다,[8] 사람은젊은나에게적어도相逢한다, 사람은適宜하게기다리라,[9] 그리고파우스트[10]를즐기거라, 메퓌스트는나에게있는것도아니고나이다.[11]

速度를調節하는날사람은나를모은다,[12] 無數한나는말[譚]하지아니한다, 無數한過去를傾聽하는現在를過去로하는것은不遠間이다,[13] 자꾸만反復되는過去, 無數한過去를傾聽하는無數한過去,[14] 現在는오직過去만을印刷하고過去는現在와一致하는것은그것들의複數의境遇에있어서도區別될수없는것이다.[15]

聯想은處女로하라,[16] 過去를現在로알라, 사람은옛것을새것으로아는도다, 健忘이여, 永遠한忘却은忘却을모두救한다.[17]

來到할나[18]는그때문에無意識中에사람에一致하고사람보다도빠르게나는달아난다, 새로운未來는새로웁게있다, 사람은빠르게달아난다, 사람은光線을드디어先行하고未來에있어서過去를待期한다,[19] 于先사람은하나의나를맞이하라, 사람은全等形에있어서나를죽이라.[20]

사람은全等形의體操의技術을習得하라, 不然이라면사람은過去의나의破片을如何히할것인가.

思考의破片을反芻하라, 不然이라면새로운것은不完全이다,[21] 聯想을죽이라, 하나를아는者는셋을아는것을하나를아는것의다음으로하는것을그만두어라, 하나를아는것의다음은하나의것을아는것을하는것을있게하라.[22]

사람은한꺼번에한번을달아나라, 最大限달아나라,[23] 사람은두번分娩되기前에[24]××되기前에祖上의祖上의祖上의星雲의星雲의星雲의太初를未來에있어서보는두려움으로하여사람은빠르게달아나는것을留保한다,[25] 사람은달아난다, 빠르게달아나서永遠에살고過去를愛撫하고過去로부터다시過去에산다,[26] 童心이여, 童心이여, 充足될수야없는永遠의童心이여.[27]

一九三一, 九, 一二

『李箱全集』第二卷 詩集, 1956, 150~153쪽.

三次角設計圖

線に關する覺書 5

人は光よりも迅く逃げると人は光を見るか、人は光を見る、年齢の眞空において二度結婚する、三度結婚するか、人は光よりも迅く逃げよ。

未來へ逃げて過去を見る、過去へ逃げて未來を見るか、未來へ逃げることは過去へ逃げることゝ同じことでもなく未來へ逃げることが過去へ逃げることである。擴大する宇宙を憂ふ人よ、過去に生きよ、光よりも迅く未來へ逃げよ。

人は再びオレを迎へる、人はより若いオレに少くとも相會す、人は三度オレを迎へる、人は若いオレに少くとも相會す、人は適宜に待てよ、そしてファウストを樂めよ、メエフィストはオレにあるのでもなくオレである。

速度を調節する朝人はオレを集める、オレらは語らない、過去らに傾聽する現在を過去にすることは間もない、繰返される過去、過去らに傾聴する過去ら、現在は過去をのみ印刷し過去は現在と一致することはそのことらの複數の場合においても同じである。

聯想は處女にせよ、過去を現在と知れよ、人は古いものを新しいものと知る、健忘よ、永遠の忘却は忘却を皆救ふ。

來るオレは故に無意識に人に一致し人よりも迅くオレは逃げる新しい未來は新しくある、人は迅く逃げる、人は光を通り越し未來において過去を待ち伏す、先づ人は一つのオレを迎へよ、人は全等形においてオレを殺せよ。

人は全等形の體操の技術を習へよ、さもなければ人は過去のオレのバラバラを如何にするか

思考の破片を食べよ、さもなければ新しいものは不完全である、聯想を殺せよ、一つを知る人は三つを知ることを一つを知ることの次にすることを已めよ、一つを知ることの次は一つのことを知ることをなすことをあらしめよ。

人は一度に一度逃げよ、最大に逃げよ、人は二度分娩される前に××される前に祖先の祖先の祖先の星雲の星雲の星雲の太初を未來において見る恐ろしさに人は迅く逃げることを差控へる、人は逃げる、迅く逃げて永遠に生き過去を愛撫し過去からして再びその過去に生きる、童心よ、童心よ、充たされることはない永遠の童心よ。

一九三一、九、一二

『朝鮮と建築』, 1931. 10, 30쪽.

이 작품은 아인슈타인의 상대성원리에서 입증된 '모든 움직임은 빛의 속도를 넘을 수 없다.'는 원리를 놓고 사물에 대한 인식과 그 정보의 전달을 다양한 방식으로 재질문하면서 떠오르게 되는 시인의 상념을 서술하고 있다.

인간에게 있어서 시간의 본질에 대한 관념은 아인슈타인의 상대성이론이 등장하면서 크게 바뀐다. 유일한 절대적 시간의 존재에 대한 신념은 상대성이론에 의해 밀려난다. 모든 물질의 이동속도는 물론, 힘의 매개체인 보존도 빛의 속도를 넘어서 전달될 수 없다. 질량이 없는 물체는 빛의 속도로 전파된다. 이는 인과율에 중요한 영향을 준다. 예컨대 어떤 정보에 대한 인식과 그 전달이 빛보다 빨리 일어날 가능성이 있다고 하면, 이 경우 내가 보낸 정보가 보내기도 전에 상대방에게 도착하게 되는 역설에 빠지게 되고, 심지어는 자신의 탄생을 두 번 경험하게 된다. 이 작품에서 시인은 바로 이러한 여러 가지 상념들을 떠올리면서 인간 존재의 의미를 새롭게 질문하고자 한다.

이 작품에서 제기하고 있는 가장 중요한 문제는 비가역적인 현상으로 인식되어 온 시간의 흐름을 놓고 과거나 미래로의 여행을 꿈꾸는 것이다. 물론 상대성이론에서는 시간 여행이란 것이 불가능하다고 전제한다. 상대성이론에 의하면 물체가 광속에 가까워질수록 질량은 점점 빠르게 증가한다. 따라서 좀 더 속도를 높이기 위해서는 더 많은 에너지가 필요하게 된다. 이런 식으로 물체의 속도가 광속에 도달하면 그 물체의 질량은 무한대가 질량과 에너지의 등가원리에 의해 물체를 광속에 도달시키려면 또한 무한대의 에너지가 필요하다는 계산이 나온다. 이런 이유 때문에 일반적인 물체는 결코 광속과 같거나 더 빠르게 움직인다는 것은 불가능하다. 그러나 이 작품에서 시적 화자는 과거의 시간으로 돌아가거나 미래의 시간으로 도약하는 상황을 상상하고 있으며, 그 가능성 위에서 인간 존재의 의미를 새롭게 따져 보고 있는 것이다.

---

1) 이 대목은 아인슈타인의 상대성이론의 출발점에 해당하는 질문이다. 빛의 속도로 날아가면 세상이 어떻게 보일까라는 질문을 넘어서, 빛보다 빠르게 달리면서 빛을 볼 수 있는가를 묻고 있다. 상대성이론은 세상의 모든 것이 항구 불변한 절대적인 것이 아니라 각자의 운동 상태에 따라 모든 것이 달라지는 상대적인 것이라는 이론이므로 이 같은 질문이 가능하다.

2) 빛보다 빨리 날 수 있다면 자신보다 느리게 비치는 빛을 보게 된다는 가정이 가능하다. 상대성이론에 의하면 물체의 운동속도가 빛의 속도에 가까이 빨라지면 시간이 거의 멈추게 된다. 이러한 상태를 이 대목에서는 '연령(年齡)의 진공(眞空)'이라고 말하고 있다. 빛의 속도 또는 그 이상으로 날아갈 수 있다면 영원히 늙지 않을 수도 있다. 그러므로 결혼도 여러 번 할 수 있다. 물론 이 말은 지구에 있는 사람이 볼 때 그렇게 보인다는 말이다.

3) 빛의 속도보다 더 빠르게 날아 미래를 향하여 가게 된다면 그 미래의 시점에서 과거의 시점을 되돌아볼 수 있는 가능성도 생긴다.

4) 미래로 앞서 가는 것이 가능하다면 거기서 과거를 돌아보는 것이 가능하나, 그것은 과거로 돌아가는 것과는 다르다.

5) '과거에 살라.'는 말은 역설적으로 '현재에 살고 있음'을 말하는 것이다.

6) 빛의 속도보다 빠르게 미래를 향하여 날아간다면 과거(현재)에 살고 있는 자기 자신(나)을 만나 볼 수 있다.

7) 이 대목은 일본어 원문이 "人はより若いオレに少くとも相會す"이다. 이를 다시 번

역해 보면, '사람은 보다 젊은 나를 적어도 만나기는 한다.'라고 해야 된다. 이 말을 풀어 보면 다음과 같다. 사람이 빛의 속도보다 빠르게 미래를 향해 달려가면 시간이 멈춰 버린다. 그렇기 때문에 사람은 현재(미래로 간 사람의 입장에서는 과거)의 '나'보다는 젊은 상태를 유지한다. 그러나 미래의 시점에서 본 과거의 '나'는 나이를 먹고 늙는다. 미래로 날아간 사람은 나이도 더 먹지 않은 상태에서 과거의 '나'를 만나게 되는 것이다.

8) 사람이 '나'를 만나는 것은 현재, 과거, 미래에서 모두 가능하다.

9) 미래로 날아가서 편안히 과거로부터 다가오는 '나'를 기다리라는 의미로 풀이된다.

10) 독일의 문호 괴테(Johann Wolfgang von Goethe, 1749~1832)가 평생에 걸쳐 집필한 대작이다. 이 작품에서 괴테는 전설의 인물 파우스트(중세 말의 마법사였음)를 현대적으로 재해석하여 제시하고 있다. 파우스트는 자연과 세계의 비밀을 알고 싶어 악마와 계약하고 방황하다가 결국 파멸하고 단죄를 받게 되는 것으로 그려진다. 중세의 종교적 세계관에서 본다면 이러한 파우스트의 행동은 신성에 대한 도전이 아닐 수 없다. 파우스트는 중세를 넘어서면서 근대로 이행하는 과정에서 종교의 권위에 맞서는 인간 중심적 태도를 표방한 문제적 인물형에 해당한다.

11) 상대성이론을 낳은 새로운 과학의 발전에 의해 우주 창조의 신비가 벗겨질 수 있을 때까지 기다리라. 그러면서 '파우스트'를 한번 읽어 보고, '나' 자신이 파우스트를 타락시킨 메피스토펠레스임을 인식하도록 요구함. 과학의 발전에 대한 일종의 경계를 암시하고 있다. 여기서 '메퀴스트'는『파우스트』에 등장하는 악마 메피스토펠레스를 말한다. '메퀴스트'가 바로 '나'라고 하는 것은 인간의 의식 내부에 신에게 도전하고자 하는 욕망이 담겨 있음을 말한다.

12) 이 대목에서 '날'은 원문의 '조(朝)'를 번역한 것이다. 일본어에서는 대개 '아침' 또는 '아침나절' 정도의 의미를 지닌다. 아침에 일어나 세수를 하고 거울을 통해 자기 모습을 들여다보는 것과 연관된다.

13) 이 대목은 일본어 원문이 "オレらは語らない、過去らに傾聽する現在を過去にすることは間もない,"로 되어 있다. 전체 문맥상으로 본다면, '(과거로부터 모아진 여러 개의) 나는 말들을 하지 않는다. 과거(들)를 경청하는 현재를 과거로 하는 것은 순식간이다.' 정도로 이해할 수 있다. 아무 말도 하지 않는 과거 속의 '나'는 이후 이상의 「오감도」, 「거울」 등 여러 시 작품의 중요 모티프로 등장한다.

14) 빛의 속도로 미래로 달려갈 경우, 과거를 돌아보는 순간 그 시점이 다시 과거가 되고 과거가 되는 것을 말함.

15) 이 대목은 '現在가오직過去만을印刷하고過去가現在와一致하는것은그것들의複數의境遇에있어서도區別될수없는것이다.'로 조사를 바꾸어 놓으면 의미가 분명해진다. 광속을 유지할 경우 시간이 소멸되어 과거와 현재가 동일해지는 현상을 말함.

16) 연상 작용을 늘 새롭게 하라는 뜻.

17) 망각한다고 하더라도 망각 속에서 새로운 사실이 다시 연상되므로 결과적으로는 망각이라는 것 자체가 의미가 없어짐.

18) 빛보다 빠르게 미래로 달아난 사람이 이미 과거가 된 곳으로부터 미래를 향하여 다

가오는 '나'를 '도래할 나'라고 말함.

19) 빛의 속도보다 빨리 미래로 달아나서 거기서 자신이 떠나온 과거를 돌아본다는 뜻.

20) 여기서 '전등형'이란 '완전히 닮은 꼴'을 의미함. 사람들이 자신과 동일한 '나'를 찾아야 할 것을 강조함.

21) 여러 가지 단편적인 생각들을 제대로 정리할 것을 강조함.

22) 사고의 비약을 경계함.

23) 과학 연구의 단계적인 발전, 단계적인 변화를 강조함.

24) 빛의 속도보다 빠르게 과거로 달아날 경우, 자신이 태어나는 과정을 볼 수 있게 된다는 가정을 전제하고 있음.

25) 인류 태생의 근원으로까지 거슬러 올라갈 수도 있다는 가정을 함.

26) 빛의 속도에 이르면 시간이 멈추기 때문에 영원히 살 수 있다는 생각을 하고 있음. 그리고 그 미래의 시점에서 다가오는 과거를 보게 된다는 점을 말함.

27) 자신의 공상이 '어린 마음'에서 비롯된 것임을 밝힘.

삼차각설계도

선에관한각서 6

숫자의방위학

4　4　4　4

숫자의역학

시간성(통속사고에의한역사성)

속도와좌표와속도

4 + 4

4 + 4

4 + 4

4 + 4

etc

사람은정력학의현상하지아니하는것과똑같이있는것의영원한가설이다, 사람은사람의객관을버리라.

주관의체계의수렴과수렴에의한凹렌즈.

4 제4세

4 1931년9월12일생.

4 양자핵으로서의양자와양자와의연상과선택.

원자구조로서의모든운산의연구.

방위와구조식과질량으로서의숫자와성상성질에의한해답과해답의분류.

숫자를대수적인것으로하는것에서숫자를숫자적인것으로하는것에서숫자를숫자인것으로하는것에서숫자를숫자인것으로하는것에(1 2 3 4 5 6 7 8 9 0의질환의구명과시적인정서의기각처)

(숫자의모든성상 숫자의모든성질 이런것들에의한숫자의어미의활용에의한숫자의소멸)

수식은광선과광선보다도빠르게달아나는사람과에의하여운산될것.

사람은별—천체—별때문에희생을아끼는것은무의미하다, 별과별과의인력권과인력권과의상쇄에의한가속도함수의 변화의조사를우선작성할것.

三次角設計圖

線에關한覺書 6

數字의方位學[1)]

4 4 4 4[2)]

數字의力學[3)]

時間性(通俗思考에依한歷史性)[4)]

速度와座標와速度[5)]

4 + 4

4 + 4

4 + 4

4 + 4

etc[6)]

사람은靜力學[7)]의現象하지아니하는것과同一하는것의永遠한假設이다, 사람은사람의客觀을버리라.[8)]

主觀의體系의收斂과收斂에依한凹렌즈.[9)]

4 第四世[10)]

4　一千九百三十一年九月十二日生.[11]

4　陽子核으로서의陽子와陽子와의聯想과選擇.[12]

原子構造로서의一切의運算의硏究.

方位와構造式과質量으로서의數字와性態性質에依한解答과解答의分類.[13]

數字를代數的인것으로하는것[14]에서數字를數字的인것으로하는것[15]에서數字를數字인것[16]으로하는것에서數字를數字인것으로하는것에(1234567890의疾患의究明과詩的인情緖의棄却處)[17]

(數字의一切의性態 數字의一切의性質 이런것들에依한數字의語尾의活用에依한數字의消滅)[18]

數式은光線과光線보다도빠르게달아나는사람과에依하여運算될것.[19]

사람은별—天體—별때문에犧牲을아끼는것은無意味하다, 별과별과의引力圈과引力圈과의相殺에依한加速度函數의變化의調査를于先作成할것.[20]

一九三一, 九, 一二

『李箱全集』第二卷 詩集, 1956, 154~158쪽.

三次角設計圖

線に關する覺書 6

數字の方位學

4　4　4　4

數字の力學

時間性(通俗思考に依る歷史性)

速度と座標と速度

4 + 4

4 + 4

4 + 4

4 + 4

etc

　人は靜力學の現象しないことゝ同じくあることの永遠の假說である、人は人の客觀を捨てよ。

　主觀の體系の收斂と收斂に依る凹レンズ。

4　第四世

4　一千九百三十一年九月十二日生。

4　陽子核としての陽子と陽子との聯想と選擇。

　原子構造としてのあらゆる運算の硏究。

方位と構造式と質量としての數字の性狀性質に依る解答と解答の分類。

數字を代數的であることにすることから數字を數字的であることにすることから數字を數字であることにすることから數字を數字であることにすることへ(1234567890の疾患の究明と詩的である情緖の棄場)

(數字のあらゆる性狀 數字のあらゆる性質 このことらに依る數字の語尾の活用に依る數字の消滅)

算式は光と光よりも迅く逃げる人とに依り運算せらること。

人は星、天體、星のために犧牲を惜むことは無意味である、星と星との引力圈と引力圈との相殺に依る加速度函數の變化の調査を先づ作ること。

一九三一、九、一二

『朝鮮と建築』, 1931. 10, 30~31쪽.

이 작품은 고전 물리학의 기초가 되는 요소들, 즉 힘, 시간, 방향, 속도 등의 개념을 도식화하여 제시하면서 새로운 4차원의 시공계의 가능성에 대한 여러 가지 상념을 기록하고 있다. 아인슈타인의 상대성이론에서 제시하고 있는 3차원의 세계를 넘어서는 4차원의 시공계는 이 작품에서 '4(1+3)'로 기호화되어 있다.

---

1) 일반적으로 지도상에서 방위의 표시는 아무 표시가 없을 경우 위쪽을 북으로, 아래쪽을 남으로 한다. 그러나 별도의 방위 표시를 하였을 경우에는 이에 따른다. 방위 표시는 여러 가지 형태가 있지만 숫자 '4'와 같은 형태를 많이 쓴다. 여기서는 '방향'을 말한다.

2) 숫자 '4'와 같은 방위 표시를 여러 가지 방식으로 표시하면 방향이 서로 달라진다는 것을 기호로 표시함.

3) 숫자에 의해 표시되는 '힘'을 말함. '힘'은 물체의 운동을 일으키는 에너지를 말한다.

4) 시간은 물체의 운동이 지속되는 기간을 의미함.

5) 속도는 움직이는 물체가 지나간 변위의 변화율을 나타내는 벡터 물리량이다. 어떤 물체가 시간 t 동안 d의 거리를 지났다고 하면, 그 평균속도 v를 간단한 식으로 표현한다.

6) 이 도표 수식은 물리학의 기본을 이루는 물체의 운동량을 힘(속도)과 방향으로 표시한 것으로 생각됨.
7) 정역학(靜力學)은 물리학의 한 갈래로, 정적 평형 상태에 있는 계를 다룬다. 이러한 상태에서는 하위 계들의 상대적 위치가 시간에 따라 변화하지 않으며, 구성 물질과 구조가 외부의 힘의 작용 아래에서 정지 상태에 있게 된다. 정적 평형 상태에서 계는 정지하여 있거나, 그 질량 중심이 일정한 속도로 움직인다. 이 대목은 인간의 신체의 구조가 정역학적 요소들로 분석될 수도 있음을 암시한다.
8) 사람의 객관을 버린다는 것은 인간으로서의 외형적 요소를 중시하지 말라는 것으로 이해됨.
9) 인간은 모든 주관의 체계, 즉 모든 사고와 감정 등을 수렴하여 다시 오목렌즈처럼 발산시키는 존재임.
10) 여기서 '4'는 「선에관한각서 2」에서 제시한 바 있는 '1+3' 또는 '3+1'의 세계, 즉 1차원의 시간과 3차원의 공간이 결합된 4차원의 시공계이며, 곧 인간의 세계와는 다른 새로운 세계를 말하는 셈이다. 이 새로운 세계는 절대적인 중심이 존재하는 것이 아니라 모든 것이 중심이 될 수 있는 상대적 세계에 해당한다.
11) 여기서는 이 작품이 만들어진 '날짜'를 표시한다. 이 경우 '4'는 단순하게 '시간성'의 개념을 표시한다.
12) 원자의 구조에서 전자와 원자핵과 양성자와 중성자가 서로 결합된 상태를 말함.
13) 이 작품의 전반부에서 제시한 기호와 도식을 언급한 부분.
14) "숫자를대수적인것으로하는것"은 대수학(代數學, algebra)을 의미한다. 대수학은 수학의 한 분야로 원래 대수(代數)라는 말을 통해 실제 수 대신에 문자를 사용해 방정식을 푸는 방법을 연구한다는 뜻을 지닌다. 그러나 현대의 대수학은 이런 고전적인 의미를 벗어나 구조(structure), 관계, 양에 대한 연구에 관련된 수학의 한 분야이다.
15) "숫자를숫자적인것으로하는것"은 산술적인 것을 말한다. 일상생활에 실제로 응용할 수 있는 수와 양의 간단한 성질 및 셈을 다루는 수학의 초보적 단계이다.
16) "숫자를숫자인것"으로 한다는 것은 개개의 숫자가 드러내는 기호적 성격 그 자체를 생각한다는 뜻.
17) ( ) 속에서 진술하고 있는 것은 숫자에 대한 다양한 접근법 자체를 문제 삼으면서 숫자를 숫자 자체로 인식할 경우 숫자 안에 담겨 있는 문제성을 밝힐 수 있으나, 시적 정서 자체가 사라짐을 말함.
18) 숫자의 다양한 속성으로 인하여 숫자 자체의 기호적 속성이 점차 소멸되고 있음을 지적함.
19) 빛과 빛의 속도보다 빠르게 달아나는 사람의 관계를 수식으로 표시하는 것에 대한 생각.
20) 우주물리학의 필요성에 대한 생각을 진술함. 우주물리학(astrophysics)은 우주의 여러 현상을 물질의 기본 성질을 바탕으로 이해하려고 하는 연구 분야이다. 우주물리학은 19세기 물리학의 커다란 발전과 함께 비약적인 발전을 이루었다. 전자기학·열역학 외에 20세기에 들어와 원자물리학·양자역학 등의 발전은 우주의 다양한 현

상 해명에 큰 역할을 했다. 특히 아인슈타인의 상대성이론은 보통 사람들이 알고 있는 세계로서의 우주를 종합적으로 파악하려는 시도의 발단이 되어 우주물리학의 올바른 체계를 구축하였다. 여기서는 이 같은 과정을 전제하면서 우주물리학의 필요성을 강조하고 있는 것으로 보인다.

삼차각설계도

선에관한각서 7

공기구조의속도—음파에의한—속도처럼330미터를모방한다(광선에비할때참너무도열등하구나)

빛을즐기거라, 빛을슬퍼하거라, 빛을웃어라, 빛을울어라.

빛이사람이라면사람은거울이다.

빛을가지라.

———

시각의이름을가지는것은계획의효시이다. 시각의이름을발표하라.

□ 나의이름

△ 나의아내의이름(이미오래된과거에있어서나의 AMOUREUSE는이와같이도총명하니라)

시각의이름의통로는설치하라, 그리고그것에다최대의속도를부여하라.

——

하늘은시각의이름에대하여서만존재를명백히한다(대표인나는대표적인일례를들것)

창공, 추천, 창천, 청천, 장천, 일천, 창궁(대단히갑갑한지방색이나아닐는지)하늘은시각의이름을발표하였다.

시각의이름은사람과같이영원히살아야하는숫자적인어떤일점이다. 시각의이름은운동하지아니하면서운동의코오스를가질뿐이다.

——

시각의이름은빛을가지는빛을아니가진다. 사람은시각의이름으로하여빛보다도빠르게달아날필요는없다.

시각의이름들을건망하라.

시각의이름을절약하라.

사람은빛보다빠르게달아나는속도를조절하고때때로과거를미래에있어서도태하라.

三次角設計圖

線에關한覺書 7

空氣構造[1]의速度—音波에依한—速度처럼三百三十메—터를模倣한다[2](光線에比할때참너무도劣等하구나)[3]

光線을즐기거라, 光線을슬퍼하거라, 光線을웃거라, 光線을울거라.[4]

光線이사람이라면사람은거울이다.[5]

光線을가지라.[6]

——

視覺[7]의이름을가지는것은計畫[8]의嚆矢이다. 視覺의이름[9]을發表하라.

□ 나의이름[10]

△ 나의안해의이름(이미오래된과거에있어서나의 AMOUREUSE는이와같이도聰明하니라)[11]

視覺의이름의通路는設置하라,[12] 그리고그것에다最大의速度를附與하라.[13]

——

하늘은視覺의이름에對하여서만存在를明白히한다[14] (代表인나는代表인一例를들것)[15]

蒼空, 秋天, 蒼天, 青天, 長天一天, 蒼穹(大端히갑갑한地方色이나아닐른지) 하늘은視覺의이름을發表했다.[16]

視覺의이름은사람과같이永遠히살아야하는數字的인어떤一點이다,[17] 視覺의이름은運動하지아니하면서運動의코오스를가질뿐이다.[18]

——

視覺의이름은光線을가지는光線을아니가진다,[19] 사람은視覺의이름으로하여光線보다도빠르게달아날必要는없다.[20]

視覺의이름들을健忘하라.[21]

視覺의이름을節約하라.[22]

사람은光線보다빠르게달아나는速度를調節하고때때로過去를未來에있어서淘汰하라.[23]

一九三一, 九, 一二

『李箱全集』第二卷 詩集, 1956, 159~162쪽.

三次角設計圖

線に關する覺書 7

空氣構造の速度—音波に依る—速度らしく三百三十メートルを模倣する(何んと光に比しての甚だしき劣り方だらう)

光を樂めよ、光を悲しめよ、光を笑へよ、光を泣けよ。

光が人であると人は鏡である。

光を持てよ。

——

視覺のナマエを持つことは計畫の嚆矢である。視覺のナマエを發表せよ。

□　オレノのナマエ。

△　オレの妻のナマエ(既に古い過去においてオレの AMOUREUSEは斯くの如く聰明である)

視覺のナマエの通路は設けよ、そしてそれに最大の速度を與へよ。

——

ソラは視覺のナマエについてのみ存在を明かにする（代表のオレは代表の一例を擧げること)

蒼空、秋天、蒼天、青天、長天、一天、蒼穹(非常に窮屈な地方色ではなからうか)ソラは視覺のナマエを發表した。

視覺のナマエは人と共に永遠に生きるべき數字的である或る一點である、視覺のナマエは運動しないで連動のコヲスを持つばかりである。

——

視覺のナマエは光を持つ光を持たない、人は視覺のナマエのために光よりも迅く逃げる必要はない。

視覺のナマエらを健忘せよ。

視覺のナマエを節約せよ。

人は光よりも迅く逃げる速度を調節し度々過去を未來において淘汰せよ。

一九三一、九、一二

『朝鮮と建築』, 1931. 10, 31쪽.

이 작품은 「선에관한각서」라는 제목으로 이루어진 연작시의 결론에 해당한다. 작품의 텍스트는 모두 네 부분으로 구분되어 있다. 첫째 단락은 인간의 감각 가운데 시각이라는 것이 빛과 밀접한 관련을 가지며, 삶의 모든 과정이 빛을 통한 시각에서 이루어진다는 점을 강조한다. 둘째 단락은 인간의 사물에 대한 인식이 시각을 통해 이루어지는 것임을 설명한다. 셋째 단락은 모든 사물의 존재를 드러내는 이름이라는 것이 결국 시각의 표현임을 설명한다. 넷째 단락은 사물에 대한 인식 태도에서 지나치게 현상적인 것에 집착하지 말도록 권고한다.

1) 공기는 지구의 역사와 더불어 생성된 것이다. 공기가 없으면 지구 표면은 격렬한 태양광, 태양열, 우주선(宇宙線), 우주진 등에 직접 노출되고, 탄소 동화작용, 질소 고정작용, 호흡이 이루어지지 않아 생물이 존재할 수 없게 된다. 또한 소리가 공간에서 전파되지 않고, 물체의 연소도 불가능하며, 대기압이나 비, 바람도 존재하지 않는다. 여기서는 파동에 의해 공기 속으로 전달되는 소리에 대해 진술하고 있다.

2) 소리가 공기를 통과하는 속도는 온도에 의한 밀도의 변화를 고려하여 다음과 같이 표시한다. 음속 = 340+0.6(기온−15)m/s 이를 기초로 할 때 0℃의 기온에서는 331m/s, 15℃에서는 약 340m/s가 된다. 그러므로 이 작품에서 제시하고 있는 '330m'는 0℃의 공기를 통해 전달되는 소리의 속도를 말한다.

3) 빛의 속도에 비해 소리의 속도가 아주 느리다는 것을 지적한 부분이다. 빛의 속도는 진공 속에서의 값인 c=299,792,458m/s이고, 공기 중에서의 속도가 진공 중에서의 속도보다 느리지만 큰 차이는 없다.

4) 빛이라는 것이 인간의 희로애락(喜怒哀樂)과 관련된다는 점을 암시하고 있다.

5) 이 대목에서는 '빛=사람, 사람=거울'이라는 등식 관계를 밝히고 있다. 이러한 논리를 따진다면, 결국 '빛=거울'이라는 등식도 성립되어야 한다. 빛은 기본적으로 그 성질이 반사, 굴절, 간섭, 회절 및 도플러효과(Doppler effect) 등 파동의 특징을 보인다. 빛이 직진하는 까닭은 파장이 비교적 짧기 때문이며, 다른 매질의 경계면을 만나면 일부는 반사되고 일부는 굴절된다. '거울'은 빛의 반사를 이용하여 물체의 상(像)을 맺게 하고 그 모습을 비추는 도구이다.

6) 빛의 여러 가지 특징을 연구하고 활용해야 함을 말하고 있는 대목.

7) 시각(視覺)이란 인간의 눈을 통해 이루어지는 빛의 감각 및 그에 따르는 공간의 감각을 말한다. 빛의 감각에는 빛의 양이 많고 적음을 구별하는 밝기(명암)의 감각과, 빛의 종류를 구별하는 색(색채)의 감각이 있다. 밝기의 감각은 외계의 상황에 따라 달

라지는데, 어두운 곳에 있으면 점차 망막의 감수성이 높아지고, 밝은 곳으로 나오면 재빨리 망막의 감수성이 낮아진다. 색의 감각은 주로 빛의 파장에 관계된다. 사람이 느낄 수 있는 빛은 파장이 760~380㎚까지다. 스펙트럼으로 구별할 수 있는 색상은 빨간색에서 보라색까지인데, 사람의 눈은 약 160가지의 색상을 구별할 수 있다. 색상을 식별하는 데 필요한 빛의 강도는 색에 따라 다르다. 시각에는 빛의 밝기나 색에 대한 감각 이외에도 외계의 물체의 모양, 위치, 거리 등을 알아내는 공간 감각이 있다. 똑바로 전방을 응시할 때, 눈에 보이는 범위를 시야(視野)라고 하며, 물체의 모양을 분간하는 능력을 시력(視力)이라 한다. 한쪽 눈으로도 물체의 모양을 분간할 수는 있으나, 두 눈으로 보면 양쪽 시야가 겹쳐서 넓은 범위가 보인다. 동시에 두 눈으로 함께 보이는 부분에서는 시력이 증가되며, 깊이에 대한 감각도 생긴다.

8) 계획(計畫). 이 말을 다른 글자로 고쳐 놓은 판본이 많다. 여기서 '획(畫)'은 '가르다', '나누다', '긋다'와 같은 의미를 지닌다. 기하학의 시초를 암시적으로 말한 것으로 볼 수 있다. '기하학'을 영어로 geometry라고 하는데 이것은 geo(토지)+metry(측량)에서 나온 말이다. 고대 이집트에서 토지를 구획하여 백성들에게 나눠 줄 때 토지의 모양과 넓이를 계산할 필요가 생기면서 기하학이 출현하였기 때문이다.

9) 여기서 말하는 '시각의 이름'이란 시각에 의해 감지되는 모든 물체의 형상을 일컫는 것으로 볼 수 있다.

10) 기호적으로 □ = '나'를, △ = '아내'를 표시함.

11) 이상은 「파편의경치」, 「▽의유희」, 「신경질적으로비만한삼각형」 등에서 '△은 나의 AMOUREUSE이다.'라고 쓴 적이 있다. 여기서 바로 그 같은 사실을 환기시키고 있다. 그런데 이들 세 작품에서 '△'은 '촛불'의 '불꽃'을 표상하는 기호로 사용되었다. '총명하다'는 말이 이를 암시한다.

12) 시각을 통해 모든 사물의 형상을 제대로 감지할 수 있도록 시야를 넓혀야 함을 말한 대목.

13) 사물을 빠르게 제대로 인식하는 것이 필요함을 주장한 대목.

14) '하늘'이라는 대상은 시각을 통해 다양한 모습으로 감지될 수 있고, 그렇게 하여 그 존재 의미가 부여되고 있음.

15) '나' 자신에 대해서도, '하늘'이라는 대상에 대한 인식과 마찬가지로, 그 존재를 명백히 할 수 있는 이름이 필요함.

16) '하늘'을 일컫는 다양한 이름들이 모두 시각의 감각을 통해 명명된 것임을 예시함. 창공(蒼空, 맑게 개어 텅 비인 듯한 새파란 하늘), 창천(蒼天, 맑고 새파란 하늘), 추천(秋天, 가을 하늘), 청천(靑天, 푸른 하늘), 일천(一天, 커다랗게 하나로 보이는 하늘), 장천(長天, 멀고도 넓은 하늘)과 같은 말들이 모두 시각적 감각과 관련되는 이름임을 보여 주고 있다.

17) 시각적 감각에 의해 사물을 인식하는 방식은 인간이 살아 있는 한 인간과 함께하게 되는 것임을 강조함.

18) 시각적 감각은 빛에 대한 감각이지만 그 자체가 빛과 같은 속도를 가지는 것은 아니다. 여기서 '운동'이라는 말은 정지해 있는 어떤 기준점에 대한 물체의 위치가 시

간의 경과와 더불어 변하는 현상을 일컫는 물리학적 개념이다. 그런데 시각이란 분명 거리의 이동을 감지하며 실제 눈동자가 움직이는데도 불구하고 속도, 가속도, 각속도, 각가속도, 진동수, 힘 등을 이용하여 표현하는 '운동'과는 관계가 없으며, 운동에 적용되는 법칙을 이용하여 운동방정식으로 기술할 수도 없는 것이다. 시각적 감각은 눈의 이동을 통해 '운동'의 과정(코스)만을 감지할 수 있다. 예컨대 야구장에서 타자가 홈런을 칠 경우 공이 날아가는 방향과 그것이 떨어지는 자리를 관중석에 앉아 그대로 볼 수 있는 것과 같은 현상이다.

19) 이 대목에는 '광선'이라는 말이 두 번 나온다. 시각적 감각은 빛에 대한 감각에 의존하는 것이지만 빛 자체가 가지는 속도나 운동을 수반하는 것이 아니다.

20) 인간은 빛을 통한 시각의 감각으로 사물을 인식하게 되는 것이다. 그러므로 빛보다 빠르게 할 필요가 없다.

21) 시각적 감각은 눈에 보이는 것에만 의존하는 것이므로 그 인식의 범위가 지극히 한정되어 있다. 그러므로 사물에 대한 올바른 인식을 위해서는 이 같은 감각적 인식의 한계를 벗어나는 일이 필요하다.

22) 시각적 감각에만 의존해서는 안 된다는 점을 강조한 말.

23) 사물에 대한 사고와 인식의 범위를 확대하고 현상적인 것에 집착하지 말 것을 강조한 말. 여기서 "과거를미래에 있어서도태하라."를 주목할 필요가 있다. 빛의 속도를 넘어서는 속도로 미래를 향하여 나아갈 수 있다면, 우리가 지금 서 있는 자리는 바로 '미래'의 지점에서 보면 '과거'에 해당한다. 그러므로 이 글에서 말하는 '과거'는 오늘의 현실을 말한다.

건축무한육면각체

AU MAGASIN DE NOUVEAUTÉS

사각형의내부의사각형의내부의사각형의내부의사각형 의내부의사각형.

사각이난원운동의사각이난원운동 의 사각 이 난 원.

비누가통과하는혈관의비눗내를투시하는사람.

지구를모형으로만들어진지구의를모형으로만들어진지구.

거세된양말.(그여인의이름은워어즈였다)

빈혈면포. 당신의얼굴빛깔도참새다리같습네다.

평행사변형대각선방향을추진하는막대한중량.

마르세이유의봄을해람한코티향수가맞이한동양의가을.

쾌청의하늘에붕유하는 Z 백호. 회충양약이라고쓰여져있다.

옥상정원. 원후를흉내내고있는마드무아젤.

만곡된직선을직선으로질주하는낙체공식.

시계문자반에Ⅻ에내리워진두개의젖은황혼.

도아의내부의도아의내부의조롱의내부의카나리아의내부의감살문호의내부의인사.

식당의문간에방금도착한자웅과같은붕우가헤어진다.

검정잉크가엎질러진각설탕이삼륜차에실린다.

명함을짓밟는군용장화. 가구를질구하는조화금련.

위에서내려오고밑에서올라가고위에서내려오고밑에서올라간사람은밑에서올라가지아니한위에서내려오지아니한밑에서올라가지아니한위에서내려오지아니한사람.

저여자의하반은저남자의상반에흡사하다.(나는애처로운해후에애처로워하는나)

사각이난케-스가걷기시작한다.(소름끼치는일이다)

라지에-터의근방에서승천하는꾿빠이.

바깥은비. 발광어류의군집이동.

建築無限六面角體[1]

AU MAGASIN DE NOUVEAUTÉS[2]

四角形의內部의四角形의內部의四角形의內部의四角形 의內部의 四角形.[3]

四角이난圓運動의四角이난圓運動 의 四角 이 난 圓.[4]

비누가通過하는血管의비눗내를透視하는사람.[5]

地球를模型으로만들어진地球儀를模型으로만들어진地球.[6]

去勢된洋襪.[7](그女人의이름은워어즈였다)[8]

貧血緬絶, 당신의얼굴빛깔도참새다리같습네다.[9]

平行四邊形對角線方向을推進하는莫大한重量.[10]

마루세이유[11]의봄을解纜[12]한코티의香水[13]의마지한東洋의가을.[14]

快晴의空中에鵬遊[15]하는Z伯號.[16] 蛔蟲良藥이라고쓰여져있다.[17]

屋上庭園. 猿猴[18]를흉내내이고있는마드무아젤.[19]

彎曲된直線을直線으로疾走하는落體公式.[20]

時計文字盤에Ⅻ에내리워진二個의浸水된黃昏.[21]

도아—의內部의도아—의內部의鳥籠[22]의內部의카나리야의內部의嵌殺門戶[23]의內部의인사.[24]

食堂의門깐에方今到達한雌雄과같은朋友가헤여진다.[25]

파랑잉크가엎질러진角雪糖이三輪車에積荷된다.[26]

名啣을짓밟는軍用長靴.[27] 街衢를疾驅하는造花金蓮.[28]

위에서내려오고밑에서올라가고위에서내려오고밑에서올라간사람은밑에서올라가지아니한위에서내려오지아니한밑에서올라가지아니한위에서내려오지아니한사람.[29]

저여자의下半은저남자의上半에恰似하다.[30](나는哀憐한邂逅에哀憐하는나)[31]

四角이난케—스[32]가걷기始作이다.[33](소름끼치는일이다)[34]

라지에—타[35]의近方에서昇天하는꾿빠이.[36]

바깥은雨中. 發光魚類[37]의群集移動.[38]

『李箱全集』 第二卷 詩集, 1956, 179~181쪽.

建築無限六面角體

AU MAGASIN DE NOUVEAUTÉS

四角の中の四角の中の四角の中の四角　の中の四角。

四角な圓運動の四角な圓運動　の　四角　な 圓。

石鹼の通過する血管の石鹼の匂を透視する人。

地球に倣つて作られた地球儀に倣つて作られた地球。

去勢された襪子。(彼女のナマへはワアズであつた)

貧血緬絶。アナタノカホイロモスヅメノアシノヨホデス。

平行四邊形對角線方向を推進する莫大な重量。

マルセイユの春を解纜したコテイの香水の迎へた東洋の秋。

快晴の空に鵬遊するZ伯號。蛔蟲良藥と書いてある。

屋上庭園。猿猴を眞似てゐるマドモアゼル。

彎曲された直線を直線に走る落體公式。

文字盤にⅫに下された二個の濡れた黄昏。

ドアアの中のドアアの中の鳥籠の中のカナリヤの中の嵌殺戶扉の中のアイサツ。

食堂の入口迄來た雌雄の様な朋友が分れる。

黒インクの溢れた角砂糖が三輪車に積荷れる。

名刺を踏む軍用長靴。街衢を疾驅す る 造 花 金 蓮。

上から降りて下から昇つて上から降りて下から昇つた人は下から昇らなかつた上から降りなかつた下から昇らなかつた上から降りなかつた人。

あのオンナの下半はあのオトコの上半に似てゐる。(僕は哀しき邂逅に哀しむ僕)

四角な箱棚が歩き出す。(ムキミナコトダ)

ラヂエエタアの近くで昇天するサヨホナラ。

外は雨。發光魚類の群集移動。

『朝鮮と建築』, 1932. 7, 25쪽.

이 작품은 제목 그대로 새로운 상품들이 진열되어 판매되고 있는 백화점이라는 장소를 시적 대상으로 삼고 있다. 백화점은 모든 산업 생산품이 한곳으로 집결되어 상품으로 소비되는 현대적인 대중 소비문화를 상징하는 공간이다.

이 작품에서 시적 화자는 백화점이라는 건축 공간의 현대적 특성과 기능을 기하학적으로 설명한다. '사각형의 내부의 사각형의 내부……'라는 대목은 백화점 건물의 외양과 그 내부의 구조를 평면 기하학적 도형의 개념으로 설명한 부분이며, '사각이 난 원운동……' 부분은 백화점 건물의 내부로 통하는 문의 움직임을 공간적(입체적)으로 묘사한 대목이다. 현대건축의 기본 구조 자체를 사각형과 그 사각형의 원운동의 형태로 추상화하고 있는 것이다. 백화점의 내부에서도 위층으로 이동하는 통로용 층계를 놓고 "평행사변형대각선방향을추진하는막대한중량"이라고 표현한 것이라든지, 백화점에 설치되어 있는 승객용 승강기를 보고 '사각이 난 케이스가 걷기 시작한다.'라든지, '승천'한다고 묘사한 것도 모두 기하학적 관점에 의해 백화점의 내부 구조와 기능을 묘사한 것으로 볼 수 있다.

백화점 안에 들어서서 시적 화자는 그 내부에 진열된 신기한 상품에 눈을 돌린다. 시적 화자의 시선을 끌게 된 것은 주로 여성용품들이다. 진열장에 늘어놓은 비누를 보고 "비누가통과하는혈관"이라고 설명한다든지, 여성용 스타킹을 "거세된양말"이라고 말하면서 그 투명하게 살갗이 드러나 보이는 색깔에 관심을 보이기도 한다. 그리고 멀리 바다를 건너 프랑스에서 수입된 '코티' 화장품과 향수의 향내를 느끼기도 한다. 이 대목에서 소비문화의 확대 과정이 암시된다.

백화점 옥상에 올라서서 회충약을 광고하는, 하늘에 떠 있는 비행선을 본다. 옥상 위에는 여성 모델이 그려진 상품 광고판이 놓여 있다. 옥상 위에서 내려다보는 길 건너 풍경 속에는 오가는 사람들, 상품 상자를 싣고 있는 삼륜차가 보인다. 건너편 건물 안의 풍경도 유리창 너머로 눈에 들어온다. 어느덧 황혼이 깃든다. 백화점을 나올 때는 비가 내리는데, 거리에 자동차들이 라이트를 켜고 달린다.

이 작품에서 가장 특징적으로 드러나고 있는 것은 대상을 기하학적인 관점으로 묘사하고 있다는 점이다. 현대적인 백화점의 건물 구조를 기하학적 도형으로 추상화했으며, 백화점에 진열된 상품들과 상품 광고 등에 대한 시적 화자의 태도가 매우 감각적임에도 불구하고 일정한 거리를 느끼게 한다는 점을 부인할 수 없다. 현대적인 도시 공간에 새롭게 등장한, 고급한 소비문화 행태에 대한 시적 화자의 태도가 냉소적임을 느낄 수 있다. 이 백화점의 모든 장식과 상품 진열과 광고와 선전물 들은 그 자체가 스스로 말을 건네듯 자신을 드러낸다. 환상을 불러일으키는 화장품의 향기, 광고 문안, 그리고 하늘에 떠 있는 애드벌룬 혹은 광고용 비행선, 여기저기 떨어져 있는 광고 전단지들, 진열장의 화려한 네온사인과 물건들, 화장품과 여성용품, 이 층을 오르내리는 숱한 사람들, 그리고 빗속을 달리는 자동차, 바쁜 걸음으로 거리를 달리는 여성들……. 더 이상 거론하기조차 가슴 벅찬 이 도회의 한복판 백화점 앞 거리는 그 자체가 하나의 커다란 광고판처럼 그려진다.

1) '육면각체'라는 용어는 수학에서 통용되지 않는 말이다. 우리가 흔히 볼 수 있는 정육면체나 정사면체는 '삼면각체'에 해당한다. 그러나 여섯 개의 면이 만나는 입체라는 무리한 해석이 가능하다. 물론 '오일러의 다면체 공식(v-e+f=2)'에 의하면 육면각체란 존재할 수 없다. 그러나 '무한'이라는 수식어를 붙일 경우, '무한육면각체'를 여섯 개의 면이 한 점에서 만나고 반대쪽으로 무한이 벌어진 입체라고 볼 경우, 그 존재의 가능성을 인정할 수 있다.(김명환, 「이상 시에 나타나는 수학기호와 수식의 의미」, 『이상 문학 연구 60년』, 권영민 편, 180~181쪽 참조.) 여기서 '육면각체'를 '육면체'로 볼 수 있다면, 수많은 육면체가 결합된 형태로 이루어진 현대건축의 기하학적 모형을 상징하는 말로도 이해할 수 있다.

2) 이 작품의 제목은 프랑스어로 '신기한 것들이 있는 상점에서'라는 뜻을 가진다.

3) 백화점 건물의 구조와 내부 진열대의 구조를 평면 기하학적으로 묘사한 대목이다. 백화점 건물의 외양을 평면적으로 사각형(사실은 직육면체와 같은 입체형이어야 함)에 비유하고 그 내부에 놓여 있는 각종 진열대와 상품들이 마치 사각형 안에 사각형이 담겨 있는 모습으로 보임을 묘사함. 현대건축의 기하학적 특성을 지적하고 있는 것으로 생각됨.

4) 백화점의 내부로 문을 밀거나 열고 들어가는 과정을 묘사한 대목. 문의 형태와 그 움직임을 입체적으로 재현하기 위해 '사각의 원운동'으로 묘사함. 사각형의 원운동은 입체적으로 원기둥을 만들게 됨.

5) 백화점에 진열된 물건 중에서 가장 먼저 지목한 것이 '비누'이다. 진열대 안에 늘어놓은 비누의 모습을 마치 혈관을 통과하는 것처럼 묘사함. 그것을 들여다보고 있는 사람이 있음.

6) 지구본이 진열대 위에 놓여 있음.

7) "거세된양말"은 여성용 양말을 비유적으로 지적한 말.

8) 양말의 상품명이 '워어즈'라는 영어로 표시되어 있음.

9) '빈혈면포'는 얇게 살갗이 내비치는 여성용 양말을 지적한 말. 속이 비치는 얇은 천으로 되어 있다. 가느다란 다리가 '참새다리'에 비유됨.

10) 백화점 내부의 한가운데에 이 층으로 오르는 층계가 길게 나 있는 모습을 평면도형인 평형사변형의 대각선 모양에 비유함. 여기서 "막대한중량"이란 수많은 사람들이 층계를 오르내리고 있음을 암시함.

11) 마르세이유(Marseilles)는 프랑스의 항구 도시로 지중해에 면해 있음.

12) 해람(解纜). 밧줄을 풀다. 여기서는 배가 바다를 향하여 출범함을 말함.

13) 코티(coty) 향수. 프랑스의 유명한 화장품 회사 '코티'에서 만들어 낸 '코티 향수'를 말함. 코티 화장품은 1900년대 전반기를 대표하는 고급 화장품으로 널리 알려져 있음.

14) 이 구절은 프랑스제 코티 향수가 멀리 프랑스의 마르세이유 항을 봄에 출발하여 가을에 동양의 '경성'까지 들어와 있음을 말한 대목임. 여성용 패션과 화장품이 소비상품으로서 세계시장에 널리 보급되고 있음을 암시함.

15) 붕유(鵬遊). 거대한 새처럼 떠 있음.

16) 백화점 위로 거대한 새처럼 하늘에 떠 있는 비행선 'Z백호(伯號)'의 모습을 묘사함. 여기서 'Z백호'는 세계 최초로 비행선을 제작한 독일인 체펠린(Zeppelin)의 이니셜을 따온 것으로, 비행선을 지칭하는 일반명사처럼 전의된 것이다. 이 시기에 상품의 광고를 위해 많이 사용됨.

17) '회충양약'이라는 글자가 비행선에 써 있는 것이 보인다. 약을 선전하기 위한 광고임을 알 수 있다. 의약품이 광고용 상품으로 등장하고 있음을 보여 준다.

18) 원후(猿猴). 원숭이.

19) 프랑스어 'mademoiselle'. 영어의 미스(miss)에 해당함. 이 대목은 옥상 정원에 세워 놓은 간판의 그림(또는 사진)을 설명한 것으로 보임. 상품을 광고하기 위해 어떤 포즈를 취하고 있는 여성 모델의 모습을 원숭이를 흉내 내고 있다고 설명함.

20) 옥상 위에서 건너편의 길거리를 내려다보는 것을 말함. 시선이 움직이는 경로를 기하학적인 용어로 묘사한 것임. 마치 둥그렇게 곡선을 그으면서 어떤 물건이 땅으로 떨어진 것처럼 묘사하고 있다.

21) 건너편 건물에 내걸린 시계의 바늘 두 개가 황혼 속에 어릿하게 보이는 광경을 묘사함.

22) 조롱(鳥籠). 새장.

23) 감살문호(嵌殺門戶). 빛만 받아들이고 여닫지 못하는 창문 문호. 감살창(嵌殺窓).

24) 길 건너 건물 안의 풍경이 창을 통해 드러난 모습을 묘사한 대목이다. 거리가 멀리 떨어져 있어서 작은 새장 모양으로 비친다. 그 안에 있는 사람들은 카나리아 새처럼 묘사된다. 문을 여닫을 수가 없는 감살창이다. 그 안에서 여자(카나리아)가 인사를 하는 모습이 보인다.

25) 길 건너 식당의 풍경을 묘사한다. 식당의 입구까지 나온 남녀가 문 앞에서 서로 헤어지는 모습이 보인다.

26) 삼륜차에 검정색의 네모난 상자를 싣는 모습이 보인다. 차에 싣는 상자가 마치 검정색 잉크가 엎질러진 것처럼 새까맣고 네모난 모양이 각설탕처럼 조그맣게 보인다.

27) 여기서 '명함(名啣)'은 길거리에 떨어져 있는 광고지나 신문지와 같은 종이를 말한다. 높은 옥상 위에서 내려다보고 있으므로 그 크기가 명함처럼 작게 보인다. 자동차에 싣는 상자를 각설탕이라고 말하고 있는 것과 마찬가지다. 길을 걸어가는 남자들의 구둣발에 광고지가 짓밟히고 있는 모양이 눈에 비친 것이다.

28) 가구(街衢). 길거리. '조화금련(造花金蓮)'에서 '조화'는 '인공적으로 만들어 낸 꽃'이라는 의미를 지니며, '잘 꾸민 여성'을 비유적으로 표현한 말. '금련(金蓮)'은 '금련보(金蓮步)'의 준말이며, '미인이 사뿐사뿐 걸어가는 아름다운 발걸음'을 뜻한다. 이 대목은 아름답게 치장한 미인들이 길거리를 바쁘게 걸어가는 모습을 그려 내고 있다.

29) 이 장면은 다시 백화점의 내부에서 아래위 층을 오르내리기 위해 층계로 이동하는 사람들의 모습을 묘사한 대목이다. 오르내리는 사람들이 아주 많음을 암시한다.

30) 층계를 오르내릴 때 올라가는 사람과 내려가는 사람이 서로 지나치는 순간의 모습을 묘사한 대목이다. 마치 여자의 하반이 남자의 상반에 붙어 있는 것처럼 보인다.

31) 층계를 내려오면서 자신의 모습을 생각하고 있음.
32) 사람들을 실어 나르는 승강기(엘리베이터)를 말함.
33) 승강기가 움직이는 모습을 걸어간다고 말함.
34) 승강기가 출발하는 순간 아찔한 느낌이 드는 것을 말함.
35) 라디에이터. 백화점 안에 설치되어 있는 방열기.
36) 승강기 근처에 방열기가 놓여 있음을 알 수 있다. 승강기가 위로 올라가는 것을 '승천'한다고 표현함.
37) 발광어류(發光魚類). 몸통이나 눈에서 빛을 내는 어류. 심해어류 가운데 많다. 백화점을 나와 비가 오는 길거리에서 앞에 헤드라이트를 켜고 달리는 자동차를 비유적으로 지칭한 것임.
38) 자동차들이 헤드라이트를 켜고 무리를 지어 길거리를 이동하는 모양을 묘사함.

건축무한육면각체

열하약도 No.2(미정고)

1931년의풍운을적적하게말하고있는탱크가이른아침짙은안개에붉게녹슬어있다.

객석의구들의내부.(실험용알콜램프가등불노릇을하고있다)

벨이울린다.

아이가20년전에사망한온천의재분출을알린다.

建築無限六面角體

熱河略圖 No.2(未定稿)[1)]

1931年의風雲[2)]을寂寂하게말하고있는탱크가早晨의大霧[3)]에赤褐色으로녹슬어있다.

客席의기둥의內部.(實驗用알콜램프가燈불노릇을하고있다)[4)]

벨이울린다.

兒孩가二十年前에死亡한溫泉의再噴出을報導한다.

『李箱全集』第二卷 詩集, 1956, 182쪽.

建築無限六面角體

熱河略圖 No.2(未定稿)

1931年の風雲を寂しく語つてゐるタンクが早晨の大霧に赭く錆びついてゐる。

客棧の炕の中。(實驗用アルコホルランプが灯の代りをしてゐる)

ベルが鳴る。

小孩が二十年前に死んだ溫泉の再噴出を知らせる。

『朝鮮と建築』, 1932. 7, 25쪽.

이 작품은 텍스트 자체가 완결성을 보이지는 않는다. '미정고'라고 써 놓은 것으로 보아 정리되지 않은 상념들을 모아 놓듯이 기록한 듯하다. 이 작품에서 '열하(熱河)'는 중국의 만주 지역에 있는 지명이다. 1931년 일본이 만주 대륙에서 전쟁을 일으키면서 대륙 진출을 시도하게 된 사건을 염두에 두고 있다. 이 작품의 내용은 영화관에서 보게 된 시사 뉴스에 대한 느낌을 적어 놓았지만 전체적으로 어떤 뚜렷한 주제 의식이 직접적으로 드러나 있지는 않다.

1) 열하(熱河). 중국의 지명. 박지원의 『열하일기』로 유명하다. 현재 중국 허베이성(河北省) 청더(承德)를 말한다. 베이징(北京)에서 동북쪽으로 두세 시간 거리에 있는 작은 도시이며 청(淸)나라 황제들이 무더운 베이징의 여름을 피해 찾던 휴양지로 알려져 있다. '열하(熱河)'라는 이름은 '겨울에도 얼지 않는다'는 뜻이다.

2) '1931년의 풍운'은 대륙 진출을 꾀하기 위해 일본이 만주에서 일으킨 만주 전쟁이 발발한 사건을 의미한다.

3) 조신(早晨)의 대무(大霧). 이른 아침의 짙은 안개.

4) 영화관 객석 옆의 기둥 속에 비상구를 표시하기 위해 등불을 켜 놓은 것을 말함.

건축무한육면각체

진단 0 : 1

어떤환자의용태에관한문제

1 2 3 4 5 6 7 8 9 0 ●

1 2 3 4 5 6 7 8 9 ● 0

1 2 3 4 5 6 7 8 ● 9 0

1 2 3 4 5 6 7 ● 8 9 0

1 2 3 4 5 6 ● 7 8 9 0

1 2 3 4 5 ● 6 7 8 9 0

1 2 3 4 ● 5 6 7 8 9 0

1 2 3 ● 4 5 6 7 8 9 0

1 2 ● 3 4 5 6 7 8 9 0

1 ● 2 3 4 5 6 7 8 9 0

● 1 2 3 4 5 6 7 8 9 0

진단 0 : 1

26 · 10 · 1931

이상　책임의사　이상

建築無限六面角體

診斷 0:1[1)]

어떤患者의容態에關한問題

1 2 3 4 5 6 7 8 9 0 •

1 2 3 4 5 6 7 8 9 • 0

1 2 3 4 5 6 7 8 • 9 0

1 2 3 4 5 6 7 • 8 9 0

1 2 3 4 5 6 • 7 8 9 0

1 2 3 4 5 • 6 7 8 9 0

1 2 3 4 • 5 6 7 8 9 0

1 2 3 • 4 5 6 7 8 9 0

1 2 • 3 4 5 6 7 8 9 0

1 • 2 3 4 5 6 7 8 9 0

• 1 2 3 4 5 6 7 8 9 0 [2)]

診斷 0:1

26 · 10 · 1931

以上　責任醫師　　李箱

『李箱全集』第二卷 詩集, 1956, 183쪽.

建築無限六面角體

診斷 0:1

或る患者の容態に關する問題。

1 2 3 4 5 6 7 8 9 0 •
1 2 3 4 5 6 7 8 9 • 0
1 2 3 4 5 6 7 8 • 9 0
1 2 3 4 5 6 7 • 8 9 0
1 2 5 4 5 6 • 7 8 9 0
1 2 3 4 5 • 6 7 8 9 0
1 2 3 4 • 5 6 7 8 9 0
1 2 3 • 4 5 6 7 8 9 0
1 2 • 3 4 5 6 7 8 9 0
1 • 2 3 4 5 6 7 8 9 0
• 1 2 3 4 5 6 7 8 9 0
診斷0:1
26 · 10 · 1931
以上　責任醫師　　李箱

『朝鮮と建築』, 1932. 7, 25쪽.

이 작품은 텍스트 자체가 숫자판과 함께 제시되는 몇 개의 간략한 진술로 구성되어 있다. 숫자판 자체의 구성에서 볼 수 있는 기호적인 특성을 해명하기 위해 여러 가지 접근법이 시도되기도 하였고, 다양한 의미로 해석되기도 하였다. 특히 이 작품은 국문시 「오감도」의 「시제4호」(「조선중앙일보」, 1934. 7. 28.)에서 숫자판이 뒤집혀진 상태로 고쳐지고, '진단 0:1'이 '진단 0.1'로 바뀌어진 형태로 발표되면서 그 상호 텍스트성에 대한 관심도 크게 제기된 바 있다. 이 작품에서 숫자판의 성격에 대해서는 김명환 교수의 설명이 설득적이다. 수학자인 김 교수는 「이상의 시에 나타나는 수학기호와 수식의 의미」(『이상 문학 연구 60년』, 권영민 편, 170~171쪽)에서 이 숫자판의 맨 위에 '1234567890'이라는 숫자가 있는데, 이 숫자가 한 줄씩 아래로 내려오면서 1/10씩 곱해지는 등비수열의 형태를 나타내고 있다고 해석한다. 그리고 이렇게 계속 내려가면 아무리 큰 수부터 시작해도 결국은 0으로 수렴하게 된다는 사실을 지적하고 있다.

---

1) 이 작품은 임종국 편 『이상전집』 제2권 시집에서 「오감도 시제4호」와 동일한 작품이라고 표시하였고 텍스트를 수록하지 않았다. 작품의 제목만 「진단 0.1」이라고 잘못 옮겼다. '진단 0:1'에서 '0:1'은 분수로 고칠 때 '0/1'과 동일한 것으로 간주된다. 이

경우 '0/1=0'이라는 식이 성립되기 때문에 실제 진단의 결과는 소멸 또는 부재를 의미하는 '0'을 나타낸다고 할 수 있다.

2) 이 작품의 숫자판에 대해서는 여러 가지 해석이 있다. 수학자인 김명환 교수는 「이상의 시에 나타나는 수학기호와 수식의 의미」(『이상 문학 연구 60년』, 권영민 편, 170~171쪽)에서 다음과 같이 해석하고 있다. "위의 숫자판이 위에서 아래로 한 줄씩 내려갈 때마다 1/10씩 곱해지는 등비수열로 보인다. 이렇게 내려가면 아무리 큰 수부터 시작해도 0으로 수렴하게 되기 마련이다. 11줄로만 쓴 것은 아마도 역대각선을 이루는 점들을 중심으로 이루어지는 대칭적 형태미를 고려한 것이 아닌가 싶다. 시의 첫 줄에 모든 숫자가 소수점의 영향을 받지 않은 채 온전하게 나열된 것을 합리적 세계관에 의하여 완벽하게 장악된 세상을 의미하는 것으로 본다면, 책임 의사 이상은 그러한 세계가 궁극적으로는 소멸될 것이라고 진단한다."

건축무한육면각체

二十二年

전후좌우를제한유일한흔적에있어서

익단불서　목대부도(翼段不逝　目大不覩)

반왜소형의신의안전에서내가낙상한고사가있다

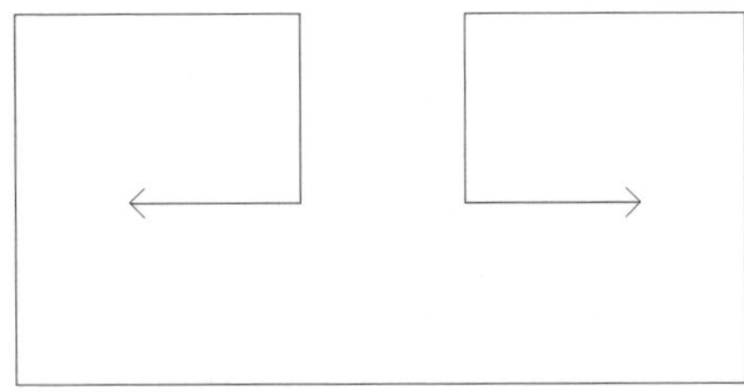

(장부　그것은침수된축사와다를것인가)

建築無限六面角體

二十二年[1)]

前後左右를除하는唯一의痕迹에있어서[2)]
翼段不逝　目大不覩[3)]
胖矮小形의神[4)]의眼前에서내가落傷한故事[5)]가있다

6)

(臟腑[7)]　그것은浸水된畜舍와다를것인가[8)])

『李箱全集』第二卷 詩集, 1956, 183쪽.

建築無限六面角體

二十二年

前後左右を除く唯一の痕跡に於ける
翼段不逝　目大不覩
胖矮小形の神の眼前に我は落傷した故事を有つ。

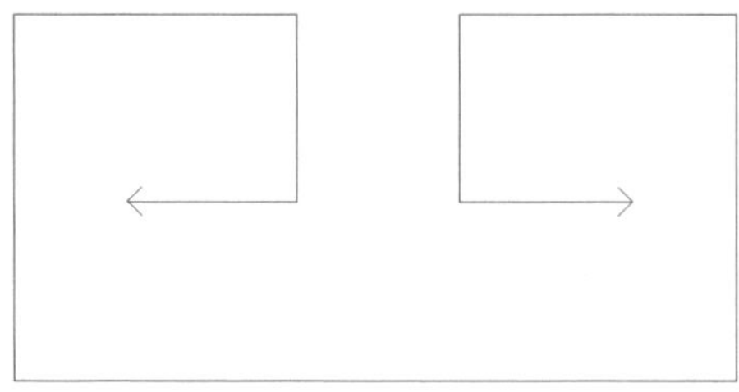

(臟腑　其者は浸水された畜舍とは異るものであらうか)

『朝鮮と建築』, 1932. 7, 26쪽.

이 작품은 이상이 쓴 일본어 작품 가운데 난해한 작품으로 손꼽혀 왔다. 그 이유는 독특한 인유(引喩)의 방법과 기호로서의 도형의 제시 등이 전체 텍스트의 해독을 방해했기 때문이다. 이 작품의 텍스트는 짤막한 몇 개의 진술과 하나의 도형으로 이루어져 있다. 그러나 이 같은 텍스트 구성을 정밀하게 분석하면 크게 세 부분으로 구분된다. 첫 단락은 제1행과 제2행, 둘째 단락은 제3행과 도표, 그리고 셋째 단락은 ( ) 속에 들어 있는 작품의 마지막 행이다.

이 작품에서 제목이 되고 있는 '二十二年'은 시인 자신이 폐결핵을 처음 진단받은 나이를 말한다. '二十二'라는 글자 그대로 놓고 보면 좌우 균형을 이룬 건강한 상태를 암시한다. 그런데 여기서 좌우를 없애 버리면 '十'이라는 글자만 남는다. 전후와 좌우를 없애 버린 하나의 흔적이 있다는 시구가 바로 일종의 '말놀이' 또는 '글자 놀이'의 출발점에 해당함을 알 수 있다. 이 작품에서 "익단불서(翼段不逝) 목대불도(目大不覩)"라는 한문 구절은 중국의 대표적인 고전『장자(莊子)』의「산목편」의 한 대목을 패러디한 것이다. 원문은 "익은불서(翼殷不逝) 목대부도(目大不覩)"라고 되어 있다. 그런데 이 구절에서 '날개가 크다.'는 의미를 지니는 '익은(翼殷)'이라는 말을 시인은 '익단(翼段)'으로 바꾸어 놓았다.『장자』의 원전과는 달리 "익단불서(翼段不逝) 목대부도(目大不覩)"라는 새로운 문구가 만들어진 것이다. 이 새로운 문구는 '날개는 부러져서 날지 못하고 눈은 커도 보지 못한다.'는 의미로 해석된다.

이 작품의 텍스트에 제시된 추상적인 도표에 대해서는 그 해석이 구구하다. 이 도표는 병원에서 찍은 흉부의 X선 사진의 모양을 평면 기하학적으로 추상화하여 그려 본 것이라고 할 수 있다. 안쪽으로 굽어 들어간 화살표는 혈관을 표시하는 것이다. 그러나 정작 이 혈관이 이어져야 할 폐가 없다. 폐결핵이 중증 상태임을 말해 준다. 이것은 병에 의한 '신체적 결여'의 기호적 표상에 해당하기도 하고, 앞서 인용한『장자』의 구절을 변형시킨 대로 '날개가 부러져서……'라는 대목을 추상화한 도표로서 텍스트상에서 서로 의미가 연결된다.

이 작품에서 그려 내고 있는 것은 시인의 나이 22세에 폐결핵을 진단받고 그 병환이 심각한 상태에 있음을 알게 된 순간의 절망감이다. 시적 화자는 병으로 인한 신체 기능의 결여 상태를 『장자』의 한 대목을 패러디하여 그려 내고 이를 다시 X선 사진을 통해 추상화시켜 표현한다. 이 작품에서 제시되고 있는 육체의 물질성에 대한 인식은 작품의 마지막 구절에서 절망적으로 표출된다. 이상의 개인사적 체험과 관련된 이 작품은 1934년 연작시 「오감도」의 「시제5호」로 개작 발표되었는데, 여기서는 인용된 『장자』의 문구를 "익은불서(翼殷不逝) 목대부도(目大不覩)"라는 『장자』의 원문 그대로 바로잡아 놓았으며, '장부(臟腑) 타는 것은 침수한 축사(畜舍)와 다를 것인가.'라고 고쳐놓고 있다.

---

1) 이 작품은 임종국 편 『이상전집』 제2권 시집에서 「오감도 시제5호」와 동일한 작품이라고 표시하고 텍스트를 싣지 않았다. 작품의 제목인 '이십이 년'은 시인 이상 자신이 폐결핵임을 진단받게 된 때의 나이를 말한 것으로 보인다.

2) 전후와 좌우를 없애 버린 흔적이 하나 있다.

3) 중국의 대표적인 고전 『장자(莊子)』의 「산목편」에 나오는 원문은 "익은불서(翼殷不逝) 목대부도(目大不覩)"이다. 그런데 이 문구 가운데 '날개가 크다.'는 의미를 지니는 '익은(翼殷)'을 시인은 일본어 시에서 '익단(翼段)'으로 바꾸어 놓았다. '은(殷)' 자의 획을 두 개 제외시켜 '단(段)' 자를 만들어 놓은 것이다.

4) 반왜소형(胖矮小形). 살이 찌고 키가 작은 모습. 여기서 "반왜소형의신"은 '살이 찌고 키가 작은 모습을 한 신'이라고 풀이된다. 그리고 이것은 시인 이상을 진찰했던 병원의 의사를 묘사한 것으로 보인다. '신(神)'이라는 말로 지시할 수 있는 대상은 의사밖에 없을 듯하다.

5) '눈앞에서 넘어진 일이 있다.'는 것은 의사 앞에서 기침을 하다가 객혈을 하며 쓰러진 자신의 모습을 묘사한 것으로 볼 수 있다. 이 대목은 결국은 '키가 작고 살이 찐 의사의 눈앞에서 나는 쓰러진 일이 있다.'로 해석된다.

6) 이 도표는 병원에서 찍은 X선 사진의 모양을 평면 기하학적으로 추상화하여 그려 본 것이다.

7) 장부(臟腑). 오장(五臟)과 육부(六腑). 인체 내의 여러 기관을 말한다.

8) 물에 잠긴 축사(畜舍)의 형상을 드러내고 있다고 생각한다. ( ) 속의 이 대목은 바로 앞에 제시한 대로 가슴을 촬영한 X선 사진의 거무스레하고 희끄무레한 영상을 보면서 그것이 마치 물속에 잠긴 축사(畜舍)의 모습처럼 엉성하다는 생각을 하고 있음을 보여 준다.

건축무한육면각체

출판법

I

허위고발이라는죄목이나에게사형을언도했다. 자태를감춘증기속에서몸을가누고나는아스팔트가마를비예하였다.

—직에관한전고한구절—

기부양양 기자직지(其父攘羊 其子直之)

나는안다는것을알아가고있었던까닭에알수없었던나에대한집행이한창일때나는다시금새로운것을알아야만했다.

나는새하얗게드러난골편을주워모으기시작했다.

'거죽과살은나중에라도붙을것이다'

말라떨어진고혈에대해나는단념하지아니하면아니되었다.

II 어느경찰탐정의비밀신문실에서

혐의자로검거된남자가지도의인쇄된분뇨를배설하고다시금그걸삼킨것에대해경찰탐정은아는바가하나도있지않다. 발각될리없는급수성소화작용 사람들은이것이야말로요술이라고말할 것이다.

'너는광부에다름이없다'

참고로부언하면남자의근육의단면은흑요석처럼빛나고있었다고한다.

Ⅲ 호외

자석수축하기시작하다

원인극히불분명하나대외경제파탄으로인한탈옥사건에관련되는바가크다고보임. 사계의요인들이머리를맞대고비밀리에연구조사중.

개방된시험관의열쇠는내손바닥에전등형의운하를굴착하고있다. 곧이어여과된고혈같은강물이왕양하게흘러들어왔다.

Ⅳ

낙엽이창호를삼투하여내정장의자개단추를엄호한다.

암 살

지형명세작업이아직도완료되지않은이궁벽한땅에불가사의한우체교통이벌써시행되었다. 나는불안을절망했다.

일력의반역적으로나는방향을잃었다. 내눈동자는냉각된액체를잘게잘라내며낙엽의분망을열심히방조하는수밖에없었다.

(나의원후류에의진화)

建築無限六面角體

出版法[1)]

I

虛僞告發이라는罪名[2)]이나에게死刑을言渡하였다.[3)] 자취를隱匿한蒸氣속에몸을記入하고서[4)]나는아스팔트가마를睥睨하였다.[5)]

— 直에關한典古一則 —[6)]

其父攘羊　其子直之[7)]

나는아아는것을아알며있었던典故로하여아알지못하고그만둔나에게의執行의中間에서더욱새로운것을아알지아니하면아니되었다.[8)]

나는雪白으로曝露된骨片을줏어모으기始作하였다.[9)]

「筋肉은이따가라도附着할것이니라」[10)]

剝落된膏血에對해서나는斷念하지아니하면아니되었다.[11)]

Ⅱ 어느警察探偵의秘密訊問室에있어서[12)]

嫌疑者로서檢擧된사나이는[13)]地圖의印刷된糞尿를排泄하고다시그것을嚥下[14)]한것에對하여警察探偵은아아는바의하나를아니가진다. 發覺當하는일은없는級數性消化作用.[15)] 사람들은이것이야말로卽妖術이라말할것이다.

「勿論너는鑛夫이니라」

參考男子의筋肉의斷面은黑曜石과같이光彩가나고있었다고한다.[16)]

Ⅲ 號外[17)]

磁石收縮을開始[18)]

原因極히不明하나對內經濟破綻에因한脫獄事件[19)]에關聯되는바濃厚하다고보임. 斯界의要人鳩首를모아秘密裡에研究調査中.[20)]

開放된試驗管의열쇠는나의손바닥에全等形의運河를掘鑿하고있다.[21)] 未久에濾過된膏血과같은河水가汪洋하게흘러들어왔다.[22)]

Ⅳ

落葉[23)]이窓戶[24)]를滲透하여나의禮服의자개단추[25)]를掩護한다.

暗 殺

[26)]

地形明細作業의至今도完了가되지아니한이窮僻의地[27]에不可思議한郵遞交通은벌써施行되어있다.[28] 나는不安을絶望하였다.

日曆의反逆的[29]으로나는方向을紛失하였다. 나의眼睛[30]은冷却된液體를散散으로切斷하고[31]落葉의奔忙을熱心으로幇助하고있지아니하면아니되었다.[32]

(나의猿猴類에의進化)[33]

『李箱全集』 第二卷 詩集, 1956, 184~187쪽.

建築無限六面角體

出版法

I

虛僞告發と云ふ罪目が僕に死刑を言渡した。樣姿を隱匿した蒸氣の中に身を構へて僕はアスフアルト釜を睥睨した。

— 直に關する典古一則 —

其父攘羊　其子直之

僕は知ることを知りつつあつた故に知り得なかつた僕への執行の最中に僕は更に新しいものを知らなければならなかつた。

僕は雪白に曝露された骨片を掻き拾ひ始めた。

「肌肉は以後からでも着くことであらう」

剝落された膏血に對して僕は斷念しなければならなかつた。

II 或る警察探偵の秘密訊問室に於ける

嫌疑者として擧げられた男子は地圖の印刷された糞尿を排泄して更にそれを嚥下したことに就いて警察探偵は知る所の一つを有たない。發覺されることはない級數性消化作用　人々はこれをこそ正に妖術と呼ぶであらう。

「お前は鑛夫に違ひない」

因に男子の筋肉の斷面は黑曜石の樣に光つてゐたと云ふ。

Ⅲ 號外

磁石收縮し始む

原因頗る不明なけれども對内經濟破綻に依る脫獄事件に關聯する所多々有りと見ゆ。斯道の要人鳩首秘かに研究調査中なり。

開放された試驗管の鍵は僕の掌皮に全等形の運河を掘鑿してゐる。軈て濾過された膏血の樣な河水が汪洋として流れ込んで來た。

Ⅳ

落葉が窓戶を滲透して僕の正裝の貝釦を掩護する。

暗 殺

地形明細作業の未だに完了していないこの窮僻の地に不可思議な郵遞交通が既に施行されてゐる。僕は不安を絶望した。

日曆の反逆的に僕は方向を失つた。僕の眼睛は冷却された液體を幾切にも斷ち剪つて落葉の奔忙を懸命に幇助していなければならなかつた。

(僕は猿猴類への進化)

『朝鮮と建築』, 1932. 7, 26쪽.

이 작품에서 제목으로 내세워지고 있는 '출판법'은 글자 그대로 인쇄 출판의 방법을 의미하는 이른바 타이포그래피(typography)의 문제를 서술하고 있지만, 출판과 인쇄에 대한 사회적 규제를 의미하는 각종 규범들, 특히 식민지 시대 일본의 조선총독부가 강행하였던 언론 출판에 관한 검열제도(censorship)의 문제를 우회적(迂廻的)으로 비판하고 있는 것으로 볼 수 있다.

이 작품의 텍스트는 전체적인 구성 자체가 네 부분(Ⅰ~Ⅳ)으로 구분되어 있으며, 신문을 인쇄하는 과정에서 특히 중시되는 교정과 인쇄 과정을 순서대로 서술하고 있다. Ⅰ, Ⅱ는 문선 과정과 교정, 그리고 조판과 정판의 단계를, 그리고 Ⅲ, Ⅳ에서는 판을 인쇄기에 걸고 기계를 작동시켜 종이 위에 인쇄를 하게 되는 과정을 보여 준다. 이 작품에 등장하는 '나'는 실제적인 인물이 아니다. 인쇄에 필수적인 '활자(活字)'를 의인화하여 가상적인 인물로 등장시켰기 때문이다. 이 텍스트에는 신문의 인쇄 과정에서 시행하던 강제 검열의 과정이 교묘하게 숨겨져 있다. 실제 텍스트에서 Ⅰ, Ⅱ는 기사 원고 내용에 대한 검열 과정을 마치 오식을 바로잡는 교정의 단계처럼 위장하여 진술하고 있으며, Ⅲ, Ⅳ는 검열 통과 뒤의 기사의 인쇄 작업과 신문의 호외 발행을 우회적으로 그려 내고 있는 것이다.

이 작품의 텍스트에서 신문 기사에 대한 검열의 과정을 우회적으로 비판하기 위해 제시하고 있는 기사 내용도 관심을 두고 살펴볼 필요가 있다. 텍스트 표면에서 확인되는 어구들 가운데, '대내 경제 파탄', '탈옥사건', '암살', '호외' 등과 관련되는 정치적 사건은 이른바 '5 · 15사건'으로 알려져 있는 '견양의(犬養毅) 수상 암살 사건'으로 추측된다. 1932년 5월 15일에 일어난 이 사건은 헌정주의자로 신망이 높았던 일본의 견양의(犬養毅) 수상이 일본 해군 장교들에 의해 관저에서 암살된 정치적 테러 사건이다. 당시 모든 언론이 앞다투어 이 사건을 보도하면서 호외를 발간한 바 있다. 시인 이상은 이 작품을 발표하기 직전에 일어난 엄청난 정치적 사건을 놓고 사건의 보도와 관련하여 이루어진 신문의 검열과 언론 통제의 방식을 하나의 사례로 삼아 그 내용을 작품 속에 그려 놓은 것이다.

---

1) 이 작품의 제목인 '출판법'은 그 의미가 이중적이다. 출판 인쇄의 방식을 의미하기도 하고 출판 인쇄에 관한 사회적 규정을 의미하기도 한다. 전자는 타이포그래피(typography)의 영역에, 후자는 검열의 영역에 관련된다.

2) "허위고발(虛僞告發)이라는죄명(罪名)"은 원고에 명기된 사실과 다르게 활자가 채자(採字)되어 판에 식자(植字)된 것.

3) 잘못되어 인쇄되어 있는 글자나 문장부호를 빼내고 다른 글자나 부호로 고치도록 교정지 위에 표시한 것을 말함.

4) 이 대목의 일본어 원문은 "樣姿を隱匿した蒸氣の中に身を構へて"로 나와 있다. 이 대목에서 일본어 "身を構へて"은 '몸을 흠칫하며 자세를 갖추다.'라는 뜻으로 볼 수 있다. "자취를은닉한증기"는 '교정쇄를 인쇄하는 과정에서 나오는 뿌연 증기'를 지적한 것이다.

5) "아스팔트 가마"는 '인쇄기'를 뜻한다. 검정색의 잉크를 '아스팔트'라고 비유적으로 표현함. '비예(睥睨)하다'라는 말은 '눈을 흘겨보다'라는 뜻이다. 교정 대상으로 판에서 제거될 신세가 되었기 때문에, 인쇄기에 올려지지 못하는 것에 대한 반감을 표시하고 있다.

6) '직(直)'에 대한 전고 한 가지. 여기서 '직(直)'이라는 말은 '곧다, 바르다'라는 뜻을 가진다. 이 구절 뒤에 바로 '곧음'에 대한 전고가 예시되고 있다.

7) 『논어(論語)』의 「자로(子路)편」에 등장하는 구절을 패러디한 부분이다. 원문은 다음과 같다. "葉公語孔子曰吾黨有直躬者 其父攘羊 而子證之 孔子曰吾黨之直者 異於是 父爲子隱 子爲父隱 直在 其中矣.(섭공이 공자에게 말했다. "우리들 중에 정직한 사람이 있는데, 그 아버지가 남의 양을 훔친 것을 아들이 증언했습니다." 이에 공자께서 말씀하시길, "우리들 중의 정직한 사람은 그와 다릅니다. 아버지가 아들을 위해 숨겨 주고 아들이 아버지를 위해 숨겨 주는데, 정직한 것은 그 속에 있습니다.")" 이 원문에서, '其父攘羊 而子證之(기부양양 이자증지)'를 '其父攘羊 而子直之(기부양양 이자직지)'라고 고쳐 써 놓았다. 이렇게 고침으로써, '아버지가 양을 훔쳤는데 그 아들이 그것을 증언하였다.'는 뜻에서 '아버지가 양을 훔쳤는데 그 아들이 그것을 바

로잡았다.'라는 뜻으로 바뀌었다. 타이포그래피에서는 공자의 말씀에서 강조하고 있는 인간적 도리와 정서 같은 것이 전혀 적용되지 않는다. 조판 과정에서 식자공(植字工)이 잘못 조판된 것을 원고에 따라 교정하여 바로잡는 과정은 엄격성과 정확성을 기본으로 한다.

8) 이 대목은 원문의 번역이 매끄럽지 못하다. 여기서 '아는 것을 알고 있다.'는 것은 원고에 쓰인 대로만 알고 있다는 뜻이다. 뒷부분은 '원고와 관련이 없는 것은 전혀 알 수 없는데, 교정의 과정(내게 사형이 집행되는 과정)에서 여러 가지 사실을 알게 되었다.'라고 이해할 수 있다.

9) "설백(雪白)으로폭로(曝露)된골편(骨片)"이란 납으로 만들어진 하얀 활자를 말함. 활자를 골라내어 채자(採字)하는 과정을 보고 있음.

10) 원문의 '기육(肌肉, 살갗과 살)'이 '근육(筋肉)'으로 번역되었다. 이 대목은 조판 과정에서 공목과 스틱을 대어 가면서 간격을 맞춰 활자를 배열하는 작업을 언급한 것으로 보인다.

11) '박락(剝落, 쇠나 돌 같은 물건이 오래 묵어 긁히고 깎이어서 떨어짐.)된 고혈(膏血)'은 활자에 묻었다가 말라 떨어진 '인쇄잉크'를 비유적으로 말한 것.

12) 인쇄 공장의 구석에 자리해 있는 교정실을 비유적으로 지시함.

13) 교정을 보면서 틀린 글자로 지적된 활자를 비유적으로 지시함.

14) 연하(嚥下)하다, 꿀꺽 삼켜 넘기다. 이 대목에서 '분뇨(糞尿)'는 인쇄용 잉크를 말한다. 활자가 뒤집혀 식자되어 버리는 바람에 인쇄 용지에 분뇨를 배설하듯 글자가 제대로 찍히지 않고 그것을 삼켜 버린 것처럼 시커멓게 찍힌 경우를 말한다.

15) 조판 과정에서는 활자가 뒤집혀 식자된 것은 쉽게 찾아내기 어렵다.

16) 활자의 앞면은 글자 모양이 오돌토돌하게 나와 있지만 뒷면은 마치 깎아 낸 듯하여 흑요석(黑曜石)처럼 반질반질하게 빛이 나는 것을 말함. 이렇게 생긴 활자를 판에서 찾아내는 일이 쉽지 않은데, 마치 광부가 광석을 캐내듯 골라낸다는 것을 바로 앞 대목에서 말하고 있다.

17) 여기서 말하는 '호외(號外)'는 정규 지면 이외에 긴급한 특별 기사가 있을 때에 발행하는 별면의 신문이나 잡지를 뜻한다.

18) 교정쇄를 내기 위해 임시로 실로 묶었던 활자들을 인쇄를 위해 판에 앉히는 과정을 암시함. 원고에 표시된 편집 지시 사항에 따라 페이지를 짜기 위해 공목과 스틱으로 간격을 맞추고 조이면서 활자를 배열해 가는 과정을 '자석 수축'이라고 표현함.

19) 조판 과정에서 활자가 빠져 나갔기 때문에 일어난 오식임을 암시함.

20) 문선 식자공들이 어디에서 문제가 생겼는지를 검토하는 광경.

21) 일정한 간격과 높이로 정판되어 가지런히 인쇄기에 얹혀 있는 판의 모습을 말함.

22) 잉크통에서 잉크가 흘러나오는 모습.

23) 인쇄용 종이.

24) 인쇄기에서 종이가 기계 속으로 들어가는 입구.

25) 활자에서 글자가 새겨져 있는 부분을 문양이 새겨진 자개단추에 비유함. 인쇄용 종이가 판 위에 덮이는 과정을 보여 준다.

26) 박스 속의 '암살(暗殺)'이라는 글자는 종이에 글자가 인쇄된 모양을 기호로 표시한 것임.

27) '지형명세작업이 지금도 완료되지 아니한 이 궁벽의 지'는 아무런 표시가 없는 하얀 '백지'를 의미함.

28) 종이 위에 글자가 인쇄되는 것을 '불가사의한 우체교통이 시행'된 것으로 묘사함.

29) 인쇄된 종이가 마치 달력(일력) 장을 넘기듯(반역적)이 넘겨지는 모습.

30) 안정(眼睛). 눈동자.

31) 활자에서 묻어 있던 인쇄잉크가 종이 위에 찍히면서 말라 가는 모습.

32) 인쇄된 종이가 기계 위에서 넘겨져 쌓이는 모습을 지켜보게 됨.

33) 인간이 언어와 문자를 가지게 된 것이 동물과 다르다는 사실을 암시함. 원숭이에서 인간이 진화되었다는 것을 언어 문자를 활용하게 된 것과 관련시켜 생각하고 있음.

건축무한육면각체

차8씨의출발

균열이생긴장가이녕의땅에한대의곤봉을꽂음.

한대는한대대로커짐.

수목이자라남.

이상 꽂는것과자라나는것과의원만한융합을가르침.

사막에성한한대의산호나무곁에서돼지같은사람이생매장당하는일을당하는일은없고쓸쓸하게생매장하는것에의하여자살한다.

만월은비행기보다신선하게공기속을추진하는것의신선이란산호나무의음울함을더이상으로증대하는것의이전의일이다.

윤부전지(輪不輾地) 전개된지구의를앞에두고서의설문일제.

곤봉은사람에게지면을떠나는아크로바티를가르치는데사람은해득하는것은불가능인가.

지구를굴착하라.

동시에

생리작용이가져오는상식을포기하라.

열심으로질주하고 또 열심으로질주하고 또 열심으로질주하고 또 열심으로질주하는 사람 은 열심으로질주하는 일들을정지한다.

사막보다도정밀한절망은사람을불러세우는무표정한표정의 무지한한대의산호나무의사람의발경의배방인전방에상대하는자발적인공구때문이지만사람의절망은정밀한것을유지하는성격이다.

지구를굴착하라

동시에

사람의숙명적발광은곤봉을내어미는것이어라 *

* 사실차8씨는자발적으로발광하였다. 그리하여어느덧차8씨의온실에는은화식물이꽃을피우고있었다. 눈물에젖은감광지가태양에마주쳐서는히스므레하게빛을내었다.

建築無限六面角體

且8氏의出發[1]

龜裂이生긴莊稼泥濘의地[2]에한대의棍棒을꽂음.[3]

한대는한대대로커짐.[4]

樹木이盛함.[5]

以上꽂는것과盛하는것과의圓滿한融合을가르침.[6]

沙漠에盛한한대의珊瑚나무곁에서돛[7]과같은사람이산葬을當하는일을當하는일은없고 심심하게산葬하는것에依하여自殺한다.[8]

滿月은飛行機보다新鮮하게空氣속을推進하는것의新鮮이란珊瑚나무의陰鬱한性質을더以上으로增大하는것의以前의것이다.[9]

輪不輾地[10]　　展開된地球儀를앞에두고서의設問一題.

棍棒은사람에게地面을떠나는아크로바티[11]를가르치는데사람은解得하는것은不可能인가.

地球를掘鑿하라[12]

同時에

生理作用이가져오는常識을抛棄하라[13]

熱心으로疾走하고 또 熱心으로疾走하고 또 熱心으로疾走하고 또 熱心으로疾走하는 사람 은 熱心으로疾走하는 일들을停止한다.[14]

砂漠보다도靜謐한絶望은사람을불러세우는無表情한表情[15]의無智한한대의珊瑚나무의사람의脖頸[16]의背方인前方에相對하는自發的인恐懼[17]로부터이지만사람의絶望은靜謐한것을維持하는性格이다.

地球를掘鑿하라

同時에

사람의宿命的發狂은棍棒을내어미는것이어라[18]*

*事實且8氏는自發的으로發狂하였다. 그리하여어느듯且8氏의溫室[19]에는隱花植物이꽃을피워가지고있었다.[20] 눈물에젖은感光紙[21]가太陽에마주쳐서는히스므레하게光을내었다.[22]

『李箱全集』第二卷 詩集, 1956, 188~190쪽.

建築無限六面角體

且8氏の出發

龜裂の入った荘稼泥地に一本の棍棒を挿す。
一本のまま大きくなる。
樹木が生える。

　　以上　挿すことと生えることとの圓滿な融合を示す。

沙漠に生えた一本の珊瑚の木の傍で豕の様なヒトが生埋されることをされることはなく　淋しく生埋することに依つて自殺する。
滿月は飛行機より新鮮に空氣を推進することの新鮮とは珊瑚の木の陰鬱さをより以上に增すことの前のことである。

　輪不輾地　　展開された地球儀を前にしての設問一題。

棍棒はヒトに地を離れるアクロバテイを教へるがヒトは了解することは不可能であるか。
地球を掘鑿せよ。
　同時に
生理作用の齎らす常識を抛棄せよ
一散に走り　又　一散に走り　又　一散に走り　又　一散に走る　ヒト　は
一散に走る　ことらを停止する。
砂漠よりも靜謐である絶望はヒトを呼び止める無表情である表情の無智である一本の珊瑚の木のヒトの脖頸の背方である前方に相對する自發的の恐懼からであるがヒトの絶望は靜謐であることを保つ性格である。
地球を掘鑿せよ。
　同時に
ヒトの宿命的發狂は棍棒を推すことであれ*

*事實且8氏は自發的に發狂した。そしていつの間にか且8氏の溫室には隱花植物が花を咲かしていた。涙に濡れた感光紙が太陽に出會つては白々と光つた。

『朝鮮と建築』, 1932. 7, 26~27쪽.

이 작품은 제목에 드러나 있는 '且8氏'에 대한 수많은 해석과 함께 이상 작품 가운데 대표적인 난해시의 하나로 지목되어 왔다. 특히 이 작품을 성적 이미지로 확대하여 해석한 경우가 많다. 그러나 이 작품은 이상 자신이 그와 가장 절친하게 지냈던 친구의 한 사람인 화가 구본웅(具本雄)을 모델로 하여 그의 미술 활동을 친구의 입장에서 재미있게 그려 낸 것이다.

이 작품의 제목에 등장하는 '且8氏'는 구본웅의 성씨인 '구(具)씨'를 의미한다. 아라비아 숫자로 표시된 '8'을 한자로 고치면 '팔(八)' 자가 된다. 그러므로 '구(具)' 자를 '차(且)'와 '팔(八)'로 파자(破字)하여 놓은 것이라는 점을 쉽게 알 수 있다. 더구나 '차(且)' 자와 '8' 자를 글자 그대로 아래위로 붙여 놓을 경우에는 그 모양이 구본웅의 외양을 형상적으로 암시한다. 이것은 구본웅이 늘 쓰고 다녔던 높은 중산모의 모양인 '且'와 꼽추의 기형적인 모양을 본뜬 '8'을 합쳐 놓은 것으로 보이기 때문이다. 이 작품에서 구본웅을 지시하는 말은 또 있다. '곤봉(棍棒)'과 '산호(珊瑚) 나무'가 그것이다. '곤봉'은 그 형태로 인하여 남성 상징으로 풀이된 경우가 많지만, 가슴과 등이 함께 불룩 나온 구본웅의 외양을 보고 이를 비유적으로 표현한 것으로 볼 수 있다. 특히 이 말은 '구본웅'이라는 이름을 2음절로 줄여서 부른 것이므로, '말놀이'의 귀재였던 이상의 언어적 기법을 확인할 수 있는 사례가 되기도 한다. '산호나무'라는 말도 역시 구본웅의 마른 체구와 기형적인 곱사등이의 형상을 산호나무의 모양에 빗대어 지칭한 것으로 볼 수 있다.

이처럼 「차(且)8씨(氏)의 출발(出發)」은 그 텍스트 자체가 이상 자신의 가장 친한 친구였던 화가 구본웅을 대상으로 삼고 있다. 텍스트에 드러나 있는 '말놀이'의 희화적인 속성에도 불구하고, 이 작품에서 이상은 화가인 구본웅의 예술적 감각에 대한 상찬과 함께 그 불구의 모습에 대한 연민의 정을 깊이 있게 표현하고 있다. 두 사람 사이의 두터운 우정이 아니고서는 이 같은 기술 방식이 용납될 수 없는 것임을 짐작할 수 있다.

---

1) 이 작품은 이상이 그와 가장 절친하게 지냈던 구본웅(具本雄)의 미술 활동을 친구의 입장에서 재미있게 그려 낸 것이다. 제목에 등장하는 '且8氏'는 구본웅의 성씨인 '구(具)' 자를 '차(且)'와 '팔(八)'로 파자(破字)하여 놓은 것이다.

2) 균열이 생긴 농가의 진흙탕의 땅. 이것은 당시의 미술계가 제대로 된 기반을 갖추지 못하고 있음을 우회적으로 지적한 것으로 보임.

3) '곤봉'은 구본웅을 말함. 미술계에 구본웅이 등장함.

4) 홀로 잘 성장함.

5) 재능을 발휘하여 작품 활동을 활발하게 함.

6) 자신의 의욕과 자기 재능을 발휘할 수 있는 외부 조건이 잘 부합됨.

7) 돼지.

8) 이 대목은 미술 공부에 대한 사람들의 인식이 부족하고, 예술가로서의 화가 존재를 제대로 이해해 주지 않기 때문에 자살하는 경우도 많음을 암시하는 것으로 볼 수 있다.

9) 구본웅의 우울한 성격을 말함. 달을 쳐다보면서 자신의 음울을 벗어나고 있음을 암시함.

10) 이 말은 『장자(莊子)』의 「천하편」에서 인유(引喩)한 것이다. 원문은 "윤부전지(輪不蹍地)"이며, 그 의미는 '바퀴의 둘레에서 땅에 닿는 곳은 한 점에 지나지 않으며 둘레가 아니다. 그러므로 바퀴는 땅을 딛지 않는다.'라는 뜻으로 풀이한다. 이 작품에서는 '윤부전지(輪不蹍地)'의 '전(蹍)'을 '전(輾)'으로 바꾸어 쓰고 있는데, 그 의미도 '수레바퀴는 땅에 구르지 않는다.'로 변하게 된다. 이 구절을 통해 인유하고자 하는 것은 구본웅의 걸음제라고 할 수 있다. 커다란 중산모를 쓰고 걸어가는 구본웅의 모습을 그의 성씨인 '구(具)'를 다시 파자하여 표시하고 있기 때문이다. '차(且)'와 '8'이라는 글자의 결합은 '且'의 아래쪽에 '8'을 세운 형태가 된다. 여기서 '且' 자의 아래에 '8' 자를 뉘어 놓으면 수레 아래 두 바퀴가 붙어서 땅 위로 굴러가는 모양이 되지만, '8' 자가 '且' 밑에 서 있는 모양으로 되면 바퀴가 굴러가는 모습을 이루지 못한다. 참으로 재미있게 '문자 놀이'를 하고 있는 셈이다. 이 구절의 패러디는 바로 뒤에 오는 "棍棒은사람에게地面을떠나는아크로바티를가르치는데사람은解得하는것은不可能인가."로 이어진다. 구본웅이 걸어가는 모습이 마치 커다란 모자 (且) 아래 '8' 자가 서 있는 모습으로 보인다는 점을 말하고 있다.

11) acrobatics. 곡예. 재주넘기.

12) '지구의 굴착'은 구본웅이 조각을 하고 있음을 비유적으로 표현한 것으로 보임.

13) 구본웅의 생활이 일상적인 규범을 전혀 지키지 않는 것을 말한 것으로 보임.

14) 구본웅의 앞에서는 사람들이 그대로 지나치지 않고 그 기이한 형상을 보기 위해 멈칫대는 것을 말함.

15) 구본웅은 자신의 육체적 결함에 대한 사람들의 천시를 그대로 받아들인다.

16) 발경(脖頸). 배꼽과 목. 여기서 말하는 "脖頸의背方인前方"은 안팎으로 곱사등이인 구본웅의 상체의 모습을 형용한 것.

17) 공구(恐懼). 두려움. 사람들이 자신의 흉물스러운 모습에 두려움을 갖고 멈칫하지만 그런 것에 전혀 개의치 않고 차분함.

18) 자신의 예술적 광기를 발휘함.

19) 미술 작업을 하는 화실.

20) 은화식물(隱花植物). 꽃이 피지 않는 식물. 여기서는 구본웅이 그려 내고 있는 여러 가지 그림들을 말함.

21) 구본웅의 캔버스. 자기 육체에 대한 열등의식을 극복하기 위한 눈물겨운 노력이 거기 투영되어 있음을 말함.

22) 예술적 재능이 점차 빛을 발하기 시작함.

건축무한육면각체

대낮 —어떤ESQUISSE—

ELEVATER FOR AMERICA

○

세마리의닭은사문석의계단이다. 룸펜과모포.

○

삘딩이토해내는신문배달부의무리. 도시계획의암시.

○

둘째번의정오싸이렌.

○

비누거품에씻기우는닭. 개아미집에모여서콘크리트를먹고있다.

○

남자를반나하는석두.
남자는석두를백정을싫어하듯싫어한다.

○

얼룩고양이와같은꼴을하고서태양군의틈사구니를쏘다니는시인.
꼭끼요—.
　　순간 자기와 같은태양이다시또한개솟아올랐다.

建築無限六面角體

대낮 —어느ESQUISSE[1]—

○

ELEVATER FOR AMERICA[2]

○

세마리의닭[3]은蛇紋石의層階이다. 룸펜과毛布.[4]

○

삘딩이吐해내는新聞配達夫의무리.[5] 都市計畫의暗示.

○

둘째번의正午싸이렌.[6]

○

비누거품에씻기워가지고있는닭. 개아미집[7]에서모여서콩크리-트[8]를먹고있다.

○

男子를轍挪하는[9]石頭.[10]
男子는石頭를白丁을싫여하드키싫여한다.

○

얼룩고양이와같은꼴을하고서太陽群의틈사구니[11]를쏘다니는詩人.
꼭끼요—.
　瞬間 磁器와같은太陽[12]이다시또한個솟아올랐다.

『李箱全集』第二卷 詩集, 1956, 191~192쪽.

建築無限六面角體

眞晝　—或るESQUISSE—

○

ELEVATER FOR AMERICA

○

三羽の鷄は蛇紋石の階段である。ルンペンと毛布。

○

ビルデイングの吐き出す新聞配達夫の群。都市計畫の暗示。

○

二度目の正午サイレン。

○

シヤボンの泡沫に洗はれてゐる鷄。蟻の巢に集つてコンクリヒトを食べてゐる。

○

男を轆 挪ぶ石頭。

男は石頭を屠獸人を嫌ふ様に嫌ふ。

○

三毛猫の様な格好で太陽群の隙間を歩く詩人。

コケコツコホ。

途端　磁器の様な太陽が更一つ昇つた。

○

『朝鮮と建築』, 1932. 7, 27쪽.

이 작품은 전체적으로 텍스트의 완결성을 보여 주지는 않지만 몇 가지 중요한 장면들을 몽타주의 방법으로 연결해 놓고 있으며, 부제를 통해 하나의 스케치에 불과하다는 사실을 밝히고 있다. 이상 자신의 주변에 친하게 지내던 닭띠생(1909년생, 己酉생)의 하루 생활을 간단하게 그려 낸 작품이다. 이 텍스트에서 세 마리의 닭은 이상보다 나이가 바로 한 살 위에 속하는 '닭띠생'의 세 친구를 비유적으로 지칭하는 것이라고 본다. '구인회'에 관여하기도 했던 박태원(朴泰遠)이 1909년 1월 6일이며, 조용만(趙容萬)이 1909년 3월 10일생이고, 정인택(鄭人澤)도 1909년 9월 12일생이다. 그리고 김환태(金煥泰)가 역시 1909년 11월 29일생이다. 이들 이외에는 이상의 주변 친구 가운데 '닭띠생'이 눈에 띄지 않는다. 이들은 모두가 룸펜이고 모던 보이들이다. 이들이 함께 만나서 도심의 한복판을 돌아다니는 모습이 이 작품 속에 묘사된다. 지하층에 자리한 레스토랑('개아미집')에 가서 빵('콘크리트')을 먹는 모습도 보인다. 이들이 도심을 쏘다니는 동안 한낮이 기울고 달('자기와 같은 태양')이 떠오른다.

---

1) 프랑스어로 'ESQUISSE'는 초벌 그림 또는 스케치를 의미함.

2) 이 대목은 미국 뉴욕에 세계 최고의 빌딩인 '엠파이어 스테이트 빌딩(Empire State Building)'이 완공된 사실과 연관된다. 이 건물에 초고속 엘리베이터(1,000fpm)가 무려 67대가 설치되어 화제가 된 바 있다. 건축학도였던 이상이 관심을 가질 만한

뉴스다. 일본에서는 1929년 삼정은행(三井銀行)에 500fpm의 승강기가 처음 등장했다.(www.theelevatormuseum.org 참조)

3) 시인 이상(李箱)은 1910년생으로 개띠이다. 이상과 함께 어울렸던 친구들 가운데 닭띠생인 세 친구를 지시하는 것으로 볼 수 있다.

4) 룸펜(lumpen). 실업자. 여기서 '모포'는 '모던 보이'의 약칭인 '모보'로 보는 것이 가능하다.(김성수, 『이상 소설의 해석』, 태학사, 1999. 참조)

5) 정오 무렵에 신문사에서 석간을 발행하여 신문 배달원들이 신문을 가지고 거리로 밀려 나오는 모습. 1930년대에는 모든 중요 신문들이 조간판과 석간판을 동시에 발행하였다.

6) 이상의 작품 가운데 시간을 표시하는 방식은 매우 특이하다. 자신의 일상적인 생활 감각에 따르면 밤 12시가 가장 활발하게 일하는 시간이다. 그러므로 이상에게는 밤 12시가 마치 한낮과 같다. 여기서 두 번째의 정오는 낮 12시이다. 정오와 자정에 시각을 알리는 사이렌이 울렸다.

7) '개아미집'은 빌딩의 지하에 있는 레스토랑을 비유적으로 표시함.

8) 콘크리트 벽돌 모양의 빵.

9) '반나(轣挪)하다', 휘잡아 나르다.

10) 석두(石頭). 돌머리. 혹시 '여성'을 비유적으로 표시한 것인지 모르겠다.

11) 가로등 또는 전등불이 밝혀진 거리.

12) 달이 떠오르다. '자기(磁器)'는 조선시대의 백자 항아리인 '달항아리'를 말함.

청령

건드리면손끝에묻을듯이빨간봉선화
너울너울하마날아오를듯하얀봉선화
그리고어느틈엔가남으로고개를돌리는듯한일편단심의해바라기—
이런꽃으로꾸며졌다는고흐의무덤은참얼마나아름다우리까.

산은한낮에바라보아도
비에젖은듯보얗습니다.

포푸라는마을의지표와도같이
실바람에도그뽑은듯헌출한키를
포물선으로굽혀가면서진공과같이마알간대기속에서
원경을축소하고있습니다.

몸과나래도가벼운듯이잠자리가활동입니다.
헌데그것은과연날고있는걸까요.
흡사진공속에서라도날을법한데
혹누가눈에보이지않는줄을이리저리당기는것이나아니겠나요.

蜻蛉

건드리면손끝에묻을듯이빨간鳳仙花
너울너울하마날아오를듯하얀鳳仙花
그리고어느틈엔가南으로고개를돌리는듯한一片丹心의 해바라기—
이런꽃으로꾸며졌다는고호[1]의무덤은참얼마나美로우리까.

山은맑은날바라보아도
늦은봄비에젖은듯보얗습니다.[2]

포푸라는마을의指標와도같이
실바람에도그뽑은듯헌출한키를
抛物線으로굽혀가면서[3]眞空과같이마알간大氣속에서
遠景을縮小하고있읍니다.

몸과나래도가벼운듯이잠자리가活動입니다.
헌데그것은果然날고있는걸까요.
恰似眞空속에서라도날을법한데
或누가 눈에보이지않는줄을이리저리당기는것이나아니겠나요.

『李箱全集』, 1966.

蜻蛉

觸れば手の先につきさうな紅い鳳仙花
ひらひらと今にも舞ひ出さうな白い鳳仙花
もう心持ち南を向いてゐる忠義一遍の向日葵—
この花で飾られてゐるといふゴツホの墓は　どんなに美しいでせうか。

山は晝日中眺めても
時雨れて　濡れて見えます。

ポプラは村の指標のやうに
少しの風にもあのすつきりした長身を
拋物線に曲げながら　眞空のやうに澄んだ空氣の中で
遠景を縮小してゐます。

身も羽も輕々と蜻蛉が飛んでゐます
あれはほんたうに飛んでゐるのでせうか
あれは眞空の中でも飛べさうです
誰かゐて　眼に見えない糸で操つてゐるのではないでせうか。

『乳色の雲』(김소운 편, 1940)

이 작품은 김소운(金素雲)이 일본에서 펴낸 『젖빛 구름(乳色の雲)』(1940)에 처음 소개한 작품이다. 이 작품과 함께 「한개의밤」이 함께 수록되어 있다. 한낮의 풍경 속에서 공중을 날고 있는 잠자리의 모습을 시각적 이미지를 중심으로 묘사하고 있는 작품이다. 이상이 쓴 시 가운데 거의 유일하게 자연의 풍경이 시적 대상으로 등장하고 있는 점이 특기할 만하다.

---

1) Vincent van Gogh(1853~1890). 20세기 초기 야수파의 대표적인 화가로 손꼽힌다. 작품에 「빈센트의 방」, 「별이 빛나는 밤」, 「밤의 카페」 등이 있다. 이상이 좋아했던 화가의 하나이며, 이상의 친구 구본웅의 경우에도 야수파의 화풍에 크게 감화된 바 있었다.

2) 일본어 원문에서 '時雨'는 '때에 맞춰 내리는 비' 정도의 의미가 있다. 이것을 '늦은 봄비'라고 번역했는데, 앞뒤의 문맥으로 보아 봉선화와 해바라기가 피고 잠자리가 날아다니는 계절임을 생각한다면, '봄비'라는 번역이 적절치 못하다.

3) 포플러 나무가 바람으로 인하여 둥긋하게 기울어져 있는 모습을 시각적으로 묘사한 대목.

한개의밤

여울에서는도도한소리를치며
비류강이흐르고있다.
그수면에아른아른한자색층이어린다.

십이봉봉우리로차단되어
내가서성거리는훨씬뒤까지도이미황혼이깃들어있다
으스름한대기를누벼가듯이
지하로지하로숨어버리는하류는검으틱틱한게퍽은싸늘하구나.

십이봉사이로는
빨갛게물든노을이바라보이고

종이울린다.

불행이여
지금강변에황혼의그늘
땅을길게뒤덮고도 오히려남을손불행이여
소리날세라신방에창장을치듯
눈을감은자 나는 보잘것없이낙백한사람.

이젠아주어두워들어왔구나
십이봉사이사이로
하마별이하나둘모여들기시작아닐까

나는그것을보려고하지않았을뿐
차라리초원의어느한점을응시한다.

문을닫은것처럼캄캄한색을띠운채
이제비류강은무겁게도도사려앉는것같고
내육신도천근
주체할도리가없다.

한個의밤

여울에서는滔滔한[1]소리를치며
沸流江[2]이흐르고있다.
그水面에아른아른한紫色層이어린다.

十二峰봉우리로遮斷되어
내가서성거리는훨씬後方까지도이미黃昏이깃들어있다
으스름한大氣를누벼가듯이
地下로地下로숨어버리는河流는검으틱틱한게퍽은싸늘하구나.

十二峰사이로는
빨갛게물든노을이바라보이고

鐘이울린다.

不幸이여
지금江邊에黃昏의그늘
땅을길게뒤덮고도 오히려남을손不幸이여
소리날세라新房에窓帳을치듯
눈을감은者나는 보잘것없이落魄한사람.

이젠아주어두워들어왔구나
十二峰사이사이로
하마별이하나둘모여들기始作아닐까
나는그것을보려고하지않았을뿐
차라리草原의어느一點을凝視한다.

門을닫은것처럼캄캄한色을띠운채
이제沸流江은무겁게도도사려앉는것같고

내肉身도千斤
주체할道理가없다.

『李箱全集』, 1966.

一つの夜

淺瀨は滔々と波の音さへ立てゝ
沸流江は流れてゐる。
その江面にかげらふのやうな紫色の層が出來る。

十二峰の高さに遮られて
私の佇んでゐるところから遙か後方までも旣に黃昏れてゐる。
薄暮を縫ふ如く
地下へ地下へと沈む河流は黑く冷たい。

十二峰のあひ間から
赭く染まつた夕燒雲が覗かれる。

鐘が鳴る。

不幸よ
いま江邊に黃昏の影
地に長く曳いて　さらに長い不幸よ
しめたかに若妻の窓帷を閉づる如く
私は眼をつぶる　都落ちの一人の落魄者

あたりはすつかり暮れた

十二峰のあひ間あひ間に
今にも星が見え出すのではないか
私はそれを見ようとはしない
そして草の上の一點をみつめる。

底ひない色を湛へて
沸流江は重だるく居坐るかのやうに見える。
わが身も千斤
動くよすがもない。

『乳色の雲』(김소운 편, 1940)

이 작품은 김소운(金素雲)이 일본에서 펴낸『젖빛 구름(乳色の雲)』(1940)에 일본어로 실려 있다. 저물녘의 강가에서 어둠이 깃들기 시작하는 강물을 보며 사념에 잠겨 있는 '나'의 심경을 그려 낸다. 황혼이 깃들고 사방에 어둠이 깔리는 과정을 감각적으로 묘사함으로써 강물의 흐름과 시간의 흐름이 함께 드러나 있다. 작품 속에 등장하는 '비류강'이라는 명칭으로 보아 '백천' 온천에서의 휴양 시절 또는 '성천' 기행 시절의 감상에 기초한 것으로 보인다.

---

1) 도도(滔滔)하다. 물이 그들먹하게 퍼져 흐르는 모양이 힘차다.
2) 비류강은 대동강의 지류로 평안남도 신양군과 은산군을 흐르는 강으로 알려져 있다.

척각

목발의길이도세월과더불어점점길어져갔다.

신어보지도못한채산적해가는외짝구두의수효를보면슬프게걸어온거리가짐작되었다.

종시제자신은지상의수목의다음가는것이라고생각하였다.

隻脚

목발의길이도歲月과더불어漸漸길어져갔다.[1)]

신어보지도못한채山積해가는외짝구두의數爻[2)]를보면슬프게걸어온距離가짐작되었다.

終始제自身은地上의樹木의다음가는것이라고생각하였다.[3)]

二. 一五

『李箱全集』第二卷 詩集, 1956, 7쪽.

隻脚

松葉杖の長さも歲と共に長くなつていつた。

新らしい儘溜る片方の靴の數で悲しく步いた距離が測られた。

何時も自分は地上の樹木の次のものであると思つた。

이 작품은 이상의 미발표 일본어 시 9편(「척각」, 「거리」, 「수인이만든소정원」, 「육친의장」, 「내과」, 「골편에관한무제」, 「가구의추위」, 「아침」, 「최후」) 중의 하나이다. 임종국이 『이상전집』(1956)을 펴내면서 고인의 사진첩 속에 담겨 있던 원고를 찾아내어 이를 번역하고 일본어 원문과 함께 수록하였다. '척각(隻脚)'이라는 제목은 '외짝다리'를 뜻한다. 이 '외짝다리'의 이미지는 이상의 소설 『12월 12일』에서부터 여러 곳에 등장한다. 한쪽 다리를 쓰지 못하는 불구의 상태라는 것이 이상 자신의 삶의 문제라는 것을 짐작하게 한다. 이 작품에서는 한쪽 다리를 쓰지 못하여 짚게 된 목발이 나이가 들어가면서 그 길이가 길어지는 과정과, 구두 가운데 한 짝만 신게 되니 나머지 한 짝은 신어 보지도 못한 채 그냥 쌓여 가는 것을 교묘하게 대비시켜 불구의 삶의 고달픈 과정을 그려 낸다.

1) 키가 자라기 때문에 거기에 맞춰 목발의 크기도 조정하게 됨을 의미함.

2) 구두는 두 짝인데 한쪽 다리가 없으므로 언제나 한 짝만 신게 되고 나머지 한 짝은 그대로 남아 쌓인다.
3) 이 대목에서 주체는 '목발'이다. '목발'이 제 스스로 '지상의 수목들이 자라나는 것과 같이 자신도 그렇게 세월이 지나면서 길이가 길어지는 것'이라고 생각한다.

거리

—여인이출분한경우—

백지위에한줄기철로가깔려있다. 이것은식어들어가는마음의도해다. 나는매일허위를담은전보를발신한다. 명조도착이라고. 또나는나의일용품을매일소포로발송하였다. 나의생활은이런재해지를닮은거리에점점낯익어갔다.

距離
—女人이出奔한境遇—

白紙위에한줄기鐵路[1]가깔려있다. 이것은식어들어가는마음의圖解다.[2] 나는每日虛僞를담은電報를發信한다. 명조도착[3]이라고. 또나는나의日用品을每日小包로發送하였다.[4] 나의生活은이런災害地를닮은距離[5]에漸漸낯익어갔다.[6]

二. 一五

『李箱全集』第二卷 詩集, 1956, 8쪽.

距離(女去りし場合)

白紙の上に一條の鐵道が敷かれている。此は冷へ行く心の圖解である。私は每日虛僞な電報を發信する。アスアサツクと。又私は私の日用品を每日小包で發送した。私の生活はこの災地の樣な距離に馴れて來た。

이 작품은 부제에서 암시하고 있는 것처럼 떠나 버린 여인에 대한 그리움과 안타까움을 그려 낸다. 제목인 '거리'는 '두 곳 사이의 떨어진 정도라든지 간격'을 의미한다. 여인과의 거리를 드러내는 '철로'가 홀로 남은 '나'의 심정을 암시한다.

---

1) 이 대목에서 '철로'는 여러 가지 의미를 지니는 하나의 상징적 기표에 해당한다. 이것은 여인이 떠나간 길이며, '나'와 여인의 심정의 거리를 암시한다. 그러나 이 철로는 백지 위에 그려 놓은 선(線)에 불과하다. 이 철로를 따라 여인의 곁으로 간다는 것은 불가능하다.

2) 백지 위에 그려 놓은 철로는 여인으로부터 점차 멀어지고 있는 '나'의 마음을 그대로 그려 놓은 것이다.

3) 명조(明朝) 도착(到着). 내일 아침 도착한다는 전보의 내용.

4) 철로를 보면서 '나'는 여인의 곁으로 기차를 타고 떠나고 싶다. 그래서 '명조 도착'이라는 전보를 마음속으로 보내 보기도 한다. 그리고 '나의 일용품'을 소포로 발송하였다는 것은 여인에 대한 생각으로 인하여 모든 일상적인 것들이 허물어져 버렸음(일상으로부터 일탈한 나의 생활)을 말한다.

5) 아무것도 남은 것이 없는 생활을 암시함.

6) '나'의 생활이 점차 허탈과 괴로움 속에 익숙해짐.

수인이만든소정원

이슬을아알지못하는다—리야하고바다를아알지못하는금붕어하고가수놓여져있다. 수인이만든소정원이다. 구름은어이하여방속으로야들어오지아니하는가. 이슬은들창유리에닿아벌써울고있을뿐.

계절의순서도끝남이로다. 주판알의고저는여비와일치하지아니한다. 죄를내어버리고싶다. 죄를내어던지고싶다.

囚人이만든小庭園

이슬을아알지못하는다—리야하고바다를아알지못하는金붕어하고가繡놓여져있다. 囚人이만든小庭園이다. 구름은어이하여房속으로야들어오지아니하는가.[1] 이슬은들窓琉璃에닿아벌써울고있을뿐.[2]

季節의順序도끝남이로다.[3] 算盤알의高低[4]는旅費[5]와一致하지아니한다. 罪를내어버리고싶다. 罪를내어던지고싶다.[6]

『李箱全集』第二卷 詩集, 1956, 9쪽.

囚人の作つた箱庭

露を知らないダーリヤと海を知らない金魚とが飾られている。囚人の作つた箱庭だ。雲は何うして室内に迄這入つて來ないのか。露は窓硝子に觸れて早や泣く許り。

季節の順序も終る。算盤の高低は旅費と一致しない。罪を捨て様。罪を棄て様。

이 작품의 제목에서 '수인(囚人)'은 '죄수'이며 '소정원(小庭園)'은 죄수들이 만들어 놓은 정원(유리 상자 안에 모형으로 만들어 놓은 정원)을 의미한다. 유폐된 공간에 자신의 육신을 영어(囹圄)한 채 자유로운 바깥세상을 꿈꾸는 수인의 심정을 그려 내고 있다. 이 작품은 이상 자신이 건축 관계로 형무소 견학을 갔던 이야기를 쓴 「구경」(「매일신보」, 1936. 10, 14~28면)이라는 수필의 내용과 관련되어 있다. 『추등잡필(秋燈雜筆)』이라는 표제 아래 연재했던 다섯 편 수필 중의 한 작품인 「구경」에서 이상은 죄수들의 모습을 제대로 쳐다보기 어려웠음을 토로한다.

---

1) 유리로 만든 상자가 외부와 차단되어 있으므로 구름이 들어올 수 없다. 이 대목은 바깥세상과 차단되어 있는 죄수들의 생활의 일단을 암시함.

2) 유리에 이슬이 맺혀 있는 모습. 이 대목에서도 역시 바깥세상과 차단된 공간임을 암시하고 있음.
3) 계절의 순환이 없는 세계. 수인들이 만들어 낸 소정원의 모형을 의미하면서 동시에 수인들이 갇혀 있는 형무소의 내부를 암시한다.
4) 모든 일을 미리 이리저리 계산하고 따지는 일.
5) 실제로 여행하면서 쓰는 돈. 이 대목은 아무리 계산을 잘한다 하더라도 여행에 쓰는 돈은 꼭 처음 예상했던 것과 같이 들어맞지 않는다는 것을 의미한다. 여행 도중에 어찌하다 보면 더 많은 돈이 필요하게 되는 경우도 있는 것처럼, 세상을 살면서 처음 계획과는 달리 죄를 짓고 수인이 되기도 한다는 것을 암시함.
6) 죄를 벗어나고 싶어 하는 수인의 심정을 표현한 대목.

육친의장

나는24세. 어머니는바로이낫새에나를낳은것이다. 성쎄바스티앙과같이아름다운동생 · 로오자룩셈불크의목상을닮은막내누이 · 어머니는우리들삼인에게잉태분만의고락을말해주었다. 나는삼인을대표하여—드디어—

어머니 우린 좀더형제가있었음싶었답니다.

—드디어어머니는동생버금으로잉태하자6개월로서유산한전말을고했다.

그녀석은 사내댔는데 올에는19 (어머니의 한숨)

삼인은서로들아알지못하는형제의환영을그려보았다. 이만큼이나컸지—하고형용하는어머니의팔목과주먹은수척하여있다. 두번씩이나객혈을한내가냉청을극하고있는가족을위하여빨리안해를맞아야겠다고초조하는마음이었다. 나는24세 나도어머니가나를낳으드키무엇인가를낳아야겠다고생각하는것이었다.

肉親의章

나는24歲. 어머니는바로이낫새[1]에나를낳은것이다. 聖쎄바스티앙[2]과같이아름다운동생 · 로오자룩셈불크[3]의木像을닮은막내누이 · 어머니는우리들三人[4]에게孕胎分娩의苦樂을말해주었다. 나는三人을代表하여—드디어—

어머니 우린 좀더형제가있었음싶었답니다

—드디어어머니는동생버금[5]으로孕胎하자六個月로서流産한顚末을告했다.

그녀석은 사내댔는데 올에는 19[6] (어머니의 한숨)

三人은서로들아알지못하는兄弟의幻影을그려보았다. 이만큼이나컸지—하고形容하는어머니의팔목과주먹은瘦瘠하여있다. 두번씩이나喀血을한내가冷淸[7]을極하고있는家族[8]을爲하여빨리안해를맞아야겠다고焦燥하는마음이었다. 나는24歲 나도어머니가나를낳으드키무엇인가를낳아야겠다고생각하는것이었다.

『李箱全集』第二卷 詩集, 1956, 10~11쪽.

肉親の章

私は24歲。丁度母が私を産んだ齡である。聖セバスチアンの樣に美しい弟·ローザルクサムブルグの木像の樣な妹·母は吾等三人に孕胎分娩の苦樂を話して聞かせた。私は三人を代表して—遂に—

オカアサマ　ボクラモスコシキョウダイガホシカツタンデス

—遂に母は弟の次の孕胎に六個月で流産した顚末を告げた。

アレハ　オトコダツタンダ　コトシデ19(母の溜息)

三人は各々見識らぬ兄弟の幻の面貌を見た。—コノクライモ大—と形容する母の腕と拳固は瘦せている。二回もの喀血をした私が冷淸を極めている家族のために早く娶らうと焦る氣持であつた。私は24歲 私も母が私を産んだ樣に—何か産まねばと私は思ふのであつた。

이 작품은 부모와 자식 간의 뗄 수 없는 사랑과 형제 사이의 우애를 담고 있다. 시적 화자는 특히 자식을 낳아 기르는 어머니의 심정을 헤아리면서 자기 자신도 이제는 자식 된 도리로서 배우자를 얻어야 하겠다고 생각한다.

---

1) 나잇살.

2) 세바스티아누스(Sebastianus, 생몰 미상). 3세기경 로마의 그리스도교 순교자, 성인(聖人). 로마의 디오클레티아누스 황제(재위 284~305)의 총애를 받던 근위장교였지만, 그리스도교 신자들을 격려하였기 때문에 신자들과 함께 말뚝에 묶여 화살을 맞았다. 그런데 기적적으로 살아나서 다시 황제 앞에 끌려가 그리스도의 복음을 전도하다가 그 자리에서 타살되었다고 한다. 그의 유해가 아피아 가도(街道)의 지하묘소에 묻혔는데 뒤에 거기에 대성당이 세워졌다. 이 전설은 성화(聖畵)의 소재로도 자주 등장한다. '화살을 맞은 미남 청년'으로도 알려진 그는 사수(射手) 및 총공(銃工), 또는 역병(疫病)에 대한 수호성인으로 추앙된다.

3) 로자 룩셈부르크(Rosa Luxemburg, 1871~1919). 독일의 여성 혁명가이며 공산주의 운동가이다. 1895년 독일 사회주의 운동 때부터 이를 주도하였으며, 1905년 폴란드의 바르샤바에서 신문을 발행하며 러시아혁명을 옹호하다 1906년 체포되었다. 그 후 출옥하여 독일로 돌아와서 1918년 독일 공산당을 결성하고 혁명운동을 주도하였고 베를린에서 체포되어 처형되었다.

4) 이 시의 시적 화자를 시인 이상 자신으로 본다면, 이상의 친가(親家)의 남동생인 운경, 여동생 옥희를 말한 것으로 볼 수 있다.

5) 버금. 으뜸의 뒤에 오는 둘째.

6) 살아 있었다면 올해 19세가 되었을 것이라는 뜻.

7) 냉청(冷淸). 차갑고 맑다. 겉으로 드러내지 않고 맑음.

8) 가족들이 시적 화자의 병환(결핵)에 대해 본인 앞에서는 걱정하는 표시를 드러내지 않고 속으로만 안타까워함을 암시함.

내과

—자가용복음—

—혹은 엘리엘리 라마싸박다니—

하이한천사 이수염난천사는큐피드의조부님이다。 수염이전연(?)나지아니하는천사하고흔히결혼하기도한다

나의늑골은2떠—즈(ㄴ). 그하나하나에노크하여본다. 그속에서는 해면에젖은더운물이끓고있다. 하이한천사의펜네임은성피—타—라고. 고무의전선 똑똑똑똑 버글버글 열쇠구멍으로도청.

(발신) 유다야사람의임금님주무시나요?

(반신) 찌—따찌—따따찌—찌—(1) 찌—따찌—따따찌—찌—(2) 찌—따찌—따따찌—찌—(3)

흰뼁끼로칠한십자가에서내가점점키가커진다. 성피—타—군이나에게세번씩이나아알지못한다고그린다. 순간 닭이활개를친다……

어엌 크 더운물을 엎질러서야 큰일 날 노릇—

內科

—自家用福音—[1]

—或은 엘리엘리 라마싸박다니—[2]

하이한天使[3] 이鬚髥난天使는큐피드의祖父[4]님이다。
鬚髥이全然(?)나지아니하는天使하고흔히結婚하기도한다。

나의肋骨은2떠—즈(ㄴ).[5] 그하나하나에노크하여본다.[6] 그속에서는海綿에젖은더운물이끓고있다.[7] 하이한天使의펜네임은聖피—타—[8]라고. 고무의電線[9] 똑똑똑똑 버글버글 열쇠구멍으로[10]盜聽.

(發信) 유다야사람의임금님[11] 주므시나요?

(返信) 찌—따찌—따따찌—찌—(1) 찌—따찌—따따찌—찌—(2) 찌—따찌—따따찌—찌—(3)[12]

흰뼁끼로칠한十字架[13]에서내가漸漸키가커진다. 聖피—타—君이나에게세번式이나아알지못한다고그린다.[14] 瞬間 닭이활개를친다[15]……

어얼 크 더운물을 엎질러서야 큰일 날 노릇—

『李箱全集』第二卷 詩集, 1956, 12~13쪽.

內科

—自家用福音—

—或ハエリエリラマサバクタニ—

白イ天使コノ鬚ノ生ヘタ天使ハキユピツトノ祖父樣デアル。
鬚ノ全然(?)生ヘナイ天使ト　ヨク結婚シタリスル。

私ノ肋骨ハ2ダーズ(ン)·一ツ一ツニノツクヲシテ見ル。ソノ中デハ海面ニ濡レタお湯が沸イテイル。白イ天使ノペンネームハ聖ピーターダト。ゴムノ電線 チンチン ゴロゴロ 鍵孔カラ偸聽。

(發信)ユダヤ人の王さまおやすみ?

(返信)ツートツートトツーツー(1) ツートツートトツーツー(2) ツートツートトツーツー(3)

白ペンキ塗リノ磔架デ私ガグン.ヘ丈延ビヲスル。聖ピーター君ガ私ニ三度モ知

ラナイト云フ　ヤ否ヤ　鶏ガ羽搏ク……

オツ　ト　お湯ヲ　コボシチヤ　タイヘン―

이 작품은 내과 병원에서 진찰하는 장면이 희화적으로 나타나고 있다. 이 같은 시적 소재는 「二十二年」, 「오감도-시제5호」, 「객혈의아침」 등에서도 반복적으로 다루어진 것으로 시인 자신의 병원 체험과 투병 생활에서 자연스럽게 얻어진 것이라고 할 수 있다.

이 작품에서 시적 화자인 '나'는 예수의 최후의 만찬과 죽음의 과정을 패러디하여 자신의 병에 대한 절박한 심경을 그려 낸다. 예수는 제자들과 함께 성만찬의 자리에서 '오늘 밤 너희들이 다 나를 버리고 도망할 것이다.'라고 말한다. 그때 베드로는 '다른 사람들은 다 주님을 버릴지라도 나는 주님을 버리지 않겠나이다.'라고 했다. 예수는 '새벽닭이 울기 전에 나를 세 번 부인할 것이다.'라고 다시 말한다. 베드로는 '죽는 한이 있어도 주님을 버리지 않겠나이다.'라고 하면서 다짐한다. 그러나 그날 밤 예수가 붙잡혀 심문당할 때 베드로는 세 번이나 예수를 모른다고 부인했던 것이다.

---

1) '내과 병원'을 '자가용 복음'이라고 말함. 개인적 구제의 의미를 강조하기 위한 것으로 보임.

2) 예수가 십자가에 못 박혀 죽게 되자 마지막 외친 말로 널리 알려져 있다. '엘리 엘리 라마 사박타니(Eli Eli Lama Sabachtani)'의 뜻은 '주여 왜 나를 버리시나이까.'이다. 예수의 외침을 시인이 자신의 말로 바꿔 병마와 싸우는 절박한 심경을 드러내고 있다.

3) 하얀 가운을 입고 있는 의사의 모습. 바로 뒤에 오는 구절에서는 의사를 '수염 난 천사'라고 부연한다. 이에 반해 간호사는 '수염 나지 않은 천사'로 명명한다.

4) 큐피드(Cupid). 로마신화에서는 흔히 사랑의 신 또는 '에로스(Eros)'로 통한다. 신들과 인간을 모두 지배하는 위대한 신으로 혼돈 속에서 질서를 낳는 원동력, 남성과 여성을 결합시켜 새로운 세대를 낳게 하는 사랑의 법으로 알려졌다. 그의 계보(系譜)에 관해서는 여러 가지 설이 있으나, 그중에서도 아프로디테의 아들이라는 설이 가장 널리 알려졌다. 어느 날 에로스는 어머니 아프로디테의 노여움을 산 아름다운 프시케를 혼내 주려고 갔다가 실수로 자신이 황금 화살에 찔려 마침내 프시케를 아내로 삼았다. 여기서는 의사를 "큐피드의조부"로 지칭함으로써 인간에 대한 사랑을 실천하는 모습을 강조한다.

5) 갈비뼈가 두 다스, 즉 24개임을 말함.

6) 의사가 흉부를 촉진(觸診)하는 것을 '노크'라고 표현함.

7) 여기서 '해면'은 '허파'를, '더운 물'은 '피'를 암시함.

8) 성 피타(Petre). 예수의 대표적인 제자인 성 베드로를 말함. 예수 승천 후, 그리스도교의 주도적인 지도자가 되었으며 로마 가톨릭 교회를 세웠으나 로마의 왕 네로의 치하에서 순교하였다. 로마의 초대 주교이자 제1대 교황으로 추앙되고 있다.

9) '청진기'를 비유적으로 표현함.

10) 청진기를 귀에 꽂고 있는 모습을 말함.

11) 유다야(Judea). 유태. 기원전 10~6세기경 현재 팔레스타인 지역에 세워졌던 유대민족의 왕국. 여기서 "유다야사람의임금님"은 예수를 암시함.

12) 청진기를 통해 들려오는 흉부의 여러 가지 소리. 여기서는 모두 세 차례 청진기를 대어 보는 것을 마치 상대방으로부터 알 수 없는 전문이 도착한 모양으로 묘사하고 있음.

13) 이 대목은 여러 가지 의미로 읽힐 수 있다. 시적 화자의 자의식의 암시적 표현이라고 읽을 수도 있고, 자기 구제의 불가능을 알고 난 뒤 기독교의 정신(부활과 영생)을 거부하고 있는 심정을 그린 것으로 볼 수 있다. 실제로 이 장면은 X선 촬영 사진과 연관된다. 흉부의 골격과 장기의 상태를 음영으로 드러내는 X선 촬영 사진에서 하얀 부분(등뼈와 늑골의 연결부위가 십자가 모양으로 하얗게 보임)과 검은 부분(폐부의 병환)이 대조된다. 병환이 점점 심해지면서 검은 부분이 십자가 위에서 자라나는 것처럼 보인다.

14) 이 대목은 예수가 체포되어 심문당할 때 베드로가 세 번이나 예수를 모른다고 말했던 사실을 인유(引喩)한 부분이다. 바로 앞에서 그 의미를 알 수 없는 '반신'인 "찌—따찌—따따찌—찌—"를 세 차례 받은 것으로 표시한 부분과 연결된다. 시적 화자는 이 대목에서 자기 자신을 병으로부터 구원할 길이 없어졌음을 암시한다.

15) 예수가 최후의 만찬에서 제자들에게 한 말 '닭이 울기 전에 나를 배반할 자가 있다.' 고 말한 대목과 연관된다. 시간의 절박성을 드러내는 부분이긴 하지만, 여기서는 바로 뒤에 나오는 "어얶크더운물을엎질러서야큰일날노릇"이라는 진술과 관련되는 것으로 풀이할 수 있다. "더운물"은 가슴에서 나오는 '객혈'을 암시한다. "닭이활개를친다."는 것은 객혈의 징후를 시늉한 부분으로, 객혈을 하기 직전 어깨가 올라가고 목을 빼고 구역질을 하는 모습을 연상케 한다.

골편에관한무제

신통하게도혈홍으로염색되지아니하고하얀대로

뼁끼를칠한사과를톱으로쪼갠즉속살은하얀대로

하느님도역시뼁끼칠한세공품을좋아하시지—사과가아무리빨갛더라도속살은역시하얀대로. 하나님은이걸가지고인간을 살짝속이겠다고.

묵죽을사진촬영해서원판을햇볕에비쳐보구료—골격과같다.

두개골은석류같고 아니석류의음화가두개골 같다(?)

여보오 산사람골편을보신일있수?수술실에서— 그건죽은거야요 살아있는골편을보신일있수? 이빨! 어머나— 이빨두그래골편일까요. 그렇담손톱도골편이게요?

난인간만은식물이라고생각됩니다.

骨片에關한無題

신통하게도血紅으로染色되지아니하고하이한대로

뼁끼를칠한사과를톱으로쪼갠즉속살은하이한대로

하느님도亦是뼁끼칠한細工品을좋아하시지—사과가아무리빨갛더라도속살은亦是하이한대로. 하느님은이걸가지고人間을살작속이겠다고.

墨竹[1]을寫眞撮影해서原板을햇볕에비쳐보구료— 骨骼과 같다(?)

頭蓋骨은柘榴같고 아니 柘榴의陰畵[2]가頭蓋骨같다(?)

여보오 산사람骨片을보신일있우? 手術室에서— 그건죽은거야요 살아있는骨片을보신일있우? 이빨! 어머나— 이빨두그래骨片일까요. 그렇담손톱도骨片이게요?

난人間만은植物이라고생각됩니다.

『李箱全集』第二卷 詩集, 1956, 14~15쪽.

骨片ニ關スル無題

ヨクモ血ニ染マラナイデ白イマゝ

ペンキ塗リノ林檎ヲ鋸デ割ツタラ中味ハ白(木)イマゝ

神様タツテペンキヲ塗リ細工ガお好キ—林檎ガイクラ紅クテモ中味ハ白イマゝ。神様ハコレデ人間ヲゴマカサウト。

墨竹ヲ寫眞ニ撮ツテ種板ヲスカシテゴラン—骨骼 様ダ。

頭蓋骨ハ柘榴ノ様デ　イヤ柘榴ノ陰畵ガ頭蓋骨 様ダ(?)

アナタ　生キタ人ノ骨片見タコトアル?手術室デ—ソレハ死ンデイルワ生キタ骨見タコトアル? 歯ダ—アラ　マア　歯モ骨片カシラ。ジヤ爪モ骨片?

アタシ人間ダケハ植物ダト思フワ。

이 작품은 X선 사진에 흑백으로 드러나는 인간의 골격(뼈)을 대상으로 하여 그 '하얀 것'의 속성을 인간적인 것으로 인식하고 있음을 보여 준다. 인간의 뼈가 붉은 피에도 불구하고 하얀 것을 놓고, 붉은 사과의 속살, 석류 알의 속 등이 겉은 붉으면서도 하얀색으로 이루어진 것과 대비한다. 그리고 살아 있는 인간의 경우는 사과나 석류나 다 마찬가지로 절대 하얀 뼈를 보이지 않음을 설명한다. 인간의 존재가 겉으로 보이는 피와 살에 의해서가 아니라 그 근간을 이루는 하얀 뼈에 의해 규정될 수밖에 없다는 인식에 이르면서 결국 인간은 자라나는 '식물'이라는 결론을 이끌어 낸다.

---

1) 묵죽(墨竹). 먹으로 그린 대나무 그림.

2) 음화(陰畵). 사진 필름을 현상할 때 드러나는 사물의 영상.

가구의추위

— 1933, 2월17일의실내의건 —

네온사인은쌕스폰과같이수척하여있다.

파릿한정맥을절단하니새빨간동맥이었다.

—그것은파릿한동맥이었기때문이다—

—아니! 새빨간동맥이라도저렇게피부에매몰되어있는한……

보라! 네온사인인들저렇게가만—히있는것같아보여도기실은부단히 네온가스가흐르고있는게란다.

—폐병쟁이가쌕스폰을불었더니위험한혈액이검온계와같이

—기실은부단히수명이흐르고있는게란다

街衢의추위

——九三三, 二月十七日의室內의件—

네온사인은쌕스폰[1]과같이瘦瘠하여있다.

파릿한靜脈을切斷하니샛빨간動脈이었다.[2]

—그것은파릿한動脈이었기때문이다—

—아니! 샛빨간動脈이라도저렇게皮膚에埋沒되어있는限……

보라! 네온사인인들저렇게가만—히있는것같어보여도其實은不斷히네온가스가

흐르고있는게란다.

—肺病쟁이가쌕스폰을불었드니危險한血液이檢溫計와같이[3]
—其實은不斷히壽命이흐르고있는게란다

『李箱全集』第二卷 詩集, 1956, 16쪽.

街衢ノ寒サ

——九三三 二月十七日ノ室內ノコト—

ねおんさいんハさつくすふおおんノ樣ニ瘦セテイル。

青イ靜脈ヲ剪ツタラ紅イ動脈デアツタ。
—ソレハ青イ動脈デアツタカラデアル—

—否!紅イ動脈ダツテアンナニ皮膚ニ埋レテイルト……

見ヨ! ネオンサインダツテアンナニジーッㇳシテイル樣ニ見ヘテモ實ハ不斷ニネオンガスガ流レテイルンダヨ。

—肺病ミガサツクスフオーンヲ 吹イタラ危イ血ガ檢溫計ノ樣ニ

—實ハ不斷ニ壽命ガ流レテイルンダヨ。

이 작품은 거리의 네온사인을 보면서 가지게 된 상념들을 간결하면서도 감각적인 방식으로 기술하고 있다. 이 시를 발표할 무렵에는 아마도 네온사인이라는 것이 그리 흔한 거리의 장식은 아니었을 것으로 생각된다.

---

1) saxophone. 경음악이나 취주악을 연주할 경우 흔히 볼 수 있는 이 악기는 나팔관의 모양이 네온사인의 구부러진 유리관의 모습과 흡사하다. 이 대목에서 네온사인을 색소폰에 비유한 것은 이러한 외관에서 유추된 것이라고 할 수 있다. 물론 네온사인의 불빛이 주는 무드와 색소폰의 음악이 가지는 분위기를 함께 연상할 수도 있다.

2) 네온사인의 불빛이 파랗게 켜졌다가 꺼지고 다시 붉게 켜져 빛나는 모습을 말함.

3) 네온의 불빛에서 색소폰을 연상하고 다시 색소폰을 불 때 힘을 들여 숨을 내쉬어야 하기 때문에 핏줄이 드러나게 되는 모양을 연상함. 병원에서 폐활량 검사를 하기 위해 계기에 입을 대고 숨을 크게 내쉬는 장면과 연결됨.

아침

안해는낙타를닮아서편지를삼킨채로죽어가나보다. 벌써나는그것을읽어버리고있다. 안해는그것을아알지못하는것인가. 오전열시전등을끄려고한다. 안해가만류한다. 꿈이부상되어있는것이다. 석달동안안해는회답을쓰고자하되이제껏써놓지는못하고있다. 한장얇은접시를닮아안해의표정은창백하게수척하여있다. 나는외출하지아니하면아니된다. 나에게부탁하면된다. **자네애인을불러줌세 아드레스도알고있다네**

아침

안해는駱駝를닮아서편지를삼킨채로죽어가나보다.[1] 벌써나는그것을읽어버리고있다.[2] 안해는그것을아알지못하는것인가. 午前十時電燈을끄려고한다. 안해가挽留한다. 꿈이浮上되어있는것이다. 석달동안안해는回答을쓰고자하여尙今[3]써놓지는못하고있다. 한장얇은접시를닮아안해의表情은蒼白하게瘦瘠하여있다. 나는外出하지아니하면아니된다. 나에게付託하면된다. **자네愛人을불러줌세 아드레스**[4]**도알고있다네**

『李箱全集』第二卷 詩集, 1956, 17쪽.

朝

妻は駱駝の樣に手紙を呑んだまゝ死んで行くらしい。疾くに私はそれを讀んでしまつている。妻はそれを知らないのか。午後十時電灯を消さうとする。妻が止める。夢が浮出されているのだ。三月の間妻は返事を書かうとして未だに書けていない。一枚の皿の樣に妻の表情は蒼く瘦せている。私は外出せねばならない。私に賴めばよい。オマヘノコヒビトヲヨンデヤラウ　アドレスモシツテイル。

이 작품은 이상의 작품에 자주 등장하는 시적 화자인 '나'와 '아내'의 불화 관계를 소재로 하고 있다. '아내'는 '나'에게 무언가를 숨긴 채 말을 못하고 속으로 혼자 앓고 있다. '아내'의 고민을 눈치채고 있으면서도 이를 묵인하고 있는 '나'의 고통스러운 내면 풍경이 암시된다.

---

1) 여기서 주목되는 것이 편지를 먹는 행위이다. 비밀스러운 사연이 적힌 편지를 삼키고 (아무 말도 하지 못한 채) 아내가 죽어갈지 모른다는 생각을 하고 있다. 이 대목에 등장하는 '낙타'의 이미지는 이상의 소설 「지도의 암실」에 다음과 같이 서술된 적이 있다. "그는트렁크와갓흔락타를조와하얏다 백지를먹는다 지폐를먹는다 무엇이라고적어

서무엇을 주문하는지 엇던녀자에게의답장이녀자의손이포스트압헤서한듯이 봉투째 먹힌다 락타는그런음란한편지를먹지말앗스면 먹으면괴로움이몸의살을말르게하리라는것을 락타는모르니하는수업다는것을 생각한그는연필로백지에 그것을얼는배앗허노흐라는 편지를써서먹이고십헛스나락타는 괴로움을모른다."

2) 안해가 속에 감추고 내비치지 않는 편지의 사연을 이미 짐작하고 있음을 암시함.

3) 상금(尙今). 이제껏. 아직.

4) address. '아내'가 써서 보내야 할 편지 상대자의 주소.

최후

사과한알이떨어졌다. 지구는부서질정도로아팠다. 최후.
이미여하한정신도발아하지아니한다.

最後

사과한알이떨어졌다.[1] 地球는부서질그런정도로아펐다.[2] 最後.
이미如何한精神도發芽하지아니한다.[3]

—二月 十五日 改作—

『李箱全集』第二卷 詩集, 1956, 18쪽.

最後

林檎一個が墜ちた。地球は壞れる程迄痛んだ。最後。
最早如何なる精神も發芽しない。

2. 15.　カキナホス

이 작품은 근대과학의 등장을 배경으로 하는 인간 문명이 오히려 인간의 정신을 억압할 수 있다는 점을 간명하게 드러내고 있다. 이상 문학의 중심적 주제와 맞닿아 있는 문제가 무엇인가를 확인할 수 있다.

---

1) 이 대목은 뉴턴이 발견한 '만유인력의 법칙'에 관련된 일화를 패러디하고 있다. 뉴턴의 '자연은 일정한 법칙에 따라 운동하는 복잡하고 거대한 기계'라고 하는 역학적 자연관은 근대적 계몽사상의 근거를 만들어 낸다.

2) 뉴턴의 만유인력의 법칙이 나온 후에 그 충격이 대단했음을 암시하는 대목이다. 근대적인 과학이 여기서부터 비롯되었기 때문에 중세기까지 이어진 절대적 종교 사상이 무너지게 된다.

3) 근대적 과학이나 거기에 근거한 경험적 합리주의가 인간의 사고와 행동에 엄청난 억압으로 작용하고 있음을 암시하는 대목이다. 19세기 말부터 일어난 모더니즘 예술 운동은 과학과 이성 중심주의에 대한 일종의 반작용에서 비롯된 것이다.

이상의 삶과 문학

이상의 생애

1910년 9월 23일(음 8월 20일)

이상(李箱)은 경성부 북부 순화방 반정동 4통 6호에서 부 김영창(金永昌)과 모 박세창(朴世昌)의 2남 1녀 중 장남으로 출생하였다. 본명은 김해경(金海卿)이며 본관은 강릉(江陵)이다.

이상 제적부에 기재된 본적은 경성부 통동(뒤에 통인동으로 개칭) 154번지이다. 이곳은 이상의 선대에서부터 줄곧 지내 온 거처로서 이상이 태어날 당시에는 조부 김병복(金炳福)이 가장으로 살림을 이끌었다. 부친 김영창은 일본 강점 이전 구한말 궁내부(宮內府) 활판소(活版所)에서 일하다가 사고로 손가락이 절단된 뒤 일을 중단하고 집 근처에 이발관을 개업하여 가계를 꾸려 갔다. 이상의 형제로는 누이동생 김옥희(金玉姬)와 남동생 김운경(金雲卿)이 있다.

1913년

백부 김연필(金演弼)의 집으로 옮겨 그곳에서 성장했다. 이상의 백부 김연필은 본처와의 사이에 소생이 없어서 조카인 이상을 데려다가 친자식처럼 키우고 그 학업을 도왔다. 그런데 소실로 들어온 김영숙(金英淑)에게 딸린 사내아이를 자신의 호적에 입적시켰다. 그가 바로 백부 김연필과 백모 김영숙 사이에 태어난 것처럼 호적에 등재된 김문경(金汶卿)이다. 김연필은 구한말 융희(隆熙) 3년(1909. 5.)에 관립 공업전습소(工業專習所) 금공과(金工科)의 제1회 졸업생으로 일제 강점기에는 총독부 상공과의 하급직 관리로 일한 것으로 알려져 있다.

1917년

이상은 여덟 살 되던 해 누상동(樓上洞)에 있던 신명학교(新明學校)에 입학하였다. 신명학교 재학 중에 구본웅(具本雄, 1906~1953, 화가)과 동기생이 되어 오랜 친구로 지냈다.

1921년

신명학교를 졸업한 후 조선불교중앙교무원(朝鮮佛敎中央敎務院)에서 경영하는 동광학교(東光學校)에 입학하였다.

1922년

동광학교가 보성고등보통학교(普成高等普通學校)와 합병되자 보성고보에 편입하였다. 보성고보 재학 중 미술에 관심을 가지고 화가 지망생이 되었으며 학업 성적도 상급 수준에 올랐다.

1926년

3월 보성고보 제4회 졸업생이 되었다. 경성 동숭동(東崇洞)에 소재한 관립 경성고등공업학교(京城高等工業學校) 건축과(建築科)에 입학하였다.

1928년

경성고등공업학교 졸업기념 사진첩에 본명인 김해경 대신 이상(李箱)이라는 별명을 썼다.

1929년

경성고등공업학교 건축과를 수석으로 졸업하자 학교의 추천으로 조선총독부 내무국(內務局) 건축과(建築課) 기수(技手)로 발령을 받았다. 이해 11월에는 조선총독부 관방회계과(官房會計課) 영선계(營繕係)로

경성고공 시절의 이상(1926)

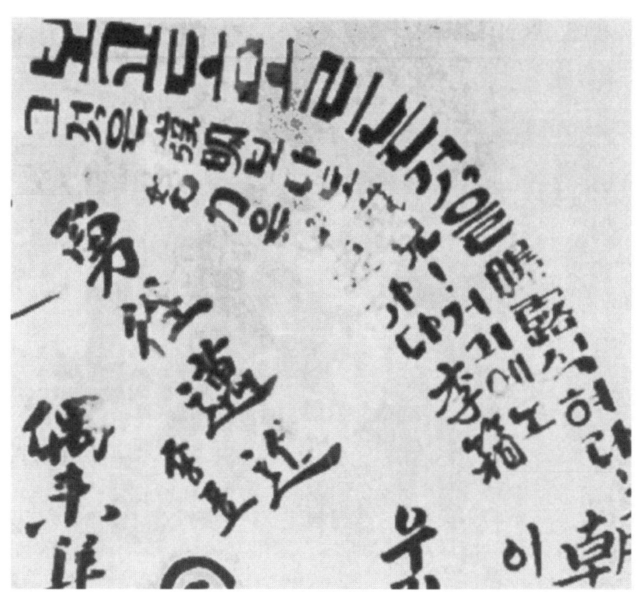

졸업 사진첩의 사인에 나타나 있는 필명(1928)

자리를 옮겼다.

조선에 진출해 있던 일본인 건축기술자들을 중심으로 결성한 조선건축회(朝鮮建築會, 1922년 3월 결성)에 정회원으로 가입하였고, 이 학회의 일본어 학회지 『조선과 건축(朝鮮と建築)』의 표지 도안 현상 모집에 1등과 3등으로 당선되었다(12월).

1930년

조선총독부에서 일본의 식민지 정책을 일반에게 홍보하기 위해 발간하던 잡지 『조선(朝鮮)』 국문판에 1930년 2월호부터 12월호까지 9회에 걸쳐 처녀작이며 유일한 장편소설인 『12월 12일(十二月十二日)』을 '이상(李箱)'이란 필명으로 연재하였다.

1931년

제10회 조선미술전람회에 서양화 「자상(自像)」이 입선하였다(6월). 『조선과 건축』에 일본어로 쓴 시 「이상한가역반응(可逆反應)」 등 20여 편을 세 차례에 걸쳐 발표하였다. 폐결핵 감염 사실을 진단 받았고 병의 증세가 점차 악화되었다.

이상이 제작한 『조선과 건축』 표지 도안. 1929년 표지 도안 공모에서 1등 당선한 작품으로 1930년 1월부터 12월까지 이 잡지의 표지로 사용됨.

1932년

이상의 성장 과정을 돌봐 준 백부 김연필이 1932년 5월 7일 뇌일혈로 사망하였다.

『조선과 건축』에 「건축무한육면각체(建築無限六面角體)」라는 제목으로 일본어 시 「AU MAGASIN DE NOUVEAUTÉS」, 「출판법」 등을 발표하였다. 『조선』에 단편소설 「지도의 암실」을 '비구(比久)'라는 필명으로 발표하고, 단편소설 「휴업과 사정」을 '보산(甫山)'이라는 필명으로 잇달아 발표하였다. 『조선과 건축』의 표지 도안 현상 공모에서 가작 4석(席)으로 입상하였다.

1933년

폐결핵으로 인하여 직무를 수행하기 어렵게 되자 조선총독부 기수직을 사직하고 봄에 황해도 배천[白川] 온천에서 요양하였다. 배천 온천에서 알게 된 기생 금홍을 서울로 불러올려 종로 1가에 다방 '제비'를 개업하면서 동거하였다(6월).

1933년 8월에 결성된 문학단체 '구인회(九人會)'의 핵심 동인인 이태준(李泰俊), 정지용(鄭芝溶), 김기림(金起林), 박태원(朴泰遠) 등과 교유가 시작되었고 정지용의 주선으로 잡지 『가톨닉청년(靑年)』에 「꽃나무」, 「이런시」 등을 국문으로 발표하였다.

1934년

이태준의 도움으로 시 「오감도(烏瞰圖)」를 「조선중앙일보(朝鮮中央日報)」에 연재하게 되지만 15편을 발표한 후 독자들의 항의와 비난으로 연재를 중단하였다.

박태원의 소설 「소설가 구보씨의 일일」이 「조선중앙일보」에 연재(1934. 8. 1.~9. 19.)되는 동안 '하융(河戎)'이라는 필명으로 작품 속의 삽화를 그렸다.

'구인회'의 동인으로 김유정(金裕貞), 김환태(金煥泰) 등과 함께 가담하였다.

1935년

다방 '제비'를 경영난으로 폐업한 후 금홍과 결별하였다. 인사동의

카페 '쓰루[鶴]'와 다방 '69'를 개업 양도하고 명동에서 다방 '무기[麥]'를 경영하다가 문을 닫은 후 성천, 인천 등지를 유랑하였다.

구본웅(具本雄)이 이상을 모델로 한 초상화 「친구의 초상(肖像)」을 그렸다. 그 후 구본웅은 그의 부친이 운영하던 인쇄소 창문사(彰文社)에 이상의 일자리를 주선하였다.

1936년

창문사에 근무하면서 구인회 동인지 『시(詩)와 소설(小說)』의 창간호를 편집 발간하였다. 단편소설 「지주회시」, 「날개」를 발표하면서 평단의 관심을 받자 자기 문학에 새로운 자신감을 얻게 되었다. 이해에 연작시 「역단(易斷)」을 발표하였으며 「위독(危篤)」을 「조선일보(朝鮮日報)」에 연재하는 등 가장 많은 시와 수필을 발표하였다.

6월 변동림(卞東琳, 구본웅의 계모의 이복동생)과 결혼하여 경성 황금정(黃金町)에서 신혼살림을 차렸다. 이해 10월 하순에 새로운 문학 세계를 향하여 일본 동경으로 떠났다. 동경에서 『삼사문학(三四文學)』의 동인 신백수, 이시우(李時雨), 정현웅(鄭玄雄), 조풍연(趙豊衍) 등을 자주 만나 문학을 토론하였다.

1937년

이해 2월 사상 혐의로 동경 니시간다(西神田) 경찰서에 피검된 후 한 달 정도 조사를 받다가 폐결핵이 악화되어 동경제국대학 부속병원으로 옮겨졌다.

단편소설 「동해(童骸)」, 「종생기(終生記)」를 발표하였다.

4월 16일 서울에서 부친 김영창과 조모가 함께 세상을 떠났다.

4월 17일 동경제대 부속병원에서 28세의 일기로 요절하였다. 위독하다는 급보를 듣고 일본으로 건너온 부인 변동림에 의해 유해가 화장된 후 미아리 공동묘지에 안장되었다.

5월 15일 경성 부민관에서 이상과 고 김유정(3월 29일 작고)을 위한 합동추도식이 열렸다.

이상 작품 연보

1929년

조선건축회(朝鮮建築會, 1922년 3월 결성)의 일본어 학회지 『조선과 건축(朝鮮と建築)』의 표지 도안 현상 모집에 1등과 3등 당선(12월).

1930년

장편소설 『12월 12일』 연재 (『朝鮮』, 1930. 2.~12. 국문)

1931년

제10회 조선미술전람회 서양화 「자상(自像)」 입선(6월).

시　이상한가역반응(異常ナ可逆反應) (『朝鮮と建築』, 1931. 7.)
파편의경치(破片ノ景色) (『朝鮮と建築』, 1931. 7.)
▽의유희(▽ノ遊戯) (『朝鮮と建築』, 1931. 7.)
수염(ひげ) (『朝鮮と建築』, 1931. 7.)
BOITEUX·BOITEUSE (『朝鮮と建築』, 1931. 7.)
공복(空腹) (『朝鮮と建築』, 1931. 7.)
연작시 「조감도(鳥瞰圖)」 (『朝鮮と建築』, 1931. 8.)
2인····1····(二人····1····) / 2인····2····(二人····2····) / 신경질적으로비만한삼각형(神經質に肥滿した三角形) / LE URINE(LE URINE) / 얼굴[顔] / 운동(運動) / 광녀의고백(狂女の告白) / 흥행물천사(興行物天使)
연작시 「삼차각설계도(三次角設計圖)」 (『朝鮮と建築』, 1931. 10.)
선에관한각서 1(線に關する覺書 1) / 선에관한각서 2(線に關する覺書 2) / 선에관한각서 3(線に關する覺書 3) / 선에관한각서 4(線に關する覺書 4) / 선에관한각서 5(線に關する覺書 5) / 선에관한각서 6(線に關する覺書 6) / 선에관한각서 7(線に關する覺書 7)

1932년

시　연작시 「건축무한육면각체(建築無限六面角體)」 (『朝鮮と建築』, 1932. 7.)
AU MAGASIN DE NOUVEAUTÉS / 열하약도 No.2(熱河略

圖 No.2 未定稿) / 진단 0:1(診斷 0:1) / 이십이 년(二十二年) / 출판법(出版法) / 차8씨의출발(且8氏の出發) / 대낮(眞晝—或るESQUISSE—)

『조선(朝鮮)』에 단편소설 「지도의 암실」을 '비구(比久)'라는 필명으로, 단편소설 「휴업과 사정」을 '보산(甫山)'이라는 필명으로 발표.

소설 지도의 암실 (『朝鮮』, 1932. 3.)
휴업과 사정 (『朝鮮』, 1932. 4.)

『조선과 건축』 표지 도안 현상 공모 가작 4석(席) 입상.

1933년

정지용의 주선으로 잡지 『가톨닉청년』에 「꽃나무」, 「이런시」 등 발표.

시 꽃나무 (『가톨닉청년』, 1933. 7.)
이런시(詩) (『가톨닉청년』, 1933. 7.)
1933, 6, 1 (『가톨닉청년』, 1933. 7.)
거울 (『가톨닉청년』, 1933. 10.)

1934년

시 보통기념(普通記念) (『月刊每申』, 1934. 6.)
연작시 「오감도(烏瞰圖)」 (「朝鮮中央日報」, 1934. 7. 24.~8. 8. 연재)
시제1호(詩第一號)(7. 24.) / 시제2호(詩第二號)(7. 25.) / 시제3호(詩第三號)(7. 25.) / 시제4호(詩第四號)(7. 28.) / 시제5호(詩第五號)(7. 28.) / 시제6호(詩第六號)(7. 31.) / 시제7호(詩第七號)(8. 1.) / 시제8호(詩第八號)(8. 2.) / 시제9호(詩第九號)(8. 3.) / 시제10호(詩第十號)(8. 3.) / 시제11호(詩第十一號)(8. 4.) / 시제12호(詩第十二號)(8. 4.) / 시제13호(詩第十三號)(8. 7.) / 시제14호(詩第十四號)(8. 7.) / 시제15호(詩第十五號)(8. 8.)
·소·영·위·제(·素·榮·爲·題) (『中央』, 1934. 9.)

소설 지팡이 역사(轢死) (『月刊每申』, 1934. 8.)

수필 혈서 삼태(血書三態) (『新女性』, 1934. 6.)
산책(散策)의 가을 (『新東亞』, 1934. 10.)

박태원의 소설 「소설가 구보씨의 일일」의 연재 삽화 제작 (「朝鮮中央日

이상이 그린 「소설가 구보씨의 일일」의 연재 삽화(1934)

報」, 1934. 8. 1.~9. 19.)

1935년

시 정식(正式) (『가톨닉청년』, 1935. 9.)

지비(紙碑) (「朝鮮中央日報」, 1935. 9. 15.)

수필 문학(文學)을 버리고 문화(文化)를 상상(想像)할 수 없다 (「朝鮮中央日報」, 1935. 1. 6.)

산촌여정(山村餘情) (「每日申報」, 1935. 9. 27.~10. 11.)

1936년

'구인회' 동인지 『시와 소설』 창간호 편집.

시 지비(紙碑)-어디갔는지모르는안해 (『中央』, 1936. 1.)

연작시 「역단(易斷)」 (『가톨닉청년』, 1936. 2.)

화로(火爐) / 아침 / 가정(家庭) / 역단(易斷) / 행로(行路)

가외가전(街外街傳) (『詩와 小說』, 1936. 3.)

명경(明鏡) (『女性』, 1936. 5.)

목장 (『가톨릭소년』, 1936. 5. 동시)

연작시 「위독(危篤)」 (「朝鮮日報」, 1936. 10. 4.~10. 9. 연재)

금제(禁制)(10. 4.) / 추구(追求)(10. 4.) / 침몰(沈歿)(10. 4.) / 절벽(絶壁)(10. 6.) / 백화(白畵)(10. 6.) / 문벌(門閥)(10. 6.) / 위치(位置)(10. 8.) / 매춘(買春)(10. 8.) / 생애(生涯)(10. 8.) / 내부(內部)(10. 9.) / 육친(肉親)(10. 9.) / 자상(自像)(10. 9.)

I WED A TOY BRIDE (『三四文學』, 1936. 10.)

소설 지주회시(鼅鼄會豕) (『中央』, 1936. 6.)

날개 (『朝光』, 1936. 9.)

봉별기(逢別記) (『女性』, 1936. 12.)

수필 조춘점묘(早春點描) (「每日申報」, 1936. 3. 3.~3. 26. 연재)

보험(保險) 없는 화재(火災) / 단지(斷指)한 처녀(處女) / 차생윤회(此生輪廻) / 공지(空地)에서 / 도회(都會)의 인심(人心) / 골동벽(骨董癖) / 동심행렬(童心行列)

서망율도(西望栗島) (『朝光』, 1936. 3.)

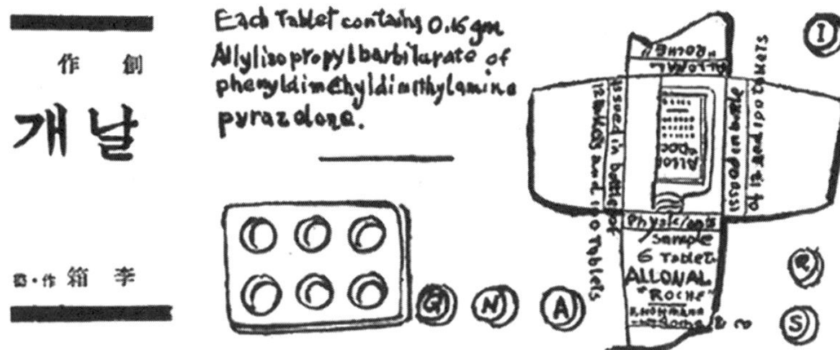

이상이 그린 소설 「날개」의 삽화 1 (『조광』, 1936. 9.)

여상 사제(女像四題) (『女性』, 1936. 4.)

약수(藥水) (『中央』, 1936. 7.)

EPIGRAM (『女性』, 1936. 8.)

동생 옥희(玉姬) 보아라 (『中央』, 1936. 9.)

추등잡필(秋燈雜筆) (「每日申報」, 1936. 10. 14.~10. 28. 연재)

추석 삽화(秋夕揷話)(10. 14.~15.) / 구경(求景)(10. 16.) / 예의(禮儀)(10. 21.) / 기여(寄與)(10. 22.) / 실수(失手)(10. 27.~28.)

행복(幸福) (『女性』, 1936. 10.)

가을의 탐승처(探勝處) (『朝光』, 1936. 10.)

창문사에서 잡지 『가톨릭소년』(1936. 5.) 표지와 김기림 시집 『기상도』 표지 장정.

1937년

시　파첩(破帖) (『子午線』, 1937. 11. 유고)

소설 동해(童骸) (『朝光』, 1937. 2.)

종생기(終生記) (『朝光』, 1937. 5.)

수필 19세기식(十九世紀式) (『三四文學』, 1937. 4.)

공포(恐怖)의 기록(記錄) (「每日申報」, 1937. 4. 25.~5. 15. 연재)

권태(倦怠) (「朝鮮日報」, 1937. 5. 4.~5. 11. 연재)

슬픈 이야기 (『朝光』, 1937. 6. 유고)

1938년

시　무제(無題) (『貘』, 1938. 10. 유고)

소설 환시기(幻視記) (『靑色紙』, 1938. 6. 유고)

수필 문학(文學)과 정치(政治) (『四海公論』, 1938. 7. 유고)

1939년

시　무제(無題) (『貘』, 1939. 2. 유고)

소설 실화(失花) (『文章』, 1939. 3. 유고)

단발(斷髮) (『朝鮮文學』, 1939. 4. 유고)

김유정(金裕貞) (『靑色紙』, 1939. 5. 유고)

수필 실낙원(失樂園) (『朝光』, 1939. 2. 유고)

소녀(少女) / 육친(肉親)의 장(章) / 실낙원(失樂園) / 면경(面鏡) / 자화상(自畵像) / 월상(月傷)

병상 이후(病床以後) (『靑色紙』, 1939. 5. 유고)

최저낙원(最低樂園) (『朝鮮文學』, 1939. 5. 유고)

동경(東京) (『文章』, 1939. 5. 유고)

1940년

김소운(金素雲)의 『젖빛 구름』에 이상의 시 「청령(蜻蛉)」, 「한개의밤」이 일본어로 소개.

1949년

김기림의 『이상선집(李箱選集)』(백양당) 발간.

1956년

고대문학회(高大文學會) 편 『이상전집(李箱全集)』(전 3권)이 임종국(林鍾國) 편집으로 태성사(泰成社)에서 발간. 이 전집에 이상의 유고시 9편(일본어 원문) 발굴 번역 수록.

이상의 일본어 유고시 9편 척각(隻脚), 거리(距離), 수인이만든소정원(囚人の作つた箱庭), 육친의장(肉親の章), 내과(內科), 골편에관한무제(骨片ニ關スル無題), 가구의추위(街衢ノ寒サ), 아침(朝), 최후(最後)

1960년

조연현(趙演鉉)이 이상의 일본어 습작 노트를 발굴하여 거기 수록된 자료들을 『현대문학(現代文學)』지에 번역 소개.

발굴 소개 자료 무제, 1931년, 얼마 안 되는 변해(辨解), 무제, 무제 (『現代文學』, 1960. 11.)

이 아해(兒孩)들에게 장난감을 주라, 모색(暮色), 무제 (『現代文學』, 1960. 12.)

구두, 어리석은 석반(夕飯) (『現代文學』, 1961. 1.)

습작(習作) 쇼윈도 수점(數點) (『現代文學』, 1961. 2.)

무제, 애야(哀夜), 회한(悔恨)의 장(章) (『現代文學』, 1966. 7.)

1976년

『문학사상(文學思想)』지에서 조연현이 발굴한 이상의 일본어 습작 노트에 남아 있던 자료들을 추가 번역 소개.

발굴 소개 자료 단장(斷章) (『文學思想』, 1976. 6.)

첫번째 방랑(放浪), 불행(不幸)한 계승(繼承), 객혈(喀血)의 아침, 황(獚)의 기(記) - 작품 제2번, 작품(作品) 제3번, 여전준일(與田準一), 월원등일랑(月原橙一郞) (『文學思想』, 1976. 7.)

공포(恐怖)의 기록(記錄) 서장(序章), 공포(恐怖)의 성채(城砦), 야색(夜色), 단상(斷想) (『文學思想』, 1986. 10.)

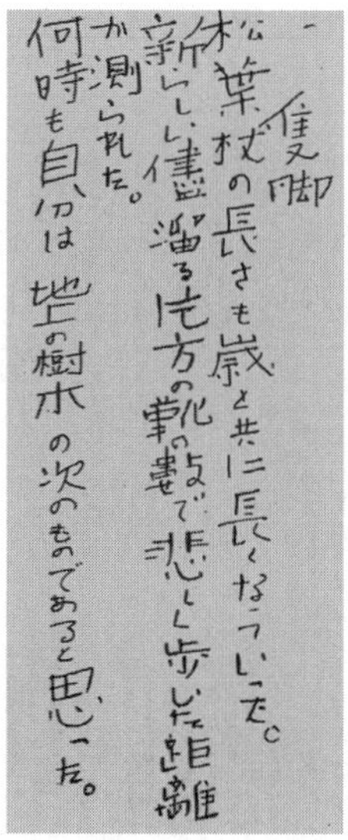
隻脚
松葉杖の長さも歳と共に長くなっていた。
新しい儘溜る他方の靴の数で悲しく歩いた距離が測られた。
何時も自分は地上の樹木の次のものであると思った。

이상의 자필 유고시「척각」

1977년

이어령(李御寧) 편『이상소설전작집 1, 2』(1977),『이상수필전작집』(1977),『이상시전작집』(1978) 갑인출판사 발간.

1993년

『이상문학전집-시』(이승훈 편, 1989),『이상문학전집-소설』(김윤식 편, 1991),『이상문학전집-수필』(김윤식 편, 1993) 문학사상사 발간.

1997년

이상 문학 60년을 기념하기 위한 학술 세미나를 세종문화회관에서 개최하고 그 발표 논문을 모아『이상문학연구 60년』(권영민 편, 문학사상사, 1998) 발간.

2010년

대산문화재단 이상 탄생 100년 기념 심포지엄 개최.

문화예술위원회 아르코미술관 이상 100년 기념 전시회 개최.